btb

Aus Freude am Lesen

Der Erfolg von Gerald Sampers neuester kulinarischer Invention ist fraglich: Nach dem Genuss einer Feldmaus-Vorspeise verstirbt ein britischer Adliger bei einem Dinner im Freundeskreis. Grund genug für Gerald, von Beruf Ghostwriter, sich beleidigt in die Toskana zurückzuziehen, wo einst sein Haus stand. Dort widmet er sich nicht nur dem Libretto einer Oper, sondern ebenso hingebungsvoll wie genervt der Vermarktung eines Lady-Diana-Kultes, das auf den Trümmern seines Hauses erblüht. Die Premiere gerät allerdings wegen eines rätselhaften Pinguins zum Fiasko …

James Hamilton-Paterson, 1941 in London geboren, Oxfordabsolvent und Mitglied der Royal Geographical Society, renommierter Journalist, Sachbuchautor, Lyriker und Romancier, schreibt u. a. für die »Sunday Times«, das »Times Literary Supplement«, den »New Statesman« und für die Schweizer »Weltwoche«. Er lebt als freier Schriftsteller in Italien und auf den Philippinen.

James Hamilton-Paterson

Heilige der Trümmer

Roman

Aus dem Englischen
von Hans-Ulrich Möhring

btb

Die englische Originalausgabe erschien 2008 unter dem Titel
»Rancid Pansies« im Verlag Faber & Faber.

MIX
Papier aus verantwortungsvollen Quellen
FSC www.fsc.org
FSC® C083411

Verlagsgruppe Random House FSC-DEU-0100
Das für dieses Buch verwendete
FSC®-zertifizierte Papier *Munken Pocket* liefert
Arctic Paper Munkedals AB, Schweden

1. Auflage
Genehmigte Taschenbuchausgabe März 2011,
btb Verlag in der Verlagsgruppe Random House GmbH, München

Umschlaggestaltung: Illustration von semper smile, München
Druck und Einband: CPI – Clausen & Bosse, Leck
NB · Herstellung: SK
Printed in Germany
ISBN 978-3-442-74059-8

Besuchen Sie unseren LiteraturBlog www.transatlantik.de

www.btb-verlag.de

Dem Andenken von Charles Swann

I

So betrüblich es ist, mit ansehen zu müssen, wie das eigene Haus im Morgengrauen buchstäblich über die Kante geht, kann ich doch nicht leugnen, dass in der dabei aufstiebenden Wolke schwarzer Gedanken auch ein Fünkchen Euphorie glimmt wie nach dem Tod eines Elternteils oder einer besseren Hälfte. Das ist zum Teil die verständliche Erleichterung darüber, dass man sich zu dem Zeitpunkt nicht im Haus aufgehalten hat. Aber es gibt noch einen anderen Teil. Könnte man gar von einer perversen Befriedigung sprechen? Wie sehr jedoch kann es einen normalen Menschen befriedigen, sein innig geliebtes Heim, das er sich mit einem solchen Aufwand an gutem Geschmack und genialem Erfindungsgeist geschaffen hat (von Zeit, Geld und Arbeit gar nicht zu reden), binnen weniger Sekunden in Schutt und Asche versinken zu sehen? Zweifellos gar nicht, zumal wenn sich der normale Mensch in der Opferrolle des gebrochenen Hausbesitzers wiederfindet, der nicht einmal die Türklinke zurückbehält. Kleider, Bücher, Akten, Briefe, CDs, ein furzender Teddy namens Pupsbär, ein *Leben* – seinen Händen entrissen und als wertloser Plunder in den Abgrund geschleudert, um dort von Wildschweinen und Bussarden kritisch gesichtet zu werden, selbstredend auch von italienischen Jägern.

Nun ja. Die seismischen Risiken eines Lebens in der Toskana. Hohläugig, unausgeschlafen und unrasiert bot ich alles andere als den üblichen adretten und gepflegten Anblick, als Virgilio, mein Freund bei den Carabinieri, am folgenden Tag einen Hubschrauber kommen ließ, der mit mir über den Schauplatz des Geschehens flog. Der Eindruck war derselbe wie im Fernsehen, wenn sie Nachrichtenbilder von Millionärsvillen in kalifornischen Canyons nach einem Erdrutsch zeigen. Eine lange bleiche Narbe an einem steilen bewaldeten Hang; ein abgekippter Teil des Daches, der etwas von einem schlampig aufgestellten Zelt aus Ziegeln hatte; allerlei unidentifizierbarer Bruch über die Felsen verteilt. *(Ha! Selbst Millionäre sind nicht gegen Katastrophen gefeit, die Schweine!)* Wir gingen noch tiefer und flogen eine weitere gemächliche Runde, und ich erspähte das gestauchte graue Hinterteil meines Toyota Avensis – oder Via Ness (der Weg zum Loch), wenn Sie meine Schwäche für Anagramme teilen –, das aus der aufgewühlten Erde ragte wie eine breitgeschlagene Felsnase.

»Madonna cara!«, sagte der Pilot über den Bordfunk. »Wie haben Sie es geschafft, alle noch rechtzeitig rauszukommen? Ein Wunder, dass niemand ums Leben gekommen ist.«

Ich musste ihm zustimmen: Bei Tageslicht von oben besehen war es ziemlich unwahrscheinlich, dass wir alle unverletzt davongekommen waren. Ein riesiges Stück Berg war weggebrochen. Das Wiesen- und Waldstück, das einen *cordon sanitaire* zwischen meinem Haus und Martas gebildet hatte, endete jetzt an der Abbruchkante einer schroffen Steilwand. Weil Winter war und nur die Krüppeleichen noch ein paar welke braune Blätter hatten, konnte ich zwischen den Bäumen den soliden Zaun erkennen, den ich einst zur Abgrenzung meines Grundstücks aufgestellt hatte. Höchstens zwanzig Meter trennten ihn noch von der Kante.

»Über Sie hat die heilige Madonna gewacht«, sagte der Kopilot in sein Mikrophon. »Sehen Sie? Sie beschützt sogar Ausländer.«

»Es sieht so aus.« Selbst in meinen eigenen Kopfhörern klang meine skeptische Stimme körperlos. »Wir in England haben dafür allerdings la Diana. Sie wissen schon – die Fürstin von Wales. Sie ist *unsere* Madonna. Wahrscheinlich war sie es, die uns gerettet hat.«

»Sie hatte phänomenale Beine«, sagte der Pilot bedauernd. »Eine Tragödie.«

Ich wollte gerade meine nur so dahingesagte ironische Bemerkung weiter ausspinnen, als unser Pilot ein rasches Ausweichmanöver machen musste, um nicht mit einem zweiten Helikopter zusammenzustoßen, dessen Insassen, wohl von einem lokalen Nachrichtensender, eigens gekommen waren, um sich mit langen Objektiven an den Trümmern zu weiden. Die Polizisten in meinem Hubschrauber zogen es in Betracht, einen Posten aufzustellen, der Plünderer abschrecken sollte. Es schien mich gar nicht zu betreffen. Die weltliche Habe irgendeines Unglücksraben, aber nicht mehr meine.

Denn mit einem Mal war mir das alles egal geworden. Als wir schließlich landeten, hatte ich zu meiner Überraschung entdeckt, dass ich kein Interesse mehr daran hatte, die Einzelteile dieses Lebens mühsam wieder zusammenzusetzen. Mir lag überhaupt nichts daran, mit Baggern danach zu wühlen, nicht einmal nach dem wohl ramponierten, aber widerstandsfähigen Aktenschrank, der zweifellos immer noch meine sämtlichen Versicherungsunterlagen, meinen Pass, meinen Permesso di soggiorno und ein Fläschchen Poppers der Marke Kix enthielt, das Adrian mir mitgebracht und das ich vergessen hatte, in die Gefriertruhe zu tun. Plötzlich war ich staatenlos, ausweislos, hatte nichts mehr zu versichern, da mir von meiner früheren Existenz nichts von Wert geblieben war. Es war mir egal, ob Fledderer die Platin-CD von Alien Pie fanden, die der kahlköpfige Boyband-Leader Nanty Riah mir wenige Stunden vor dem Untergang des Hauses Samper als Gegengabe für den Namen seiner Band geschenkt hatte. Und wer danach buddeln mochte, durfte meinethalben auch gern meine lieblos gemachte, aber signierte Picasso-Lithographie und meinen handgeschriebenen Brief von Oscar Wilde mitnehmen (drei ungehaltene Zeilen wegen eines Zigarettenetuis an Messrs. Thornhill, Walter & Co., 144 New Bond Street). Ich wollte das alles nicht mehr. Es ging mir beim Aussteigen sogar durch den Kopf, mir die Kleider vom Leib zu reißen und splitternackt in die Welt hinauszuspazieren, ein fünfzig Jahre und einen Tag alter wiedergeborener Atheist. Was mich abhielt, war mein natürliches Schamgefühl und die Furcht, meine Unterhose könnte Spuren des Traumas der Vornacht aufweisen. Außerdem war es unwahrscheinlich, dass sich den noch auf dem Hubschrauberlandeplatz in Pisa herumstehenden Carabinieri der metaphorische Hintersinn der Geste erschloss. Blind und taub für die Poesie des Abschieds, wie sie waren, hätten sie sich eher veranlasst gesehen, mich zur Beobachtung in eine geschlossene Anstalt einzuweisen. (Der arme Maestro! Ist ja verständlich: der furchtbare Schock und lo stress.)

Ich frage mich inzwischen, ob ich meine einstige Wirkungsstätte je wieder aufsuchen werde – sagen wir, in einem Jahr –, wie Thomas Hardy es in einem ähnlichen Fall in seinem Gedicht »Where the Picnic Was« beschreibt. Ich darf sagen, dass mein fünfzigster Geburtstag, ehe geophysikalische Umstände für einen schroffen Abbruch sorgten, erheblich besser war als jedes Picknick. Hardy erwähnt nicht, was sich seine kleine Schar über ihrem Holzfeuer aufkochte: womöglich eine kümmerliche Restepfanne oder bloß einen Kessel Wasser für den grausigen britischen Aufguss von getrockneten Blättern. Doch was es auch gewesen sein mag, es konnte sich bestimmt nicht mit dem superben Dachsfilet Wellington farciert mit Jagdhundpastete und ein paar psychotropen Pilzen vergleichen, das ich meinen Freunden servierte und das uns alle in solch einen denkwürdigen Zustand entspannter Kameraderie versetzte. Aber werde ich in einem Jahr noch die genaue Stelle wiedererkennen können, wie Hardy die seine an den verkohlten Stockresten erkannte? Oder wird der undurchdringliche toskanische *cespuglio* aus Ginster, Wacholder und Brombeeren längst den zerfurchten Hang überwachsen haben? Und werde ich wie der Dichter trübsinnig dem anschließenden Auseinanderlaufen der Freundesschar nachsinnieren, die sich an jenem Schicksalsabend um mein Feuer versammelt hatte?

Bis jetzt hat es kein großes Auseinanderlaufen gegeben und

hat auch keiner von uns »die Augen für immer geschlossen«. Wenige Tage darauf ging es mir wie einem afrikanischen Findelkind, das von einem Hollywoodsternchen zum Fototermin hochgerissen und abgeknuddelt wird, denn ich wurde von dem weltberühmten Dirigenten Max Christ und dem Meeresforscher Adrian Jestico, seinem Schwager und meinem Lebensgefährten, gewaltsam nach Suffolk entführt. In Christs frisch renoviertem Haus Crendlesham Hall wurde ich in einer ansprechend möblierten Dachgeschosswohnung mit einem squashplatzgroßen Himmelbett einquartiert und geheißen, wieder zu mir zu finden. Damit bin ich so gut wie fertig. In der Zwischenzeit hat Adrian sein ruhmreiches Wirken am Britischen Ozeanographischen Institut in Southampton (BOIS) fortgesetzt und ist dieser Tage ein häufiger Besucher der Hall, wo er seiner Schwester Jennifer Gesellschaft leistet, wenn Max auf Tournee ist, und Onkeldienste für Josh versieht, ihren sechsjährigen Sohn. Er kommt auch meinetwegen, und nicht nur als guter Freund. In manchen Nächten lässt Adrian mich auf dem daunengedeckten Squashplatz mit seiner überlegenen Kondition und seinem druckvollen Spiel richtig alt aussehen. Kurz und gut, die Situation ist unsäglich familiär, und ich muss hier weg. Gerald Samper ist nicht dafür geschaffen, sich wie eine Odaliske auf fremden Betten zu rekeln.

Von den anderen Gästen bei der besagten unterbrochenen Geburtstagsfeier ist es meine Nachbarin Marta, die mich am meisten beschäftigt, und wie üblich, indem sie mich ärgert. Seit ihrer überraschenden Rückkehr aus Amerika am Abend dieses denkwürdigen Festessens hat die woinowische Schrulle wieder tapfer die Stellung in ihrer tristen Bruchbude am Rand der Kastanienwälder in Le Roccie bezogen. Ich sage tapfer, weil ihr Haus nunmehr das einsame Überbleibsel unserer apenninischen Felsenburg über Viareggio ist. Leider ist Martas Butze – alle Freunde ausgleichender Gerechtigkeit werden es bedauern – immer noch gute hundert Meter von der Abbruchkante entfernt, wo das Essen stattfand, und damit sie in ihren wohlverdienten Untergang stürzt, müsste sich die höhere Gewalt ziemlich ins Zeug legen. Glauben Sie ja nicht, ich würde die Ironie nicht bemerken: Die nervtötende Nachbarin, die immer meine Einsamkeit störte (aber deren Haus ich in ihrer Abwesenheit hingebungsvoll hütete), ist jetzt im triumphalen Alleinbesitz des ganzen Flecks, während mein ungleich würdigeres Heim tief unten im Wald verstreut liegt wie ein Haufen ausgekippter Legobausteine. Das ist eine kosmische Ungerechtigkeit, gegen die etwas unternommen werden muss. Allein bei dem Gedanken, dass diese müffelnde Kreatur am Ende dort oben das Szepter schwingt und auf diesem Warschauer-Pakt-Klavier ihre Filmmelodien herunterhämmert, kommt mir die Galle hoch. Womit hätte Marta es je verdient, verschont zu werden? Fast ein ganzes Jahr lang hat sie ihr Haus einfach im Stich gelassen, und ich habe mich seiner nur deswegen erbarmt, weil ich dachte, seine bejammernswerte Besitzerin wäre zu outgesourcten Verhören nach Polen oder Syrien oder weiß Gott wohin verschleppt worden wie so viele andere Opfer des gängigen Folterexports. Ich mochte mir nicht vorstellen, wie Marta an ihren ungewaschenen Daumen von der Decke hing, von elektrischen Viehknüppeln traktiert. Dabei war sie bloß die ganze Zeit irgendwo in Amerika mit ihrer Musik zugange, ohne einen Gedanken daran, sich bei ihrem treuen Nachbarn zu melden, und sei es nur mit einer kurzen SMS, um ein Lebenszeichen zu geben und anzufragen, ob ich wohl so gut wäre, ein Auge auf Haus und Grund zu haben; als wohlerzogener Mensch hatte ich das ohnehin. Irgendwann kam sie dann angetingelt, und siehe da, Stunden später war sie die alleinige Bewohnerin von Le Roccie. Meine frömmlerische Stiefmutter Laura hat häufig maulend zu wissen begehrt, warum der Herr es zulässt, dass die Frevler vom Glück begünstigt werden. Wie ich höre, hat sie damit den Psalmisten plagiiert, aber dieses eine Mal kann ich ihr nicht widersprechen.

Unterdessen hat die Heilwirkung von Grappa laudanum und bitteren Gedanken meinen normalen Gemütszustand nahezu wiederhergestellt. Wenn ich jetzt durch die warmen Wohngefilde von Crendlesham Hall streife, während alle andern ausgeflogen sind, verspüre ich mitunter unverkennbar das erste leise Zucken der Langeweile. Die leere Wochentagsschale eines normalerweise quirligen Familienhauses hat etwas, das – wenn ein Strahl der trüben Februarsonne auf den noch hängenden Gammel des Weihnachtsschmucks fällt – eine melancholische Miesepetrigkeit erzeugt. In der Küche ächzt der Wasserkessel auf dem Aga-Herd, die Katze Luna lümmelt in dem einzigen bequemen Sessel, den sie sich mit mehreren von Joshs Gummidinos und einer Transformer-Figur teilt. Ich stehe am Fenster und beobachte das ziellose Flattern winterlicher Kiebitze am grauen Himmel von Suffolk. An der Wand hängt eine von diesen weißen Bürotafeln, deren Filzerkrakel und kleine Merkzettel an Kühlschrankmagneten vom Leben anderer Leute künden: »Josh Zahnarzt Di 11:30«, »Elektriker Freitag«, »Max Berlin 5.–8.«, »Sarahs Geb. 15.«. Eine bekannte Wehmut kommt auf, die zwischen Neid und Abscheu schwankt.

Zudem kann ich nach zwei Monaten England nicht darüber hinwegsehen, wie sehr ich mit meiner heimischen Kultur über Kreuz liege. Einzig dank meines natürlichen guten Benehmens vermag ich an mich zu halten, wenn ich genau die Greuel, die mich vor so vielen Jahren aus meinem Geburtsland vertrieben haben, wieder aus nächster Nähe erlebe. Jennifer hat mir oft zugeredet, sie tagsüber auf ihren Kurzausflügen in die Welt zu begleiten, zweifellos in der Absicht, mich »auf andere Gedanken zu bringen«. Diese Einladungen sind gut gemeint; doch es liegt in der Natur von Bestrebungen, Leute aufzuheitern, dass sie bloß allseits Muff und schlechte Laune verbreiten. Joshs Kindergärtnerin, die wahrscheinlich strafrechtlich verfolgt gehört, hat ihm offensichtlich per Gehirnwäsche eingeimpft, dass jeder Haushalt ein Vogelhäuschen haben sollte. Also begaben wir uns eines Morgens zum Kauf eines Vogelhäuschens in ein Gartencenter im wenige

Meilen entfernten Peasewold St. Phocas. Eine rustikale Tafel am Eingang klärte uns darüber auf, dass St. Phokas der Schutzheilige der Gärtner ist, wir wandelten also im Prinzip auf heiligem Grund. Das hätten wir allerdings auch so gewusst, denn Gartencenter sind die neuen Kathedralen des säkularen Zeitalters, verbinden sie doch den religiösen Ritus des Shoppens aufs schönste mit ökologischer Korrektheit. Das Großartige an Le Roccie (und wie die Tränen mir in die Augen schießen, wenn ich an mein verlorenes Paradies denke!) war, dass es dort keinen Garten gab. Es war ein Adlerhorst an einem Berg. Wer braucht einen *Garten?* Blöde bourgeoise Spielereien. Postindustrielle Versuche, sich in eine abgelebte Version englischer Schäferidyllen einzukaufen.

Gemeinsam entschieden sich Jennifer und Josh für ein Ding an einer Stange, das eher ein Vogelmotel als ein Vogelhäuschen war. Es hatte Wände und ein Satteldach und war von oben bis unten mit Sperrholzkonturen von Rotkehlchen und Drosseln beklebt, für den Fall, dass diese bloß ideogrammatisch gebildeten Vögel zu doof waren, um das ihnen zugedachte Futter zu erkennen. Josh bemerkte, wenn es ein richtiges Haus wäre, müsste innen ein Vogelbad mit einer Vogelwanne und auch einem Vogelklo sein, wo die Vögel Aa machen konnten. Er und ich blieben etwas zurück und führten ein kurzes spekulatives Gespräch darüber, ob Vögel vor einem Bad ihr Federkleid ausziehen sollten, doch die laute anatomische Detailerörterung, in die er sich begab, zog die nur ihm willkommene Aufmerksamkeit anderer Kunden auf sich, und ich beeilte mich, seine Mutter einzuholen, die ihren Einkaufswagen gerade in die riesige Halle mit Ökokinkerlitzchen schob, mit denen das Gartencenter seinen wirklichen Reibach zu machen schien. Sie war rappelvoll von Produkten, die sich nur durch einen gigantischen Phantasiesprung entfernt mit Gärten in Verbindung bringen ließen. Wie in einer italienischen Kathedrale konnte man Kerzen kaufen, doch die Kerzen von Peasewold St. Phocas hatten Düfte und Namen, beide darauf berechnet, bei einem sensiblen Menschen den größtmöglichen Ekel zu erregen: »Aromatherapy«, »Harmony«, »Seascape«, »Warm Embrace« und – die Magensäfte schossen bis zum Zäpchen empor – »Beingness«. Es gab auch Räucherstäbchen mit ähnlichen Namen, aber noch übleren Gerüchen sowie bimmelbammelnde, tingeltangelnde Windklangspiele, die einem ab und zu in die Haare gerieten.

An diesem Tag stieg der Fluss der Samperschen Misanthropie derart an, dass er über die Ufer trat. Wie abscheulich, einer Mehrheit anzugehören! Das Ideal, dem ich nacheifere, ist eine Haltung leidenschaftlicher Distanz. Leidenschaftlich war mir gewiss zumute, und um auch noch Distanz zu bekommen, ging ich unwirsch hinaus und setzte mich in Jennifers Wagen, statt sie und Josh in die Teestube des Gartencenters zu begleiten, wo Josh die versprochene Belohnung für sein Bravsein erhalten sollte. Das wird eine tolle Belohnung werden, dachte ich mir. Man konnte sich nur zu gut die fünfzig Sorten Kräutertee vorstellen, die alle nach überbrühten Stengeln und Früchten schmeckten, aber so ziemlich das Einzige auf der Karte waren, das weder Haferflocken noch Melasse enthielt. Ich sah schon das abartige Backwarensortiment vor mir: Brötchen, die Hafer und Lupinensamen enthielten, minderwertige Weizensorten, die biblisch und daher erbaulich klangen – Dinkel, Emmer, Einkorn, Kamut –, oder Pfannkuchen mit Galläpfeln und Melasse (»Traditionelle Liebesgaben im vorchristlichen Lesbos!«). Das Ganze ein wahrer Ausbund von Mittelschichtmäßigkeit, von selbstverliebtem Gieren nach leiblicher Gesundheit und seelischer Harmonie.

Ich gebe zu, ich kann nicht recht erklären, warum der schlichte Besuch eines Gartencenters so eine Schockwirkung hatte. Der Laden schien einfach Unmengen dankbarer Hassobjekte zu versammeln, von denen ich gar nicht gewusst hatte, dass ich sie hasste, bis ich sie alle vor mir sah, jedes einzelne ein Teil meiner früheren Identität als Brite, ehe ich vor Jahren den wunderbar erleichternden Schritt tat, ein kulturflüchtiger

Ausländer zu werden. Auf eine geheimnisvolle Art kommt mir Jennifers Merktafel in der Küche von Crendlesham Hall wie ein Palimpsest vor, unter dem vielleicht, wenn ich die Schmierschichten ihrer halb ausgewischten Notizen ganz wegriebe, die gleichen krakeligen Gedächtnisstützen meiner Mutter zum Vorschein kommen würden, die auch schon meine Kindheit prägten. »Bohnerwachs.« »Tee.« »Wäschezeichen bei Cash's bestellen.« »Freitag Sanders bezahlen.« Und während ich so allein in dieser Küche stehe, aus dem Fenster starre und mich gegen den Zug zurück in die Vergangenheit stemme, überkommt mich plötzlich die düstere Ahnung, dass es mit Samper aus und vorbei ist, dass das Leben mir aus den Händen geglitten ist und jetzt in denen von Adrians Verwandten liegt.

Da erinnert mich eines Morgens ein Anruf von meinem Agenten Frankie daran, dass ich dort draußen in irgendwelchen kiebitzlosen Fernen eigentlich ein recht passables eigenes Leben führen könnte. In solchen regenerativen Einkehrzeiten vergessen wir Künstler leicht, wie dringend wir diese Stimmen von jenseits des Gesichtskreises brauchen.

Frankie will mir eine freudige Mitteilung machen: Ich mag um ein Haus ärmer sein, aber mein jüngstes Buch *Millie!* verkauft sich phantastisch, und das weltweit. Dass es in Großbritannien im Weihnachtsgeschäft gut gehen würde, war abzusehen, da die Titelfigur, die kotzbrockige einarmige Weltumseglerin Millie Cleat, eine Heldin war, die sich »in die Herzen der Nation« gesegelt hatte *(Sun, Mirror, Daily Express, Daily Mail* usw.). Unter normalen Umständen wären die Verkäufe in der flauen Zeit nach Neujahr deutlich zurückgegangen. Doch ihr live übertragener spektakulärer Tod in Sydney am Weihnachtstag half sowohl meiner Stimmung als auch meinem Buch mächtig auf die Sprünge. Ich werde daran, versichert mir Frankie, richtig gut verdienen, vor allem wenn der momentan in Hollywood verhandelte Filmdeal über die Bühne geht.

So kommt es, dass ich eines Morgens erwache und weiß,

dass Samper wieder der Alte ist. Ich schlage die Augen auf, und eine innere Beschwingtheit neutralisiert mühelos das von draußen einsickernde graue Licht Suffolks. Beim Rasieren fällt mir eines meiner liebsten Zitate aller Zeiten ein: »Die schönsten Freuden sind doch die Annalen.« Es war ein Historiker, den ich vor vielen Jahren dieses freimütige Bekenntnis ablegen hörte, und zwar in einer Sendung des BBC World Service namens *Words of Wisdom* (ausgestrahlt am 31.8. 95, falls Sie nachprüfen möchten), und es ist mir unvergesslich geblieben. Ich hatte gar nicht gedacht, dass auch Historiker solchen heimlichen Lüsten frönen. Das macht sie nachgerade zu Menschen wie du und ich. Wie dem auch sei, während ich mich mit Aftershave einreibe (ein Wort, das auf einmal eine ganz neue Bedeutung annimmt), stelle ich fest, dass auch in mir heute ein Fünkchen Freude glimmt und ich voller Energie und Tatendrang bin. Ich fühle mich wieder wie in meinen Zwanzigern: Nichts ist unmöglich, nichts und niemand kann mich davon abhalten zu tun, was ich will. Und plötzlich – jawohl! – bin ich froh, kein Hausbesitzer zu sein, der sein Leben mit Kühlschrankmagneten organisiert. Ein Glück auch, dass ich mich nicht mehr um ein Stück Land tausend Meilen entfernt sorgen muss. Die Last der angehäuften Besitztümer eines ganzen Lebens ist mir von den Schultern genommen. Kurzum, ein neuer, entschlackter Samper tritt an. Vor allem ein Samper, der wild entschlossen ist, nie wieder ein Buch für einen Spitzensportler zu schreiben. Aber wohin gehen? Was tun?

Da kommt, klingeling, wie gerufen der nächste Anruf von Frankie. Er raucht drei Päckchen am Tag und klingt entsprechend verteert, und heute Morgen gibt er seine dramatischen Neuigkeiten so krächzend und superlakonisch von sich, dass ich ihn bitten muss, das noch einmal zu sagen.

»Ich habe gesagt, ›anderthalb Millionen‹, Gerry. Die Filmrechte für *Millie!* Ordentliche Pfund, heißt das, keine mickrigen Dollar.«

»Meine Güte.« Ich sinke nach hinten gegen den Aga-Herd,

der eine anheimelnde Wärme an die Kontaktzonen überträgt. Dann, das Wichtigste: »Was ist mein Anteil?«

»Vielleicht erinnerst du dich, dass wir beim Buchabschluss mit Millies Agent die Prozente vereinbart haben. Alles ganz regulär. Wir kriegen zwanzig Prozent vom Verkauf der Film-, Fernseh- und verwandten Nutzungsrechte an der Cleat-Lebensgeschichte in deiner Schreibe. Dein Schnitt ist demnach, ähm, dreihunderttausend abzüglich der fünfzehn Prozent für diese Agentur hier plus Mehrwertsteuer, *uääärch uääärch«* (ein schrecklicher Hustenanfall peitscht seine verschleimten Alveolen, und ich halte abergläubisch den Hörer ein Stück von mir weg, als könnte mein Ohr eine Ladung Lungenfitzel abbekommen) *»öööörch,* sagen wir, knapp unter einer Viertelmillion.«

»Für mich allein? Wahnsinn. Und haargenau an dem Tag, an dem ich mich so verantwortungslos fühle wie noch nie.«

»Oh, hier im Büro waren wir uns alle einig, dass es niemand Verantwortungsloseren hätte treffen können, Gerry. Herzlichen Glückwunsch. Aber bevor du losziehst und etwas tust, das dich hinter Gitter bringt, wirst du, fürchte ich, ein paar Entscheidungen treffen müssen.«

»Triff du sie für mich, Frankie. Du bist mein Agent«, sage ich abgelenkt, denn es riecht plötzlich stark angebrannt. Ich muss entdecken, dass mein todschickes Jackett mit dem hinteren Saum auf der einzigen Herdplatte gelegen hat, die nicht abgestellt war. Verdammt. Ich gieße Wasser aus dem Kessel darüber. Macht nichts, ist bloß Armani. Küchencouture.

»Kann ich nicht«, sagt Frankie indessen und hustet abermals, als wollte er seinen Bronchialbaum entwurzeln. »Das kannst nur du, Gerry. Du musst entscheiden, ob du auch das Drehbuch schreiben willst.«

»Machst du Witze? Natürlich nicht. Nie im Leben.«

»Vergiss nicht, mehr Knete.« Frankie tut es leid um jeden Penny, der seinen gelbkuppigen Fingern entgeht.

»Ich brauche nicht noch mehr Knete. Falls du dich erinnern magst, Frankie, ich habe geschworen, mich nie wieder mit dieser aufgeblasenen alten Fregatte abzugeben, und dabei bleibe ich. Ich denke, wir sollten das Rechtegeld nehmen und Fersengeld geben.«

»Schön. Wenn du das so willst.« Dennoch klingt er bedauernd. »Meine Antennen sagen mir allerdings, dass mit Millie Cleat noch mehr Geld zu machen ist. Gegen Ende des Wettbietens um die Filmrechte ging ein ziemliches Hauen und Stechen los, weißt du. Alle großen Studios haben sich darum gerissen. Eine internationale Sportlerpersönlichkeit, deren dramatisches Leben in einer weltweiten Live-Übertragung ein superdramatisches Ende fand! Und natürlich die Meldung, dass sie zu Neujahr geadelt werden sollte, aber in letzter Sekunde von der Liste gestrichen werden musste, weil zivile Auszeichnungen nicht posthum vergeben werden. Bei so einer Story kann eigentlich nicht mehr viel schiefgehen. Aber des Menschen Wille ist sein Himmelreich. *Öchä. Öchä. Uärchäärch.* Jetzt zum zweiten Punkt. Laut Vertrag bist du Champions noch ein weiteres Buch schuldig.«

»Ach, schreib den Vertrag von drei auf zwei Bücher um oder was weiß ich. Oder lös ihn ab, mir egal. Denn heute ist der Tag, an dem ich die Verbindung zur Welt des Sports ein für alle Mal kappe. Das war's, Frankie. Samper hat gesprochen. Ich bin fertig mit der Ghostwriterei. Ich habe zum allerletzten Mal versucht, aus Kreaturen, die sich mit Nike-Haken schmücken, einen halbwegs verständlichen Gedanken herauszuholen. Ich kann die Herrlichkeit dieses Entschlusses noch nicht ganz ermessen, aber wenn es so weit ist, werde ich ein Fest von epischen Ausmaßen feiern.«

Dieser erste Tag meines neuen Lebens (wie wir wiedergeborenen Atheisten sagen) hat so strahlend begonnen, dass ich unbedingt jemandem davon erzählen muss. Leider ist Max heute in London im Aufnahmestudio, und Jennifer und Josh machen in Colchester irgendwelche Mutter-Kind-Sachen. Der Mensch, merke ich, dem ich meinen unverhofften Viertelmillionengewinn *wirklich* gern unter die Nase reiben würde, ist aus irgendeinem Grund Marta, und ich mache tatsächlich Anstalten, ihre Nummer nachzuschlagen, bevor mir der Gedanke kommt, sie könnte das als angeberisch empfinden oder völlig zu Recht vulgäre Häme darin erkennen. Auf jeden Fall wird eine, deren krimineller Vater tonnenweise Geld für sie auf Nummernkonten in aller Herren Ländern deponiert hat, von einer Viertelmillion Pfund nicht übermäßig beeindruckt sein. Ein Blick genügt und man begreift, dass Geld ihr nichts bedeutet. Sie hat zwar Zaster wie Heu, aber wenn man eine woinowische Komponistin über vierzig ist, läuft man offenbar wie eine Pennerin herum und wohnt in einer Schimmelbrutanstalt.

Nicht zum ersten Mal muss ich darüber nachdenken, was für ein eigentümlicher Mensch sie doch ist, und dabei auch wieder über ihr Geschlechtsleben spekulieren. Ich erging mich einmal in Phantasien von einem einfachen, aber kernigen Waldbauernbub, der hin und wieder im Schutze der Dunkelheit aus dem Forst geschlichen kam wie ein befleckter Faun, seine Axt an ihrer Hintertür abstellte und auf ihrem Bett allerlei Zweige, Blätter und Samen hinterließ, ohne auch nur daran zu denken, sich die Stiefel auszuziehen. Dann aber ließ sie sich öfter mit dem Sohn eines vielbewunderten italienischen Filmregisseurs sehen, der zugegebenermaßen mehr als einen zweiten Blick wert war, und ich hielt es nach einer Weile für denkbar, dass sie letztlich gar nicht so sehr auf Hauruckverkehr stand. Filippo jedoch nahm mich irgendwann auf eine Spritztour im Pacinischen Privathelikopter mit, und ich bemerkte, dass er meine vorzüglich geschnittene Homo-Erectus-Jeans mit einem kurzen Kennerblick bedachte, was sie durchaus verdient hatte. Von da an war es ausgeschlossen, dass er einer nicht mehr ganz taufrischen Dame mit dem Kleidergeschmack eines Elchs den Hof machte. Gar nicht zu reden von der Figur. So sind und bleiben mir Martas erotische Neigungen ein Buch mit sieben Siegeln. Vermutlich müssen wir davon ausgehen, dass sie sich prophylaktisch gelegentlich einen

Liebhaber zuführt, so wie manche Leute sich Stecker in ihre Ohrläppchen tun, damit die Löcher nicht zuwachsen.

Statt Marta rufe ich also den guten Adrian in seinem Labor am BOIS an. Seine Sprachlosigkeit ist zufriedenstellend.

»Ist ja phantastisch«, sagt er, als er sich von dem Schock erholt hat. »Ich latsche mal eben rüber zum Direktor und reiche meine Kündigung ein. Der Ozean wird in Zukunft wohl ohne mich auskommen müssen. Ich wollte schon immer gern ausgehalten werden.«

»Ich denke gar nicht daran, dich auszuhalten, du mieser Stricher«, weise ich ihn zurecht. »Allein der Gedanke! Nein, das Geld brauche ich selbst. Ich habe große Dinge vor. Aber ich wäre bereit, mich spendabel zu zeigen und dich in neues Ölzeug einzukleiden.«

»Ha, dann erwarte ich aber Maßkonfektion, jawohl. Keinen Plunder von der Stange. Savile-Row-Ölzeug, wenn ich bitten darf ... Menschenskind, Gerry, was für ein Haufen Geld! Ich will nicht sagen: ›Einen Besseren hätte es gar nicht treffen können‹, denn es hätte ja sein können, dass es mich trifft.«

»Hätte es nicht. Wer wollte schon anderthalb Millionen für die Filmrechte an *deinem* Buch bezahlen? Das sag mir mal.« Es stimmt, Adrian hat tatsächlich ein Buch veröffentlicht: eine erweiterte Version seiner Doktorarbeit mit dem Titel *Trophische Interaktionen unter postvernalen ästuarinen Gemeinschaften von Copepoden der Art Pseudodiaptomus hessei.* Das ist nicht gerade das, was die Buchbranche einen verkaufsfördernden Titel nennt, deshalb müssen Sie sich nicht wundern, wenn Sie bei Waterstone's auf Ihre Frage danach einen schelmischen Blick ernten und ohne Konsultation des Computers die Auskunft bekommen: »Oh, ich glaube, wir haben gerade das letzte Exemplar verkauft. Wir müssten es für Sie nachbestellen.«

»Du hast gar keinen Begriff davon, wie hochdramatisch und niederträchtig es im Leben der Copepoden zugeht, Gerry. Wie brutal und ekelerregend. Wenn es in Groß im Kino liefe, würden die Leute zum Ausgang flüchten.«

»Ja, um an der Kasse ihr Geld zurückzuverlangen. Und jetzt, glaube ich, sind gerade dein Neffe und deine Schwester heimgekehrt. Möchtest du vielleicht mit Jen reden?« Während sie Schal und Handschuhe ablegt, reiche ich ihn an sie mit der Bemerkung weiter: »Dein Bruder.«

Die nächsten paar Tage gehe ich eingehüllt in das warme Gefühl umher, dass ein Riesenproblem in meinem Leben gelöst ist. Daheim in Italien wäre ich zweifelsohne in Gesang ausgebrochen und hätte ein ausdrucksstarkes Gericht erfunden, das in die, ähem, Annalen der Festtagsküche eingegangen wäre. Aber in diesem hohen Hause mit so liebenswürdigen Menschen zusammen zu sein, macht mich ungewohnt gehemmt. Wenn man mit einem der größten Dirigenten der Welt unter einem Dach wohnt, bricht man nicht spontan in Gesang aus. Dieser Mann duzt sich mit den zwei Tenören! Und man beschlagnahmt auch nicht nolens volens den Aga-Herd seiner Gastgeberin für kulinarische Experimente, sofern sie einen nicht eigens dazu auffordert, zumal wenn für das nächste Wochenende ein großes Festessen mit hochrangigen Gästen auf dem Programm steht. Ich habe die ganzen letzten neun Wochen meine besten Manieren an den Tag gelegt, und der Druck bringt mich um, aber ein Weilchen werde ich wohl noch durchhalten müssen.

Bis vor zwei, drei Monaten hätte ich mir für die Gelegenheit, bei einer von Max Christs Dinnerpartys zu glänzen, den Eckzahn von einem Grobschmied ziehen lassen. Nach Jahren des Exils in den geistigen Wüsteneien, wo Sportlerpersönlichkeiten und Prominente wohnen, kam ich mir vor wie der arme Ovid, vom Kaiser Augustus im Jahre 8 ins heutige Constanţa am Schwarzen Meer verbannt und durch tausend Meilen voll heulender Barbarenstämme von seinem geliebten Rom getrennt. Dass die von mir Porträtierten nach den Vorschriften ihrer Ernährungsberater irgendein ungenießbares Zeug verzehrten statt richtiges Essen, war ihre Sache. Dass sie elektrolytische Sportdrinks tranken statt anständigen Wein, war ihr eigener Schade. Aber dass sie von nichts Interessantem eine Ahnung hatten, ließ mich nach der Gesellschaft von Leuten lechzen, die belesen waren und wussten, was es hieß, hinzuschauen, hinzuhören, hinzudenken – zu *leben.* Selbstverständlich war das keine Versnobtheit meinerseits, lediglich das angeborene Unterscheidungsvermögen, kraft dessen jede Spezies die Gesellschaft von ihresgleichen sucht. Niveau lässt sich nicht verleugnen, weshalb arrangierte Ehen oft so gut funktionieren, während die der Niveaulosen zerbrechen. Wie gesagt, einst, vor noch gar nicht so langer Zeit, sehnte ich mich nach dem Umgang mit verwandten Geistern. In letzter Zeit ist auch diese Sehnsucht unter die Räder der Ungeduld gekommen. Und trotzdem ist die Hoffnung nicht totzukriegen, dass diese anstehende Dinnerparty mich nicht mit protzigem Promipöbel enttäuschen wird. Max hat mir bedeutungsvoll mitgeteilt, dass er einen Überraschungsgast für mich eingeladen hat, da heißt es, Samper, *gute Miene machen.* Dankenswerterweise hat Adrian versprochen, aus Southampton anzureisen. Und klar, selbstverständlich wird sich die ganze Tischrunde pflichtschuldigst über meinen Geldsegen freuen, wenn die unvermeidliche Erwähnung erfolgt. In Wahrheit jedoch sind diese Leute selber reichlich mit Geld gesegnet und halten es schlicht für ausgemacht, dass jeder, den sie kennen, das ebenfalls ist.

Für sie ist es somit keine große Sache, dass dieser mysteriöse, kultivierte und unterhaltsame Freund von Adrian plötzlich zu einer kleinen Barschaft gekommen ist. Wie auch? *Sie* mussten niemals ihren Lebensunterhalt damit verdienen, Schreckschrauben wie Millie Cleat monatelang brauchbare biographische Informationen aus der Nase zu ziehen. *Sie* wurden niemals aufgefordert, als Preis für ein Interview mit Luc Bailly, dem legendären Abfahrtsläufer, unter die Dusche zu steigen. Dies angeblich deshalb, weil er sonst keine Zeit freihatte. In Wirklichkeit sollte ich mit eigenen Augen sehen, was ihn legendär gemacht hatte. Denn Luc hatte das Lyndon-Johnson-Syndrom. Dieser frühere US-Präsident nötigte manchmal männliche Staatsbesucher dazu, nackt mit ihm in seinen heimischen Swimmingpool in Texas zu steigen, in dem sicheren Wissen, dass sie vor seinem monströsen Gemächt als schrumpelige Unterlegene dastehen würden. Es war ein schwerer Fehler, denselben Trick an Samper auszuprobieren. Bailly hatte niemals die Abwehr- (und Angriffs-)Techniken unter der Dusche erlernen müssen, die sich für einen, der auf eine anständige englische Privatschule gegangen ist, von selbst verstehen. Kaum hatten wir begonnen, uns auszuziehen, da quetschte ich ihn schon über die Beziehung zu seiner Mutter aus, und dann war er es, der unter dem mörderisch brennenden Wasserstrahl und dem wallenden Dampf immer schrumpeliger wurde. Er kehrte mir alsbald den Rücken zu und nuschelte Ausflüchte in den Seifenschaum. Danach war er zahm wie ein Lämmlein.

Will sagen, diese glorreichen Glieder der ostanglischen Künstlerszene haben keine Ahnung, was für Schrecknisse ich in den letzten zwanzig Jahren auf mich nehmen musste, um mein karges Brot zu verdienen; und was sie innerlich als eine nützliche kleine Finanzspritze abtun werden, ist tatsächlich mein Ausreisevisum aus dem Land der Lohnsklaverei.

Die durch meine jähe Schicksalswende ausgelöste innere Erregung pumpt mich mit Energie auf, die umgesetzt werden will. Da ich meine Zukunft planen muss und Spaziergänge von jeher als denkfördernd empfinde, breche ich ohne ein bestimmtes Ziel von Crendlesham Hall auf. Seit meinem ersten Besuch hier, als man versuchte, mich mit obskuren suffolkischen Ortsnamen zu verwirren, hüte ich mich davor, nach dem Weg zu fragen. Aber ich habe einen untrüglichen Richtungssinn wie auch die weise Voraussicht, darauf zu achten, dass ich den baufälligen Kirchturm von Crendleburgh im Rücken behalte. Ich hopse über einen Zauntritt und marschiere über ein Feld. Zu dem Zeitpunkt, als ich meinem Porträt von Millie Cleat die letzten hochkünstlerischen Unwahrheiten hinzufügte, standen zwei mögliche Nachfolgeprojekte im Raum. Eines war, die Biographie meines illustren Gastgebers Max Christ zu schreiben. Als ich ihm die Idee unterbreitete, versprach er mir, ernsthaft darüber nachzudenken, aber das ist Monate her, und wahrscheinlich hofft er, dass ich es vergessen habe. Er ist schlicht zu renommiert, um sich mit so etwas abzugeben, und mit siebenundvierzig ist er ohnehin noch zu jung, um auf ein Leben zurückzublicken. Darin ist Christ wirklich der Gegenpol zu den Helden des Sports, über die ich bisher geschrieben habe, denn die werden tendenziell mit dreißig geriatrisch, so dass ihre »Geschichten« erzählt werden müssen, bevor sie alt genug sind, um wirklich gelebt zu haben. Ich fand schon immer, dass es viel aufschlussreicher wäre, die Lebensgeschichte dieser Leute zu schreiben, wenn sie ungefähr sechzig sind. Ich vermute, bei sehr wenigen würde etwas anderes als ein trauriger Abwärtsentwicklungsroman herauskommen. Manchmal fristen sie ihr Dasein als Kommentatoren oder betreiben eine Kette von Sportgeschäften, und manchmal investieren sie in einen Nightclub. Auf die meisten jedoch wartet ein langes Verdämmern in Suff und Fett und Selbstmitleid, was in mir die Hoffnung weckt, es könnte in diesem kalten, gleichgültigen Universum doch noch eine höhere Gerechtigkeit geben.

In mein zweites Projekt bin ich sogar schon ein kleines Stück weit eingestiegen. Es handelt sich um die bereits erwähnte Biographie von Nanty Riah alias Brill, dem Boss von Alien Pie. Sie werden sich gewiss an die Meldung erinnern, dass bei einem Kunstdiebstahl aus seinem Privatjet sein Hintern mit Kugeln gespickt wurde – sie beherrschte mindestens eine Woche lang weltweit die Schlagzeilen. Der gute Nanty ist mir richtig ans Herz gewachsen, hauptsächlich weil er frei von Hintergedanken ist – wenn auch leider nicht von Gedanken an seinen Hintern mit den Einschusslöchlein, der weiterhin sein Hauptgesprächsthema ist. Anders als die meisten Popstars macht er sich kaum Illusionen über seinen gesellschaftlichen und künstlerischen Rang, im Gegensatz zu seinem finanziellen Wert, der in der Tat immens ist. Irgendwie rührt er einen mit seiner Herkunft aus Harpenden, seiner totalen Alopezie, der Sorge für seine geistig behinderte Schwester und der sporadischen Treue zu seiner Frau. Trotzdem kann ich, während ich an einem der wenigen Knicks hier in Suffolk entlangstapfe, der nicht von Agrivandalen gerodet wurde, keine rechte Begeisterung dafür entwickeln, Nantys Geschichte zu schreiben. Meine Finanzlage hat sich allzu dramatisch gebessert. Er kann warten, sage ich mir; und mit diesem befreienden Gedanken bricht endlich der Bann der Stummheit, den mir das Zusammenleben mit Adrians Verwandten auferlegt hat, denn ich bin von Natur ein Sänger.

So gewaltig ist meine Stimmkraft, dass ich drei Felder weiter Kiebitze erblicke, die sich mit schwarzweißen Flügelschlägen eilig in die Lüfte flüchten. Gut: Samper ist eindeutig wieder in Form, wenn auch immer noch wider Willen im Land seiner Geburt. Bei dieser enormen musikalischen Anspannung jedoch habe ich anscheinend für einen Moment die Orientierung verloren. Vergebens sehe ich mich nach der Kirche von Crendleburgh auf ihrem flachen Hügel um – nicht dass es hier in der Gegend andere Hügel als flache gäbe. Nichts als ein Horizont winterlicher Stengel, in der Nähe ein lichtes Stück Wald. Hinter einem fernen Knick meine ich, eine Reihe von Telefonmasten im Wald verschwinden zu sehen, was auf eine Straße hindeutet. Zwischen den Bäumen schimmert zudem ein vager heller Fleck, der eventuell ein Haus sein könnte, aber sich höchstwahrscheinlich als ein Waldrebengehänge herausstellen wird. Wie dem auch sei, ein anderes Ziel bietet sich nicht, und so halte ich darauf zu und nehme dafür eine Abkürzung durch den Wald.

Dieser ist leider weniger licht, als es zunächst den Anschein hatte. Tatsächlich ist es ein dichter Dschungel aus morschen Weiden, Giersch und von Efeuzwangsjacken aufrecht gehaltenen toten Bäumen. Ich lehne mich an einen, um mir den Schlamm von den Schuhen zu kratzen, und mit einem schaurigen Knarren beginnt er zu kippen und fällt zu Boden. Das ist ja die reinste Todesfalle hier! Auf einmal spricht mich aus dem Dschungel eine unwirsche quäkende Stimme an.

»He, Sie da! Was soll das werden, wenn's fertig ist?«

Ich luge in das Gestrüpp aus Ästen und Dornen. Es ist wie eines von diesen Bildern in Kinderheften, in dem fünf Löwen versteckt sind, und nun schau mal, ob du sie finden kannst.

»Ist Ihnen klar, was Sie da getan haben?«

Jetzt sehe ich ihn: ein langer, hagerer alter Mann in, wie es aussieht, einer antiken Feldanzugjacke und kotbraunen Kordhosen, die an den Knien durchgescheuert sind. Seine Hände, fällt mir auf, sind riesig: nichts als Adern und Knöchel. In einer hält er eine Gartenschere. Er starrt mich böse aus wässrigen keramikblauen Augen an, die wie bei einem Terrier hinter buschigen weißen Brauen versteckt sind.

»Ich fürchte, ich habe die Richtung verloren«, sage ich in friedfertigem Ton.

»Schade, dass es nicht die Stimme war. Ich nehme an, dass Sie es waren, der gerade diesen infernalischen Radau veranstaltet hat. Hat sich angehört, als würden Schweine kastriert.« Er bückt sich steif, um den Baum zu begutachten, den ich soeben umgestoßen habe. Unter seiner Kleidung ahnt man das Gerippe. »Wissen Sie eigentlich, dass diese wunderbare Pflanze, die Sie soeben mutwillig zerstört haben, die letzte ihrer Art in Großbritannien war? Wahrscheinlich in Westeuropa.«

»Wie, mutwillig zerstört? Das Ding ist umgekippt. Es ist tot.«

»Keineswegs. Ich werde wohl noch meinen eigenen Garten kennen. Diese edle Pflanze ist ein einzigartiger Baum von historischem Wert. Er wurde im Jahre 1912 von T.E. Lawrence als Schössling hierhergebracht. Er war zu der Zeit an der Ausgrabung von Karkemisch beteiligt, und den Schössling bekam er vom Emir von Aleppo geschenkt, der an ihm einen Narren gefressen hatte. Sie waren natürlich Hinterlader. Dies hier«, der alte Mann deutet mit seiner Schere auf die Baumleiche, »ist Commiphora byzantina, verwandt mit dem Myrrhenbaum. Trotz seines mesopotamischen Ursprungs ist er fast hundert

Jahre hier gediehen, das allein schon ein Wunder, und hat jedes Jahr wunderschön geblüht. Und jetzt sehen Sie sich ihn an!«

»Offensichtlich sind wir alle nicht unsterblich«, versuche ich ihn zu besänftigen. »Es tut mir leid, aber dieser Baum ist abgestorben. Ein lebender Baum fällt nicht um, wenn man sich dagegenlehnt.«

Der Alte knipst mit seiner Schere ein Zweiglein ab und hält es hoch. »Und was ist das, wenn ich fragen darf? Grün, meinen Sie nicht auch?«

Die alte Pestbeule geht mir langsam auf die Nerven. »Es tut mir leid«, entschuldige ich mich, zum letzten Mal, wie ich mir schwöre, »aber ich hatte keine Ahnung, dass dies ein Garten ist. Sie müssen Mitglied von ›Gärten ohne Grenzen‹ sein.«

»Nie von gehört.«

»Eine Gartenbaugesellschaft mit dem Ziel, alle Zäune abzuschaffen.«

»Ich glaub Ihnen kein Wort. Blind sind Sie sowieso.« Der Blick wird noch böser, und ein khakiumschlotterter Arm zischt durch die Luft. »Was meinen Sie, was das ist? Euphragia monocotylens. Da, Aspergilla tradescantii. Dendrofolium physoloides da drüben. Und schauen Sie dort – diese Forsythia brucei hat Vanessa Bell 1937 eigenhändig gepflanzt. ›Keine Ahnung, dass dies ein Garten ist‹, na klar. Voll seltener Pflanzen. Und demnächst werden Lytton Stracheys Stockrosen genau dort hochkommen, wo Sie gerade stehen.«

Ich mache einen nervösen Schritt zur Seite und blicke entschuldigend auf meine Füße. Ich sehe nur Brennnesseln und Giersch.

»Nicht dorthin!«, ertönt der quiekige Aufschrei. »Sie stehen genau auf dem Johanniskraut! Duncan Grant hat es gemalt. Er kam früher jedes Jahr von Sussex hoch. Damals lebte er noch mit Vanessa zusammen, obwohl er natürlich ein Hinterlader war, genau wie Maynard. Sind Sie ein Hinterlader?«

»Ich muss doch …«

»Hab ich mir gedacht. Merkt man sofort. Aber ein Gärtner sind Sie offensichtlich nicht.«

»Sagen Sie mir, wie man nach Crendlesham Hall kommt, und ich verschwinde augenblicklich aus Ihrem Garten.«

»Crendlesham? Crendlesham? Wo dieser Musikfuzzi wohnt? Dieser Dirigentenheini?«

»Max Christ, ja. Ich bin bei ihm zu Gast.«

»Ach ja? Dann wird der wohl auch ein Hinterlader sein. Sind die meistens. Genau wie dieser Britten. Wir haben ihm einmal einen ganzen blühenden Ast von dieser Commiphora geschenkt, die Sie gerade ermordet haben. Wollte er für eine seiner Opern drüben in Snape haben. Hat nicht mal danke gesagt. Sind genau wie Katzen, die Burschen. Erst pestern sie einen, bis sie kriegen, was sie wollen, dann gehen sie einfach weg.«

»Dasselbe werde ich auch tun, wenn Sie mir sagen, in welche Richtung.«

Ein knochiger Arm in Lumpen fährt die Gartenschere aus. Er sieht aus wie eine Illustration von Mervyn Peake. »Da lang. Hundert Meter, dann kommt die Straße. Genau, wo man denkt, dass sie sein müsste. Da nach rechts. Gehen Sie an der Schlingelschlängelmauer vorbei zur Kreuzung. Da wieder rechts. Ist ausgeschildert. Nur zwei Meilen. Dürften selbst Sie nicht verfehlen können. Und geben Sie beim Weggehen auf meine Bocksriemenzungen acht, sie sind sehr selten in Großbr– Nein! Links von Ihnen! *Links,* gottverdammich!«

Irgendwann verklingen die Schurigeleien hinter mir. Gott, was für eine Gegend! Ich habe hier nichts verloren. Das ist nicht mehr mein Land, auch wenn ich hier geboren bin. Es kommt mir fast wie eine Konzession an mich vor, dass die Leute hier immer noch Englisch sprechen und links fahren. Mach dich davon, so schnell du kannst, Samper! Italien war nie so. Eigentümliche Vorstellung, Ovid könnte nach Augustus' Tod heimgekehrt sein, um merken zu müssen, dass Rom in seiner langen Abwesenheit abstoßend und unbegreiflich geworden war. Er tat gut daran, im Exil zu sterben; nichts ist so desillusionierend, wie in die Heimat zurückzukehren. Schlingelschlängel, weiß Gott. Doch kurz darauf komme ich an eine Backsteinmauer, die sich in flachen Kurven dahinschlängelt, und ich nehme an, dass sie das ist. Und die Wegbeschreibung des alten Saftsacks erweist sich in der Tat als zutreffend, und bald erblicke ich in der Ferne die Kirche von Crendleburgh. Plötzlich kommt mir aus heiterem Himmel der Gedanke: Was ich *wirklich* gern täte, ist, eine Oper schreiben, die Musik in Auftrag geben und sie aufführen lassen. Warum habe ich noch niemals ernsthaft daran gedacht? Es würde meinen Talenten vollkommen entsprechen. Die Oper war meine erste Liebe, aber erste Lieben haben den Nachteil, dass es zu viel Mut kostet, sie nicht nur von ferne anzuhimmeln. Immerhin, was das Selbstvertrauen betrifft, wirkt Geld Wunder, und ich glaube wirklich (im Weitergehen schon singend), dass dies etwas ist, das ich einfach tun *muss.*

Ich bin bereits mitten im gefeierten Chor der Hinterlader im ersten Akt: »Scheiß auf seine Stockrosen! / Weg die Koniferen! / Den Verächter fremder Gäste / Wolln wir Mores lehren!« Vor meinem inneren Auge rauscht unter stürmischem Applaus der Vorhang herunter, während auf der Straße nach Crendlesham links und rechts die Kiebitze erschrocken aufflattern. Wunderbar, wie sich eine ordentliche Stange Geld auf die Stimmung auswirkt. Dummerweise jedoch vergesse ich, und das eine ganze Weile, eine zentrale Sampersche Lebensweisheit. Man darf sich *niemals* ungestraft einen Seufzer der Erleichterung gestatten.

ADRIAN 1

E-Mail von Dr. Adrian Jestico (ajestico@bois.ac.uk)
an Dr. Penny Barbisant (penbar@labs.whoi.ed)

Okay, es ist nicht leicht, eine kranke Meeresmuschel zu erkennen. Aber hast du auf Mitosestillstand und/oder Kernpolyploidisierung geachtet? Anscheinend hast du in meinen Karyologievorlesungen geschlafen. Schon mal was von Chromosomensatzveränderung gehört? Wenn du eine Aufstellung der prozentualen Veränderungen machst, verschafft dir das Zahlen über die subletalen Auswirkungen der Wasserverschmutzung.

Du hast nach Gerry gefragt. Er ist in der Tat der nämliche Samper, der über die schreckliche Millie Cleat geschrieben hat (»Aufgezeichnet von«). Nicht nur das. Es wird dich vielleicht überraschen, aber er & ich haben quasi ein festes Verhältnis. Jedenfalls gehe ich davon aus. Richtig eindeutig ist bei Gerry nie etwas. Ich werde ihm ganz sicher erzählen, dass du sein Buch zum Totlachen gefunden hast; er wird sich mordsmäßig gebauchpinselt fühlen, denn wenn eine es dermaßen lustig findet, wird er sich denken, dann muss sie seine heimlichen Absichten erkannt haben. Fast alle andern sehen darin eine Art Sportlerhagiographie. Besonders heilig gucken sie seit dem tödlichen Unfall ihrer Segelheldin im Hafen von Sydney. Solche Krokodilstränen sind nicht mehr vergossen worden, seitdem die selige Diana von unfähigen französischen Chirurgen himmelwärts befördert wurde. Du warst doch noch in Southampton, als Millie die EAGIS-Vermessung vermasselt hat, nicht wahr? (Wie die Zeit verfliegt!) Keine Sorge, früher oder später kommt alles ans Licht.

Was Gerry angeht, so hat er mir gerade erzählt, dass sie die Filmrechte an dem Buch für 1½ Millionen verkauft haben & er dabei tüchtig absahnt, der alte Drecksack. Aber komischerweise bin ich mir nicht sicher, wie viel ihm das letztlich bedeutet. Habe ich dir erzählt, dass er sein Haus in Italien verloren hat? Das hat ihn härter getroffen, als er zugeben mag, trotz seiner tragischen Masche, & er weiß nicht, was er als nächstes tun soll. Er bräuchte wirklich etwas Außergewöhnliches, in das er die Zähne reinschlagen könnte. Ich kenne ihn noch gar nicht so lange, aber er ist offenbar einer von diesen Leuten, die eine Arbeit brauchen, ein Projekt, eine anständige intelligente Beschäftigung. Seine Biographien à la Cleat haben dieses Bedürfnis gewiss nicht befriedigt, obwohl er mit ihnen tolle Erfolge verbuchen konnte. Der arme Gerry! All seiner Überdrehtheit & Witzigkeit zum Trotz kann er zeitweise erstaunlich niedergeschlagen sein. Er hat die Angewohnheit, ziemlich laut Opernarien im Falsett zu singen, wenn er sich allein glaubt.

So sehr er einen mitunter nervt, man muss ihn einfach gern haben. Wer sonst würde sich im Alter von 50 Jahren einer Penisvergrößerungskur unterziehen, die er gar nicht nötig hat & die vorübergehend sogar sein endokrines System zum Zusammenbruch bringt? Er behauptet nach wie vor, er hätte es rein aus wissenschaftlichem Forschergeist getan, was du & ich normalerweise niemandem abkaufen würden, aber bei Gerry könnte das tatsächlich sein. Peinlich, so was über seinen Quasi-Lebensgefährten zu sagen, aber in mancher Hinsicht ist er wie ein Kind. Er braucht jemanden, der ihn vor seinen eigenen Flausen rettet. Wenn er mit jemandem zusammenleben würde, der ihn gelegentlich auslacht, bestünde die Möglichkeit, einige seiner extremeren Spinnereien ein wenig zu zügeln.

Wie läuft's so in Woods Hole? Inzwischen müsstest du dich ja eingelebt haben. Ich beneide dich wirklich – in Cape Cod stehst du sozusagen auf heiligem Ozeanographenland. Ich hoffe, du genießt deine Zeit in Neuengland so sehr wie ich damals. Ich war sehr gern am WHOI, wie du weißt, & freue mich schon auf meinen nächsten Besuch. Und wie steht's mit Luke & deiner eigenen Beziehungskiste? Ich nehme doch stark an, dass dein Leben nicht nur aus kranken Muscheln besteht. Grüß Peter Millikan von mir.

Ciao,
Adrian

PS: Machst du an den Muschelschalen Betastrahlenmessungen? Solltest du.

2

Die Küche bietet ein Bild friedlicher Normalität, wenn auch nicht von der Art, wie sie einst in meinem schönen toskanischen Bauernhaus herrschte, trotz des penetranten Backgeruchs. Jennifer rührt am Aga-Herd etwas um. Die Katze Luna schläft auf der Arbeitsfläche daneben auf einem Geschirrtuch, den Schwanz über die Butter drapiert. Josh sitzt in der Unterwäsche am Küchentisch und leckt die Reste des Schokoladenkuchenteigs aus der Schüssel. Ich sehe, dass er die Hose verkehrt herum an hat, wie so oft. Reine Glückssache, ob die kleine Nervensäge sie richtig anzieht, die Schuhe desgleichen: ein Hinweis darauf, dass es noch Jahre dauern wird, bis er ein vollwertiger Mensch ist. Im Augenblick ist er nicht viel mehr als ein Konglomerat mehr oder weniger geräuschvoller Ventile, obwohl er manchmal ganz putzig sein kann.

Mit dem Rücken zu mir bemerkt seine Mutter: »Max schwärmt immer noch in den höchsten Tönen von deinem Geburtstagsessen. Er fand dieses Dachsfilet Wellington ganz vorzüglich. Ich hätte dich gebeten, es für dieses Dinner zu machen, wir konnten nur nicht garantieren, dass wir rechtzeitig einen Dachs für dich auftreiben.«

»Wie schade. Aber Jagdhundpastete hätte auch sein müssen.«

»Aber stattdessen machst du uns ein originelles Hors d'œuvre, ja?«

»Schon in Arbeit«, beruhige ich sie. »Du hast etwas nicht ganz Alltägliches verlangt, und du sollst es bekommen.«

»Ich hatte im Stillen gehofft, dass die Plastikbox im Speisekammerkühlschrank mit diesem blutigen Schweinkram nicht dazugehört.«

»Das wird überaus köstlich werden. Dir fehlt der Glaube an die Sampersche Kochkunst. Mehr sage ich nicht.«

»Versprich mir, dass es nichts mit Fledermäusen ist, Gerry«, sagt Jennifer und dreht sich um, ganz besorgte Gastgeberin.

»Gewiss doch, versprochen.«

»Iiurch, Fledermäuse?« Josh hebt mit freudigem Erschauern den Kopf, in den Haaren Schokoladenteigbatzen. Blondschöpfe können es sich wirklich nicht leisten, ihre Essmanieren schleifen zu lassen.

»Mach weiter«, sage ich zu ihm. »Wenn du mit der Schüssel fertig bist, hast du noch reichlich im Gesicht übrig. Ich verspreche es: keine Fledermäuse. Eine Weile habe ich allerdings überlegt, ob man nicht eine authentische Feldknickbrühe hinbekäme, wenn man Eulengewölle auf kleiner Flamme sieden würde. Was meinst du? Sicher müsste man Fellreste und Wühlmauszähne heraussieben, aber wenn die Chinesen Suppe aus Vogelnestern machen können, die von Schleim zusammengehalten werden, dann sehe ich keinen Grund, warum Eulengewölle nicht eine genauso interessante Suppengrundlage geben sollte. Ich bilde mir ein, dass Pfifferlinge und ein Scheibchen frischer Ingwer damit wunderbar kontrastieren würden.«

»Aber Gewöllesuppe steht morgen nicht auf der Speisekarte?«

»Leider nein. Auch das hätte ich rechtzeitig wissen und vorbereiten müssen. Dafür habe ich heute Morgen in Woodbridge gut eingekauft.«

»Fertig!«, verkündet Josh und knallt die Schüssel auf den Tisch. Luna streckt sich und stemmt dabei eine Hinterpfote in die Butter.

»Ich wüsste gern, wer kommt«, sage ich, »aber Max mag es mir nicht verraten.«

»Ach, du kennst ihn doch, Gerry. Er spannt einen immer auf die Folter. Es kommen ein paar Nachbarn, denen wir eine Einladung schuldig sind, und ein Musiker aus dem Colchester Symphony Orchestra. Wir werden nur zu acht sein. Ich werde einen stinknormalen Braten machen, das muss es tun. Für den exotischen Touch vertrauen wir auf deine Vorspeise. Josh und ich werden morgen früh zum Metzger fahren und das Fleisch abholen, dann hast du die Küche für dich allein.«

So breite ich denn am nächsten Morgen, nachdem ich mit harter Hand die Katze aus dem Haus entfernt habe, ein kleines, aber erlesenes Sortiment von allerlei Dingen in Plastikboxen aus, bereit zur Verwandlung in etwas Verheißungsvolles. Im Laufe der Jahre sind bei mir natürlich jede Menge gaumenschmeichelnde Kreationen zusammengekommen. Aber heute werde ich mich auf drei oder vier Appetithäppchen beschränken, eines davon angeregt durch das wunderbare Kochbuch von Dame Emmeline Tyrwhitt-Glamis, *Emergency Cuisine.* Wenn man ein leuchtendes Beispiel für wackeren britischen Heldenmut in den Kriegsjahren suchte, in diesem kleinen Juwel, so praktisch im Umgang mit der Not und so sonnig und erhebend im Ton, würde man es leicht finden. Dass mir beim Absturz meines Hauses ihr Buch verlorenging, samt dem nicht minder unersetzlichen Werk *Elements of Raj Cookery* von Maj.-Gen. Sir Aubrey Lutterworth, ist ein so schwerer Schlag, dass ich eines Tages vielleicht doch noch mit Baggern danach suchen lassen werde.

Emergency Cuisine jedenfalls hat mich daran erinnert, wie gut Feldmäuse sein können. Aus dem neunzehnten Jahrhundert stammt das berühmte Loblied auf sie von Frank Buckland, der seine magere Schulkost mit solchen Delikatessen aufzubessern pflegte. »Eine überm Feuer gebratene Feldmaus, keine Hausmaus, ist für einen hungrigen Jungen die ideale Leckerei für zwischendurch. Sie isst sich wie eine Lerche.« Und so stellte ich einige Tage lang in den weitläufigen Ställen und Nebengebäuden um die Hall Fallen auf, und diese erbrachten zehn – nein, elf beim Nachzählen – wohlgenährte Exemplare, die ich heimlich unter Alufolie in dem kleinen Kühlschrank in der Speisekammer deponierte, wohin Jennifer sich selten verirrt. Das Schlimmste war, sie abzuziehen und zu entbeinen: Etwas

Kniffligeres gibt es gar nicht. Aus Diskretionsgründen machte ich das in meinem Bad oben im Dachgeschoss. Trotzdem muss Luna den verlockenden Duft gewittert haben, denn sie kam an und miaute vor der Tür. Felle und Eingeweide mussten ins Klo wandern. Die Frucht meiner Arbeit ist, in Jennifers abschätziger Formulierung, der »blutige Schweinkram« im Kühlschrank. Es ist wohl so, dass elf Feldmäuse, ordentlich ausgenommen, nicht viel Fleisch ergeben; aber wenn wir nur zu acht sind, macht das fast anderthalb Mäuse pro Nase. Die Frage ist: wie sie zubereiten? Man kann das fitzlige Fleisch ein, höchstens zwei Minuten mit einem Klacks Butter leicht anbraten, ein winziges Tröpfchen Mausebrühe hinzugeben und dieses köstliche Haschee als Vol-au-vent-Füllung nehmen. Andererseits könnte man das Fleisch im Mörser kleinstampfen, am besten mit etwas Gänseschmalz und einem Teelöffel vom besten Armagnac, den Sie finden können, dann die cremige Mischung in Klümpchen auf ein Backblech geben und kurz grillen. Das wären dann Sampers zu Recht berühmte Mäuseknusperlis – unübertroffen, wenn es darum geht, die Gaumen hereinschmeckender Gourmets zu kitzeln. Irgendwie verströmen sie ein Aroma von warmen Heuböden und unterm großen gelben Erntemond zwischen Ackerstoppeln geknabberten Haselnüssen. Für den gegebenen Anlass jedoch neige ich eher der Vol-au-vent-Lösung zu, die ich vielleicht, wie mir gerade einfällt, beim nächsten Mal mit einer winzigen Prise Schwarzpulver verfeinern könnte, um dem In-die-Luft-Fliegen dieser leckerleichten Blätterteigpasteten noch eine neue Bedeutungsnuance hinzuzufügen.

Gut, das wäre geklärt. Ich bringe das weiß Gott kleine Mäuseklein samt den Knöchelchen (rührend, wie zerbrechlich sie sind!) mit einem Viertel der kleinsten Schalotte, die ich finden kann, und einer einzigen Wacholderbeere in einer knappen Tasse Wasser zum Kochen und wende mich nun dem zarten kumbrischen Lamm zu, das ich mir gestern in Woodbridge vom Metzger durch den Wolf drehen ließ. Auch dies kann in

Blätterteighüllen wandern, veredelt mit winzigen Schokoladenstückchen nach Art des Hasen in Schokolade, auf den sich die Mexikaner so gut verstehen. In die Mischung kommen noch vier Tropfen Fernet-Menta, der Versuch der Gebrüder Branca, ihre exquisite Stammmarke über den Kundenkreis hohläugiger Säufer hinaus unters Volk zu bringen. Etwas Basilikum und frische Minze kleingehackt sorgen für eine grüne Kopfnote, und ich wette darauf, dass niemand Sampers After-Eight-Minzmix so schnell vergisst. Natürlich sind diese beiden kleinen Amusegueules herzhaft. Idealerweise hätte ich für meine Essensgäste gern noch etwas Süßes zum Knabbern, am besten den Zuckerkäfer Scarabaeus gastromellifer, den guatemaltekische Indianer ihren Knaben zur Belohnung geben, wenn sie bei der Beschneidung nicht geweint haben – eine Operation, die der/die Dorfschaman-e/-in mit den Zähnen vornimmt. Diese gelbgetupften Leckerbissen haben den zusätzlichen Vorteil (für eine Tischgesellschaft, heißt das), dass sie leicht aphrodisiakisch wirken. Doch in Ermangelung solcher Exotika in Suffolk werde ich zu meinen bahnbrechenden Hors d'œuvres mein patentiertes Lebersmoothie kredenzen (serviert mit einer Limettenscheibe, einem Zweiglein Basilikum und darübergesprenkelt einigen Liebesperlen als letztem Touch festlicher Verspieltheit). Es ist einfach zu banal, vor einem Hauptgericht gnadenlos nur herzhafte Sachen aufzutischen. Zuletzt – denn die langen Jahre in der Toskana haben ihre bekömmliche Spur hinterlassen – einige Bruschette, bestrichen mit meiner kreativen Schellfischmarmelade, die zwar nicht süß ist, aber dafür verfeinert wird mit Sauerrahm, einer Prise Zimt und gekochter Limettenschale, sorgfältig vom Mark befreit, damit sie nicht bitter schmeckt.

Adrian taucht netterweise zu Mittag auf, wo es ganz konventionell nur Brot und Käse gibt. Ich brenne darauf, ihn wegen meiner Opernpläne zu Rate zu ziehen, aber erst muss er seinen Pflichten als Joshs Onkel Genüge tun. Er hat seinem Neffen ein Kindermikroskop mitgebracht, das er am Küchentisch aufbaut. Sie schauen sich mehrere vorbereitete Objektträger mit solchen unappetitlichen kleinen Wesen an, wie man sie beim Schwimmen verschluckt, ohne es zu merken. Dann gehen er und Josh mit einem Einmachglas nach draußen, um Wasser aus dem Graben oder einer Pfütze zu holen, und die nächste halbe Stunde betrachten sie darin herumschwimmende Wasserflöhe, Pantoffeltierchen und Amöben. Entzückensschreie von Josh, dem es besonders Spaß macht, zuzusehen, wie sie in der Hitze der Lampe unter ihren Deckgläschen immer langsamer werden, austrocknen und sterben. Dann untersuchen sie eines von Lunas Haaren. Ich muss staunen, dass Josh, der normalerweise die Aufmerksamkeitsspanne eines Grashüpfers hat, so lange ohne das geringste Anzeichen von Langeweile dabeibleibt. Ist dies vielleicht der Augenblick des Heurekarufs, in dem wir erkennen, dass wir hier den nächsten Richard Feynman sitzen haben? Seinem Onkel als Wissenschaftler würde das sicher gefallen, aber seinem Vater wahrscheinlich noch mehr, obwohl er Musiker ist, denn Max hat mir einmal gestanden, dass er lieber Paläobiologe als Dirigent geworden wäre. Vielleicht hat ja Richard Feynman im Alter von sechs Jahren vor lauter weltentrückter Genialität seine Unterhose auch verkehrt herum angezogen.

Als wir uns später zum Abendessen umziehen, erzähle ich Adrian von meinen Opernplänen. Doch leider kann ich mein großartiges Zukunftsbild nicht weiter ausmalen, weil ich entscheiden muss, was ich anziehen will, um mich diesen suffolkischen Honoratioren von meiner besten Seite zu zeigen. Mein schokoladenbrauner Kordsamtanzug von Blaise Prévert kommt nicht in Frage: Er hat seinen ersten Auftritt vor einigen Monaten hier in Crendlesham Hall gehabt und ist für alle Zeiten mit einem unglücklichen Fehltritt verbunden, den ich im Laufe des Abends beging. Denselben anbetungswürdigen Anzug trug ich kurz darauf bei einem wichtigen Dinner an Bord der Yacht eines australischen Milliardärs, und auch bei dieser Erinnerung werden unangenehme Gefühle wach. Unterm Strich heißt das, dass diese meisterliche Kreation von Blaise Prévert, ohne meine oder seine Schuld, mit einem Makel behaftet ist. Meine Mohair-Denim-Freizeithose von His Majesty wäre ideal gewesen, aber das Schicksal wollte es, dass ich sie auf meiner letzten Geburtstagsfeier anhatte: mit dem Ergebnis, dass sie nicht nur einen Teil der Nacht auf dem nackten Bergboden und den Rest in Martas feuchtem Muffloch verbrachte, sondern auch die einzige Hose war, die ich die ganzen nächsten Tage zum Anziehen hatte. Als ich sie schließlich in Woodbridge aus der Reinigung abholte, musste ich erkennen, dass sie nicht mehr zu retten war. Der Dreck und die harte Beanspruchung in jener traumatischen Nacht hatten sie ruiniert. Es sieht fast so aus, als ob jedes anständige Kleidungsstück, das ich mir anschaffe, früher oder später Schande, Leid und Verzweiflung über seinen schuldlosen Besitzer bringt. Aber seit ich etwas mit Adrian habe, sehe ich alles durch eine rosa Brille, und es braucht mehr als ein paar Pechsträhnen, um einen Samper in einen Schlamper zu verwandeln. Ich fuhr nach London und machte ein paar dringend gebotene Einkäufe. Dass praktisch meine gesamte weltliche Garderobe unter Tonnen von Steinen und Erde an einem Berghang hoch über Viareggio lag, schien mir eine recht gute Entschuldigung zu sein, um mich in den Winterschlussverkauf zu stürzen.

Ich packe jetzt einen cremefarbenen Leinen-Merino-Anzug von Erminio Zaccarelli aus, der so absolut umwerfend ist, dass, selbst wenn sich die versammelten Landeier heute Abend von meinem glücklichen Geldsegen unbeeindruckt geben, sie wenigstens genötigt sein werden, vor so viel schneiderlicher Poesie zu verstummen. Adrian faselt derweil im Hintergrund etwas darüber, was für eine Art Opernlibretto ich wohl schreiben könnte, als er plötzlich abbricht.

»Liebe Güte, Gerry, du willst doch nicht etwa *den* Anzug anziehen?«

»Das will ich. Er ist, mit Verlaub, ein Meisterstück«, sage ich ein wenig förmlich.

»Das sehe ich. Ich wollte nur sagen, das wäre so, als wolltest du zum Gärtnern einen Frack anziehen. Warte nur, bis du die Gäste kennenlernst. Hast du noch nie Orchestermusiker gesehen, wenn sie nicht in Schwarz in ihrem Graben sitzen? Ich sage nur, Oxfam. Oder besser noch, Millet's.«

»Schön, daran kann ich nichts ändern. Gegen den Pfau muss das gewöhnliche Geflügel schäbig aussehen, erst recht wenn der Pfau gerade seine Filmrechte für eine Viertelmillion Mäuse verkauft hat. Das kann dem übrigen Flattervolk nur guttun. Die Latte wird höher gelegt und ihre Stimmung tiefer gedrückt. Na, egal, was hast du gerade gesagt?«

»Über deine Oper? Nur dass ich denke, dass deine Begabung eher zum Komischen tendiert, Gerry. Wie wär's damit? Zwei Frischvermählte fliegen auf Hochzeitsreise. Ihr Flugzeug wird entführt, und sie werden von einer modernen Version der osmanischen Korsaren in einem von diesen Potemkinschen Staaten wie Mauretanien gefangen gehalten. Eine Art Parodie von *Entführung aus dem Serail,* aber voll aktueller Spitzen. Ihre Häscher sind extrem radikal, sie sind – ja, genau – sie sind der militante Schwulenflügel von Al-Qaida, *so* radikal. Sie verlangen d-«

»Nein, Adrian. Das ist durchaus nicht die Ebene, auf der ich mich ansiedeln möchte. Mir steht der Sinn nach etwas Hohem und Ernstem, nicht nach einem satirischen Musical.« Mit festem Ruck ziehe ich den Reißverschluss meiner traumhaften neuen Hose zu.

»Es könnte heißen *Ich müsste noch kurz Ihren Sack durchleuchten.«*

»Nein, könnte es nicht. Ich gebe zu, der Titel ist gut, aber trotzdem, Adrian. Meine Ideen gehen mehr in die Richtung des Erhabenen und Tragischen. Ich denke etwa an das Gilgameschepos.«

»Was ist das?«

»*Was ist das?* Also wirklich, ihr Wissenschaftler! Wo habt –«

Aber in diesem Moment ertönt unten in der Auffahrt ein

Hupen. Wir treten ans Fenster, und im Eingangslicht schimmert das Dach eines Taxis. Daneben steht ein pelzgekleideter Schrank von einem Mann, einen Arm durch das Fahrerfenster geschoben. Als er sich umdreht, um ins Haus zu gehen, fällt ihm das Licht aus der offenen Haustür ins Gesicht und lässt erkennen, dass er ein Ganzkörper-Gorillakostüm trägt. Alsbald fliege ich nach unten, um dafür zu sorgen, dass meine Hors d'œuvres servierbereit sind – es gehört zu den Grundregeln guten Benehmens, dass man Gorillas nicht auf ihr Futter warten lässt –, und da sitzt die Gestalt schon mit einem Gin-Tonic in der haarigen Faust am Küchentisch und plaudert mit Max. Josh steht in seinem Dinoschlafanzug am Aga, die Arme zur Sicherheit um die chromglänzende Handtuchstange geschlungen, einen rosa Fuß auf dem andern, vor Aufregung hin und weg. Max stellt mir den Mann im Affenkostüm als Klarinettisten im Colchester Symphony Orchestra vor, das Max so bravourös zu einem der weltbesten Orchester aufgebaut hat, indem er genau solche Musiker von den Berliner Philharmonikern und anderswo fortgelockt hat. Wenn man das beste Talent auf dem Markt haben will, darf man nicht die Nase rümpfen, wenn es sich als exzentrisch erweist.

»Schicker Anzug«, sagt der Gorilla zu mir und hebt sein Glas. Sein Mund sieht unanständig feucht aus, wie bei einem Bartträger.

»Danke, gleichfalls.« Man möchte ja höflich sein zu diesen Bläsern.

»Ich war gerade dabei, Max zu erzählen, dass ich von meinem Taxifahrer belästigt wurde. Er wollte mein Perineum betasten.«

»Ah. Falls es ein Pakistani war, dürfte es derselbe gewesen sein, der mich voriges Jahr hierher gefahren hat. Er schlug vor, dass wir anhalten und uns ein wenig die Landschaft betrachten, die er angeblich in- und auswendig kannte.«

»Khurshid«, sagt Jennifer vom Herd. »Die kennt er wirklich. Er ist in Suffolk geboren, was von uns hier im Raum sonst niemand behaupten kann, denke ich mir. Seine Eltern kamen aus dem früheren Ostpakistan, womit er wohl der Herkunft nach Bangladeschi wäre. Aber er ist Ostanglier durch und durch. Das alles weiß ich aus dem Lokalblättchen. Er hat sechs Monate in Colchester gesessen, weil er Männern die Hinterteile betastet hat oder so ähnlich. Aber er ist ein sehr verlässlicher Fahrer, auch wenn er Lügenmärchen über die Gegend hier verbreitet. Er hat Gerry weismachen wollen, dass ein niedriger Hügel auf dem Weg hierher ›the Crendle‹ heißt und dass früher dort Pferdediebe hingerichtet wurden. So was in der Art, nicht wahr?«

»Ganz genau«, bestätige ich. »Wohingegen du mir bei meiner Ankunft erzählt hast, der Crendle sei ein steinernes Denkmal, das auf einem von Constables Bildern vorkommt.«

Der Gorilla leert sein Glas. »Wenn ihr mich fragt, ist der Hügel nach einem angelsächsischen Monster benannt, das darunter in einer riesigen Höhle lebt und schläft, bis das Meer ansteigt und es weckt, was nach Ansicht dieses Taxifahrers recht bald sein wird, von wegen globaler Erwärmung und so.«

»Wahrscheinlich provoziert einen die Landschaft in East Anglia dazu, dass man solche Geschichten erfindet, um sie irgendwie interessant zu machen.«

»Mami«, unterbricht Josh, der sich vor Verlegenheit an der Aga-Stange förmlich verknotet, »warum betastet der Mann die Hinterteile von Männern?«

»Eine *gute* Frage«, schnaufe ich mit der ganzen Unbesorgtheit desjenigen, der darauf nicht antworten muss.

Doch in diesem Moment klopft es wieder an der Haustür, und Jennifer scheucht ihren Sohn ins Bett. Seine Frage bleibt in der Luft hängen wie eine Wolke Chanel Number Five oder ein ähnlich markanter Duft. Max begibt sich mit dem Affen ins Wohnzimmer, damit ich mit dem Anrichten beginnen kann. Ich mache mir ein wenig Sorgen wegen meiner Maus-Vols-au-vent. Es ist schwer zu sagen, wann sie in den oberen Ofen umgesetzt werden sollten: Sie trocknen so leicht aus. In diese Moment kommt ein stämmiger Arbeiter im ausgeblichenen Blaumann hereinspaziert.

»'n Abend«, sagt er. »Spud's mein Name. Hat die Gnädigste Ihnen gesagt, wo sie das Bier und die Bemmen für mich hin hat?«

»Das Bier und die …?«

»Meine Stullen. Gewöhnlich mit Cornedbeef.«

»Cornedbeef? Sind Sie ganz sicher, dass Sie im richtigen …? Ich meine, ich bezweifle, dass … *Cornedbeef?«*, wiederhole ich betroffen. Selbst im Rezeptbuch der guten Emmeline Tyrwhitt-Glamis, verfasst in der schlimmsten Zeit des Krieges, findet sich diese Substanz mit keinem Wort erwähnt. In diesem Moment der Ratlosigkeit kommt Jennifer zurück.

»Oh, hallo, Spud«, sagt sie. »Ich habe gar nicht gemerkt, dass Sie schon gekommen sind. Ich war gerade dabei, Josh ins Bett zu bringen.«

»'n Abend, Mrs. Christ. Ich seh gleich zu, dass ich mich dünnmache.«

»Im Keller steht eine Kiste mit Ihrem Lieblingsbier – wenn Sie sich selbst bedienen mögen? Und ich fürchte, wir haben kein Cornedbeef mehr. Tun es Käse und saure Gurken auch? Und Zwiebeln?« Kurz darauf hat sich Spud an einem Tisch in der Spülküche niedergelassen, versorgt mit etlichen Flaschen Greene King Ale und ausreichend Brot und Käse für einen Trupp Landarbeiter mit Bandwurm. Aus einer tiefen Tasche seines Blaumanns zieht er eine zusammengerollte Zeitung heraus und wirkt fest entschlossen, sich einen geistig anregenden Abend mit dem Kreuzworträtsel der *Sun* zu machen.

»Wer ist denn *das?«*, frage ich Adrian flüsternd, als er Oliven holen kommt, und deute mit dem Kopf zur Spülküche.

»Spud? Er ist Dougie Monteiths Chauffeur. Oder Faktotum. Faktisch sein Lebensgefährte. Sie sind schon mindestens dreißig Jahre zusammen. Spud ist Wykehamianer, wie du vermutlich schon gemerkt hast, und wird wohl in jungen Jahren am Winchester College noch einen Nachnamen gehabt haben, aber jetzt nennen ihn alle nur Spud. Dougie wirst du gleich kennenlernen. Richtig heißt er Sir Douglas Monteith, Baronet. Ein echter Baronet, uralter Adel, das kohlschwarze Schaf der Familie. Als Lord Lieutenant der Grafschaft übergangen, wahrscheinlich wegen Unzucht mit einem Studenten in Winchester und vielem, vielem mehr.«

»Und Spud isst nicht mit uns?«

»Nein, nein. Er mag's nicht förmlich. Er lebt ganz glücklich in Autowerkstätten und Spülküchen und Gartenschuppen und stand, nehmen wir an, für den Schlafzimmereinsatz bereit, bis Dougie zu alt wurde.«

»Soso. Damit also hat Lord Chatterly seine Frau in die Arme des Wildhüters getrieben.«

»Könnte sein. Suffolk pur. Mit einem Fuß im zwölften Jahrhundert, mit dem andern im dreizehnten. Eines Tages wird ein Wanderer in eines dieser Dörfer kommen und feststellen, dass sie gerade die Liste für einen Kinderkreuzzug aufstellen. Was machen deine Hors d'œuvres?«

Mit Rücksicht auf mein empfindliches Künstlernaturell eilt Adrian davon, um alle zu Tisch zu rufen, während ich meine Leckerbissen im oberen Ofen vollende.

Der magische Augenblick, wenn man mit den dampfenden Schalen seiner neuesten Kreation ein Esszimmer betritt, hat etwas Einzigartiges. Auf uns allein gestellt zelebrieren wir Künstler unseren Auftritt. Der große Pianist, der durch ein heftiges Beifallsgewitter teilnahmslos zu seinem wartenden Instrument wandelt; das meisterlich abgemagerte Supermodel, das mit kokainleuchtenden Augen den Gang auf dem Laufsteg antritt; die Schauspielerin, die rechtzeitig zur Auflösung im fünften Akt majestätisch auf die Bühne schreitet: alle genießen sie diesen Augenblick professionellen Glanzes. Aber heute Abend, wage ich zu sagen, toppt Samper sie alle, als er in Erminio Zaccarellis Leinen-Merino-Anzug in das dunkel getäfelte Esszimmer der Christs geschwebt kommt, ein großes Tablett mit Originalmeisterwerken in den Händen. Das ich, muss ich sagen, um ein Haar fallen lasse, als ich einen ersten Blick auf die versammelten Gäste werfe. Obwohl ich wusste, dass er da sein wird, ist der Anblick eines Gorillas, der als Aperitif einen Sherry schlürft, doch irritierend, umso mehr als der solcherart kostümierte Mann keine Konzessionen macht und offenbar vorhat, den Kopf seiner Maske beim Essen aufzubehalten. Und der schlaksige Aristokrat in der fadenscheinigen Norfolk-Jacke ist ... gütiger Himmel! ... dieser widerwärtige alte Schwachkopf, der mich vor wenigen Tagen erst so rüde aus seinem Dschungel voller Bloomsburypflanzen vertrieben hat. Heute Abend senden seine verblassten blauen Augen nicht das geringste Wiedererkennenssignal, als er seinen Blick auf meinen Schritt richtet und dabei den Kopf höflich seiner Nachbarin zuneigt, nämlich ... *Marta!* Ich fasse es nicht. Was will diese alte Schluderkrähe hier, wenn nicht mich mit Gekecker über mein zerstörtes Nest peinigen?

»Gerriie!«, quietscht sie mir vom hinteren Ende des Tisches zu. »Du siehst *so* viel besser aus, als wenn ich dich letztes Mal gesehen habe. Und was für ein schöner Anzug!«

Damit bin ich natürlich entwaffnet, genau wie sie es bezweckt hat. Durchtrieben wie immer, unsere Gute. »Liebste Marta«, begrüße ich sie. »Du siehst hervorragend aus. Wie ich dich die letzten zwei Monate vermisst habe!« Ich beginne, die Schalen zu verteilen. Während ich das tue, erhebt sich Max und stellt mich mit freundlichen Worten als Freund der Familie und Autor des aktuellen Bestsellers *Millie!* über eben jene Millie Cleat vor, die unter so dramatischen Umständen zu Weihnachten im Hafen von Sydney an Bord ihrer Yacht ums Leben kam. Er erwähnt auch, dass die Filmrechte an diesem Buch für eine »erkleckliche Summe« verkauft worden sind. Dann setzt er sich wieder, und die Leute machen obligatorische Beifallsgesten. Ich nehme an, dass ich hold erröte.

»Ihre erkleckliche Summe«, bemerkt ein Mann mit dem Gesicht eines Marktschreiers und einer grässlichen goldenen Rolex, »die würde ich mit beiden Händen festhalten, wenn ich

Sie wäre. Sonst wird unser guter Max sie Ihnen in null Komma nix aus der Tasche ziehen.«

Im allgemeinen devoten Gelächter stellt Adrian mir den Marktschreier als den zweiten Adeligen des Abends vor: Sir Barney Iveson, der in der Zeit, als Max das CSO aufbaute, sein Hauptsponsor und seine gute Fee für alles gewesen zu sein scheint. Ich denke mir, dass die Transfersummen heutzutage hoch sind, und frage mich, wie viel Max auf seiner Talentsuche wohl hat hinblättern müssen, um den Affen von den Berliner Philharmonikern oder sonst wo loszueisen. »Wusstest du, dass Barney der Erfinder des Shangri-Loo ist?« Offenbar verrät mein Gesichtsausdruck Ratlosigkeit, denn während ich die letzten Gläser Lebersmoothie austeile, erklärt Adrian, dass ich jahrelang in Italien gelebt habe, sonst wäre ich sicherlich über die sagenhafte Erfolgsgeschichte des Shangri-Loo im Bilde, des ganz besonderen Luxus-WC, das aus dem modernen britischen Badezimmer nicht mehr wegzudenken sei. »Im neuen Jahrtausend das, was im alten der Whirlpool war«, schließt er, wobei er in meiner Phantasie Bilder wachruft, die sich mit einem Gourmetschmaus nicht so recht vertragen.

Ein Affe, ein Klosetthersteller, ein neunzigjähriges schwarzes Schaf und Marta: Ist das wirklich die strahlende Runde von Geistesgrößen, mit denen ich intellektuell die Klingen zu kreuzen hoffte? Und Adrian hat vollkommen recht damit, dass ich zu fein angezogen bin. Wenn die Hose des Lokuskönigs nicht aus Polyester ist, brauche ich eine Brille. Selbst Marta scheint das bisschen Geschmack, das sie in Amerika erworben hatte, wieder verloren zu haben, denn sie ist in ihren alten Babuschkachic zurückgefallen und steckt in einem formlosen Kittel aus mitternachtsblauem Tüll, der von oben bis unten mit Glasperlen und Pailletten bestickt ist. Sie sieht aus wie die Frau eines KP-Funktionärs im Schwarzmeerurlaub der sechziger Jahre. Mir ist, als sollte ich mich bei Signor Zaccarelli schriftlich dafür entschuldigen, dass ich die Perlen seines prachtvollen Anzugs so schmählich vor diese Säue werfe. Und als ich endlich meinen Platz einnehme, muss ich zu meiner zusätzlichen Verstimmung feststellen, dass ich mich anscheinend verzählt habe und kein Maus-Vol-au-vent für mich übriggeblieben ist. Ich werde wohl versehentlich jemandem zwei gegeben haben, denn ich habe zwei Portionen After-Eight-Minzmix. Es liegt in der Natur der Dinge, dass Meisterköche oft ihre eigenen Kreationen nicht zu kosten bekommen und sich auf das Urteil weniger feiner Schmecker verlassen müssen, wenn sie wissen wollen, ob ihnen der Wurf geglückt ist.

In einer eher überraschenden Weise wird mir dieses Urteil in aller Deutlichkeit gute zwanzig Minuten später zuteil, als wir mitten im zweiten Gang sind, zwei ausgezeichneten Lammkeulen. Unter dem Einfluss meiner hochoriginellen Vorspeisen, deren Zutaten ich allem Betteln zum Trotz nicht preisgebe, hat sich eine lebhafte Unterhaltung entwickelt. Wie jedoch bei der bunt zusammengewürfelten Schar zu erwarten, könnte sie geistreicher sein. Der klapprige alte Baronet, der mich von seinem Fleckchen Eden verjagt hat, brabbelt Marta mit langatmigen Reminiszenzen an seine Bloomsburyfreunde von vor siebzig Jahren voll, was ihr recht geschieht. Nach zufällig aufgeschnappten Gesprächsfetzen zu urteilen, bestand der Kreis des Baronets aus Leuten von unerträglicher Belanglosigkeit, und ich kann mir nicht vorstellen, dass Marta die leiseste Ahnung hat, wer sie waren, so wenig wie wir die Leuchten des woinowischen Vortizismus der dreißiger Jahre kennen würden. Aber ihr kann es nicht schaden, wenn sie den Geschichten des alten Eumels mit gespieltem Interesse zuhören muss. Unterdessen wird auch Sampers Kinderstube auf eine harte Probe gestellt, denn der Marktschreier erzählt mir in allen Einzelheiten, worin sich das Shangri-Loo-Modell »Dream« vom CO_2-neutralen »Eco Twirl« unterscheidet, ganz zu schweigen von dem Modell »Arabian Nights«, mit dessen eingebauten »Gazefingern« körperpflegerische Details auf den Tisch kommen, die besser darunter geblieben wären.

In den letzten fünf Minuten ist mir ein allgemeines Erlahmen der Gesprächslust aufgefallen, zweifellos eine Folge der anschaulichen Beschreibungen, die mein Tischnachbar von seinen ultramodernen Sanitärtechniken gibt. Die Leute essen langsamer und mit immer nachdenklicheren Mienen. Ich überlege gerade, wie ich den Marktschreier am besten zum Schweigen bringe, als der Baronet nachdrücklich Messer und Gabel hinlegt und deutlich Anstalten macht, sich zu äußern. Umso besser: Er genießt die Immunität des Alters und kann so grob sein, wie er will. Jäh packen seine großen knorrigen Hände die Tischkante, als wollte er sich daran hochstemmen. Noch im Aufstehen beginnt er: »Ich …«, doch der Satz wird ihm abrupt abgeschnitten von einem Schwall blaubraunen Essensbreis, der ihm aus dem weit aufreißenden Mund schießt und eine anderthalb Meter entfernte Wedgwoodschüssel mit Bratkartoffeln trifft. Er fällt auf seinen Stuhl zurück und übergibt sich gleich noch einmal, diesmal in einen Napf mit Minzgelee. Und als ob dies das Signal wäre, alle Hemmungen fahrenzulassen, folgen die anderen prompt seinem Beispiel. Raketenschnell ausgestoßene Mageninhalte, weingerötet von Max' vorzüglichem 97er Bolgheri Sassicaia, werfen Weingläser und sogar Salzstreuer um. Mehrere Esser können sich gerade noch so weit beherrschen, dass sie ihre Entladung mit hastig vorgehaltenen Servietten zu verhindern suchen, doch der Druck ist so groß, dass die Strahlen an den Seiten hervorspritzen, in einem Fall nach oben in die Haare der Betreffenden, in einem andern in den Kragen des Nachbarn. Binnen Sekunden ist ein vorbildlicher Essenstisch mit leberfarbener Brühe und Brocken übergossen und die stinkende Luft von Erbrechensgeräuschen erfüllt. Eine solche massenhafte Magenentleerung dürfte es seit den krasseren Festen im alten Rom nicht mehr gegeben haben. Die unschuldigen Frühlingsblumen, die Jennifer als Tischschmuck in die Mitte gestellt hat, beugen sich unter der feucht glitzernden Last, und Sabberfäden verbinden die Köpfchen der Schneeglöckchen mit der klatschnassen Tischdecke. Wie ich sehe, hat der Gorilla besonders zu leiden. Bestimmt geht das Maul nicht weit genug auf, und die modellierte Kunststoffmaske muss ein gut Teil des Erbrochenen nach innen lenken.

Mein erster Impuls war natürlich, meinen Zaccarelli-Anzug in Sicherheit zu bringen, und so bin ich aufgesprungen und vom Tisch zurückgetreten, bevor sich der Marktschreier neben mir in die Sauciere und noch weiter ergoss. Jetzt sieht es tatsächlich so aus, als wäre ich als Einziger verschont geblieben, obwohl der Anblick und die Geräusche und der Geruch es wahrscheinlich machen, dass es auch mich bald erwischt, wenn ich noch länger bleibe. Von dem vagen Gedanken beseelt, Haushaltstücher und Krüge mit kaltem Wasser zu holen, enteile ich dem Chor der Würg- und Pladdergeräusche in die Küche. Mein Seitenblick in die Spülküche fällt auf Spud, der seelenruhig eine backsteindicke Käsestulle mampft.

»Na, wie läuft's?«, ruft er und klatscht die Krümel von der Zeitung.

»So lala.« Behutsam ziehe ich mein schönes Jackett aus und hänge es weg, damit ihm nichts passiert. Über das Rauschen des Wasserhahns hinweg füge ich hinzu: »Kann sein, dass wir Probleme haben. Der Ausdruck ›ein Dinner schmeißen‹ hat gerade eine neue Bedeutung erhalten. Vielleicht kommen Sie mal lieber mit, wenn es Ihnen nichts ausmacht.«

Mittlerweile rückt die Möglichkeit, dass Samper nicht ganz unschuldig sein könnte, langsam in den Bereich des Vorstellbaren und liefert einen weiteren Grund für meinen Widerwillen, ins Esszimmer zurückzukehren. Es ist nicht das erste Mal, dass ich bei einem Essen in Crendlesham Hall den starken Drang verspüre, mich aus der Tür zu stehlen und das Weite zu suchen. Aber meine normannischen Vorfahren führten nicht umsonst den Namen »Sans Peur«, und so oder so muss ein Gentleman für sein Handeln geradestehen, auch wenn es noch so gut gemeint war. Also stürze ich mich mit einem großen Krug Wasser und einer Küchenrolle wieder ins Getümmel, wenn auch ohne rechte Begeisterung. Hinter mir höre ich Spuds schwere Schritte und sein munteres Arbeiterpfeifen. Wenn der wüsste.

Die Szene ist gruselig, der Geruch noch schlimmer. Ein paar haben anscheinend die schlimmsten Bauchkrämpfe hinter sich und rappeln sich kraftlos auf. Marta sieht aus, als wäre sie das Epizentrum eines Kataklysmus gewesen, bei dem ein ganzer Fabrikausstoß von Porridge in die Luft geschleudert wurde. Ich glaube, ihr Kittel könnte von den ersten Entleerungen ihres Nachbarn etwas abbekommen haben. Ihr breiter umtüllter Busen schimmert durchnässt im Lampenschein, nur die Pailletten sind matter geworden. Auch Max hat sich erhoben, stützt sich schwer auf den Tisch und spuckt hin und wieder. Der Affe ist seinen Kopf losgeworden, und das kleine krebsrote Gesicht des Klarinettisten, das darin gesteckt hat, glänzt unter dünnen angeklatschten Haaren von Schleim und Essensbrei. Sein Brustfell ist klitschig und trieft.

»Du liebes Lieschen«, sagt Sir Barney Shangri-Loo schwach und macht seinerseits Anstalten aufzustehen. »Was war denn *das?*«

»Stehen Sie nicht so rum!«, schnauzt Spud mich an, während er die Halsschlagader des Alten fühlt. »Rufen Sie einen Krankenwagen, schnell! Besser zehn! Die müssen alle ins Krankenhaus, der ganze Haufen. *Dalli!* Nun schwingen Sie schon die Hufe!«

Die klaren, schneidenden Winchestertöne verleihen ihm auf einmal die Autorität, die ihm als Diener Freitag im Blaumann fehlte. Gehorsam gehe ich in den Flur, wähle 999 und lege besonderen Wert auf die Feststellung, dass es sich um das Haus des weltberühmten Dirigenten Max Christ handelt und dass dieser selbst einer der wenigstens sieben Betroffenen ist. Ins Esszimmer zurückgekehrt registriere ich, dass mittlerweile alle außer dem Baronet wieder durch die Gegend schleichen. Ich mache die Terrassentür auf und lasse die Abendluft herein. Einige wanken mit Wassergläsern nach draußen, und man hört viel Gurgeln, Spülen und Spucken. Jennifer kommt wieder herein und beginnt mit bleischweren Bewegungen, die Decke samt der sie beschwerenden Mageninhalte vom Tisch zu ziehen.

»Lassen Sie das, Mrs. Christ«, weist Spud sie an. »Das ist ein Beweisstück. Sie sind alle vergiftet worden. Man wird wissen wollen, womit. Helfen Sie mir, Dougie auf den Boden zu legen, wenn Sie können. Ich muss eine Herzmassage machen.«

Ich stehe inmitten der Trümmer einer bis vor fünf Minuten noch recht gesitteten Dinnerparty und kann die Diskrepanz zwischen meiner Absicht, einen kulinarischen Coup zu landen, und dem grauenhaften Ergebnis einfach nicht begreifen.

Vielleicht weil er wie seine Schwester jung ist, scheint Adrian schon über das Schlimmste hinweg zu sein. Er schnappt sich in der Küche ein Geschirrtuch und hält seinen Kopf unter den Wasserhahn. Beim Haaretrocknen schubst er mich dann nicht sonderlich sanft in die relative Abgeschiedenheit der Spülküche.

»Okay, Gerry«, sagt er. »Diesmal hast du's geschafft. Raus damit! Was hast du in die Vorspeisen getan? Und keine Mätzchen, dafür haben wir jetzt keine Zeit. Kann gut sein, dass Dougie nicht durchkommt, er ist so was wie dreiundneunzig. In der Notaufnahme werden sie das wissen müssen. Was war es?«

»Keine Ahnung«, sage ich. »Großes Pfadfinderehrenwort. Die meisten Sachen habe ich in Woodbridge gekauft.«

»›Die meisten‹. Was war das Übrige?«

»Äh – bloß ein paar Feldmäuse. Gesunde frische Landkost.«

»Wir haben gerade Feldmäuse gegessen?«

»Ganz kleine. Elf Stück. Ich habe sie selbst gefangen.«

»Bist du sicher, dass sie alle lebend gefangen wurden?«

»Ehrlich, Adrian.«

»Mit was als Köder?«

»Cheddar aus dem Kühlschrank.«

In diesem Moment trifft der erste Krankenwagen ein – als willkommene Unterbrechung eines Kreuzverhörs, wie man es von einem zwölf Jahre jüngeren Liebhaber eigentlich nicht erwartet –, und Dougie wird zusammen mit dem nicht von seiner Seite weichenden Spud zügig eingeladen und mit blinkendem Blaulicht und heulender Sirene in die Nacht entführt. Nach fünf Minuten kommt ein zweiter Krankenwagen. Außer den zwei Sanitätern sitzt ein Arzt mit einem Mobiltelefon darin.

»Die sagen, es sieht nach einer Lebensmittelvergiftung aus, verstehen Sie? Ich muss wissen: Waren irgendwo im Essen Pilze?«

»Bei mir nicht«, erkläre ich, und Jennifer verneint genauso entschieden.

»Okay, keine Pilze also. Weist irgendjemand *keine* Symptome auf?«

»Tja, äh, ich, glaube ich.« Wie sagt man das so, dass es bedauernd klingt?

»Was haben Sie nicht gegessen, das die andern gegessen haben?«, fragt mich der Arzt, während er sich geschäftig vergewissert, dass die übrigen Gäste mit dem Leben davonkommen werden, wenigstens fürs erste, bevor sie in das wartende Fahrzeug gebracht werden.

»Nur eine der Vorspeisen«, sage ich. Mit penetranter Unvermeidlichkeit kommt wieder das Thema Mäuse zur Sprache. Offensichtlich hält sich dieser unangenehme junge Arzt ein wenig für einen Thespisjünger und übertreibt die Übung »Ausdruck der Ungläubigkeit« maßlos.

»Sie haben *Feldmäuse* gegessen?«

»Ja, ja«, sage ich müde. »Warum nicht? Ich hatte gelesen, sie seien köstlich. Zufälligerweise habe ich –« Aber was soll's? Ich muss nicht in allen Einzelheiten berichten, wie ich in der Folge von diversen Uniformträgern verhört werde, die früher oder später krankhafte Rechtschaffenheitsposen einnehmen. Dieses dümmliche Moralgetue der Briten! Die Betroffenen werden unterdessen zur »Beobachtung« ins Krankenhaus abtransportiert, nachdem ich Jennifer feierlich gelobt habe, dass ich auf ihren Sohn aufpassen werde. »Will ich dir auch geraten haben«, setzt Adrian völlig überflüssigerweise hinzu. Endlich kehrt Stille ein, und jetzt trage ich die alleinige Verantwortung für Crendlesham Hall und seinen einzigen menschlichen Bewohner außer mir, Josh, der das ganze Kommen und Gehen offenbar friedlich verschlafen hat.

Von Überlebenden eines tragischen Unglücks heißt es, dass sie üblicherweise entweder hysterisch heulen oder teilnahmslos herumsitzen. Beides ist nicht Sampers Art. Ich richte meine Energien darauf, den Saustall aufzuräumen. Die ausgesprochen beweislastige Tischdecke ist in einem Plastiksack fortgeschafft worden, desgleichen die fettige Auflaufform, in der die Maus-Vols-au-vent im Ofen gebraten wurden. Auch vom Lebersmoothie und dem After-Eight-Minzmix sind Proben genommen worden: Ich hoffe nur, die daran angestellten Analysen sind nicht so aussagekräftig, dass die Wissenschaftler die Rezepte meiner noch nicht patentierten Meisterwerke stibitzen können. Obwohl dies alles nicht mehr da ist, herrscht kein Mangel an putzbedürftigen Dingen, vom Abwasch ganz zu schweigen. Wenn der Witz der Buße darin besteht, dass man nach einer ordentlichen Entschuldigung noch gedemütigt wird, dann muss das Saubermachen in Crendlesham Hall an diesem Abend des Großen Kotzens als Buße der bittersten Art gelten. Am Schluss sieht das Esszimmer mehr oder weniger aus wie vorher und nicht mehr wie die Augiasställe nach einer längeren Pferdegrippenepidemie, nur ein schwacher Geruch von Desinfektionsmittel hängt noch in der Luft, weil ich den Teppich damit bearbeiten musste. Unglaublicherweise finde ich sogar eine in Schulterhöhe in der Wandtäfelung steckende Erbse. Auch die Küche ist wieder im Normalzustand.

Ich habe Jennifer versprochen, nach Josh zu sehen, falls er aufwacht und Angst bekommt, weil niemand da ist. Mir ist selbst nicht sehr nach Schlafen zumute, aber auf dem Weg ins Dachgeschoss stoße ich auf Josh, der mit dem zerknautschten, benommenen Ausdruck eines wachgewordenen Kindes umherirrt. Ich kombiniere, dass er Durst hat, denn seine Mutter soll ihm *sofort* ein Glas Wasser bringen. Ich erkläre ihm, dass alle plötzlich ein bisschen krank geworden sind und für ein paar Stunden ins Krankenhaus mussten, dass sie aber nichts richtig Schlimmes haben und am Morgen alle wieder da sein werden. Im Moment seien daher wir zwei Männer für das Haus und die Katze zuständig. Er sagt, er habe schlecht von Gorillas geträumt, und ich versichere ihm, dass der Gorilla ebenfalls im Krankenhaus ist und dass sich im Haus nirgends mehr ein Gorilla versteckt. Da er nicht überzeugt wirkt, gehe ich widerstrebend auf seinen Vorschlag ein, dass er sich oben zu mir ins Bett legt und ich derweil etwaige streunende Affen von ihm fernhalte. Er nimmt seinen liebsten Stoffdino mit, der für Gorillas anscheinend tödlich ist, und ist schon bald in einer entfernten Ecke meines riesigen Doppelbettes eingeschlafen, in dem ich schließlich ebenfalls für ein paar Stunden die Augen zukriege.

Meine vielen Wochen als Dauergast in Crendlesham Hall haben mich, in Joshs Augen immerhin, in den Rang eines Familienmitglieds erhoben oder mich wenigstens zu einem gemacht, den er hemmungslos um sechs Uhr morgens mit einem Stoffdino hauen kann, weil er Hunger hat. Warum jemand *freiwillig* nach Elternschaft strebt, ist mir ein Rätsel. Von daher sind wir schon lange auf, als um halb acht die erste Taxiladung von Leuten eintrifft, deren Sachen immer noch mit angetrockneten Flecken vom Abendessen besudelt sind. Es ist angenehm, Josh wieder in die Obhut seiner Eltern geben zu können, aber sonst gibt es nicht viel Erfreuliches. Mir hat vor diesem Augenblick gegraut, seit ich so rüde aus dem Schlaf gerissen wurde. Dass es hässliche Vorwürfe geben würde, war von vornherein klar, aber es kommt noch schlimmer. Sir Douglas Monteith liegt inzwischen in einem Leichenkühlraum, weil er einen schweren nächtlichen Herzanfall hatte infolge des Brechkrampfs, der seinerseits verursacht wurde von …

»… du verstehst, worauf das hinausläuft«, schließt Adrian

finster. »Wie du es drehst und wendest, Gerry, du hast gestern Abend im Esszimmer von Crendlesham Hall einen Baronet ermordet. Und uns Übrigen ist es verflucht dreckig gegangen. Jedenfalls wird die Polizei in Kürze hier sein, und bei denen kannst du es ja mit geschmacklosen Cluedo-Witzen probieren, wenn du magst.«

Als Friedensgeste koche ich reumütig Kaffee, und diese Meldung, muss ich gestehen, bringt mich dermaßen aus dem Konzept, dass ich die Milch überkochen lasse, was mir seit Jahren nicht mehr passiert ist. Zum Glück ergreift Jennifer für mich Partei und ist wesentlich versöhnlicher als ihr Bruder.

»Komm, Adrian, sei fair. Gerry hat doch niemanden *vorsätzlich* vergiftet. Es war offensichtlich ein schrecklicher Unglücksfall.«

»Ist ja gut, das weiß ich«, räumt mein treuer Liebhaber widerwillig ein. »Aber trotzdem musst du zugeben, dass die ganze Geschichte typisch Gerry ist. Maßlos, verantwortungslos und einfach rundum fahrlässig. Selbst Josh hätte mehr Verstand gehabt.«

»Würde mir vielleicht jemand freundlicherweise erklären, welches Gift ich euch verabreicht haben soll?«, frage ich mit vorbildlicher stiller Würde, ohne verhindern zu können, dass ich mich wie ein Angeklagter bei den Nürnberger Prozessen anhöre. »In meiner verantwortungslosen und rundum fahrlässigen Art?«

»Sie glauben, dass es Rattengift war«, erwidert Jennifer, »aber sicher wissen sie es erst, wenn sie weitere Tests vorgenommen haben. Sie meinen aber, dass die Symptome stark darauf hindeuten.«

»Konkret«, fügt ihr Bruder mit seiner nicht sehr einnehmenden Attitüde fachmännischer Allwissenheit hinzu, »meinten sie, es sei wahrscheinlich Scillirosid, das aus der Zwiebel einer Pflanze gewonnen wird. Es schlägt bei Ratten an, weil die sich nicht erbrechen können. Wir können das zum Glück, wie dir aufgefallen sein dürfte. Das heißt, falls man in Anbetracht dessen, was dem armen Dougie passiert ist, von ›Glück‹ sprechen kann«, ergänzt er.

»Aber das ist widersinnig«, wende ich ein. »Ich besitze so ein Zeug überhaupt nicht. Ich habe alle Mäuse mit ordinären Mausefallen und Käse gefangen. Wo ist das Gift dann hergekommen? Es könnte in jedem anderen Gericht gestern Abend gewesen sein. Ich verstehe nicht, warum alle sofort mich verdächtigen und mich wie jemanden aus einem Agatha-Christie-Roman behandeln.«

»Ich sage nur: Wahrscheinlichkeit«, bemerkt Adrian. »Das ganze Essen, außer deinem Beitrag dazu, war völlig normale Kost. Deiner ganz eindeutig nicht. Ich kann nicht für die andern sprechen, aber ich persönlich finde, dass die altbewährte Methode, die Ursache einer Lebensmittelvergiftung in einem bestimmten Gericht festzumachen, in diesem Fall nicht hinhaut. Rückblickend wird mir von *sämtlichen* Vorspeisen schlecht.«

Das trifft tief. »Andere, du eingeschlossen, waren vorher noch des Lobes voll«, gebe ich mit einer gewissen Schärfe zu bedenken. »Ich meine mich zu erinnern, dass du meine kleinen Horsd'œuvres ›genial erfinderisch‹ genannt hast.«

»Da wusste ich noch nicht, dass sie tödlich waren. Und ich hatte das Lebersmoothie noch nicht probiert. Gott, *nein.* Ich will gar nicht mehr daran denken.«

An diesem Punkt schlurft Max mit zwei Polizisten herein und schlurft wieder hinaus Richtung Bett. Der große Maestro scheint über Nacht gealtert zu sein. Er klagt, er fühle sich zu schwach für einen Termin im Aufnahmestudio, den er absagen musste. Das wird jemanden Geld kosten. Die Polizisten lehnen den angebotenen Kaffee höflich, aber entschieden ab, zweifellos weil sie glauben, dass er mit Arsen oder Strychnin versetzt sein wird, und wie erwartet wird es schnell sehr dröge. Ihre umständliche Eröffnung gibt den Ton vor. »Durch den Tod von Sir Douglas Monteith hat das Ganze offenkundig eine sehr tragische Wendung genommen, Sir. Es besteht nicht der geringste Verdacht, dass es etwas anderes war als ein furchtbarer Unfall, aber Sie werden verstehen, dass wir Ihnen ein paar Fragen stellen müssen, Sir, als demjenigen, der das Essen zubereitet hat, aber als Einziger unvergiftet geblieben ist.« Und so immer weiter im Text, mit heimlicher forensischer Drohgebärde. Oh, was mache ich in diesem von allen guten Geistern verlassenen Land? Warum lebe ich nicht mehr in der seligen Abgeschiedenheit von Le Roccie? Und warum steht mein Haus dort nicht mehr? Welch arge Schicksalsmacht hat mir das alles eingebrockt?

Also mache ich das Theater ein weiteres Mal mit und zeige den Polizisten die Außengebäude, wo ich die Fallen aufgestellt hatte. Ich beschreibe die Zubereitung aller drei Vorspeisen und verschweige nur die exakten Mengen. Man verrät der Polizei nicht unbezahlbare Rezepte, vor allem nicht solchen Philistern, die recht fassungslos tun, als ich ihnen die Zutaten angebe. Plötzlich erleichtert es mich sehr, dass ich in dem allgemeinen Juchhe über mein Finanzglück glatt vergessen habe, meine unschöne erste Begegnung mit dem Baronet zu erwähnen. Ich hatte vorgehabt, Adrian von dem Zusammentreffen in Monteiths Dschungel zu erzählen, doch als er endlich mit Joshs Mikroskop aufkreuzte, waren dringendere Sachen zu bedenken. Jetzt erkenne ich, wie wichtig es ist, dass die Polizei niemals herausbekommt, dass Sir Douglas und ich vor einigen Tagen einen scharfen Wortwechsel hatten, auch wenn der wirrköpfige alte Sack mich gestern Abend anscheinend nicht erkannte. Ich möchte keinesfalls, dass die Polizei den Eindruck gewinnt, das Ableben des Baronets sei für mich eine jener menschlichen Tragödien, die einen mit tiefer Befriedigung erfüllen. Im Zuge unserer Nachforschungen gelangen wir jetzt zum Geräteschuppen, wo der Gärtner der Christs – den Jennifer »eine Perle« nennt – sein Lager hat. Hier schnüffeln die Polizisten herum und machen viel Wind um eine alte Flasche mit zerfressenem Metallverschluss im Regal. Auf dem Etikett steht »Squillo-Death«, und es zeigt das verblasste Bild einer

Ratte in Todesqualen. Mit Plastikhandschuhen nehmen sie die Flasche und stecken sie in einen Beweismittelbeutel.

»Und Sie sagen, Sie haben diese Flasche noch nie gesehen, Sir?«

»Ganz sicher nicht. Ich bin überhaupt noch nie in diesem Schuppen gewesen. Im Küchengarten halte ich mich sonst eher weniger auf.«

Schließlich gehen sie fort, um den Gärtner zu verhören, wobei sie auch alle meine neuen Mausefallen Marke »Little Nipper« mitnehmen. Und nach einer Weile findet sich bestätigt, dass die Flasche »Squillo-Death« in der Tat schuld ist – oder vielmehr die gute alte Suffolkperle ist schuld, sprich, der Gärtner, der fröhlich, ohne jemandem etwas davon zu sagen, mit einem verbotenen Rattengift getränkte Köder um ein Haus auslegte, in dem ein sechsjähriges Kind wohnt. Bleibt noch das Rätsel, wie eine vergiftete Maus in eine meiner Fallen gelangen konnte. Weil Scillirosid nicht sofort wirkt, wird vermutet, dass das vom Pech verfolgte Nagetier sich noch an ein zweites Stück exzellenten Cheddarkäse machen konnte, ehe es einer altmodischen Spannfeder zum Opfer fiel. Die nichtsahnenden Esser von Crendlesham Hall nahmen somit nur eine sehr kleine Menge dieser stark brechreizerregenden Substanz zu sich, und tödlich wirkte sie bloß bei einem sehr alten Mann mit schwachem Herzen. Die Polizisten kommen nicht zurück, und langsam kehrt wieder Normalität ein, wenigstens an der Oberfläche. Es wird eingestanden, dass mich keine direkte Schuld an dem Vorfall trifft, der Gärtner wird entlassen, und ein paar Tage später versammeln wir uns alle pflichtschuldigst in einer zugigen Kirche, um Zeuge zu sein, wie Sir Douglas' sterbliche Überreste unter zwei Meter Erde begraben werden, mit der erfreulichen Aussicht jedoch, wie uns ein schwarzgewandeter Komiker versichert, eines schönen Tages wiederaufzuerstehen. Der gramgebeugte Spud mag sich sichtlich nicht mit dem Gedanken anfreunden, dass mich keine Schuld am Tod seines greisen Lebensgefährten trifft. Er wahrt nur pro forma die Höflichkeit, während ich wie ein japanischer Politiker, der sich zum Krieg im Pazifik äußern muss, mit wohlgesetzten Worten mein aufrichtiges Bedauern zum Ausdruck bringe und keinen Gedanken an eine mögliche Mitverantwortung aufkommen lasse. Das Traurigste an der Trauerfeier ist für mich, dass ich meinen Zaccarelli-Anzug nicht tragen kann. Das Jackett ist gerettet, aber die Hose ist hin. An jenem Unglücksabend hatte ich vor lauter Eifer, Crendlesham Hall wieder auf Vordermann zu bringen, völlig vergessen, dass ich sie anhatte, als ich auf Knien herumrutschte und schrubbte und desinfizierte. Man kann nicht ohne irreparablen Schaden mit einem Leinen-Merino-Mischgewebe in weingefärbten Kotzepfützen knien, wie ich später entdecken musste.

Für Jennifer und Max ist die ganze Geschichte eine kleine gesellschaftliche Katastrophe, denn ein Todesfall auf deiner Dinnerparty spricht sich zwangsläufig herum. Eine Weile ist sogar vage von einer Klage des Marktschreiers die Rede. Das ist aber nur ein Gerücht, und als Freunde, die sie sind, einigen sich alle Gäste gütlich darauf, die Angelegenheit als unglücklichen Vorfall abzuhaken, wie er nun mal vorkommen kann. Dennoch kann ich mich des Eindrucks nicht erwehren, dass unter meine gastliche Aufnahme in Crendlesham Hall ein abschließender Strich gezogen worden ist. Was einen Schluss, zu dem ich selbst schon gekommen bin, nur noch schlüssiger macht: Es ist höchste Zeit, dass Samper sich trollt.

Ich führe allerdings noch ein Abschiedsgespräch mit Marta, mit der ich bisher keine Gelegenheit hatte, Neuigkeiten auszutauschen. Sie ist ein wenig blass, scheint aber ansonsten keinen Schaden genommen zu haben. Diese Woinowier sind hartgesotten. Ich nehme an, nach der Besatzung durch die Sowjets muss alles andere im Vergleich dazu als ein Klacks erscheinen. In meiner üblichen zurückhaltenden Art bin ich ehrlich froh, sie zu sehen, wenn auch nicht ohne Sorge, welche neue Schmach sie mir diesmal bereiten wird. Ich bin immer noch ganz betroffen, wenn ich daran denke, wie bedröppelt sie gestern Abend aussah, als ihr die nassgekotzte Ostblockrobe am fülligen Körper klebte. Es war mir weiß Gott kein Vergnügen, meine alte Nachbarin in so einem elenden Zustand zu sehen.

Doch wie gewöhnlich versteht es Marta, sich meine Sympathie mit einer schlichten Mitteilung zu verscherzen. Eine der brutalen kleinen Ironien des Schicksals, die mich zu verfolgen scheinen, will es, dass sie ihrerseits dabei ist, eine Oper zu schreiben! Sie ist hier in England, um ihre Librettistin zu besuchen, Sue Donimus, deren Name mir ein gequältes Stöhnen entlockt. Sue Donimus ist eine Literaturpreisträgerin, die der Meinung ist, die Welt lechze danach, schwindelerregende Details ihres Privatlebens zu erfahren wie zum Beispiel den genauen Betrag, den sie unlängst für die Begradigung ihrer Zähne berappen musste. Sie wurde hauptsächlich deswegen zur Fellow der Royal Society of Literature gewählt, weil die Kommission von ihrer bulligen Erscheinung in enger Schottenhose zu eingeschüchtert war, um sie abzulehnen. In erster Linie ist sie durch ihren ungewöhnlich scheußlichen Flagellationsroman *Versohlte Männer* berühmt geworden, ein Buch, das allgemein als schick und befreiend gilt. Sie ist dadurch über Nacht zum Schwarm der Sorte Leute geworden, die gern für jemanden schwärmen, angefangen bei ihr selbst. Nur für eines kann man ihr keinen Vorwurf machen: dass sie einen Nom de plume verwendet, denn wie mir mein Agent Frankie versichert hat, ist ihr Pass auf den Namen Wendy Marsupial ausgestellt. Ich will mir gar nicht vorstellen, was die Anziehung zwischen Marta und dieser »Doyenne der grenzüberschreitenden Literatur« (*London Review of Books*) ausmacht.

Die Nachricht, dass Marta eine Oper schreibt, wirft sogleich einen Schatten des Zweifels über meine eigenen Pläne. Zur Hölle mit ihr! Wieso sollte ihr Projekt den geringsten Einfluss auf meines haben? Zumal ein Libretto von Sue Donimus, wie ich annehme, geschmacklose und sogar zeitgemäß ekelerregende Bühnendarbietungen beinhalten dürfte, während meine Ideen sich fruchtbar um die zeitlosen Themen Liebe, Heldenmut und Trauer verdichten. Und doch fühle ich, wie der Enthusiasmus für mein großes Vorhaben bei Martas beiläufiger Mitteilung zu schwinden beginnt. Heißt das, ich habe unbewusst den Wunsch gehegt, dass Marta für mich die Musik komponiert? Sollte ich wirklich daran gedacht haben, mich einer künstlerischen Partnerschaft mit dieser immer erfolgreicher werdenden Flunze auszusetzen?

Jetzt aber unterbricht die Flunze meine beklommenen Spekulationen mit Neuigkeiten aus Le Roccie. Wie es scheint, betrachten die italienischen Behörden die Überreste meines armen Hauses – das sie lachhafterweise angeben, vor Plünderern zu schützen – als potentielle Verunreinigungsquelle. Ihrer Meinung nach gefährden korrodierende Propangasflaschen, austretendes Öl und Benzin von meinem wahrlich im Loch gelandeten Toyota Via Ness und ein geplatzter Faulbehälter die Umwelt und die Wasserversorgung der Stadt. Das Corpo Forestale dello Stato erwägt zudem eine Klage gegen mich wegen illegalen Müllabladens, du fasst es nicht, mit der Begründung, meine längere Abwesenheit lasse auf die Absicht schließen, »entgegen den geltenden Umweltschutzbestimmungen in einem Landschaftsschutzgebiet unsortierten Bauschutt und Abfall dauerhaft zu lagern«. Marta liest mir das vor, denn sie hat es sich aufgeschrieben, damit ich das Amtschinesisch in seiner ganzen Pracht genießen kann. Besonders gefällt mir »unsortiert«. Der daraus zu ziehende Schluss, dass die strafrechtliche Verfolgung vielleicht weniger streng ausfiele, wenn ich mir die Mühe gemacht hätte, die Trümmer meines Hauses zur vorschriftsmäßigen Entsorgung nach Papier, Glas, Eisen, Nichteisenmetallen, organischen Abfällen und Restmüll zu trennen, ist angesichts von Italiens sonstigem laxen Umgang mit Müll das i-Tüpfelchen des Absurden.

Und dann geschieht noch etwas Merkwürdiges. Nachdem ich anfangs erleichtert war, von der Last der Hausbesitzerschaft und der persönlichen Habe befreit zu sein, ist es jetzt genau dieser Umstand, der sich bei mir im Hinterkopf meldet wie ein querulantischer Stadtrat, der im letzten Moment den entscheidenden Einwand vorbringt und damit verhindert, dass ein Antrag einfach abgenickt wird. Meine jüngsten Erfahrungen als Gast in Crendlesham Hall tragen zweifellos dazu bei, dass die Aussicht mich plötzlich verlockt, wieder meine eigenen vier Wände zu haben, in denen keine halbtoten Hinterwäldler und kostümierten Witzbolde zum Essen kommen, sich schlecht benehmen und dafür sorgen, dass ich von der Polizei verhört werde wie ein Schwerverbrecher. Und zum ersten Mal seit der Grauensnacht meines fünfzigsten Geburtstags vermisse ich tatsächlich gewisse Dinge, die unter umweltverschmutzend gelagertem Bauschutt an einem fernen Berghang begraben liegen. Eines davon ist meine Unabhängigkeit.

Kurzum, für Gerald Samper heißt es, zurück nach Italien, und zwar mit dem nächsten Flug.

ADRIAN 2

E-Mail von Dr. Adrian Jestico (ajestico@bois.ac.uk)
an Dr. Penny Barbisant (penbar@labs.whoi.ed)

Klingt mir, als wären deine Daten i. O. Die Chromosomensatzveränderungen passen zu der ermittelten Schadstoffanreicherung. Gute Arbeit. Ich stimme zu, dass die Phosphorwerte merkwürdig sind. Du sagst, dass die industriellen Einleitungen in dem Gebiet eingestellt wurden. Aber hast du an ein Wrack gedacht? Es ist schon eine Weile her, aber ich erinnere mich, gehört zu haben, dass im 2. Weltkrieg vor der neuenglischen Küste eine beträchtliche Menge amerikanischer Handelsschiffe von deutschen U-Booten versenkt wurde, & ich wette, sie sind nicht alle genau erfasst. Ein Munitionsschiff, dessen Fracht ins Wasser gelangt & zerfällt, könnte deine Phosphorwerte vor Ort ohne weiteres erklären. Geh dem mal nach, & sei es nur, um es auszuschließen. Munitionsaltlasten sind nicht mein Spezialgebiet, aber vor ein paar Jahren hat jemand in Aberdeen (hab vergessen wer, aber das kannst du bestimmt beim Marine Lab erfragen) eine ausgezeichnete Studie über das im Munitionsversenkungsgebiet Beaufort's Dyke entsorgte Kriegsmaterial gemacht, nachdem in Nordirland & dem Firth of Clyde & sogar im fernen Islay Phosphorgeschosse usw. ans Ufer gespült wurden.

Freut mich, dass du dir Luke erziehst, falls man das so sagen darf, & du mit dem domestizierten Ergebnis zufrieden bist. Ich wünschte nur, ich hätte meinerseits an Gerry so wenig auszusetzen. Er ist im Augenblick nicht besonders gut angeschrieben, & das nicht nur bei mir. Ursache ist eine Dinnerparty bei meiner Schwester vorigen Samstag, die völlig danebenging. So sehr daneben, dass sie den Tod eines der Gäste zur Folge hatte. Na gut, der fragliche Gast war 93 & hatte ein schwaches Herz, aber vor dem Essen dachte ich noch, so wie er aussah, könnte er 100 werden. Wir waren alle vergiftet – alle außer Gerry, heißt das. Mit der Folge, dass wir uns derart heftig erbrachen, wie ich es nie zuvor erlebt habe. Ich will dir die Einzelheiten ersparen. Bis auf den alten Dougie Monteith sind wir inzwischen alle über den Berg, obwohl mir bei dem Gedanken doch noch ein wenig schwummerig wird.

Da scheint mir dein Luke wesentlich pflegeleichter zu sein als mein Gerry. Ich kann mir vorstellen, dass du denkst, dieser Typ hört sich an wie ein Partner zum Abgewöhnen, & ich könnte dir das nicht verdenken. Um die Wahrheit zu sagen, ich weiß nicht einmal, ob er überhaupt ein Partner ist. Partner, Liebhaber, Freund, Ex: das lernt man nur mit der Zeit unterscheiden. Und ich kenne ihn erst etwa 1½ Jahre. Aber wie schon gesagt, mit Gerry zusammen zu sein kann ein echter Trip sein – nicht zu vergleichen mit andern Leuten. Er ist witziger, überspannter, inkorrekt um jeden Preis & doch eigentümlich verletzlich. Ich vergesse nie, dass seine Mutter & sein älterer Bruder in Lyme Regis vor seinen Augen von einer Monsterwelle vom Cobb gerissen wurden, als er noch ganz klein war. Weg waren sie, die Leichen wurden nie gefunden. So etwas muss Spuren in einem hinterlassen. Er ist bei seinem Vater aufgewachsen, den er halbwegs gern mag, & bei einer Stiefmutter, die er verabscheut. Wer weiß, wie sehr das alles seinen Charakter & sein Verhalten geprägt hat? Ich habe mich sogar schon gefragt, ob er sich vielleicht zu mir hingezogen fühlt, weil ich Ozeanograph bin, aber da ich von Psychoanalyse nichts verstehe, kann ich nicht sagen, ob diese Logik aufgehen könnte. Auf jeden Fall hat er etwas mit dem Meer. Das war für ihn einer der Gründe, sich dieses abgelegene Haus in Italien zu kaufen. Ihm gefiel der ferne Blick aufs Meer, erzählte er mir, eben *weil* er fern war. Und obwohl er sein Buch *Millie!* als Schund abtut, hätte niemand anders es halb so gut schreiben können wie Gerry. Er hat ein gutes Gespür für die maritimen Aspekte bewiesen & das technische Zeug mit Navigation & Sonarvermessungen usw. im Nu intus gehabt.

Tut mir leid, Penny, dass ich dir das Ohr abquassele & eine ehemalige Studentin so schamlos ausnutze, aber du wolltest »so viele

Details, wie du mitteilen magst«, hören – was dir vielleicht noch einmal leid tun wird. Wie die nächste Phase in Gerrys Leben aussehen wird, kann man nur vermuten. Er ist völlig unvorhersehbar, aber wenn er dann etwas angestellt hat, ist der erste Gedanke, den man hat: »Wie vorhersehbar!«, womit man wohl eigentlich meint: wie typisch. Aber immer erst im Nachhinein. Wie dem auch sei, ich kann nicht mehr tun als ihm die Stange halten & ihm den Raum geben, den er braucht, nehmen würde er sich ihn sowieso. Ich muss zugeben, dass ich wegen neulich Abend ziemlich durch den Wind bin. Es kommt nicht oft vor, dass man im Familienkreis mit der Nachbarschaft zu Abend isst & daraus dann eine TV-Arztserie wird, wo Gäste auf Bahren in bereitstehende Krankenwagen verladen werden, Sanitäter Herzmassage machen, Defibrillatoren piepen. Und bei alledem ist der elende Gerry nur darauf bedacht, dass sein neuer Anzug nicht schmutzig wird. Das Grässliche daran ist, dass ich jetzt, da es vorbei ist & wir die Beerdigung & alles hinter uns haben, eine gewisse Komik des Ganzen nicht leugnen kann. Man sieht nicht alle Tage, wie einem vollgekotzten Gorilla in einen Krankenwagen geholfen wird (einer der Gäste trug ein Gorillakostüm!). Ich wünschte nur, Gerry hätte das nicht ganz so prompt danach ausgesprochen. Man könnte sagen, dass Takt nicht seine Stärke ist. Und Reue auch nicht.

Freut mich, dass Peter M. wohlauf ist.

Ciao,
Adrian

3

Mein Flug hat natürlich Verspätung (die Standardausrede: »wegen verspäteter Ankunft des Fluges aus xy«, wird von uniformierten Dumpfbacken heruntergebetet, denen es völlig egal ist, ob wir sie für Lügner halten). Als ich schließlich kurz vor Mitternacht in Pisa ankomme, bleibt mir nichts anderes übrig, als ein Taxi in die Stadt zu nehmen und dort in einem der Hotels in Bahnhofsnähe zu übernachten. Der winterliche Regen vertreibt alle Lust, wählerisch zu werden. Ich steige in einem ab, dem ich mit einmal Hinschauen ansehe, dass die dunkelrot ausgelegte Marmortreppe im Foyer sich hinter dem Aufzugschacht, wo sie den Blicken entschwindet, in eine Notausgangstreppe aus Beton verwandelt, beschildert mit Bildchen einer von Flammen verfolgten laufenden Gestalt. Ich händige meine Carta d'identità aus, und der Nachtportier wendet sich wieder der unter der Theke laufenden DVD zu.

Alt und miesepetrig, das drohst du zu werden, Samper, sage ich mir, als ich am nächsten Morgen um halb sieben verschlafen zur Decke emporblinzele. Das waren noch Zeiten, als ich beim Aufwachen in einem fremden Hotel gespannt war auf die vielen sich bietenden Möglichkeiten. Heutzutage weiß ich zu gut über die Wahrscheinlichkeiten Bescheid. Immerhin bin ich wieder in Italien, und das allein ist ein Grund zur Freude. Ich schalte den Fernseher an und bleibe bei BBCNN hängen, schon das ein Beweis, wie mitgenommen ich bin. Mir wird sofort wieder klar, dass es gar nicht so sehr mein Heimatland ist, was mir missfällt, sondern die angelsächsische Kultur im Allgemeinen. Mit vereinten Kräften schaffen amerikanische und britische Fernsehsender es irgendwie, den Eindruck zu vermitteln, sie hätten das gottgegebene Recht, den übrigen sechs Milliarden Erdenbürgern die Welt zu erklären und aufzubereiten. Diese Anmaßung spricht sogleich aus der sattsam bekannten Kumpelhaftigkeit, die jetzt aus dem Fernseher dröhnt.

Viel von dem Gesabbel sehe ich umgekehrt im Badezimmerspiegel, während ich mich rasiere. Wenn Millionen von Menschen auf die Art ihren Tag beginnen, ist es kein Wunder, wenn sie gestresst sind und von nichts eine Ahnung haben. Ich verlasse das Hotel ungefrühstückt, weil ich nur zu gut weiß, was mich erwartet. Unglaublich, wie tief wir zu meinen Lebzeiten gesunken sind, wenn sich die Gäste mittlerweile sogar in angeblich guten Hotels ihr Frühstück selbst holen und sich obendrein noch mit einem kleinen Mülleimer auf dem Tisch für die ganzen hässlichen Kunststoffverpackungen, Butterpapiere und Alufolien abfinden müssen – und dabei sollen sie, um das Maß vollzumachen, stillschweigend so tun, als ob das la dolce vita wäre. Ich gehe zum Bahnhof hinüber und trinke dort in der Cafébar einen göttlichen Espresso (warum nur ist italienischer Kaffee so unverwechselbar gut?), der mich förmlich durchglüht und mir das Gefühl gibt, endlich zu Hause zu sein. Ich grüße eine stramme Truppe von Arbeitern in Latzhosen, die ihren Tag mit Croissants und Fernet-Branca beginnen, und nehme mir ein Taxi, das mich dorthin bringen soll, wo ich hingehöre. Der Fahrer ist erleichtert, dass es nicht die Fünf-Minuten-Hatz zum Flughafen sein soll, und teilt mir mit geschlossenen Augen mit, dass die Fahrt voraussichtlich um die 90 Euro kostet. Ob er die Autostrada nehmen soll, wo ich obendrein Maut bezahlen muss, oder die alte Via Aurelia entlang der Küste, die langsamer ist, aber umsonst? Ich erwidere lässig, ich sei ein exzentrischer Millionär, daher sei es mir gleich, wie er fährt. Dann lasse ich mich schweigend zurücksinken und überlege mir, was ich tun muss. Zuerst ein geeignetes Hotel als Ausgangsbasis finden, dann die rechtliche Stellung eines Hausbesitzers klären, dessen Haus in Trümmern liegt – Trümmer, von denen mir zunehmend scheinen will, dass ich sie nach Überbleibseln meines früheren Lebens durchsuchen sollte. Da wäre außerdem die dringende Frage der Versicherung. Plötzlich Geld im Überfluss zu haben, macht meine Einstellung zu Le Roccie offenbar weniger fatalistisch. Von Zeit zu Zeit tauche ich aus meinen Gedanken auf und bemerke schließlich, dass ich bei jedem Hinausschauen den Schiefen Turm gesehen habe, jetzt zur Linken, später zur Rechten, mal zu uns hin, mal von uns fort geneigt.

»Hatten Sie vielleicht daran gedacht, irgendwann im Laufe des Vormittags Pisa zu verlassen?«, frage ich mit liebenswürdiger Zurückhaltung.

»Das sind die vielen Einbahnstraßen.« Der Fahrer wickelt einen Kaugummi aus und legt ihn sich auf eine ausgestreckte belegte Zunge, die wie ein Stück grauschimmeliges Brot aussieht. Wir betrachten einander im Spiegel. »Außerdem bin ich ein exzentrischer Taxifahrer.«

Touché. Normalerweise würde so etwas Samper zu einer schneidenden Erwiderung provozieren, aber ich bin noch damit beschäftigt, das BBCNN-Frühstücksfernsehen zu verdauen. Ich möchte unbedingt ruhig bleiben. Der Rest der Welt mag von mir aus schizophren werden und sich bis zum Erbrechen einen hirnverbrannten Brabbelbrei aus Stimmen und Bildern reinziehen. Aber für Samper ist das nichts, schon gar nicht nach einem Aufenthalt in den kühlen Hinterwäldern Ostangliens, wo, wie wir wissen, die schönsten Freuden die Annalen sind und Frau Pfarrer Daphne Pit-Bull in aller Seelenruhe per Aushang für ein Passionsspiel Pontius Pilates vorsprechen lässt. Ich bezähme daher meine Streitlust gegenüber Taxifahrern und konzentriere mich stattdessen auf meine stillen Pläne, bei denen am Ende auch noch, wer weiß, ein gewisses Maß an Randale und Rache herausspringen könnte.

Während wir uns bekannten Gefilden nähern, wird das Wetter immer diesiger. Die Stadt selbst ist in einen watteartigen grauen Seenebel gehüllt. Oder Bergnebel? Adrian würde das wissen. Aber die vertrauten Dunstschwaden zu dieser Jahreszeit wecken nostalgische Gefühle. Wie ein Stich durchzuckt mich die Freude und wird sofort von Melancholie überspült. Es ist drei Monate her, seit ich das letzte Mal hier war, und die Vertrautheit des Geruchs nasser Berge, der durch das Fahrerfenster hereinweht, schmeckt nach Heimkehr. Sonst hätte ich hier gehalten und Vorräte für ein paar ungewöhnliche Kochkreationen eingekauft, bevor ich weiter nach Mosciano und hinauf nach Greppone gefahren wäre, dem Städtchen, hinter dem meine entlegene Bergfeste kommt. Heute aber betrachte ich die Stadt durch eine graue Brille der Trauer, denn es ist eine Heimkunft ohne ein Heim, in das ich kommen könnte. Ich lasse das Taxi vor einem Hotel halten, was meine Trübsal noch vermehrt. Nichts fühlt sich so verkehrt an, wie in der eigenen Heimatstadt in einem Hotel abzusteigen. Durch eine bizarre Verkettung von Umständen musste ich einmal in einem Hotel am Bahnhof Liverpool Street übernachten und wurde dabei die Vorstellung nicht los, dass es mir als in London lebendem und arbeitendem Briten eigentlich gestattet sein müsste, dort umsonst zu wohnen oder wenigstens nur einen Bruchteil dessen zu bezahlen, was es Ausländer und Ortsfremde kostet. Als ich aussteige, steht das Taxameter merkwürdigerweise genau auf 90 Euro, und ich frage mich, ob mein Kaugummi kauender Chauffeur es nicht irgendwie präpariert hat. Ich ziehe jedoch ein gewisses elegisches Vergnügen daraus, in meiner Rolle zu bleiben. Vor vielen Jahren gab Nubar Gulbenkian aus einer Laune heraus Rolls-Royce den Auftrag, ihm ein Londoner Taxi zu bauen. »Es heißt«, soll er bemerkt haben, »dass es auf einem Sixpencestück wendet. Was immer das sein mag.« Im selben Geiste reiche ich jetzt meinem Fahrer 120 Euro mit den Worten: »Der Rest für Sie. Vielleicht haben Sie eine Verwendung dafür.« Jedermann sollte sich hin und wieder eine kleine Geschmacklosigkeit gönnen, und der Gesichtsausdruck des Fahrers ist das Geld wert.

Eingecheckt und meines Gepäckes ledig schlendere ich auf

dem Corso zu meiner Lieblingsbar. Es fühlt sich ebenso unvermeidlich wie stimmig an, dass ich auf dem Weg dorthin beinahe im Nebel mit einer Gestalt zusammenstoße, die forsch um die Ecke biegt, und plötzlich stehe ich von Angesicht zu Angesicht meinem alten Moriarty gegenüber, Signor Benedetti, dem windigen kleinen Immobilienmakler, der mir vor einigen Jahren mein Haus verkauft hat. Weil er mir versichert hatte, meine einzige Nachbarin sei so gut wie nie zu Hause und im Übrigen mäuschenstill, ließ ich mich auf den Kauf ein. Reingefallen. Da es sich bei der Nachbarin um eine fest ansässige Woinowierin mit dem Hang, ihr Klavier zu malträtieren, handelte – sprich, um die erschröckliche Marta –, werden Sie verstehen, warum die Beziehungen zwischen Samper und Benedetti über die Jahre hinweg bestenfalls halbwegs zivil gewesen sind. Es kam heraus, dass die skrupellose Ratte Marta genau dasselbe über mich erzählt hatte, und es dauerte nicht lange, da konterte sie meine höflichen Vorhaltungen wegen ihres Klavierspiels mit völlig ungerechtfertigten Bemerkungen über meinen Gesang: ein Patt, das zu allerlei Misshelligkeiten Anlass gab. Seit damals hat die heikle Form, die Benedetti und ich im Umgang miteinander zu wahren suchen, etwas von einer Parodie gespreizter Renaissancemanieren, wie Castigliones idealer Hofmann sie gutgeheißen hätte. Meinerseits ist sie auch beflügelt von dem Vergnügen, seinen aussichtslosen Kampf gegen das unaufhaltsame Erkahlen zu beobachten. Benedettis überraschende neue Taktik in seiner trichologischen Abwehrschlacht ist in der Tat das Erste, was mir auffällt, als wir einander zuvorkommend Platz machen, bevor wir uns als alte Feinde erkennen. Die Masche mit der Haarverwebung ist passé. An ihre Stelle ist, genau wie von mir vorhergesagt, ein pomadeglänzendes Toupet getreten. Es ist ein sehr gutes Toupet und muss ihn eine Stange Geld gekostet haben. Eigentlich, denke ich mir, sollte dieser Mann mir lieb und teuer sein, da er doch so viel Frohsinn in mein Leben bringt. Ganz ähnlich ging es mir mit Jerry Falwell, dem unlängst verstorbenen amerikanischen Fernsehprediger. Wer einen der Teletubbies der Homosexualität bezichtigen kann, ohne dabei das Gesicht zu verziehen, ist von unschätzbarem Wert für die Menschheit. Benedettis Toupet ist perfekt insofern, als es ein ganz klein wenig fehlerhaft ist: eine Idee zu schwarz, ein kleines bisschen zu voll und nur haarscharf an der hochgekämmten Schmalztolle von Elvis Presley oder Präsident Marcos vorbei, was mich auf den Gedanken bringt, er könnte hoffen, seiner Statur damit ein paar dringend benötigte Zentimeter hinzuzufügen. Der Anblick flößt mir sofort neue Kraft ein.

»Signor Benedetti!«, rufe ich aus. »Dottore! Wie kommt es, dass die Freude, Ihnen leibhaftig zu begegnen, meine lebhafteste Vorfreude stets noch übertrifft? Und wie jung Sie aussehen! Es ist wirklich, Sie müssen mir die Bemerkung gestatten, beinahe unheimlich, dass Sie so gar nicht altern mögen wie wir andern alle. Manchmal geht mir die Frage durch den Kopf, ob Sie vielleicht Ihre Seele dem Teufel verkauft haben im Austausch für die ewige Jugend. Wenn ja, wäre ich Ihnen sehr verbunden, wenn Sie mich mit Seiner Infernalischen Majestät bekanntmachen würden.«

»Signor Samper! Maestro! Wie sehr ich doch Ihren spitzen englischen Humor vermisst habe – so scharfzüngig und doch so elegant formuliert! Wie Sie wissen, haben wir ja noch ein paar andere englische Bewohner hier, darunter ein Paar mit einer blinden Tochter, das voriges Jahr hergezogen ist. Aber was die Kunst der Konversation betrifft, können sich diese Leute mit Ihnen nicht messen. Ehrlich, wie ich bin, muss ich Ihnen sagen, dass dieser Winter durch Ihre Abwesenheit noch trostloser war als sonst, zumal in Kenntnis der Ursache. Ich habe die Tage gezählt bis zu unserem Wiedersehen, weil ich Ihnen für den Verlust Ihres schönen Hauses mein tiefempfundenes Beileid aussprechen wollte. Glauben Sie mir, selbst als ich hörte, dass Ihnen nichts passiert war, stach mir doch das Mitgefühl wie ein Messer ins Herz.«

Brillant! Das kleine Wiesel ganz auf seiner gewohnten Höhe

blumiger Heuchelei. Er hat es sogar fertiggebracht, auf die Statue der Jungfrau Maria in einer nur wenige hundert Meter entfernten Kirche anzuspielen, das Herz durchbohrt von einem Ring vergoldeter Blechschwerter, die sieben verschiedene Schmerzen darstellen und von denen jedes einzelne die anderen sechs eigentlich überflüssig macht: Overkill auf Barock. Wir lächeln beide im selben Moment, glücklich darüber, uns wieder zu Sparringspartnern zu haben.

»Ganz im Vertrauen, ich war selbst schwer getroffen«, gebe ich zu. »Wie ein Mann von Ihrer ausgesuchten Feinfühligkeit sich gewiss vorstellen kann, war der Schock lebensbedrohlich.« (Ich gebrauche das Wort *micidiale,* welches das weite Feld von der unerfreulichen Zudringlichkeit einer Mücke bis zur Messerattacke eines Amokläufers abdeckt.) »Sein ganzes Haus in einer Schwefelwolke zu verlieren und um ein Haar mehrere gute Freunde dazu, vom eigenen Leben ganz zu schweigen – wie soll man das mit Worten ausdrücken? Der Vorfall hatte bei mir schwerste gesundheitliche Nachwirkungen. Ich habe wochenlang das Krankenlager gehütet.« Das reicht an dramatischem Pathos. Zeit, ihm einen Geschmack von Samper redivivus zu geben. »Endlose Stunden habe ich dagelegen und über das furchtbare Ereignis nachgesonnen. Doch wissen Sie was, in der ganzen Zeit ist mir nie der Gedanke gekommen, ein derart hochkompetenter und erfahrener Grundstückssachverständiger wie Sie hätte ahnen können, dass das Gelände in Le Roccie mit einer fundamentalen geologischen Schwäche geschlagen war.«

Benedetti versteht sofort. Sein rabenschwarzes Gefieder mag geborgt sein, doch sein Verstand ist nach wie vor sein ureigener. »Selbstverständlich nicht, maestro. Es gab natürlich wenige Tage nach der Tragödie eine Versammlung in der Comune, weil die Erdstöße sich auch hier unten bemerkbar machten, auch wenn wir von Schaden verschont blieben, der heiligen Jungfrau sei Dank. Als Zeichen der Anteilnahme wurden auch Sie zu dieser Sitzung eingeladen, aber offenbar haben Sie die

Einladung nie erhalten, weil Sie zu dem Zeitpunkt schon in England weilten. Es wurde allgemein bedauert. Aber der geologische Sachverständige der Region gab ein Gutachten ab, im Protokoll nachzulesen, worin klar zum Ausdruck kommt, dass etwaige Behauptungen, eine solche Schwäche hätte vorher vermutet werden können, verleumderisch wären und strafrechtlich verfolgt gehörten. In Wahrheit wurden wir alle von den Vorgängen vollkommen überrumpelt, und neue geologische Untersuchungen werden derzeit forciert betrieben. Es besteht natürlich auch Anlass zur Sorge um Greppone. Wie Sie wissen, hat es dort oben in der Vergangenheit mehrere Erdrutsche gegeben, obwohl diese im Allgemeinen durch schwere Regenfälle verursacht waren und nicht durch seismische Beben. Aber, signore, wenn ich fragen darf: Wie sehen im Moment Ihre Pläne aus?«

»Ich wollte gerade einen Kaffee trinken gehen.«

»Was für ein Zufall! Genau das hatte ich auch vor. Wäre es sehr vermessen zu fragen, ob ich mich Ihnen anschließen und Sie zum Kaffee einladen dürfte? Ich habe den Eindruck, dass es noch Angelegenheiten gibt, die wir zum beiderseitigen Nutzen besprechen könnten.«

Offensichtlich will der gerissene Hund etwas von mir. Er hat sich auffällig beeilt, mich milde zu stimmen. Um herauszufinden, ob es tatsächlich vorher eine geologische Untersuchung der Gegend gegeben hat, von der er hätte wissen können, müsste ich wahrscheinlich zum Vermessungsamt in Lucca fahren und dort die Unterlagen ausgraben. Er wird auch wissen, dass ich mir diese Mühe niemals machen würde. Was ich indessen dringend brauche, ist Kaffee.

Der verblüffte Barkeeper begrüßt mich mit netter Selbstverständlichkeit. Ja, er schafft es sogar, dass ich mich ein wenig wie eine Lokalgröße fühle. Ich vermute, das bin ich auch, aber es ist schön zu wissen, dass wenigstens einer der hiesigen Geschäftsleute sich freut, mich zu sehen. Benedetti will lieber an einem Tisch sitzen als an der Theke stehen, und der Barkeeper bringt uns wie bestellt Kaffee und Croissants mit Schokoladenfüllung.

»Sie müssen mir verzeihen, wenn ich das so betone, maestro«, Benedetti tupft sich mit einer winzigen Papierserviette die Lippen ab, »aber ich fühle mich sehr geehrt, nicht allein mit einem geschätzten Kunden und werten Freund hier zu sitzen, sondern mit dem wahrhaften Empfänger eines Wunders. Ich meine mich zu erinnern, dass Sie in einem unserer früheren Gespräche – darf ich das sagen? – ein wenig *protestantisch* in Ihrer Skepsis hinsichtlich der Wirkkraft Unserer Lieben Frau waren. Aber mir scheint, dass das Eingreifen ex voto der seligen Diana Ihre Rettung war. Nach meiner festen Überzeugung ist sie schlicht eine andere Erscheinungsform des mütterlichen Prinzips, verkörpert in Unserer Lieben Frau, die über unsere traurige Welt wacht. Auf irgendeiner Ebene sind die beiden gewiss unteilbar.«

Hä? Was ist das für ein Blödsinn? Ich bin hier, um Kaffee zu trinken, nicht um theologische Diskussionen zu führen. »Verzeihen Sie, dottore, ich hatte Sie gar nicht für so einen tiefreligiösen Menschen gehalten.«

»Oh, das bin ich, Signor Samper, das bin ich wirklich. Als Student habe ich mich eine Weile sogar gefragt, ob ich eine Berufung haben könnte. Aber wie die Heilige Schrift uns mahnt, viele sind berufen, aber wenige sind auserwählt. Ich wurde leider nicht auserwählt.«

Ich verkneife mir die Bemerkung, das beweise eine ungeahnte Zimperlichkeit göttlicherseits. »Meine Stiefmutter versichert mir, dass jeder dienen kann, ungeachtet seines Berufs. Selbst wenn jemand nur Prostituierte oder Immobilienmakler ist – oder auch«, setze ich hastig hinzu, denn ich möchte fair sein, »bloß *Schriftsteller,* kann er, wenn ich recht verstehe, ein Werkzeug Gottes sein. Aber mich wundert Ihre Erwähnung einer seligen Diana. Ich fürchte, ich bin mit Ihren katholischen Heiligen und Seligen nicht sehr bewandert. Hat es was mit Jagen zu tun? Mit der römischen Göttin?«

»Aber ich bitte Sie!« Benedetti zieht die Augenbrauen hoch, und ich beobachte fasziniert, dass sein Toupet fast (aber nicht ganz) unmerklich ins Schwimmen gerät wie ein dunkler Kontinent über sich verschiebenden tektonischen Platten. »Die Zeitungen hier waren voll davon. Ein Hubschrauberpilot der Polizei hat Sie mit den Worten zitiert, dass Sie und Ihre Freunde von einer Erscheinung der seligen Diana gerettet wurden, der so unglücklich ums Leben gekommenen britischen Prinzessin, der Frau Ihres Principe Carlo. Es stand in *Il Tirreno* und anderen Blättern. Haben Sie es nicht gelesen? Sie haben dem Piloten erzählt, dass sie von einem Glorienschein umgeben in Ihrer Küche erschien und Ihnen befahl, sofort das Haus zu verlassen. Ihre Anhänger, glaube ich, pilgern schon zu der Stelle hin, und nicht allein Briten. Viele Italiener sind –«

»*Was?* Signor Benedetti, das ist völliger Quatsch! Das alles höre ich wahrhaftig zum ersten Mal. So etwas ist nicht im Entferntesten passiert, und ich versichere Ihnen, dass ich nichts dergleichen gesagt habe. Die ganze Sache ist leider eine freie Erfindung des Piloten und der Presse. Ein Schwindel von A bis Z. Was ich, glaube ich, sagte, war –« Aber obwohl ich auf volle Empörung geschaltet habe, kann ich mich an meine Worte von damals im Moment nicht mehr genau erinnern. Sehr kohärent wird es nicht gewesen sein, was mir beim Flug über die Trümmer meines Hauses in den Sinn kam, unausgeschlafen und nervlich am Ende, wie ich war. »Was es auch gewesen sein mag, ich habe todsicher nicht behauptet, wir hätten eine Erscheinung gesehen. So einen Blödsinn habe ich ja noch nie gehört. Und wenn ich eine Erscheinung sehen würde, dann wäre es sicherlich keine Prominente, die ich gar nicht persönlich kannte und die mich bestenfalls zur Langeweile rührte. Davon abgesehen können Sie sie unmöglich als ›selig‹ bezeichnen, als ob sie eine Kandidatin für die Heiligsprechung wäre. Sie war Protestantin und ganz gewiss keine Heilige.«

Es ist zum Auswachsen, wie schwer es ist, etwas vehement zu

bestreiten, ohne sich der Überreaktion verdächtig zu machen. Ich hoffe, dass ich in diesen Chroniken ein Selbstporträt von Samper als unbeugsamem Rationalisten gezeichnet habe. Gelegentlich vielleicht schrullig und aufbrausend, wie es einem Künstler geziemt, aber einer, der mit den erbärmlichen Ausflüchten und infantilen Tröstungen der Religion und ähnlichem abergläubischen Kram nichts am Hut hat. Im Allgemeinen behandele ich transzendentale Spinnereien mit gequälter Ungeduld und bin bestrebt, rasch wieder auf ein Thema zu kommen, das eines intelligenten Gesprächs würdig ist. Aber man kann diese Taktik auch zu weit treiben und mit seiner Beiläufigkeit allzu bemüht gleichgültig erscheinen. Ab und zu, etwa wenn ich wieder in meiner heimischen Lieblingsbar bin und mir anhören muss, wie ein Wiesel mit Perücke mir ungeheuerliche Lügen in den Mund legt, kann ich nicht verhindern, dass ich streitbaren Widerspruch einlege.

Unterdessen guckt das perückte Wiesel recht schockiert aus der Wäsche. Er sammelt sich so weit, um loszublubbern: »Natürlich, signore, muss jeder das für sich selbst entscheiden, und in dem Durcheinander dieser furchtbaren Nacht werden Sie …« Doch da schaltet er abrupt um, als ob ihm gerade etwas eingefallen wäre. »Dürfte ich in aller Bescheidenheit bemerken, dass es zu Ihrem Vorteil wäre, wenn Sie solche Ansichten nicht allzu weit verbreiten würden?«

»Meinen Sie vielleicht, dass ich deswegen auf die Abschussliste des Vatikans komme? Dass papistische Meuchelmörder sich auf meine Fersen setzen und mir Polonium in den Kaffee tun?«

Benedetti dreht sich um und gibt dem Barkeeper mit einer huldvollen Geste zu verstehen, dass er uns Nachschub bringen soll. Als er sich mir wieder zuwendet, sagt er in einem plötzlich geschäftsmäßigen Ton: »Rompo il discorso. Um ein ganz klein wenig das Thema zu wechseln: Laut meinen Freunden im Postamt warten dort ziemlich viele Briefe auf Sie, die nicht zugestellt werden konnten. Darunter werden gewiss die üblichen lästigen Rechnungen von Enel und Telecom Italia sein, weil man hierzulande auch dann noch für Dienste wie Elektrizität und Telefon bezahlt, wenn die Kabel abgerissen im luftleeren Raum baumeln. Man könnte meinen, Strom und Stimmen würden nur so ins Nichts hinaus rieseln«, fügt er mit einer überraschenden Anwandlung von Übermut hinzu. »Sie wissen ja, wie diese Gauner es machen: Will man eine Dienstleistung abbestellen, muss man lange im Voraus kündigen. Da sind sie unerbittlich.«

»Ich bin sicher, ein guter Anwalt hat das in dreißig Sekunden bereinigt.«

»Oh, dann müssen Sie sich ja darüber keine Gedanken machen. Auch eine Agentin Ihrer Versicherungsgesellschaft hat dringend versucht, Sie ausfindig zu machen. In ihrer Ratlosigkeit fiel ihr nichts anderes mehr ein, als bei mir nachzufragen, ob ich ihr vielleicht Ihre Adresse geben könnte. Tja, Pech gehabt. Doch ein Mann von Ihrer Weltgewandtheit wird solche Dinge bestimmt längst geregelt haben, und es kommt mir nicht zu, sie überhaupt anzusprechen. Zweifellos wird Ihr guter Anwalt problemlos die Aufhebung etwaiger Vertragsstrafen bewirken können, die eine versäumte prompte Schadensmeldung nach sich zieht. Ungehörig von mir, das überhaupt zu erwähnen.«

»Nein, nein«, sage ich großmütig und nippe derweil vorsichtig am heißen Espresso. Ich vermute, dass man Polonium nicht schmecken kann. »Um alle diese Angelegenheiten werde ich mich jetzt kümmern, wo ich wieder da bin.«

»Das freut mich zu hören. Als ein Mann, der Ihr Haus gut kennt und Sie darüber hinaus außerordentlich schätzt, liegt mir selbstverständlich nur Ihr Wohlergehen am Herzen. Ich muss also gar nicht erst auf die anderen mit der Sache befassten Stellen zu sprechen kommen wie die Carabinieri, das Forestale und die Comune selbst.«

»Sie können ganz ruhig sein, dottore. Über die hat mich la signora Marta bereits in Kenntnis gesetzt.«

»Ach, Sie haben sie getroffen?«

»In England. Erst letzte Woche.«

»Was für eine schätzenswerte Person! Ich glaube, sie ist auf dem Weg, eine große Künstlerin zu werden.«

»Das glaubt sie auch.« Schätzenswert, hast du Töne! Vor noch gar nicht so langer Zeit brachte Benedetti höchstselbst die unglaubwürdige Fama in Umlauf, Marta sei entweder ein Callgirl oder eine Puffmutter, eine Verleumdung, für die er später Abbitte leisten musste. Irgendeine Hinterfotzigkeit ist hier ihm Wind, aber ich kann noch nicht sagen, aus welcher Richtung sie kommt.

»Weil Sie und ich so alte Freunde sind«, Benedetti blickt treuherzig zu der fliegenschissigen Decke auf, die noch Spuren der stürmischen Freude über den letzten Weltmeisterschaftssieg Italiens aufweist, »will ich Ihnen etwas sagen, das Sie bitte als nicht gesagt betrachten werden. In unserer kleinen Welt geht das Gerücht um, dass la signora Marta bereits Erkundigungen nach Ihrem verbliebenen Grund in Le Roccie eingeholt hat.«

»Ach.« Bei mir jedenfalls nicht. Hinterlistiges Aas. Will wohl ihr kleines Imperium vergrößern.

»So ist es. Ich nehme an, Sie machen sich Gedanken über Grundstückswerte und dergleichen.«

»Und wenn dem so wäre, was, würden Sie sagen, ist mein Grundstück derzeit noch wert? Rund gerechnet.«

»Rund gerechnet? Exakt null, fürchte ich. Runder geht's nicht.« Benedetti durchbohrt mich mit einem Blick, als wollte er jeden Gedanken an den Einwand abwürgen, dass er mir vor wenigen Jahren noch beteuert hatte, der Wert könne überhaupt nur sprunghaft in die Höhe schnellen. »Wie könnte es anders sein, signore? Sie würden nie die Baugenehmigung für ein neues Haus dort oben bekommen, selbst wenn Sie wollten. Und sollte es durch ein Wunder doch geschehen, würde niemand es Ihnen versichern.«

»Vermutlich nicht.«

»Definitiv nicht. Als terreno ist es wertlos. Es ist landwirtschaftlich nicht zu gebrauchen, und es ist auch kein richtiger Wald. Es ist bestenfalls sottobosco. Und verwucherter sottobosco obendrein.«

Mein geliebtes Fleckchen Eden so beschrieben zu hören, tut schrecklich weh. »Sie meinen, ich könnte es Marta genauso gut schenken?«, rufe ich bitter aus.

»Ja, aber würde die signora es haben wollen? Vergessen Sie nicht, dass sich mit dem Erdbeben der Wert ihres eigenen Hauses halbiert hat.«

»Wirklich?« Ich spitze ein wenig die Ohren.

»Natürlich. Wer würde dort wohnen wollen, wenn eines Tages ein stärkeres Erdbeben auch das zweite Haus in den Abgrund stürzen könnte? Ich verstehe Ihr Dilemma vollkommen, maestro, und mein Mitgefühl kennt keine Grenzen. Sie beide, Sie und la signora, sind Künstler. Sie brauchen Stille und Einsamkeit. Doch ich versichere Ihnen, Sie müssen keine Wüsteneien oberhalb der Schneegrenze aufspüren, um für sich ein ideales Haus in dieser Gegend zu finden.«

Lieber Himmel, ich glaube wirklich, der Kerl versucht, mir abermals ein Haus aufzuschwatzen! So eine Chuzpe muss man echt bewundern. »Zweifellos denken Sie an etwas Bestimmtes, nicht wahr?«

Wieder richtet Benedetti den Blick auf die Decke. Einige der dort angetrockneten Reste könnten von Eistüten stammen, die im Augenblick von Italiens Siegestor himmelwärts geschleudert wurden: Pfefferminz und Schokoladensprenkel und dergleichen. Zum ersten Mal fällt mir auf, dass die runden grauen Flecken kleine Dellen im Putz sind, bestimmt Abdrücke von den metallgekrönten Korken geschüttelter Spumanteflaschen. »Aber wenn ich sage, dass Ihr Grundstück wertlos ist«, fährt er fort, als ob ich die Frage nicht gestellt hätte, »dann stimmt das nur im Hinblick auf den terreno.«

»Ach ja? Was gäbe es denn sonst noch dort? Sagen Sie bloß, der Erdrutsch hat ein Hypogäum voll etruskischer Schätze freigelegt. Oder womöglich eine Goldader.«

»Leider nein. Nein, ich denke nach wie vor an Ihre Prinzessin Diana.«

Und plötzlich geht mir ein Licht auf. *Natürlich.* Wie dumm kann man sein? Vor lauter Starren auf das Verschwinden meines schönen Hauses bin ich für andere Möglichkeiten blind gewesen. Als er meine Miene sieht, nickt Benedetti, und das Licht schimmert auf seinem tiefschwarzen Haarteil, während es noch vor wenigen Monaten rosig auf seiner Kopfhaut geglänzt hätte. Nimmt er es über Nacht ab und tut es auf einen Ständer, frage ich mich? Oder fährt Frau Wiesel gern mit den Fingern hindurch, wenn die Hormone sie drängen? Und warum werde ich bei dem Gedanken minimal gnädiger gegen ihn gestimmt?

»Sie verstehen?«, sagt er mit einem Lächeln. »Aber man wird behutsam vorgehen müssen. Nun, *Ihnen,* maestro, muss ich das nicht erklären: einem Ortsansässigen von so überragender Sachkenntnis und Auffassungsgabe. Es wird seit langem schon allgemein als schmerzlich empfunden, dass unserer kleinen Stadt trotz der reichen historischen Vergangenheit die etwas augenfälligeren Attraktionen fehlen, mit denen unsere Nachbarn die Touristen in Scharen anziehen. Viareggio ist eine wichtige Stadt mit erstklassigen Stränden und einer bedeutenden Yachtindustrie. Lido di Camaiore und Forte dei Marmi haben noch prachtvollere Strände. Pietrasanta hat seine große Piazza und eine internationale Bildhauergemeinde, die sich die Nähe der Marmorbrüche von Carrara zunutze macht, wo der unsterbliche Michelangelo selbst seinen Stein herbezog. Wir aber, die wir versteckt im Herzen der herrlichen Apuanischen Alpen liegen, müssen uns etwas mehr anstrengen, um Besucher anzulocken. Dies alles können wir gerne zugeben, ohne unsere geliebte Stadt abzuwerten.«

»Aber.«

»Aber ich habe keinen Zweifel daran, dass sich durch Ihre Erlebnisse der letzten Zeit gewisse Möglichkeiten eröffnen. Dank ihnen ließe sich, sagen wir, Unglück in Glück verwandeln, verstehen Sie? Porto un' esempio. Vor einer Weile haben Sie vielleicht mit dem Gedanken gespielt, sich ein neues Haus zu kaufen oder sogar zu bauen. Jetzt könnte es zum Beispiel sein, dass Sie ein Stück Land entdecken, das für Ihre Zwecke ideal wäre, aber das der Gesetzgeber für unbebaubar erklärt oder mit dem bestimmte Einschränkungen verbunden sind. Sagen wir einfach, ich bin mir sehr sicher, dass Sie erheblich leichter zum Zuge kämen, wenn Sie ... Aber bei einem Mann von Ihrer außergewöhnlichen Intelligenz muss ich wohl kaum genauer werden.«

Das stimmt, meine Intelligenz ist in der Tat recht außergewöhnlich, obwohl ich glaube, dass mittlerweile jeder, der nicht in einem hohlen Baum lebt und knurrt, die Sache kapiert hätte. Was ich als Strafe für ein loses Mundwerk fürchten muss, ist weniger Polonium als Elend und Obdachlosigkeit.

»Rompo anch'io il discorso«, sage ich, denn jetzt bin ich es, der das Thema wechseln möchte. »Mir fällt gerade ein, dass ich Sie vorhin, als wir über Ihre religiösen Überzeugungen sprachen, gekränkt haben könnte, indem ich den Eindruck eines unnachgiebigen Skeptikers erweckte. Nein, nein.« Ich halte eine Hand hoch, obwohl Benedetti mit keinem Muskel gezuckt hat. »Das liegt mir die ganze letzte halbe Stunde schon auf der Seele. Denken Sie daran, dass mein Gedächtnis, das Sie einmal, großzügig, wie Sie sind, ›unbezahlbar‹ nannten, unter meinen Erlebnissen sehr gelitten hat, wie meine Ärzte bezeugen werden. Doch können Sie sich vorstellen, dass die durch das Trauma verursachte Blockade in den letzten paar Minuten wie durch ein Wunder zu schwinden begonnen hat? Ich glaube, dieser unübertreffliche Kaffee könnte geholfen haben. Langsam beginne ich mich zu erinnern, was ich dem Hubschrauberpiloten über die Erscheinung der Prinzessin sagte, die wir alle so deutlich sahen.«

Jetzt nickt das Wiesel. »Ich wusste es«, sagt er und bleckt wölfisch grinsend die Eckzähne. Dann streckt er mir in einer überraschenden Geste eine manikürte Pfote über den Tisch hin. Wagemutig – wie anders könnte ein Samper so etwas Bedeutungsschweres tun? – ergreife ich sie. Als wir aus der Bar treten, empfängt uns strahlender Sonnenschein. Während wir drinnen düstere Pläne geschmiedet haben, hat sich der Nebel verzogen. Die bekannten Türme, Springbrunnen und Torbögen glitzern im mediterranen Licht. Gierig sauge ich es ein. Suffolk ist eine gnädige Million Meilen weit weg. Meine Adoptivheimatstadt liegt vor mir ausgebreitet wie eines dieser Tabletts voller Gegenstände, die man sich rasch merken muss, ehe wieder ein Tuch darüber gedeckt wird. Mein Mitverschwörer macht eine kleine Verbeugung und zwinkert ab in sein Büro. Die Sonne funkelt auf seinen spiegelblank geputzten Schuhen und wirft auf seinem stockfinsteren Haarteil pomadige Glanzlichter. Wer hätte gedacht, dass ein anspruchsvoller Künstler wie Gerald Samper sich noch weiter mit seinem einstigen Grundstücksmakler verstricken würde, einer ebenso hochglänzenden wie tiefdurchtriebenen Krämerseele? Zur Zeit kleben mir alle möglichen Subalternen und Amtspersonen an den Hacken (mit Schaudern entsinne ich mich des polizeilichen Verhörs unlängst), und damit muss endlich Schluss sein. Irgendwie muss ich meine schöpferische Einsamkeit wiedergewinnen, in der mir nur die Musen zur Gesellschaft taugen. Und wo wäre das anders möglich, wird mir jetzt klar, als genau *hier*. Noch eine dieser Entscheidungen, die sich von selbst fällen.

Nach diesem verheißungsvollen Tagesanfang entschält sich der restliche Vormittag wie eine Zwiebel, die aus Schichten bürokratischer Monotonie besteht. Ich muss wohl kaum sagen, dass sich Benedetti in allen meinen Angelegenheiten als bestens unterrichtet erweist. Im Postamt warten Rechnungen auf mich mit getreulichen Versprechungen, man werde die Mahngebühren erhöhen, je länger ich sie nicht bezahle. Die Unternehmen dahinter können nicht wissen, dass ich über ihre angedrohte ultimative Sanktion, die Einstellung ihrer Dienste, nur lachen kann. Und in den Geschäftsräumen der Assicurazioni San Bernardino da Siena, der Agentur, die dummerweise sowohl mein Haus als auch mein Auto versichert hat, begegne ich dem erwarteten Dickicht aus Kleingedrucktem und ungelesenen Klauseln, mit denen sich das Unternehmen aus sämtlichen Verpflichtungen stehlen möchte, denen es einst nachzukommen gelobte. Ein angeklebter und knallrot lackierter Fingernagel lenkt meinen Blick auf die Klausel, die selbst eine Bakterie nur mit dem Vergrößerungsglas lesen könnte, worin das Unternehmen seine widerwillige Bereitschaft erklärt, mir den Marktwert des Hauses in seinem aktuellen Zustand zu erstatten.

»Leider Gottes, signore, hat das Haus in seinem aktuellen Zustand nicht den geringsten Marktwert.« Die Person pocht mit ihren Krallen auf die Police, als ob die Sache damit erledigt wäre. Sie kennt Gerald Samper noch nicht. Ein keilförmiges Stück Holz auf ihrem Schreibtisch weist sie als Dottoressa Paola Strangolagalli aus, ein Name, der einem etwas über die Herkunft ihrer Familie verrät. Wahrscheinlich drehen sie bei ihr zu Hause ihren Gockeln immer noch eigenhändig den Hals um.

»Lächerlich«, erkläre ich ihr. »Ich denke gar nicht daran, mich hier mit Ihnen darüber zu streiten. Ich werde die Angelegenheit meinem Anwalt übergeben. Es handelt sich um einen völlig normalen Fall von höherer Gewalt, für den ich versichert und schadensersatzberechtigt bin. Es kommt ständig vor, dass Häuser abstürzen, häufig auf die Fahrzeuge ihrer Besitzer. Sie haben sich bereit erklärt, meines unbesehen zu versichern, und das war Ihre Entscheidung und nicht meine. Glauben Sie wirklich, der Heilige, dessen Namen dieses Unternehmen führt, hätte versucht, sich aus einer solchen moralischen Verpflichtung herauszuwinden? Wie ich sehe, benutzen Sie in Ihrem Briefkopf dreist St. Bernardins berühmtes Monogramm IHS, das er sich zulegte, damit die Massen, die ihn predigen hörten, den heiligen Namen Jesu verehren. Sie wissen bestimmt, dass dieser in Massa gebürtige Mönch in ganz Italien dafür bekannt war, dass man durch ihn gestohlene oder hinterzogene Habe zurückbekam. Plädoyer beendet.« Gründliche Vorbereitung zahlt sich wirklich aus. Diese grassierenden katholischen Heiligen haben oft einen hohen Unterhaltungswert. Ich kenne, glaube ich, keine einzige Maria, die Jungfrau ist.

»Ich muss darüber mit unserer Zentrale Rücksprache halten.«

»Wie wär's mit Ihrem Gewissen?« Mit dieser spitzen Bemerkung verabschiede ich mich. Ich habe schließlich nichts zu verlieren. Mein Anwalt wird die Kärrnerarbeit machen, und ich werde mich fürderhin als Kunde nicht mehr in die Hände der Assicurazioni San Bernardino da Siena begeben, vor allem nicht, wenn an ihren Fingern Krallen in der Farbe frischen Bluts kleben. Den restlichen Tag über besuche ich alte Bekannte, nicht zuletzt meinen Anwalt. Außerdem miete ich mir ein Auto.

Am nächsten Morgen, des Drangs Herr geworden, BBCNN anzuschalten, zieht es mich unwiderstehlich an den Schauplatz meines Unglücks zurück. Ich fahre durch Greppone die Serpentinenstraße bergauf, die sich zuletzt im Reich der Felsen und Bussarde verliert. Kurz vorher kommt ein kurzer Waldweg, der leicht abwärts nach links führt. Der Anblick von Le Roccie ist warm vertraut und zugleich schmerzhaft fremd. Die Bäume weiter vorn wirken unverändert, aber die erwarteten Dächer dahinter sind fort. Jemand hat meine Absperrung mit einer glänzenden neuen Kette versehen und diese mit polizeitypischem Leuchtband umwickelt und mit einem Schock Schilder behängt: Proprietà privata. Attenti ai Cani. Zona Proibita Senza Esclusione. Via Interdetta, Sia per Veicoli o Pedonali. Pericolo di Morte! Zusätzlich sind quer über den Weg rostige Maschendrahtgitter aufgestellt worden. Die Wirkung dieser dramatischen Maßnahmen wird durch einen sichtlich ausgetretenen Pfad direkt daneben vereitelt. Nichts Gutes ahnend bemerke ich einen Wagen, der ungeniert auf halbem

Wege zu Martas Haus parkt. Ich nehme mir vor, unbefugten Eindringlingen kein Pardon zu geben.

Fast fühle ich mich selbst als Eindringling, wie ich da zwischen den Bäumen hindurch und an der Absperrung vorbeigehe. Wirklich sehr befremdlich, dieser mächtige Abgrund, der jetzt zur Linken gähnt. Jemand hat mit übertriebenem, wahrscheinlich dienstlichem Eifer einen langen Hühnerdrahtzaun an der Abbruchkante errichtet, versehen mit weiteren Schildern: Zona Frana! Si Avvicina a Pericolo di Morte! Dazu Totenschädel und gekreuzte Knochen. Rechter Hand das Gehölz, das einst als Sperrgürtel zwischen meinem und Martas Haus diente, wirkt jetzt viel zu nahe, und der Zaun, den ich einst als herzlichen Ausdruck gesetzlicher Abgrenzung aufstellte, ist gerade mal zwanzig Schritte entfernt. Dahinter leuchtet Martas Haus in der Morgensonne und sieht auf trügerische Weise sehr viel weniger wie die Bruchbude aus, die es meines nicht zu trügenden Wissens ist. Als einzige verbliebene Wohnstatt in Le Roccie strömt es jetzt die impertinente Aura aus, über die ganze Umgebung zu herrschen. Mit seiner neugewonnenen Einsamkeit sieht es sogar minimal begehrenswert aus. Ich allein weiß, dass sein verpilztes Inneres Berge ungebügelter Wäsche beherbergt, ferner massenweise tödliche woinowische Delikatessen wie Schonka, eine Wurst, die Lähmungserscheinungen verursacht, und die vom Flohmarkt stammenden Kosmetika mit Namen wie »Geiles Biest«. Für den ahnungslosen Spaziergänger hingegen scheint auf das Haus das Makleradjektiv »ursprünglich« zuzutreffen, das etwas geringfügig Besseres als eine Ruine bezeichnet. Es wundert mich nicht, dass die Herrin des Hauses hinter meinem Rücken diskrete Erkundigungen nach dem Status meines verbliebenen Stücks Land eingezogen hat. Ich hoffe bloß, sie hat dabei entdeckt, dass ihre Villa nur noch die Hälfte wert ist.

Von diesen zähneknirschenden Betrachtungen werde ich durch eine Bewegung am Rand des Gehölzes abgelenkt, ungefähr dort, wo früher meine Terrasse endete und die Wäscheleine begann. Ein sonderbares Etwas ist dort hingebaut worden, vor dem zwei Gestalten umhergehen. Sie haben hässliche unförmige Fleecesachen an und sehen aus wie die Sorte, die in Einkaufszentren herumlungert und einen anmurmelt: »Hasse ma'n Euro?« Beim Nähertreten kommen sie mir irgendwie bekannt vor, aber ich kann sie nirgends unterbringen. Plötzlich kocht in mir die unterdrückte Wut darüber auf, dass das Schicksal mein schönes Haus verwüstet hat und Marta gemütlich über mein Restgrundstück hinweg in die Ferne schauen darf. Was zum Teufel machen diese Penner auf meinem Land, unter völliger Missachtung der Zäune und Schilder? Aus zehn Schritten Entfernung herrsche ich sie in stählernem Italienisch an.

»Guten Morgen. Sie wissen doch wohl, dass hier Betreten verboten ist, was? Ein Pfiff, und meine Dobermänner sind hier.«

Die beiden Gestalten fahren erschrocken herum. Jetzt kommen sie mir noch bekannter vor.

»Oh, bon schorno«, sagt die Frau. Briten, klarer Fall, auch wenn Kleidung und Gebiss sie nicht schon verraten hätten. »Aber wir kennen uns doch?«, fährt sie auf Englisch fort. »Sind Sie nicht … Gütiger Himmel! Sie sind der Besitzer des schönen Hauses, das in die Tiefe gestürzt ist! Sie haben früher hier gewohnt. Wir haben uns vorigen Sommer kennengelernt. *Sie* sind es, der durch das Wunder gerettet wurde!«

Und auf einmal weiß ich wieder, wer sie sind: ein kaufinteressiertes Paar, dem Benedetti in Martas Abwesenheit voriges Jahr schamlos ihr Haus gezeigt hat. Jetzt erscheinen sie mir wieder wie damals: als Schwabbel und Pummel. An ihren Nachnamen kann ich mich nicht erinnern. Barton? Ringworm? Sie waren dabei, nach abgelegenen Grundstücken herumzuschnüffeln, unterstützt von einem Bund mit Schlüsseln, die Benedetti wohlweislich behält, nachdem seine Agentur die Häuser verkauft hat.

»Ah ja, jetzt erinnere ich mich. Mr. und Mrs. –?«

»Barrington«, sagt Schwabbel. »Chris und Deirdre. Hu, das

ist ja echt eine Ehre. Sie sind ein wahrhaft berühmter Überlebender.«

»Gerald Samper«, sage ich, ohne meinen stählernen Ton groß zu mildern. »Überlebender oder nicht, Wunder oder nicht, dies hier ist immer noch mein Privatgrund. Und was um Himmels willen ist das?«

»Wir haben keine bösen Absichten«, sagt Pummel besänftigend. »Wir wollten bloß frische Blumen auf den Bildstock legen.«

Das Ding ist ungefähr schulterhoch, behauene Steine – *meine* behauenen Steine – zu einem massiven Stummelpfeiler mit einer großen Nische aufgeschichtet. Das Nischeninnere birgt bunte Kerzenwachsstalagmiten, diverse abgebrannte Streichhölzer, eine gesprungene Vase, verwelkte Blumensträuße und ein Foto der verblichenen Fürstin von Wales, geschützt von einer zerknitterten Kunststoffhülle.

»Wer hat das gebaut?«, frage ich in einem Ton, zu dem ich eigentlich eine Reitgerte an geköperte Hosenbeine klatschen müsste.

»Das wissen wir nicht«, sagt Schwabbel. »Ich glaube, es ist gewissermaßen spontan um Weihnachten herum entstanden, als die ganzen Geschichten die Runde machten. Heißt das, Sie wussten gar nichts davon?«

»Ich bin heute seit der Nacht des Erdbebens zum ersten Mal wieder hier«, gebe ich in einem etwas milderen Ton zu. Das ist ein Test, Samper. Kannst du bei dem Schwindel mitspielen, wie du es gestern so hastig mit dem verschlagenen Benedetti abgemacht hast? Oder anders ausgedrückt: Kannst du es dir leisten, es nicht zu tun? Langsam dämmert mir, was ich mir da eingebrockt habe: die schreckliche Belastung, einer Lüge Vorschub zu leisten, die gegen meine sämtlichen Grundsätze geht. Nicht dass ich viele Grundsätze hätte, gewiss nicht, aber einen Glauben an Erscheinungen zu heucheln steht auf einer Stufe mit dem Tabu, das Personal zu bumsen oder Bettlern Geld zu geben.

Es ist ein klassisches Dilemma; und wie so ziemlich jedes

andere menschliche Dilemma gibt es dafür einen Präzedenzfall in der italienischen Oper. Diejenigen unter Ihnen, die vorigen Sommer klugerweise nicht zur Aufführung von Händels vierhundertzweiundfünfzigster Oper *Muzio* nach Glyndebourne gefahren sind, hätten in Cremona die Neuentdeckung von Dario Maringiottis brillantem *Il confessionale* miterleben können. Dieses 1887 uraufgeführte kleine Meisterwerk wurde nach dem skandalösen ersten Abend verboten und Librettist wie Komponist die Exkommunikation angedroht, falls sie nicht widerriefen und versprachen, das Werk nie wieder auf die Bühne zu bringen. 1887 war das noch eine große Sache, aber im einundzwanzigsten Jahrhundert stellten sich die Cremoneser längst nicht mehr so an.

In *Il confessionale* geht es um einen jungen idealistischen Priester namens Gioachino, der in eine rückständige Landgemeinde in Kalabrien versetzt wird. Kurz nach seiner Ankunft behauptet die junge Tiziana, sie habe in einer Vision die Jungfrau in einem der Olivenbäume ihres Vaters sitzen sehen, wie Jungfrauen das halt so machen. Der Priester begibt sich an den Ort und verkündet, er könne die anhaltende Nachwirkung dieser heiligen Heimsuchung spüren. Tiziana und der Olivenbaum gelangen in der Region zu Berühmtheit. Eines Tages aber kommt sie in einem Anfall von Reue zur Beichte und gesteht dem Priester, dass sie die ganze Geschichte bloß erfunden hat, um ein bisschen von sich reden zu machen und damit für Valdemaro interessant zu werden, einen der wenigen Burschen im Dorf ohne Akne, dem der Sinn anscheinend nach einer anderen steht.

Gioachino ist entsetzt über diesen Betrug, meint aber, er könne seine Beglaubigung des Olivenbaums als heiliger Stätte nicht mehr zurücknehmen, ohne seine Glaubwürdigkeit und die der Kirche zu gefährden, und genauso wenig kann er seinen Sinneswandel erklären, ohne das Beichtgeheimnis zu verletzen. Obwohl Tiziana reuig im Dorf herumgeht und ihre Vision widerruft, fährt Gioachino daher fort, die Pilger mit

Geschichten der Erscheinung zu bestärken, bis er fast glaubt, er hätte die Vision selbst gehabt. Doch im Herzen weiß er, dass es eine Lüge ist, auch wenn deren Ertrag den Reichtum seiner Kirche mehrt. Es gibt ein paar gute Nebenhandlungen um Bauernschläue, Rivalitäten und Aberglauben. Mit einer gewaltigen Arie von Gioachino, als dieser mit Tiziana im Beichtstuhl sitzt, steuert die Handlung auf ihren Höhepunkt zu. Der von Gewissensbissen gemarterte Priester ist von Abscheu vor seiner Täuschung geschüttelt und verflucht Tiziana für ihre erfundene Vision und für ihren Frevel, die heilige Jungfrau selbst als Deckmantel für ihre schmutzige Liebschaft missbraucht zu haben. Aus der Arie wird ein Duett, als Tiziana beichtet, dass sie auch die Affäre mit Valdemaro erfunden hat: Wen sie in Wirklichkeit leidenschaftlich liebt, ist der junge Priester selbst, und das vom Augenblick seiner Ankunft im Dorf an. (An dieser Stelle wurden in der Uraufführung Buhrufe laut, denn wenn ein Publikum eine Beichte mithören konnte, und sei es nur auf der Bühne, dann bedeutete das de facto eine Verletzung der priesterlichen Schweigepflicht.)

Inzwischen ist der junge Gioachino mit seiner Weisheit am Ende, obwohl er voll Mitgefühl erkennt, dass Tiziana das am wenigsten gefragte Mädchen im Dorf ist, weil sie O-Beine und einen Damenbart hat, womit das Motiv für ihre Intrige klar ist. Allem Mitleid zum Trotz reagiert er panisch auf ihre Avancen und versucht, ihre lautstarken Liebeserklärungen mit strengen lateinischen Rügen zu übertönen und mit dem Befehl, als Bußwerk unzählige Male den Rosenkranz zu beten. Währenddessen kommen die Dorfältesten, angelockt durch den lauten Wortwechsel, in der Kirche zusammen und erleben gerade noch mit, wie Tiziana mit einem seligen Lächeln der Zufriedenheit auf den Lippen splitternackt aus dem Beichtstuhl tritt. Ist das ihr brutaler Versuch, den ihr verwehrten Geliebten zu belasten, oder sind die bäuerlich derben Verdächtigungen der Dörfler gerechtfertigt, dass Gioachino zuletzt der fleischlichen Versuchung erlegen ist?

Von diesem Punkt an wird das Melodrama zugegeben ein wenig plump, obwohl Maringiottis Musik überragend ist. Die Solo-Oboe, die gleichsam tänzelnd die geistlichen Spannungsmomente umspielt, überzeugt besonders durch die Vulgarität, mit der sie die an Peter Pans Tinkerbell erinnernde Gewohnheit des Heiligen Geistes andeutet, mysteriös mal hier, mal dort im Wirrwarr des menschlichen Treibens mitzumischen. Was immer Sie von der Musik gehalten hätten, wenn Sie voriges Jahr in Cremona bei *Il confessionale* unter den Zuhörern gesessen hätten, Sie wären danach auf keinen Fall mit dem Eindruck nach Hause gegangen, in puncto Dramatik zu kurz gekommen zu sein.

Wie dem auch sei, Sie werden sicher Sampers Dilemma in dieser Situation verstehen, wo er mit Schwabbel und Pummel vor ihrem Ad-hoc-Heiligtum steht und die von ihm erwarten, dass er seine wunderbare Rettung auf das persönliche Eingreifen von Barbara Cartlands Stiefenkelin zurückführt. Ich nehme mir ein Beispiel an Gioachino und bemühe mich, eine entrückte Miene aufzusetzen.

»Sie können sich sicher vorstellen, wie unmöglich es mir ist, über all das zu reden. Es ist einfach … nicht wahr … etwas ungeheuer *Persönliches.*«

»Aber es stimmt doch: Sie hat Ihnen befohlen, das Haus zu verlassen, und kaum dass Sie alle draußen waren, ist es abgestürzt?«

»Wir haben es gerade noch rechtzeitig geschafft, das ist richtig.« Nach dem Ausdruck von Schauder und Ehrfurcht auf ihren Gesichtern zu urteilen, sind diese beiden Pfeifen willens, alles zu glauben, was ich sage. Trotz des tragischen Ausgangs fällt es mir schwer, das Lächeln zu unterdrücken bei dem Gedanken an die überaus unheilige Atmosphäre an jenem Abend im letzten Dezember, als Adrian und ich, mit schwerer Schlagseite vom Wein und den halluzinogenen Pilzen, nur mit Mühe das Kichern lange genug unterdrücken konnten, um unsere Gäste davon zu überzeugen, dass sie aus der warmen Küche mit dem gemütlichen Kaminfeuer nach draußen in den eisigen Nebel und die stockfinstere Nacht eilen mussten, wenn ihnen ihr Leben lieb war. Die einzige unerwartete Heimsuchung an dem Abend war Martas plötzliche Rückkehr aus Amerika nach fast einem Jahr, aber wenn überhaupt, dann war dies weniger die ätherische Erscheinung eines Geistes als seine grobstoffliche wie grobschlächtige Fleischwerdung. Noch als wir schließlich alle schlotternd im Freien standen, fielen uns immer wieder unverzichtbare Bedarfsartikel wie Pässe und Mäntel ein, und in einer spannenden Mutprobe stürzten wir ihretwegen noch mehrmals nach drinnen und schlossen Wetten darüber ab, ob wir es heil wieder heraus schaffen würden, bevor die stetig abbröckelnde Erde das ganze Haus mit in die Tiefe riss. Die Wirkung der Pilze, die ich schelmisch in mein preiswürdiges Dachsfilet Wellington eingebacken hatte, hielt stundenlang an und hatte zur Folge, dass alle Dinge von schimmernden Lichthöfen umgeben waren. Das verlieh der ganzen Nacht etwas Träumerisches und Surreales, so dass uns selbst das schließliche – und gruseligerweise fast lautlose – Verschwinden meines Hauses phantasmagorisch erschien. Genauso erscheint mir gegenwärtig das Treiben von Schwabbel und Pummel als Kultministranten, wie ich sie mir unvorstellbarer nicht vorstellen kann. »Aber ich verstehe immer noch nicht, was Sie hier machen«, halte ich ihnen im Ton eines Richters vor, der noch keineswegs von ihrer Unschuld überzeugt ist.

»Lange Geschichte«, sagt Pummel.

»Na, wir leben hier«, sagt Schwabbel.

Warum ist das so unliebsam? »Sie meinen, Sie leben in Italien?«

»Ja – genau hier, ein Stückchen die Straße runter in Grepppone. Voriges Jahr haben Deirdre und ich uns ein Haus auf dieser Seite der Stadt gekauft. Wir wollten schon ewig hierher ziehen. Großbritannien hat sich furchtbar verändert, finden Sie nicht?«

Zum Besseren, möchte ich meinen, seit sie hergezogen sind.

Nicht auszudenken: Wäre mein Haus nicht von der Vorsehung zerstört worden, hätte ich dieses unsägliche Paar mit nur fünf Kilometer Abstand zu Nachbarn gehabt. Im Weiteren wird mir klar, dass ich sogar ihr Haus kenne, ein Stück bergab hinter dem Weg zum Friedhof. Es bekommt nach Mittag sehr wenig Sonne, vor allem im Winter, und hat einen beklemmenden Blick auf den drohend aufragenden Berghang gegenüber, der aussieht, als könnte er jeden Moment über die düstere Schlucht kippen und alles unter sich begraben. Es gehört in der Tat eine Empfindsamkeit der besonderen Art dazu, dort auf der Terrasse zu stehen und zu sagen: »Schätzchen, besser hätten wir es gar nicht treffen können.« Aber wahrscheinlich haben sie dasselbe vor fünfzehn Jahren auf den Stufen des Traualtars gedacht und auch damit recht behalten.

»Als voriges Jahr in den Zeitungen die ganzen Artikel über das Erdbeben waren – das wir übrigens auch bei uns unten in Greppone gespürt haben –, da stand auch drin, dass die Prinzessin Ihnen allen das Leben gerettet hat, und auf einmal war uns alles klar, nicht wahr, Schätzchen? Es war uns *vorherbestimmt,* beinahe haargenau an den Ort zu ziehen, wo sich ihre Liebe zu ihren Untertanen manifestieren sollte. Das war doch Diana, wie sie leibte und lebte. In ihrer Heimat verlacht und verstoßen, erscheint sie im Ausland, um Briten in Not zu retten.«

Ich kann nicht anders, ich muss die Gegenrechnung aufmachen. »Drei von uns waren gar keine Briten. Eine woinowische Komponistin, ein russischer Pianist und Max Christ persönlich, der Bayer ist.«

»Diana hat ihr Licht über die ganze Welt erstrahlen lassen, wie Sie sich bestimmt erinnern, Mr. Samper. Die Nationalität bedeutete ihr nichts.«

Ich will schon bissig fragen, warum Pummel in dem Fall meine Gäste betont als Briten in Not bezeichnet hat, kann mich noch aber rechtzeitig bremsen. Streite niemals mit Gläubigen: eine meiner wenigen Lebensregeln. Das weitere Gespräch – von mir ausweichend und schicksalsergeben geführt, unheilbar fanatisch von ihnen – ergibt, dass diese beiden Exilanten führende Mitglieder eines Dianakults sind, der sich unter britischen Wahl- und lokalen Geburtsitalienern rasch ausbreitet. Klar, die sentimentale Ader der Italiener traf Diana von Anfang an. Am Tage ihres Todes bemerkte mein Friseur, wie tragisch die Sache sei. »Sie hatte anbetungswürdige Beine«, sagte er schmachtend, während er mir das Krepppapier um den Hals legte. Aber darüber hinaus war sie wirklich eine Figur wie aus … wie aus der italienischen *Oper.* Natürlich! Romantisch, melodramatisch, tragisch … Was für ein perfektes, abgedrehtes … *Nein!* Was für ein perfektes, *tragisches* Thema! Die schlichte, märchenschöne Stiefenkelin einer Fließbandproduzentin von Herzschmerzromanen, unglücklich verheiratet mit einem Prinzen, abweisend behandelt von der Familie ihres Mannes, von der britischen Presse abwechselnd angeprangert und umschmeichelt, vom erniedrigten und beleidigten Rest der Welt angebetet, aus Sehnsucht nach Liebe in die dunkelhäutigen Arme eines ausländischen Kaufmannssohns und zusammen mit diesem in einer Pariser Unterführung in den Tod getrieben, was unglaubliche Gerüchte über Mordpläne des Secret Service nach sich zog … Vergiss das Gilgameschepos. Für Gerald Samper, den Schalk unter den Tragikern, ist dies eindeutig der einzig denkbare Opernstoff! Mit einer Träne im Auge sollen die Zuschauer heimgehen und mit dem leisen, undefinierbaren Gefühl, das sie später beschleicht, man könnte sie vielleicht zum Narren gehalten haben.

»Sie finden das lustig?«, fragt Schwabbel ein wenig gekränkt und verteidigungsbereit.

»Ganz und gar nicht«, erwidere ich. »Weit davon entfernt. Nein, mir kam nur gerade ein Gedanke. Nicht im geringsten komisch. Und überhaupt, ich wüsste gern mehr.« Die Stimme der Vernunft warnt mich, dass ich wieder einmal dabei bin, den Kopf in die Schlinge des puren Blödsinns zu stecken. Wie dumm: Gerade *das* ist ja die Gabe des Opernschöpfers. Aber erst einmal muss ich zurück in die Stadt und einen Bagger auftreiben, weil ich sehen will, wie viel aus den Trümmern meines einstigen Heimes geborgen werden kann. Schwabbel und Pummel packen derweil üppige Gladiolensträuße aus und machen sich daran, ihr Heiligtum aufzuputzen. Ich bin mit einem Mal richtig fröhlich. Mir ist aufgegangen, dass die Anwesenheit von Pilgerhorden auf meinem Stück Land Martas Heimstatt den letzten Rest von friedlicher Stille nehmen müsste. Wie sagte doch Millie so treffend? Des Andern Flaute bläht mir die Segel.

ADRIAN 3

E-Mail von Dr. Adrian Jestico (ajestico@bois.ac.uk)
an Dr. Penny Barbisant (penbar@labs.whoi.ed)

Entschuldige die Funkstille, Penny. Wie fast alle in der Abteilung bin ich eine Zeitlang der institutionellen Lähmung zum Opfer gefallen. Wir mussten unsere Arbeit abbrechen oder liegenlassen, weil die Regierung plötzlich den Geistesblitz hatte, zum abersten Male ihre uralten Pläne für einen Severn-Staudamm auszugraben. Es ist der helle Wahnsinn: 59000 Ausschüsse versuchen zu ermitteln, wie viele Umweltverträglichkeitsprüfungen sie brauchen, um sich für alle politischen Eventualitäten abzusichern. Jeder weiß natürlich, dass es für ein Projekt dieser Größenordnung nie genug UVPs geben kann oder nie gründlich genug durchgeführte. Wenn aber das Ding eines Tages tatsächlich in Bau gehen soll (ein gigantischer Kuchen von EU- & Steuerzahlergeldern, von dem dann alle was abhaben wollen), wird garantiert irgendjemand im allerletzten Moment im Vale of Berkeley eine Gemeinschaft von fünf Exemplaren der (bis dahin für ausgestorben geltenden) Showalterschen Schnirkelschnecke entdecken oder ein nistendes Paar von Schwarznacken-Sturmtauchern oder einen andern unbekannten Vogel von gewaltiger emotionaler Bedeutung für die Mittelschicht in Notting Hill Gate, & die ganze Chose wird unter allgemeinen gegenseitigen Bezichtigungen & Beschimpfungen wieder in der Versenkung verschwinden.

Erfreulich, dass es sich ausgezahlt hat, bei Eurythenes nachzuhaken. Bei den Phosphorkonzentrationen, die du anführst, würde ich jederzeit die Hand dafür ins Feuer legen, dass ihr definitiv ein Wrack oder verklappte Fracht im näheren Umkreis habt. Ich wüsste nicht, was sonst solche Mengen auch nur annähernd erklären könnte. Alle Wracks müssten auf den GLORIA-Scans der 200-Meilen-Zone zu sehen sein, die das USGS seinerzeit gemacht hat, abhängig davon allerdings, wie viel Sediment da draußen aufgeschüttet wird. Du müsstest vielleicht irgendwann systematisch die Ausdrucke durchgucken, falls du die Langeweile aushältst.

Es ist, wie du sagst: Wahrscheinlich war es unvermeidlich, dass Gerry nach Italien zurückgehen würde, & nicht nur wegen des Vorfalls in Crendlesham. Er schien in England unter einer Art Lähmung zu leiden, als ob er sich gar nicht mehr auskennen würde, & war launisch, gereizt, rundum verwirrt. Oft war er nicht einmal besonders unterhaltsam, was ihm nun gar nicht ähnlich sieht. Bei den wenigen Jahren, die er als Erwachsener in Großbritannien gelebt hat, sollte man ihn wohl als Vertriebenen begreifen. Er bezeichnet sich ja selbst oft (mit einigem Stolz) als professionellen Ausländer.

Warum er eigentlich derart mit seinem Geburtsland hadert, ist mir nicht ganz klar. Ich glaube nicht, dass es irgendetwas damit zu tun hat, was in Lyme Regis geschah, als er klein war: Eine solche Naturkatastrophe könnte überall passieren. Es ist eher so, als hätte er an einer Enttäuschung zu knapsen, der Enttäuschung darüber, dass England nicht der Propagandaversion entspricht, die ihm seine Eltern eingeredet haben. Der Krieg & diese ganzen Geschichten. Er hat mir einmal erzählt, dass der letzte Anstoß, der ihm noch fehlte, um Großbritannien ein für alle Mal den Rücken zu kehren, der Slogan »You Know It Makes Sense« war, unter dem vor Jahren irgendeine Regierungskampagne lief. Bei solchen Sachen spüre ich am deutlichsten den Altersunterschied zwischen uns. Und, nein, deine Fragen sind ganz & gar nicht unangebracht – im Gegenteil. Ich weiß nur leider die Antworten nicht. Ich kenne Gerry nicht gut genug & werde ihn vermutlich auch nie gut genug kennenlernen. In seinem Innersten gibt es Sperrbezirke, die er mit viel Raffinesse & Humor hütet, so dass man ihre Existenz kaum bemerkt. Erst wenn man versucht, sein Verhalten jemandem zu erklären, der ihn nicht kennt, wird einem klar, wie wenig man es selbst eigentlich versteht. Er ist der archetypische Abstandwahrer. Und wie ich aus bitterer Erfahrung weiß, ist jeder Versuch zwecklos, ihn mit der flehentlichen Bitte nach mehr Nähe darüber zu befragen. Man nimmt Gerry, wie er ist, oder, fürchte ich, gar nicht.

Wenn du eine olle Kamelle hören willst, kann ich dir etwas erzählen, das er mir einmal in einem unachtsamen Moment angedeutet hat. Es war in den 70er Jahren, als er in London bei Curzon TV als Drehbuchvolontär tätig war. (Curzon TV? Du bist viel zu jung, um dich daran noch zu erinnern.) Sicher weiß ich nur, dass sein Freund Derek daran beteiligt war, der in der Nacht des Erdbebens mit auf der Geburtstagsparty war & zu dem Gerry eine seltsame Beziehung hat, die, soweit ich sehen kann, gleichermaßen auf Zuneigung wie Verachtung basiert. (Wenn ich sage, dass Derek ein quirliger kleiner Friseur ist, beschreibt ihn das zumindest zur Hälfte, aber unter der Oberfläche ist er auch erstaunlich scharf & hart. Ein ziemlich ausgebuffter Typ, glaube ich.) Irgendetwas ist damals passiert, & beide haben sich tüchtig die Finger verbrannt. Ich habe den Eindruck, sie könnten sogar knapp am Gefängnis vorbeigeschliddert sein. Mir gefällt der Gedanke, dass Gerry in irgendein krummes Ding verwickelt war. Das passt so gar nicht zu seinem jetzigen Image als der große Ästhet. Jedenfalls vermute ich, dass jeder etwas über den andern weiß, & was es auch ist, es reicht aus, um ihre Beziehung am Laufen zu halten. Erst dachte ich, sie hätten mal was miteinander gehabt, aber Derek ist überhaupt nicht Gerrys Typ, & umgekehrt wohl genauso. Nein, ich bin sicher, sie haben eine gemeinsame Geschichte als eine Art Verschwörer oder als gebrannte Kinder eines Skandals. Das ist noch etwas, das mir zeigt, wie wenig ich über Gerry weiß, doch irgendwie gefällt mir das Geheimnisvolle recht gut.

Wie groß sein Einfluss auf Derek ist, wird sich jetzt herausstellen. Gerry hat eine außergewöhnliche Bitte an alle, die auf seiner Geburtstagsparty waren. Nein, keine Bitte – eher eine Forderung. Atme einmal rationalistisch durch, Penny, denn du wirst es nicht glauben. Er will, dass wir alle eine Geschichte bestätigen, wonach wir in jener Nacht durch eine Vision von Lady Di vom Tode gerettet wurden: Sie soll in der Küche erschienen sein & uns befohlen haben, sofort das Haus zu verlassen. Das ist anscheinend etwas, das die italienischen Zeitungen seinerzeit ausgekocht haben & das dermaßen eingeschlagen hat, dass es inzwischen eine Art Dianakult gibt mit Pilgerfahrten zu Gerrys Grundstück – oder was davon übrig ist – & Wunderheilungen & dem ganzen andern Zeug, das sich solche Leute ausdenken.

Natürlich wissen wir alle, dass das Unsinn ist, & nach seinen Anrufen zu urteilen, hat Gerrys aggressiver Skeptizismus in keiner Weise gelitten. Es scheint jedoch, als wäre die lokale Obrigkeit darauf erpicht, dass niemand die Sache explizit leugnet, weil sie sich davon einen Aufschwung des heimischen Tourismus verspricht. Was aber springt für Gerry dabei heraus, wirst du zu Recht fragen? Es gibt wohl deutliche Anspielungen auf massive Zugeständnisse bei der Baugenehmigung für ein neues Haus. Er will, sagt er, in der Gegend bleiben & sich einen Standort suchen, der so abgeschieden ist, wie es sein altes Haus war (von seiner Ex-Nachbarin Marta einmal abgesehen), aber nicht gar so schwer zu erreichen. Damit hat er uns alle ganz schön in die Klemme gebracht. Um seinetwillen können wir bei dieser scheinheiligen Visionsgeschichte schlecht nicht mitspielen. Aber um unserer Selbstachtung willen, von unserem Ruf ganz zu schweigen, können wir uns auch schlecht damit einverstanden erklären. Mein Schwager Max Christ ist außerordentlich gutmütig & loyal, auch wenn er sich als Bayer fragen wird, in was für eine bekloppte englische Familie er da bloß eingeheiratet hat. Trotz allem hat er sichtlich eine Schwäche für Gerry. Aber ich merke, dass er dennoch einigermaßen genervt ist. Wir hatten voriges Wochenende eine Art Familienrat, bei dem Max & ich uns darauf verständigten, dass wir etwaige Fragen schlicht mit einem entschiedenen »Kein Kommentar« beantworten werden. Doch es geht einem gegen den Strich. Ich weiß nicht, wie es dir geht, aber mich kostet es gar nichts, über Sachen wie Kreationismus & Intelligent Design zu schweigen. Ich hadere damit so wenig wie mit dem Weihnachtsmann oder der Zahnfee. Aber die Lügengeschichte zu unterstützen, man habe eine Vision der Fürstin von Wales gehabt, ist etwas, wofür ich mich richtig schämen würde. Ich nehme an, in solche Dilemmata können nur Leute geraten, die sich mit Gerry einlassen.

Und damit zurück zum BOIS & einer Sitzung in einer halben Stunde, in der ein paar bärtige Geologen die Erosion beklagen werden, die eintritt, falls der Severn-Staudamm nicht gebaut wird. Kein Wunder, dass ich dich mit langen E-Mails plage: Es ist so angenehm, sich zu erinnern, dass es außerhalb dieser Institution noch ein Leben gibt. Ein ähnlich angenehmes Erlebnis hatte ich am Wochenende, als ich meinen kleinen Neffen Josh mit den Tardigrada bekannt machte (ich habe ihm kürzlich ein Anfängermikroskop geschenkt). Es ist faszinierend, dabei zuzuschauen, wie ein gescheites Kind die Erfahrung macht, dass ungleich viel mehr auf der Welt los ist, als es mit bloßem Auge sehen kann. Jetzt bekniet er jeden, der ihm zuhört, auf die Leiter zu steigen & ihm Moosklumpen aus der Dachrinne zu holen, damit er seine »Bärchen« anschauen kann. Bald wird er seinen eigenen Kragen dafür riskieren, aber das ist, denke ich, immer noch besser, als schlaff vor dem Fernseher zu hängen.

Ich hoffe, mit Luke entwickelt sich alles zur Zufriedenheit. Oder gar zur Befriedigung?

Ciao,
Adrian

4

Zu den vielen Grausamkeiten des Lebens im Hotel gehört auch, dass man kein eigenes Telefon hat. Kostenmäßig sind Hoteltelefone so ähnlich wie Restaurantweine: eine Art, wie der Besitzer den vorzeitigen Ruhestand auf den Virgin Islands beschleunigt. Mobiltelefone sind genauso schweineteuer, vor allem bei Auslandsgesprächen. Trotzdem muss ich ein Mobiltelefon haben, um mit dem unentbehrlichen Frankie in Kontakt zu bleiben. Er ruft mich an, als ich aus der Amtsstube der Comune trete, wo ich soeben die gütige Erlaubnis erhalten habe, die Trümmer meines Hauses von einem Bagger nach meiner verschütteten persönlichen Habe durchsuchen zu lassen. Ich will jetzt zum Forestale, wo ich mir einen weiteren permesso besorgen muss, als draußen auf der Treppe mein Handy klingelt. Eine Hustensalve verrät den Anrufer.

»Weißt du, wer Leo Wolstenholme ist?«, fragt Frankie schließlich.

»Nein. Muss ich den kennen?«

»Die. Sie heißt Leonora. Ziemlich berühmt hier bei uns. Viel Presserummel um ihre diversen Affären, eine schiefgegangene Titten-OP et cetera, aber am bekanntesten ist sie als Moderatorin von *Global Eyeball.* Nie gehört?«

»Nein.«

»Eine Enthüllungsserie ähnlich wie früher *BBC-Panorama,* aber deutlich weniger politisch, *härrcka-rcka-rcka örrch,* wie es sich für das einundzwanzigste Jahrhundert gehört. Viel Prominenz und wenig Hintergrund. Sie haben eine Serie, in der sie gelegentlich Sendungen über Spitzensportler und das Geschäft mit Werbeverträgen bringen. Eigentlich ganz gut. Ich habe eine über diesen Golfer gesehen, Justin McPeach. Scheiße hoch drei, sage ich dir. Nur gut, dass du damals nicht für den geschrieben hast. Was Wolstenholme will, ist, dass du in einer Sendung über Millie Cleat mitmachst.«

»Liebe Güte, Frankie, nicht *die* schon wieder! Dass die das Zeitliche gesegnet hat, genieße ich immer noch.«

»Ich fürchte, du giltst als der weltweit führende Millie-Experte, Gerry. Fast alles, was über sie bekannt ist, stammt aus deinem Buch. Und wo jetzt die Filmrechte verkauft sind, wird sie noch eine ganze Weile aktuell bleiben, wenigstens bis jemand noch Älteres mit noch weniger Gliedmaßen ihre Rekorde bricht. Glaub mir, Gerry, du solltest das Interview machen. Leo ist sehr populär, und es wird dem Buch guttun. Und apropos« – hier unterbricht ihn ein weiterer Hustenanfall von einer Detonationskraft, dass das blecherne Rasseln im Handy, das ich sicherheitshalber ein Stück vom Ohr abhalte, eine Passantin veranlasst, verwundert aufzublicken –, »Champions will eine neue Auflage von *Millie!* rausbringen, und du sollst ein Nachwort schreiben, das auf ihren Tod und die Ermittlungen in Sydney eingeht. Du sollst auch so eine Art Resümee zusammenschustern. Ihr Vermächtnis und so weiter. Muss nicht lang sein: höchstens fünfzehnhundert Wörter.«

»Erbarmen, Frankie!« Aber ich werde es machen, und das wissen wir beide. Wenn ich mir in Kürze ein Haus kaufen will, werde ich alle Knete brauchen, die ich verdienen kann. Filmvertrag hin oder her, solange das Buch am Laufen gehalten werden kann, leistet es einen wichtigen Beitrag zu meiner Solvenz. Eine Neuauflage ist wie ein runderneuerter Reifen. Man nimmt etwas, das im Prinzip hinüber ist, und presst ihm mit findigem Herumdoktern noch etwas Lebenszeit ab. Und bei dieser Fernsehgeschichte werde ich wohl aus ganz ähnlichen Gründen mitmachen müssen. Laut Frankie ist diese Leo noch dabei, »die Sache auf die Beine zu stellen«, indem sie vorbereitend herumrecherchiert und ein paar »Schlüsselinterviews« organisiert. Im Klartext bedeutet das, wie ich dank meines weit zurückliegenden kurzen TV-Intermezzos weiß, dass ein Team von blutjungen Praktikantinnen und PR-Miezen mit Namen wie Cathy und Poppy und einem superhippen Szenecockney ihr diese Arbeit abnimmt. Frankie meint, dass Leo gern bereit ist, ins Flugzeug zu steigen und mich hier zu interviewen, falls ich nicht vorhabe, nach London zu kommen. Ich erwidere, er soll das unter dem Vorbehalt abmachen, dass sie das Interview stückeln muss, falls der Bagger gerade wertvolle Reliquien aus meinem früheren Zuhause ausgräbt.

»Das wird ihr gefallen. Sie muss ihren Ruf als Action Woman pflegen. Sie kann Studios nicht leiden, die sind ihr zu zahm. Sie ist immer vor Ort. Je mehr Granaten über den Himmel pfeifen und Rauchsäulen im Hintergrund aufsteigen, umso besser. Klar, damit kannst du nicht dienen, aber wie viele Autoren wird sie filmen, die Schubladen mit ihrer Unterwäsche aus einem toskanischen Erdrutsch ziehen? Schlägt Talkrunden im Studio um Längen.«

»Ach, und Frankie«, sage ich, bevor er auflegen oder ein Lungeninfarkt dazwischenkommen kann, »ich brauche eine Nummer, unter der ich Marta erreichen kann. Sie müsste zur Zeit in London sein und mit dieser grässlichen Sue Donimus arbeiten. Bestimmt kommunizieren sie in Woinowien immer noch mit Brieftauben, aber nachdem Marta voriges Jahr in den Staaten war, könnte sie inzwischen sogar ein Handy haben. Würdest du bitte mal schauen, was sich machen lässt?«

»Hm. Noch eine, mit der du nie wieder was zu tun haben wolltest, dachte ich.«

»Leider will ich etwas von ihr.«

»Ich frage lieber nicht nach.«

»Nein, es ist etwas nahezu Unmögliches. Ich will ihr Stillschweigen.«

Stunden vergehen, in denen es mir gelingt, vom Forstamt meinen permesso zu bekommen. Ein wenig ungläubig beginne ich mich zu fragen, ob nicht vielleicht Benedetti verschiedenenorts ein Wörtchen für mich eingelegt hat. Wenn man sonst in der Amtsstube eines italienischen Bürokraten das geringste Stück Papier beantragt, ist der normale Ablauf so, dass man nach einer Stunde Warten brüsk fortgeschickt wird, weil man eine oder mehrere der folgenden Unterlagen nicht mithat: eine notariell beglaubigte Abschrift der Geburtsurkunde der verstorbenen Mutter, den Pass, den Permesso di soggiorno, die von einem staatlich geprüften Übersetzer ins Italienische übersetzte Krankenakte, den Codice fiscale, ein halbes Dutzend Passfotos, einen Bogen Stempelpapier (vom nächsten Kiosk), die innere Beinlänge, gemessen vor nicht mehr als drei Monaten und bescheinigt von den Carabinieri, und was einem Bürokraten in der Laune des Augenblicks sonst noch alles einfällt. In der guten alten Zeit vor der Aktion »Saubere Hände« in den Neunzigern, die mit der Beamtenbestechung Schluss zu machen versuchte, war die einzig gangbare Methode, aus chronisch unterbezahlten italienischen Bürokraten irgendetwas herauszuholen, dass man mit einer »mazzetta« anrückte, einem Banknotenbündel oder ähnlichem. Nach meiner Erfahrung sorgte eine Flasche Chivas Regal im Allgemeinen dafür, dass die Bearbeitung in einem gemächlichen Handumdrehen beendet war. Gewiss, man musste immer noch in drei Monaten wiederkommen, um den fraglichen permesso abzuholen (»Die Akte muss leider nach Rom, signore, und Sie wissen ja, wie es in Rom zugeht« – ein theatralisches Fingerspreizen als Zeichen ironischer Resignation), aber das Schlimmste war wenigstens ausgestanden. In der heutigen schönen neuen Zeit des Postchivasregalismus jedoch sind die Bürokraten weiterhin unterbezahlt und kann man nie wissen, welches unerlässliche Dokument man diesmal vergessen hat. (»Aber selbstverständlich, Signor Samper, brauchen wir eine notariell beglaubigte Abschrift der Heiratsurkunde Ihrer Eltern.« »Um mich an die städtische *Kanalisation* anzuschließen?« »Gewiss doch, signore. Das ist Vorschrift.« Und wieder eine Stunde umsonst gewartet.) Dies alles erklärt, warum einheimische Antragsteller in italienischen Behörden in weiser

Voraussicht mit schier aus den Nähten platzenden Handkoffern aufkreuzen, die jedes erdenkliche Dokument zur Geschichte und dem Tun und Lassen ihrer Familie über mehrere Generationen enthalten. Und trotzdem müssen sie damit rechnen, wieder fortgeschickt zu werden, weil sie vergessen haben, den Einzahlungsbeleg mitzubringen, der attestiert, dass sie die 31 Euro 83 für den permesso, den sie erst Monate später erhalten werden, berappt haben.

Daher bringt mich das rasche und mühelose Passieren der bürokratischen Hürden, die ich nehmen muss, ehe ich in den Überresten meines eigenen Hauses wühlen darf, auf den Gedanken, das Wiesel könnte bei der Sache seine Pfote im Spiel haben. Im Laufe der Jahre bin ich zu dem Schluss gekommen, dass Benedetti in dieser Stadt über ausgezeichnete Verbindungen verfügen muss. Ich stelle mir vor, dass man in einer Stadt dieser Größenordnung schlecht Grundstücksmakler sein kann, ohne einen Draht zu den Ziehern desselben zu haben. Wahrscheinlich ist er mit dem halben Stadtrat zur Schule gegangen, wenn nicht mit dem Bürgermeister persönlich. Wobei ich sagen darf, dass ich selbst nicht ganz ohne Freunde in maßgeblichen Positionen bin; vielleicht gelingt es uns ja, unsere peinliche Posse so lange mit Erfolg laufen zu lassen, bis Samper wieder ein passendes Häuschen mit einem großzügigen Grundstück hat, wo er nach Herzenslust singen und sich in der Küche radikal schöpferisch verwirklichen kann. Von der Vorstellung beflügelt rufe ich einen Baggerfahrer an, den ich kenne, und reserviere mir seine Arbeitskraft für einen Termin in drei Wochen, eher kann er nicht.

Und da ich inzwischen im Besitz ihrer Handynummer bin, rufe ich zu guter Letzt aus einer Bar, in der ich zur Erinnerung an alte Zeiten vorsichtig einen Fernet-Branca schlürfe, Marta in London an.

»Gerriie!«, ertönt der bekannte Schrei, der mir noch vor etwas über einem Jahr praktisch täglich das Blut in den Adern gefrieren ließ.

»Ich hoffe, ich störe nicht gerade bei der Arbeit an einem großen Kunstwerk?«

»Gar nicht.« Sie kichert. »Ich esse nur gerade zu Mittag im Evaskostüm.«

O Gott. »Die Verbindung ist gerade ganz schlecht, Marta. Was hast du zuletzt gesagt?«

»… im Waskostjom. Das Waskostjom ist ein neues woidisches Ristoran. Das erste in London, macht auf erst letztes Jahr. Die Schonka ist *mm!*, aber nicht so gut wie unsere zu Hause. Der Besitzer und der Koch sind Städter aus Woinograd und verstehen nicht so gut die ländliche Küche. Erinnerst du noch Mawlisi?«

Nur zu gut. Marta bezeichnete diese »Nationaldelikatessen« einmal als das woinowische Gegenstück zu Florentinern, aber als einer, der sie gekostet hat, muss ich nachdrücklich erklären, dass diese Angabe von der Wahrheit denkbar weit entfernt ist. Wohl kann man beide als Backwaren bezeichnen, aber damit sind die Gemeinsamkeiten auch schon erschöpft. Eine Mawlisi-Sorte sieht aus wie Hoden im halben Sack: ein Taubenei, eingelegt in Minzewasser, von einer milchigen Gallertmasse umschlossen und in eine runzlige Teighülle gedrückt. Eine zweite Sorte gleicht einem winzigen Marmeladentörtchen, das mit einer Pampe aus gemahlenen Kapern und Lavendel bestrichen ist. Eine dritte besteht aus einer ungefähr murmelgroßen fritierten Kugel mit einer Chili-, Knoblauch- und Meerrettichfüllung. Sie explodiert im Mund wie eine Wasserbombe, und den restlichen Tag läuft man mit dem Gefühl herum, dass einem gleich der Kopf vom Hals kippt.

»Mein armer Gerriie, du hast sie so schnell gegessen! Es gibt eine richtige Art, Mawlisi zu essen, ganz speziell und historisch. Die Mawlisi von Waskostjom hier sind sehr *mm!*, fast so gut wie die von Mrszowski in Woinograd. Wenn ich sie esse, habe ich Tränen in den Augen.«

Als ich sie aß, wurde sogar meine Unterwäsche feucht, aber ich nehme an, dass sie in ihrer rührseligen slawischen Art von

Tränen des Heimwehs spricht. Offen gestanden bleibt mir Marta ein Rätsel. Obwohl wir in der Vergangenheit unsere Missverständnisse hatten, worüber wir beide hin und wieder herzlich lachen mussten, werde ich nie ganz die Befürchtung los, sie könnte es in ihrer bauernschlauen Art auf meinen Körper abgesehen haben. Ich weiß, ich weiß, das klingt unbescheiden. Ich gehöre schwerlich zu den Männern, die sich der Illusion hingeben, dass sie jede Frau, die ihnen begegnet, in permanente Paarungsbereitschaft versetzen, obwohl ich reichlich Frauen kennengelernt habe, die einem kultivierten Künstlertyp durchaus nicht abgeneigt waren. Ich muss eine willkommene Abwechslung sein von Business Boys mit Boxershorts und Boxsterwagen, deren musikalische Begabung sich erst auf den Rängen von Tottenham Hotspur so richtig entfaltet. Aber ich habe Marta in der Tat des Öfteren nachbarschaftlich unter die Arme gegriffen und mich ihrer ganz allgemein erbarmt, und solche Sachen kann ein romantisch veranlagtes Frauenzimmer falsch verstehen. Sie war eine hilflose Frau in der Fremde, die anfangs kein Italienisch sprach und eine Abart des Englischen, die nur ich verstand. Und sicher hätte auch niemand mehr Mitgefühl mit ihrem Alkoholproblem und ihrem Gewichtsproblem haben können als ich, auch mit der Tatsache, dass sie aus einer millionenschweren Gangsterfamilie irgendwo in den Karpaten stammt – oder wo Woinowien sonst liegen mag, ich habe immer noch nicht im Atlas nachgesehen. Für einen Shropshirer Samper, dessen Familienwurzeln in die normannische Zeit zurückreichen, stammt Marta leider im Prinzip von Zigeunern ab. In einer Gesellschaft wie ihrer, wo das Hinaufheiraten sicher eine große Rolle spielt, wäre jemand mit einem richtigen Stammbaum wie ich zweifellos eine tolle Partie.

Kein Wunder also, dass ich ein wenig nervös bin. Wie einige Freunde netterweise zu meinem fünfzigsten Geburtstag äußerten (allerdings nicht Derek – was vermerkt wurde), würde ich glatt für vierzig durchgehen, weil ich eben vom Schicksal mit einem von diesen allzeit knackigen Körpern begnadet bin, die nie so richtig die Form verlieren (im Unterschied etwa zu Dereks). Die arme Marta hingegen ist im Grunde nur ein Fettkloß mit Haaren, die ihr das Aussehen von Struwwelpeters Schwester verleihen. Wenn sie angeschickert ist, hat die die Angewohnheit, lüstern zu grinsen und einem in einer Weise zu Leibe zu rücken, die einem Angst machen kann. Leider muss ich sie jetzt als Komplizin gewinnen. Dass sie bei der Dianageschichte mitspielt, wiegt mehr als alles andere.

»Ich rufe an«, sage ich, nachdem ich mir mit einem ordentlichen Schluck Fernet-Branca Mut angetrunken habe, »um dir zu sagen, dass ich mir wirklich Sorgen um dein schönes Haus mache.«

»Heißt das, die Erde wackelt immer noch, Gerriie?«

»Nein, nein, nichts dergleichen. Der Bau selbst ist in Ordnung.« Für eine verschimmelte alte Butze, heißt das. »Ich spreche von den Besuchern dort oben. Sie müssen dir doch aufgefallen sein, als du nach Weihnachten da warst, oder?«

»Sicher. Unkühle Gaffer.«

Ich hatte ihr Jahr in Amerika vergessen. »Aber diese Leute sind nicht bloß uncool und gaffen, Marta. Es sind Pilger. Am Telefon ist das schwer zu erklären. Es werden immer mehr werden, und bald werden sie es dir unmöglich machen, dort oben in Frieden zu arbeiten. Sie werden die ganze Zeit da sein. Und wenn sie erst einmal raushaben, dass du an dem besagten Abend auf meiner Geburtstagsparty warst, werden sie dir keine Ruhe mehr lassen, das verspreche ich dir. Sie werden dir die Tür einrennen. Glaube mir, Marta, die Tage, in denen du in Le Roccie still vor dich hin an deiner Musik arbeiten konntest, sind gezählt.«

»Nein, Gerriie, das kann ich nicht glauben. Sie wollen doch bestimmt nur den Ort sehen, wo dein Haus runtergefallen ist. Das würde ich auch wollen, wenn ich sie bin.«

Jede Wette. »Nein, Marta, sie wollen sehr viel mehr. Du musst herkommen und dich selbst überzeugen. Und es ist nicht allein der Wert deines Hauses als Rückzugsort, der fällt. Sein Marktwert fällt genauso, sagt Benedetti.«

»Der Mann ist ein Musteldsche. Ein … wie sagst du immer?«

»Ein Wiesel. Na klar ist er das. Das wissen wir beide seit Jahren. Aber wenn es um Hauspreise in der Gegend geht, ist er ein ganz sachkundiges Wiesel. Sag, willst du nicht kommen? Das solltest du wirklich. Außerdem muss ich dich um einen großen Gefallen bitten, und am Telefon kann ich das schlecht erklären.«

Sie wird hellhörig. »Einen Gefallen, Gerriie? Was denn?«

Hab ich mir doch gedacht, dass sie da neugierig wird. Dass Marta nicht auf eine Gelegenheit anbeißt, zur Abwechslung einmal mich ihr zu Dank zu verpflichten statt umgekehrt, ist so unwahrscheinlich wie die Vorstellung, Dracula könnte an einer Blutbank vorbeispazieren, ohne dass ihm das Wasser im Munde zusammenläuft. »Wir müssen behaupten, dass wir aus meinem Haus gelaufen sind, bevor es abgestürzt ist, weil der Geist von Prinzessin Diana uns dazu aufgefordert hat. Ich weiß, das klingt dämlich … herrje, es *ist* dämlich … aber du darfst unter keinen Umständen zu jemandem sagen, dass es nicht wahr ist.«

»Aber es sagt doch niemand, dass es wahr ist, Gerriie.«

»Bei euch in London nicht, nein. Aber hier schon. Diese Leute, die dein Haus um Ruhe und Frieden bringen, glauben, dass es so war. Es sind religiöse Fanatiker, und es gibt stichhaltige politische Gründe, warum wir die Geschichte nicht bestreiten dürfen. Das erkläre ich dir alles, wenn du kommst. Ich versichere dir, Marta, es ist in unser beider Interesse. Auch *finanziell.*«

»Tja, wenn du meinst, Gerriie. Aber ich glaube nicht an Geister.«

»Ich auch nicht. Aber wenn dich jemand fragt, ob es wahr ist, dass der Geist von Prinzessin Diana uns in jener Nacht das Leben gerettet hat, dann musst du unbedingt lügen und ja sagen … Ach, ich wünschte, du wärst hier. Aus tausend Meilen Entfernung ist das so schwer zu erklären. Wie läuft übrigens die Arbeit mit Ms. Donimus?«

»Ach, Sue und ich, wir werfen uns über.«

»Judo? Ich dachte, ihr wolltet eine Oper zusammen schreiben.«

»Das wollten wir. Aber es geht nicht so gut.«

»Ach so, ihr habt euch überworfen. Heißt das, das Projekt ist aus?«

»Sie ist sehr für Gewalt, weißt du. Schon im ersten Akt gibt es viel Auspeitschen, Gerriie. Ich kann keine Musik komponieren zu Auspeitschen. Wir in Woinowien haben genug Folter, als die Sowjets uns besetzten. Ich will Liebe, Gerriie! Ich will Leidenschaft komponieren! Ich will nicht komponieren Schmerzen von Peitschen und Brennen, die Leute haben an ihre Wjudelteile. Das ist voll SM, eh«, schließt sie überraschend im kalifornischen Lederbarstil.

»Du Ärmste. Das klingt ja schrecklich. Und abgesehen davon, ist es schwierig, mit der Frau zusammenzuarbeiten?«

»Sie ist wie viele Autoren, Gerriie. Sie hat keine Musik. Was ihr gefällt, ist das Konzept, die Idee, eine Oper zu machen, dass viele Leute sie klatschen.«

»*Be*klatschen.«

»O ja. Beklatschen mag sie sehr gern.«

»Also hör mal, wenn du herkommst, wirst du, glaube ich, entdecken, dass es hier eine perfekte Story gibt, die nur auf dich wartet. Weißt du noch, dass du mir bei unserer ersten Begegnung erzählt hast, du würdest das britische Königshaus bewundern?« (Was sie tatsächlich sagte, war: »Ich liebe euer britische Tradition mit Königin und König«, ein Satz, der mir im Gedächtnis geblieben ist als Zeichen dafür, dass diese Person nicht dazu bestimmt war, mir eine Seelenfreundin zu werden.) »Diese Story enthält viel Romantik, viel Komik, viel Tragik und absolut keine Auspeitschungen. Sie ist wie für dich geschaffen.«

»Kann sein, ich gehe wieder in die Staaten, Gerriie. Vielleicht versucht Max, mir einen Auftrag zu vermitteln.«

»Es ist dein Leben, Marta. Aber es ist auch dein Haus, und ich rate dir dringend, vorher noch einmal in Italien vorbeizuschauen.«

Damit überlasse ich sie wieder den gastronomischen Freuden in Londons erster (und ich wette letzter) woinowischer Speisegaststätte. Der Stress, mich mit ihr zu unterhalten, war offenbar so groß, dass ich wesentlich mehr Gläser Fernet-Branca konsumiert habe als eigentlich gedacht und mich in jenem inneren Schwebezustand befinde, den ich normalerweise mit frühen Nachmittagen in Italien verbinde. Was mag das Waskostjom wohl für eine Art Lokal sein? Ich könnte mir gut vorstellen, dass seine Küche einen Gesundheitsaufseher durch die völlige Freiheit von Mäusen und Kakerlaken in Erstaunen setzen würde. Wobei der Aufseher schwerlich darauf käme, dass diese Tierchen wahrscheinlich wichtige Zutaten in den Tagesgerichten sind, die man schon daher nicht verkommen lässt.

Als ich mit leichten Kopfschmerzen in meinem Hotelbett aufwache, finde ich unten einen Zettel für mich vor. Er ist von Benedetti, der sich erlaubt, mir mitzuteilen, dass er in der Lage wäre, mir ein Grundstück zu zeigen, das nach seiner unmaßgeblichen Meinung meinen hohen Anforderungen an einen Wohnsitz eventuell genügen könnte. Es ist, glaube ich, die erste schriftliche Mitteilung, die ich je von dem »Musteldsche«, wie Marta ihn nannte, bekommen habe, und es freut mich, dass seine schriftlichen Äußerungen so blumig sind wie seine mündlichen. Konstanz im Verhalten hat etwas für sich, auch wenn wir beide wissen, dass es auf amüsierter Verachtung basiert. Ich bin mir absolut sicher, dass er sich bei keinem anderen Kunden sprachlich derart geriert. Ich nehme an, auf eine verdrehte Art ist es fast so etwas wie Intimität. Nicht zum ersten Mal kommt mir der Gedanke, wie es wohl bei ihm zu Hause zugehen mag. Wie bei seiner verblüffenden Eröffnung vor über einem Jahr, dass er ein Flugzeugnarr ist, gibt es mit Sicherheit Aspekte von Benedettis Privatleben, die unbedingt Aufsehen erregen würden.

Statt gleich zu antworten, begebe ich mich zum Kauf eines Päckchens Paracetámolo-Tabletten in die Farmacia. Dieses Spätwinterwetter mit morgendlichem kalten Nebel im Wechsel mit strahlendem Sonnenschein scheint eine leichte Kopfschmerzwirkung auf mich auszuüben. Dann gehe ich in meine Lieblingsbar, um ein wenig der Frage »Quo vadis, Samper?« nachzusinnen. Ein Haus zu kaufen, das nicht bloß ein Feriensitz sein soll, ist insofern problematisch, als es einen mit der Frage konfrontiert, warum man überhaupt an einem bestimmten Ort lebt. Die meisten Leute können das damit beantworten, dass sie nicht weit von dort, wo sie aufgewachsen sind, leben möchten, oder sie müssen in der Nähe ihres Arbeitsplatzes und der Schule ihrer Kinder wohnen, oder sie brauchen verständlicherweise einen minimalen Abstand von mehreren hundert Meilen zwischen sich und ihren Schwiegereltern oder ihren Ehemaligen. Kurzum, es gibt gewöhnlich zwingende äußere Gründe, warum der Durchschnittsbürger ziemlich fest an eine bestimmte Region gebunden ist. Das macht die Haussuche einfacher und zugleich schwieriger, vor allem wenn alle andern am selben Ort wohnen wollen.

Ich hingegen kann überall arbeiten. Ich habe keine Verwandten, in deren Nähe ich leben möchte, und keine Beziehung, deren Fortdauer wesentlich von geographischen Faktoren abhängt. Ich bin ein freier Geist, was die Haussuche schwieriger und zugleich einfacher macht. Theoretisch könnte ich so ziemlich überall zu leben beschließen, und das stellt ein echtes Problem dar. Falls Sie zufällig wie ich Englische Literatur an einer ordentlichen Universität studiert haben – das heißt, einer vor 1600 gegründeten, die nicht als Spezialgebiete Online-Dating oder Origami anbietet –, werden Sie sich zweifellos entsinnen, dass Sie Sachen mit Titeln wie *Sir Gawain and the White Night* lesen mussten: langweilige mittelalterliche Texte, in denen Ritter und Pflüger gleichermaßen in den frühen Morgenstunden wachliegen und sich fragen, ob ihre Seelen zur Genüge entsühnt sind (Antwort: *nein*). Wenn ja, erstaunt es Sie vielleicht zu hören, dass auch G. Samper, obwohl er sich von niemandem eine Seele nachsagen lässt, hin und wieder eine weiße, sprich schlaflose Nacht verbringt, in der die Angst des Meisterkochs, der Thymian könnte ihm ausgehen, eine unverhältnismäßig große und erschreckende Dringlichkeit gewinnt. Es sind genau diese Stimmungen vor dem Morgengrauen, in denen man mit der Frage ringt: Wo leben? Die Phantasie entfaltet eine überreiche Palette von Wohnorten. Jeder hat Vorteile, jeder hat Nachteile. Am Ende gipfelt der Groll über meine Unentschlossenheit in den weißnächtlichen Fragen: »Warum eigentlich hier statt da leben? Da statt hier? *Warum überhaupt leben?«* Und plötzlich nimmt das schlichte, praktische Problem, ein Haus zu kaufen, existentielle Ausmaße an, und man ertrinkt im Jammer. Das mag mit am Gorgonzola kurz vor dem Schlafengehen liegen. Sicher ist die absolute Sinnlosigkeit erdrückend, die wir empfinden, wenn wir uns in den Stunden der Finsternis einmal wahrhaft als Planktonten im Ozean der Zeit erkannt haben, wo jedes mikroskopische Teilchen noch kläglich ruft: »Vergesst mich nicht!«, bevor es erlischt. Dies alles vergegenwärtige ich mir an meinem Kunstmarmortisch in der Bar, während ich Kaffee trinke und einen Fernet hinterherkippe, was beides einen dunkelbraunen Schleier über mein Gemüt legt. Ich sehe, dass Nico, der Besitzer, mich ab und zu mit einem sardonischen Kopfschütteln bedenkt. Ich kann ihn durchschauen wie einen schlechten Krimi. Er denkt, ich gräme mich über den Verlust meines Hauses in Le Roccie. Er kann sich nicht vorstellen, warum ich hier alleine Trübsal blase, wo ich doch eine Lokalgröße bin, deren Leben durch eine Vision gerettet wurde. Jeder Italiener, der so eine sensationelle Presse in *Il Tirreno* gehabt hätte, hätte sich schon längst einen Dreh ausgedacht, davon zu profitieren, und sei es nur, dass er sich von andern Leuten die Getränke spendieren lässt.

Es wäre vollkommene Zeitverschwendung, Nico erklären zu wollen, dass der Verlust von Le Roccie in der Tat ein harter Schlag war, dass es aber genauso, wenn auch auf andere Weise, hart war, in Crendlesham Hall bestätigt zu bekommen, dass ich nie wieder ernsthaft daran denken sollte, in das Land meiner Geburt zurückzukehren. Anscheinend kann es auch ausgebufften Weltreisenden passieren, dass sie sich irgendwo ausschließen und nicht wieder hineinkönnen, weil ihnen der Schlüssel fehlt. Ist das von Bedeutung? Vielleicht in den wenigen Fällen, in denen ich mich an ein lebhaftes Kindheitsvergnügen erinnere wie etwa das tiefe Geborgenheitsgefühl, das ein bestimmtes Essen bescherte, oder die Assoziationen, die die Jahreszeiten (damals noch vier) wachriefen. Öffentlich sagen hört mich das natürlich nie jemand. In Gesellschaft befleiße ich mich einer rauhbeinigen Radikalität, aber wenn ich allein bin, habe ich oft Heimweh. Heimweh ist mein persönlicher Default-Zustand.

Aber das führt zu nichts. Ich gehöre gewiss nicht zu denen, die sich gern in ihrer Innerlichkeit suhlen. Meine Aufgabe momentan ist, zu erkennen, dass ich *hier* wohnen bleiben möchte: hier im gastlichen Italien, genau hier in der Versilia, obwohl ein Haus in dieser Gegend mich einen Arm, ein Bein und wahrscheinlich noch eine Niere kosten wird, falls es halbwegs akzeptabel liegt und ich es nicht eigenhändig renovieren muss. Nun, so sei es denn. Doch selbst wenn Sampers Wiederbeheimatung in einem Haus, das seinem gehobenen Lebensstil entspricht, zur Konsequenz hat, dass er sich einige Jahre lang von gebratenem Gras und Asselpaste ernähren muss, ich werde *nicht* zu Champions Press zurückkehren. Ich werde nicht müde, mir einzuschärfen, dass ich auf gar keinen Fall die Biographie von Millie Cleats Nachfolgerin oder dem nächsten Formel-1-Pin-up-Trottel oder sonst jemandem verfassen werde, der eine Baseballmütze aufhat und diese aus dem Fernsehen abgeguckte Nummer abzieht, in die Luft zu boxen und dazu zu fauchen. Das ist kein Umgang für mich. Genauso wenig werde ich meinen Kundenkreis erweitern, wie der nikotinverseuchte Frankie vorgeschlagen hat, und die Lebensgeschichte eines dieser Fünfzehn-Minuten-Promis oder Fernsehjungköche schreiben. Zu seiner Verteidigung sagt er, das würde mir Gelegenheit geben, ein komisches Meisterwerk zu verfassen. Alles gut und schön, nur dass Gerald Samper dazu ausersehen ist, ein *ernstes* Meisterwerk zu verfassen, und das dürfte Frankie langsam mal zur Kenntnis nehmen. Ich muss nicht durch hirnrissige Vorschläge auf Abwege gebracht werden, schon gar nicht jetzt, da ich zu einem bescheidenen Wohlstand gelangt bin. Eine große Oper wartet darauf, geschrieben zu werden, und trotz unseres etwas merkwürdigen Verhältnisses denke ich, dass Marta für die Musik im Grunde die Richtige wäre. Was sie für Piero Pacinis abgebrochenen letzten Film *Arrazzato* komponiert hat, hat mich durch seine Originalität und Klasse echt überrascht, obwohl es mich wegen der Brutalität, mit der sie dabei mein Singen auf die Schippe genommen hat, etwas kostet, das zuzugeben. Ich persönlich bin der Meinung, dass eine grausame musikalische Parodie, deren Zielscheibe man sofort erkennt, den Tatbestand der Beleidigung erfüllt, auch wenn mir die Anwaltskanzlei Little, Gidding LLP vom Lincoln's Inn das Gegenteil erklärt hat. Es hat fast zwei Jahre gedauert, bis der scharfe Schmerz dieses Verrats zu einem dumpfen Druck abgeklungen ist, aber in dieser Zeit hat mein feiner Gerechtigkeitssinn mich wertschätzen gelehrt, wie gut ihre übrige Musik ist. Der Film selbst wurde niemals fertiggestellt, und mit dem frühen Tod des großen Piero Pacini wird er wohl ein Torso bleiben, den nur passionierte Cineasten sich überhaupt jemals ansehen werden. Marta wurde für ihre Arbeit gut bezahlt, aber wie ich höre, war sie so gewieft, die Rechte zu behalten. Ich habe den Eindruck, dass manches davon sich durchaus für eine Oper adaptieren ließe. Melodramatisch ist die Musik weiß Gott genug, aber sie hat auch eine neoprokofjewsche Strenge, die zur Untermalung einer Skandalhandlung hervorragend ist. Ich glaube, mit ihren erklärten romantischen Neigungen und ihrem Instinkt fürs Ordinäre würde Marta zu meinem Dianalibretto eine sensationelle Musik komponieren. Zu dem Libretto, muss ich dazusagen, das ich erst noch schreiben muss. Ich werde mich bemühen, die Auspeitschungen auf ein Minimum zu beschränken.

Ohne eigene vier Wände zum Arbeiten jedoch kann ich gar nichts tun. Das heißt, ich muss so schnell wie möglich ein geeignetes Haus finden. Also zahle ich seufzend meine diversen Kaffees bei Nico und schlendere den Corso hinunter zu Benedettis Büro. Darin treffe ich allerdings nur einen knutschfleckigen Teenager an, der mir erklärt, sein Boss sei gerade mit einem Kunden unterwegs und werde nicht vor halb sieben zurück sein. Ich hinterlasse dem Wiesel eine Mitteilung dahingehend, von mir aus könnten wir sein Grundstück gern morgen früh anschauen gehen. Ins Hotel zurückgekehrt erfahre ich, dass ich um Rückruf einer Londoner Nummer gebeten worden bin, die dem Büro von *Global Eyeball* gehört, wie sich herausstellt. Ich spreche mit einer, die sich als Chrissie vorstellt – wie sonst? Im Höhere-Töchter-Ton teilt sie mir mit, Leo Wolstenholme sei hocherfreut, dass ich mich zu dem Interview bereiterklärt habe, weil die Sendung ohne mich nicht zu machen wäre. (Wer's glaubt, wird selig. Diese Leute sind immer für alle Eventualitäten gerüstet. Sie würden die ganze Chose bedenkenlos aus Archivmaterial zusammenschustern, wenn es sein müsste.) Leider sei Leo im Augenblick nicht im Büro, aber sie wüsste doch gern, ob ich vielleicht einen Vorschlag hätte, wen sie nach Millies seemännischen Fähigkeiten befragen könnten, am liebsten jemanden, der sie persönlich gekannt habe. Auch dieses Verfahren ist üblich: Man spanne einen Heini, der bereits zugestimmt hat, sich interviewen zu lassen, für unbezahlte Recherchen ein. Einen Augenblick lang denke ich daran, sie nach Salcombe zu hetzen und einen alten Seebären suchen zu lassen, der sich daran erinnern könnte, wie Millie im Alter von sechs Jahren in den Ferien dort mit Booten zugange war, wie sie einmal behauptet hat, das verlogene Aas. Dabei hatte sie, wie ihr Mann Clifford sich mir gegenüber ausdrückte, mit dem Arsch noch nie eine Ducht gedrückt, nicht einmal in einem Ruderboot, bevor sie als Erwachsene am Ruislip Lido segeln lernte. Doch statt gemein zu sein und Chrissie in die Walachei zu schicken, überlege ich ernsthaft, ob ich jemanden kenne, der in Frage käme.

»Schwer, so auf Anhieb einen passenden Namen auszuspucken«, sage ich entschuldigend.

»Logo«, pflichtet sie mir bei, als mir plötzlich eine Idee kommt. Wie wär's mit Joan Nugent? Joan ist eine hartgesottene ehemalige Marinesoldatin mit einem Hang zu Glimmstengeln und Pink Gin, die mir eine großartige Verbündete war, als Millie im kompletten Knalltütentum der Meeresmystik zu versinken drohte. Sie war eine alte Segelkumpanin von Millie, die irgendwo zwischen Chichester und Portsmouth in ihrer Nähe wohnte und darunter litt, dass ihre Freundin zu einer extremen Umweltschützerin mutierte, als die sie nur eine idiotische Figur abgeben konnte. Und wirklich schaffte die britische Nationalheldin nur knapp den Absprung, ohne ihr Renommee einzubüßen. Jetzt will mir scheinen, als wäre Joan für diesen *Global-Eyeball*-Kokolores die Richtige. Zur Neutralisierung der unvermeidlichen Sentimentalität werden ihre rauh gekrächzten nüchternen Einschätzungen genau das sein, was die Sendung braucht.

»Jetzt fällt mir doch jemand ein«, sage ich. »Sie und ihre Freundinnen sind früher mit Millie zusammen gesegelt. Glauben Sie mir, das ist die Frau, die Sie suchen. Sie gibt Ihnen einen Blick aus einer ganz anderen Perspektive.«

»O wow! Klingt toll. Wer ist es?«

»Ich denke, ich frage sie zuerst, wenn Sie nichts dagegen haben«, bremse ich die eifrige Chrissie. »Es wird besser sein, wenn der Vorschlag von mir kommt.«

Und so setze ich mich auf die Bettkante und rufe Joan an. Mir geht auf, dass ich seit Millies Tod nicht mehr mit ihr gesprochen habe, doch obwohl ich sie noch kein Jahr kenne, kommt sie mir schon wie einer dieser seltenen Menschen vor, von denen man ewige Zeiten nichts hören kann, ohne dass dies der Freundschaft den geringsten Abbruch tut. Als wir uns voriges Jahr bei einem Abendessen an Bord der Yacht von Millies australischem Lebensgefährten Lew Buschfeuer kennenlernten, waren wir beide sofort miteinander im Bund. Und jedes Mal, wenn ich Joan danach anrief, nahm sie inmitten einer wilden Meute kläffender Köter den Hörer ab. Zum ersten Mal ertönt jetzt ihre Reibeisenstimme ohne den gewohnten Hunderadau.

»Gerry!«, ruft sie, als ich meinen Namen genannt habe. »Was bringt Sie dazu, eine trauernde alte Seefrau anzurufen?«

»Trauernd? Arme Joan, ist es immer noch wegen Millie?« Na ja, sie waren schließlich eng befreundet.

»Nein, im Augenblick nicht. Aber gestern Abend musste ich Bo'sun um die Ecke bringen, den armen alten Kerl.«

Ich erinnere mich an Bo'sun als den Vorsänger des Hundechors, der Joans Anrufe gewöhnlich begleitete. »Tut mir sehr leid«, lüge ich.

»Muss Ihnen nicht. Er war zwölf. Gutes Alter für 'nen Hund. Nieren am Arsch. Könnte uns auch passieren und wird's wahrscheinlich.« Ein freudloses dunkelbraunes Gackern.

»Leider wird uns niemand zum Tierarzt bringen, damit der uns ein rasches, gnädiges Ende bereitet.«

»Hä? Ich hab doch Bo'sun nicht zum Tierarzt gebracht! Für wen halten Sie mich? Widerliche Vorstellung, einen, den man gern hat, von 'nem Fremden auslöschen zu lassen. Jede Tierbesitzerin, die ihr Salz wert ist, sollte das selber machen, und wenn sie nicht den Mumm dazu hat, sollte sie sich kein Tier anschaffen. Das ist das Mindeste, was man für einen alten Freund tun kann.«

»Verstehe.« Ich sehe Joans stämmige Gestalt vor mir, wie sie einen Baseballschläger schwingt oder dem Tier durch einen Trichter Barbiturate in den Rachen schüttet.

»Hab ihn mit einer Leuchtpistole erschossen. Signalrakete

in den Kopf und zack, war sofort tot. Herrlicher roter Feuerball, mit dem der alte Knabe abgetreten ist, hätten Sie mal sehen sollen. Fünfundzwanzigtausend Candela.«

»Das haben Sie doch nicht etwa auf See gemacht?« Ich stelle mir vor, wie Joan mit ihrer Yacht wegen Fehlalarms auf See von der Küstenwache aufgebracht wird.

»Um Gottes willen, nein. Hier bei mir im Garten. Ha, ich kann Ihnen sagen, das hat vielleicht geleuchtet, leider nur fünf Sekunden. Aber die waren spitze. Weiß der Geier, was die Nachbarn dachten, aber scheiß drauf. Heute Morgen hat der alte Bo'sun seine Seebestattung gekriegt. Hab ihn vor Hayling Island mit 'nem ordentlichen Stück Kette versenkt. Wir sind viel zusammen auf Fahrt gewesen, war ein echter Kamerad, der Gute. Ein richtiger alter Seehund. Na gut, was kann ich für Sie tun?«

Ich erzähle Joan von *Global Eyeball* und der geplanten Doku über Millie und frage sie, ob ich ihren Namen weitergeben darf. Längeres Schweigen.

»Ach, leck mich, warum nicht?«, sagt sie schließlich. »Kann nicht schaden, eine in der Sendung zu haben, die sie kannte und die ein bisschen Klarschiff machen kann.«

»Genau das habe ich denen auch gesagt. Natürlich ohne Sie namentlich zu nennen.«

»Wissen Sie was? Millie fehlt mir wirklich. Ich habe Ihnen das noch nicht gesagt, Gerry, aber ich glaube, dieses Buch von Ihnen wird ihr gerecht, selbst die zickigen Stellen. Ich weiß, dass Sie nie sehr angetan von ihr waren, aber Sie haben sie nicht in der ersten Zeit erlebt, als sie so glücklich war, von ihrer Familie wegzukommen, in Pinner oder wie das Kaff hieß. Glauben Sie mir, damals war sie ein anderer Mensch. Seeweiber waren wir allesamt. Was haben wir damals im Hafen nicht für irre Fressgelage veranstaltet, nur wir Mädels. Aber dann ist ihr der Erfolg ein bisschen zu Kopf gestiegen. Wobei ich die, der das nicht zu Kopf steigen würde, erst mal sehen möchte. Wenn einem das ganze Land zu Füßen liegt. Echt absurd. Ich fürchte, gegen Ende ist sie ein bisschen wunderlich geworden, die Ärmste, aber das wissen Sie natürlich besser als alle andern. Trotzdem, was für ein Abgang, was? Weihnachten zur Hauptsendezeit, defekter Mastlift und Bingo! Am eigenen Topp erdrosselt. Haben Sie übrigens gehört, dass die Aussies die Verantwortlichen gefunden haben?«

»Nein?«

»War gar nicht die Schuld des Bootsbauers. Es gab eine Bauserie von fehlerhaften Mastliften mit vertauschtem Vorwärts- und Rückwärtsgang oder so. Die andern wurden zurückgerufen. Ofen aus für diese Segelbedarfsfirma, würde ich sagen.«

»Unbedingt.« Genug jetzt mit der Bootsfachsimpelei. Ein delikates Samperprojekt will verfolgt werden. Während Joan geredet hat, ist mir plötzlich klargeworden, dass sie genau die Person ist, die mir ein wenig praktisch unter die Arme greifen könnte. In Wahrheit nämlich erschreckt mich die Aussicht, das Innenleben meines Hauses mühselig auszugraben. So etwas ganz allein hinzukriegen kann man von keinem kultivierten englischen Ästheten verlangen, einerlei wie fit und findig er ist. Adrian kann nicht kommen, weil er anscheinend bis über beide Ohren in einem Schlamassel am BOIS steckt. Ich frage mich daher …

»Joan?«

»Jo.«

»Sie hätten nicht vielleicht Lust zu einem kleinen Abstecher nach Italien?«

»*Italien?* Wieso, wann wollen Sie los?«

»Ich bin schon da. Ich rufe aus Italien an. Diese Leo Wolstenholme sagt, dass sie herkommen will, um ein Interview mit mir zu drehen, und mir kommt gerade der Gedanke, wenn Sie auch hier wären, könnten die uns gleichzeitig aufnehmen, bei manchen Punkten vielleicht sogar beide zusammen. Ich bin sicher, wir können für Sie den Flug plus Unkosten herausschlagen. Eine Sendung wie *Global Eyeball* muss doch ein Spesenkonto haben, das nur so überfließt. Aber außerdem …

Ich mag Sie das kaum fragen, weil wir uns so gut auch wieder nicht kennen, aber ich wäre unheimlich dankbar für Ihre Hilfe.«

Ich erläutere das Problem und höre währenddessen das unverkennbare Geräusch eines Swan Vesta, mit dem sich Joan eine ihrer filterlosen Zigaretten anzündet. Feuerzeuge findet sie was für Weicheier. Wie kommt es, dass ich diese ganzen Hardcoreraucher kenne? Wenigstens hustet sie nicht wie Frankie.

»Jetzt erinnere ich mich wieder«, sagt sie. »Na klar, vor Weihnachten waren die Zeitungen voll davon, stimmt's? Dass dieser berühmte Dirigent bei einem italienischen Erdbeben fast ums Leben gekommen wäre, aber dass alle gerade noch rechtzeitig aus dem Haus kommen konnten? Heißt das, das ist *Ihr* Haus, das da unten immer noch verschüttet ist, Gerry? Sie arme Socke. Na ja, warum nicht? Wir Militärpensionäre haben nicht viel Abwechslung. Ich müsste allerdings noch ein paar Sachen regeln. Die Hunde müssen ins Heim, und ich hatte die *Navy Lark* nächste Woche zum Außenputz angemeldet. Aber das kann warten.«

»Sie sind ein Schatz. Was Sie an Unkosten haben, geht selbstverständlich alles auf mich. Das heißt, was ich nicht diesen Fernsehleuten aufs Auge drücken kann.«

Der nächste Morgen ist grau, aber trocken. Nach umständlichen Artigkeiten, mit denen Benedetti und ich darum streiten, wer sich vom anderen fahren lassen muss, sitze ich schließlich fatalistisch auf dem Beifahrersitz seines brandneuen Range Rover, der auf immer schmaler werdenden Pisten dahinrast. Seit den Kaufverhandlungen um mein schmerzlich vermisstes Haus vor vielen Monden habe ich nicht mehr bei ihm im Auto gesessen, aber die Kombination von Fahrkunst und Phantasielosigkeit ist mir unvergesslich geblieben. Es ist weniger der forsche Elan, der so italienisch ist, als das Fehlen jeglicher Vorsicht. Während ich einfach *weiß*, dass mir ein

Traktor mit einem riesengroßen Anhänger voller Baumstämme entgegenkommen wird, wenn ich eine unübersichtliche Kurve nehme, ist sich Benedetti dagegen vollkommen sicher, dass die Straße leer sein wird. Es kommt ihm gar nicht in den Sinn, dass es anders sein könnte. In wenigstens neun von zehn Fällen hat er vermutlich auch recht. Es ist die Unlust, im zehnten Fall neben ihm zu sitzen, die mich dazu nötigt, die Knie zusammenzupressen und die Fingernägel ins Leder der Armlehne zu bohren. In der durch das halboffene Fahrerfenster wehenden Brise flattert seine geborgte Haarpracht wie ein Algenbüschel im Fluss. Seltsam, sich vorzustellen, dass Haarsträhnen von demselben chinesischen Bauernmädchen, dem sie einst gewachsen sind, in diesem Moment auf Köpfen in aller Welt flattern. Möglicherweise mir zu Ehren ist Benedettis Kleidung heute im »stile English gentlemans« gehalten, wie es in der Schaufensterauslage des Herrenausstatters im Stadtzentrum heißt: dezent kariertes Baumwollflanellhemd, graue Freizeithose und leichtes Sportsakko aus Tweed mit elfenbeinfarbenem Seidentüchlein in der Brusttasche. Für seine Begriffe sieht er durch und durch »snob« aus, was in diesen Breiten ein modisches Retro-Engländertum bedeutet, das man mit altem Leder, Pferden und Monokeln verbindet. Mich erinnert der Gesamteffekt – das Toupet natürlich eingerechnet – an einen leicht anrüchigen Privatschullehrer von vor vierzig Jahren, der wegen eines gewissen Verdachts demnächst die Schule verlassen wird. Aber wen schert's, wir sind wegen eines möglichen Hauskaufs zusammen, nicht wegen möglicher Übereinkünfte nach Schulschluss. Wobei es sein könnte, dass keiner von uns den Abschluss des compromesso noch erleben wird, so konsequent, wie sein blitzblanker brauner Haferlschuh das Gaspedal heruntertritt.

Doch nach dem selbstmörderischen Abbiegen auf eine steil ansteigende Schotterpiste, wo die Kiesel unter den fetten Reifen nur so spritzen, kommen wir alsbald in einer Staubwolke zum Stehen. Als diese sich langsam verzieht, wird ein Blick auf

Olivenbäume frei. Wir stehen auf einer mit Gestrüpp überwachsenen ebenen Fläche von vielleicht einem halben Hektar, hinter der sich ein Olivenhain mit an die Bäume gebundenen orangenen Kunststoffnetzen an den steilen Hang klammert. Auf der anderen Seite setzt sich der Hain nach unten fort, bis der Hang jäh abbricht und die roten Dächer der Stadt tief unten erscheinen. Und dahinter wiederum liegt das ferne Meer grau und regungslos hingestreckt am Horizont wie ein Herzpatient, bei dem jeder Wiederbelebungsversuch zwecklos ist. Im Vordergrund steht zwischen Dornengestrüpp und Brennnesseln ein Gemäuer, in dem ich ein großes steinernes Bauernhaus vermute, stilwidrig mit Wellblech gedeckt.

»Nein«, sage ich nachdrücklich. »Nette Lage, aber trotzdem nein. Zu viel Arbeit.«

»Ja, aber …«, beginnt Benedetti. Das ist natürlich sein Metier als Verkäufer, für den das Wort »nein« potentiell immer das Gegenteil bedeutet. »Erlauben Sie mir, maestro, Ihnen zu sagen, warum Sie nicht so vorschnell entscheiden sollten. Zunächst einmal ist die Lage, wie Sie selbst sofort erkannt haben, in der Tat sensationell. Ich kenne kein zweites Haus so nahe der Stadt mit einem solchen Blick, und ich kann Ihnen versichern, dass es in dieser Gegend kaum ein Grundstück gibt, das ich noch nicht gesehen habe. Ich gebe gern zu, dass das Gebäude selbst auf den ersten Blick, sagen wir, ein ganz klein wenig *uneinnehmend* wirkt, aber der erste Eindruck täuscht häufig, und außerdem hat dieses Haus eine Geschichte.«

Die hat natürlich jedes. Benedetti holt hinten aus dem Range Rover einen schweren Stock. Ich unterdrücke ein Stöhnen, während er durch die Brennnesseln einen Weg zur Hintertür des Hauses bahnt, das überraschend neu und solide aussieht. Er zieht einen Schlüsselbund aus der Tasche und schließt auf. Dann verschwindet er im Halbdunkel, um einige Fensterläden aufzustoßen, und auf einmal ist die Düsternis im Innern verflogen und ich blicke zu meinem leichten Erstaunen auf eine geschmackvoll renovierte Bauernküche. Alte, aber neu verlegte und verfugte mezzani schimmern matt auf dem Boden. Von den Deckenbalken ist mit Sandstrahler die Kalkfarbe entfernt worden, mit der in dieser Region früher traditionell die Decken getüncht wurden. Das alte Holz ist in dem Ton herausgekommen, der auf englischen Farbtabellen gewöhnlich als »Tabak« bezeichnet wird. (Aber vor lauter kriecherischer politischer Korrektheit wahrscheinlich nicht mehr lange. Die Italiener sind in diesen Dingen sehr viel wurstiger, wie man aus ihren Farbtabellen ersieht, die eiskalt an *testa di moro* festhalten, »Mohrenkopf«, ein Ausdruck, der nicht allein mit »negerbraun« zu übersetzen ist, sondern auch eine altmodische rundköpfige Klobürste bezeichnet.) Zwischen helleren neuen Kastanienbalken bilden die mezzani regelmäßige Terrakottastreifen. Ein großer offener Kamin, einen halben Meter über den Boden gesetzt, beherrscht die hintere Wand. Auf der andern Seite des Raums tritt man durch eine uralte Tür in einen gefliesten Flur. An diesem geht es rechts zur Haustür hinaus und ganz hinten in den salone. Weitere Ziegelböden und Balkendecken.

Ausnahmsweise hält Benedetti sich still, als wollte er meine wortlose Überraschung für sich selbst sprechen lassen. Wider Willen versuche ich mir bereits auszumalen, wie diese Wohnverhältnisse am besten dem Samperschen Lebensstil anzupassen wären, denn meine anfängliche Abneigung gegen das Haus, muss ich zugegeben, schrumpft durch die Tatsache, dass es innen in einem so guten Zustand ist. Fenster öffnend geht Benedetti auf der Treppe in den ersten Stock voraus. Auch dieser ist unaufdringlich renoviert worden. Der Putz an den weißen Wänden ist offensichtlich neu und frei von altertümelnden Geschmacksverirrungen, wie wahllos einzelne Steine als Blickfang unverputzt zu lassen. Es gibt drei Schlafzimmer, deren größtes sogar lässig Platz für das Bett in Crendlesham Hall böte, das Adrian und ich uns an den Wochenenden teilten und in dem der schlafende Josh in der Nacht des Großen Kotzens praktisch verschwand. Die beiden Bäder sind nicht fertiggestellt und warten darauf, dass jemand Kacheln und Armaturen für sie aussucht. Der Boden ist Beton, die Anschlüsse sind alle vorhanden. Eine kleinere Treppe führt ins weitläufige Dachgeschoss. Roher Betonboden überall. Knapp über den Fensterstürzen enden die Mauern abrupt. Sie sind ringsum von rostigen »cristi« gesäumt, den ausziehbaren Baustützen, deren Form einen Spaßvogel an die Kreuzigung erinnern mag, und darauf liegen Kanthölzer aus sägerauher Kiefer, an die das Blechdach genagelt ist, leicht erhöht an der Hinterseite, damit der Regen abfließen kann. Hier oben ist das Mauerwerk hinter den modernen Terrakotta-Rippenplatten verborgen, die man »tabelle« nennt, aber, nach den Fensterlaibungen zu schließen, ohne dass dadurch die Wandstärke zunimmt. Hm.

»Also gut«, sage ich schließlich, als wir wieder hinuntergehen. »Wie ist die Geschichte?«

»Recht abenteuerlich. Ein Bauunternehmer aus Lucca hat dieses Haus ungefähr zur selben Zeit gekauft wie Sie Ihres. Ich glaube, er war ein entfernter Verwandter der alten contadini, denen es gehörte. Er hatte nicht die Absicht, selbst hier zu leben. Er kaufte es als Geldanlage, als die Hauspreise in dieser Gegend in die Höhe schnellten. Es war in einem ziemlich heruntergekommenen Zustand. Sollen wir sagen, dass es in dieser Hinsicht ein wenig la signora Martas Haus in Le Roccie glich, bevor sie es bezog?«

Wieso bevor? Bei seiner widerrechtlichen Stippvisite mit Schwabbel und Pummel im vorigen Sommer muss Benedetti doch selbst gesehen haben, dass sich das Haus durch Martas Einzug in keiner Weise verändert hat. Ein paar Zimmer sind gekalkt und einige Sackvoll Spinnweben beseitigt worden, aber nur weil das Haus als Kulisse von Innenaufnahmen für Pacinis Film herhalten musste. »Ich kann's mir vorstellen«, sage ich.

»Dieser Bauunternehmer also wollte es renovieren und an Ausländer weiterverkaufen, aber leider …«

»… ging ihm das Geld aus?«

»Nein, obwohl das häufig vorkommt, da haben Sie recht. Nein, er holte für das Vorhaben einfach nicht die Baugenehmigung ein. Er behauptete, er wolle nur ein paar notwendige Reparaturen vornehmen.«

»Teuer, aber kein wirklicher Beinbruch.«

»Richtig. Aber dann kam er mit den Belle Arti in Konflikt, oder den Beni Culturali, wie wir den Denkmalschutz heute nennen müssen. Er hat das Haus aufgestockt, und das Obergeschoss ist nicht authentisch.«

»Ich fand die tabelle verräterisch. Das Mauerwerk dort oben ist nur Fassade.«

Benedetti beäugt mich mit gespielter Bewunderung. »Der arme Makler tut mir leid, der Signor Samper ein X für ein U vormachen will. Er hat keine Chance. Wenn wir nach draußen gehen, werden Sie, denke ich, zustimmen, dass der Mann das Mauerwerk oben recht gut an den Rest des Hauses angeglichen hat, aber gewiss, wenn man die modernen Platten an den Innenwänden sieht, wird einem sofort klar, was er gemacht hat.«

»Er hat also im Grunde alles abusivamente gemacht.«

»Genau.«

»Und wie nicht anders zu erwarten, ordnete die Comune irgendwann den Baustopp an.«

»Richtig. Der ganze Bauplatz wurde vor vier Jahren gesperrt. Bloccato. Zum Schutz durfte er ein provisorisches Dach anbringen, und das war's. Er hätte das Obergeschoss abreißen und das Dach im ursprünglichen Zustand wiederherstellen dürfen, aber er muss sich gedacht haben, dass er auch so schon zu viel ausgegeben hatte. Er beschloss, alles zu lassen, wie es war, und auf eine Amnestie zu hoffen.«

Ah, das leuchtet ein. Wie alles, was der Bauunternehmer getan hat, war es ein kalkuliertes Risiko. Ab und zu verkündet die italienische Regierung eine Amnestie für Bausünder. Sie müssen eine symbolische Strafe entrichten, und damit ist das Gebäude plötzlich legal. In diesem Fall hat der Bauunternehmer sicherlich die Zeit, die er voraussichtlich bis zur nächsten Amnestie warten muss, gegen das bereits ausgegebene Geld und den ständig steigenden theoretischen Marktwert der Immobilie gerechnet und beschlossen, darauf zu spekulieren. Da es in letzter Zeit keine Amnestie gegeben hat und ich als potentieller Käufer hier stehe, hat er sich dabei offensichtlich verschätzt.

»Aber wenn der Baustopp weiterhin gilt«, gebe ich zu bedenken, »kann er es nicht verkaufen, und niemand kann es kaufen.«

»Teoricamente, gewiss.« Benedetti beäugt mich abermals – ein Privatschullehrer, der versucht, sein unsittliches Angebot über einen Wink mit dem Zaunpfahl zu machen. Aber Samper als alter Schnellmerker hat das schon längst kommen sehen. Fast vom ersten Augenblick an hat die ganze Geschichte heftig nach einem Kuhhandel gerochen.

»Mm«, sage ich. »Das heißt, ich bestätige offiziell die Dianageschichte, die Comune hebt den Baustopp unter der Bedingung auf, dass der Besitzer verkauft – was er sicher tun wird, da sein Geld nun schon einige Jahre brach liegt und er den Ärger satt haben muss, den er sich mit diesem Haus eingebrockt hat –, und ich bekomme das Vorkaufsrecht. Was verlangt er?«

»Vierhunderttausend.«

»Euro? Das soll wohl ein Witz sein. Ein ganzes Geschoss abreißen, ein neues Dach aufziehen, draußen einen pavimento verlegen, eine Garage bauen, Bäder installieren, Küche einrichten. Was ist mit Strom, Wasser und so weiter? Die Leitungen sind vorhanden, wie ich sehe.«

»Nun, sie müssen natürlich noch angeschlossen werden. Die Hauptabwasserleitung und sogar Gas liegen an der Straße.«

»Ja, und bis dahin sind es gut hundert Meter. Telefon? Keine Masten zu sehen. Dieses Haus wirklich bewohnbar zu machen, wird jede Menge Geld, Zeit und bürokratische Scherereien kosten. Und da will er vierhunderttausend haben?« Samper, mit allen Wassern gewaschen, schlägt genau den richtigen abschätzigen Ton an. »Da muss er sich einen anderen Dummen suchen. Fahren wir zurück in die Stadt und gehen einen Kaffee trinken?«

Schweigend schließt Benedetti ab und geht voraus zu seinem Monsterfahrzeug. »Ich bin sicher, dass der genannte Betrag trattabile ist, nebenbei bemerkt«, schiebt er nach.

»Verhandelbar? Das möchte ich meinen.«

»Aber jemand, der so beneidenswert aggiornato ist wie Sie«, sagt er, während ich mich wieder innerlich seufzend in seinen Panzerwagen schnalle, »wird natürlich wissen, wie hoch die Nachfrage nach Alleinlagen mit einem derart phantastischen Blick ist.« Nachdem das erste Annäherungsmanöver gescheitert ist, verlegt sich der Privatschullehrer aufs Lavieren und Drohen.

»Wenn Sie damit meinen, dass mir die wilden Gerüchte von russischen Mafiosi zu Ohren gekommen sind, die hier in der Gegend mit Aktenkoffern voll Bargeld Grundstücke aufkaufen, dann ja. Aber Leute, für die Geld kein Thema ist, kaufen keine unfertigen Häuser mit Blechdächern, nicht wahr? Sie suchen in höheren Marktsegmenten nach Bonzenvillen mit Swimmingpools und Tennisplätzen. Und die meisten potentiellen Käufer von Häusern wie diesem haben genug Verstand, um sich klarzumachen, dass es ein weiter Weg ist, bis sie und ihre Kinder endlich zur Haustür hereinspazieren und Familienurlaub machen können. Darüber hinaus werden sie vermutlich nicht wissen, dass es Mittel und Wege gibt, die Kosten zu drücken und den Ablauf zu beschleunigen.« Jetzt ist es an mir, ihm mit dem Zaunpfahl zu winken: Der Schüler gibt zu verstehen, dass er unter Umständen mitmacht, falls sich das für ihn notenmäßig auszahlt. Wir haben alle unseren Preis, nicht wahr?

Auf der schmalen Serpentinenpiste brettern wir wieder den Berg hinunter, und die von den hohen Böschungen herabhängenden Dornenranken klatschen beiderseits an die Flanken des Wagens wie Reitpeitschen. Eine Schrecksekunde lang nimmt Benedetti die Augen von der Straße, als wir gerade in eine unübersichtliche S-Kurve rasen, und grinst mich gemütlich an.

»Ich glaube, es würde Sie angenehm überraschen, Signor Samper, wie entspannt und problemlos sich dieser Ablauf gestalten könnte. Diese kleinen Transaktionen beruhen immer auf Gegenseitigkeit, ist es nicht so? Darauf, dass beide Seiten sich ein bisschen entgegenkommen.«

Ich frage mich langsam, ob Benedetti tatsächlich früher einmal Lehrer gewesen sein könnte. Die Art hat er perfekt drauf.

ADRIAN 4

E-Mail von Dr. Adrian Jestico (ajestico@bois.ac.uk)
an Dr. Penny Barbisant (penbar@labs.whoi.ed)

Es ist also doch ein Munitionsschiff. Hat dein alter Doktorvater für seine brillante Intuition nicht einen kleinen Orden verdient? Natürlich hast du recht: Es wird dir höchstwahrscheinlich die Feldarbeit vermasseln, sofern du deinen Abteilungschef nicht dazu bewegen kannst, die Themenstellung dahingehend zu ändern, dass du speziell die Chromosomensatzveränderungen bei Muscheln in abgestuften Entfernungen vom Wrack eines Munitionsschiffs aus dem 2. Weltkrieg erforschst. Guck dir auf jeden Fall mal die Werte in Beaufort's Dyke an, die ich vorigen Monat erwähnt habe. Die ganzen alten Brandbomben, die an die schottischen & irischen Küsten gespült werden. 1995 gab es deswegen eine Minipanik – das war mein erstes Jahr am BOIS, deshalb ist mir das in Erinnerung geblieben.

Du sagst, dass du hin & wieder Heimweh hast, aber lass dir gesagt sein, Penny, du hast Glück, dass du zur Zeit nicht in Southampton bist. Diese Geschichte mit dem Severn-Staudamm wächst sich allmählich zur nächsten großen britischen Farce aus. Zwei Gründe sprechen dafür, einen Staudamm über den Severn zu bauen. Nummer eins: Stromerzeugung durch ein Gezeitenkraftwerk. Starker Tidenhub, viele surrende Turbinen. Zweitens schreitet die starke Erosion an den Küsten von North Devon & Somerset rasch voran, & mit steigendem Meerespegel wird sie Jahr für Jahr schlimmer. Wenn der Staudamm nicht gebaut wird, so die Voraussagen, wird das Meer in den nächsten 20–30 Jahren die Somerset Levels überfluten. Alles klar, oder?

Ich weiß nicht, wie viele Pläne für einen Severn-Staudamm gewälzt worden sind, seit damit 1849 Häfen für die Fischereiflotten & eine Straßenbrücke gewonnen werden sollten. 14? 16? Eingeschlossen die Pläne der guten alten Nazis in den 40er Jahren, die meinten, sie bräuchten einen, wenn sie Großbritannien erst mal erobert hätten. Wie dem auch sei, jetzt ist der nächste Staudammplan dran, & deshalb haben das Umwelt- & das Wirtschaftsministerium brav eine Unmenge von Umweltverträglichkeitsprüfungen in Auftrag gegeben, viele davon beim BOIS. Das behindert die normale Arbeit erheblich. Zusätzlich werden wir mit wütenden oder jammernden Briefen von Gemeinden in South Wales bombardiert, die uns mitteilen, dass ein Staudamm ihre Feststoffbilanz dramatisch verändern wird. Dieser ganze Scheißdreck macht aus uns die reinsten Bürokraten. Ich bin Meeresforscher geworden, weil ich das Meer & seine Geschöpfe tatsächlich liebe. Das Wirtschaftsministerium & seine Geschöpfe liebe ich nicht, & gegen einige von ihnen sind Holothurien ausgesprochen vielseitig begabt. Eines dieser Geschöpfe hatte ich neulich in meinem Büro. Wenn man den Kerl auf den Kopf gestellt hätte, hätte er womöglich mit einem Rinnsal von Wasser & Sandpartikeln aus dem After dezent protestiert, aber mehr wäre nicht gekommen.

Was den guten Gerry betrifft, fürchte ich, dass er mir grollt, weil ich nicht kommen & ihm dabei helfen kann, Sachen aus seinem Haus zu bergen, wenn die Bagger loslegen. Ich kann mich im Moment schlicht nicht loseisen, wir stehen alle knietief in diesen endlosen Sitzungen. Er *sagt,* er versteht das, aber sein Ton sagt das Gegenteil. Das ist das Problem mit diesen Freiberuflern: Sie bilden sich ein, dass alle andern zeitlich genauso flexibel sind wie sie. Und weil alle andern ein festes Gehalt beziehen (und keine sporadischen Almosenzahlungen), gehen sie überdies davon aus, dass man die finanzielle Freiheit hat, sich nach Lust & Laune freizunehmen. Am Telefon bekommt Gerrys Stimme einen leicht meckrigen Ton, wenn ich sage, dass ich wirklich nicht alles hinschmeißen & einfach abrauschen kann. Er ist so ein Egoist, dabei tut er mir echt leid. Es wird nicht sehr lustig für ihn sein, seine Habseligkeiten auszugraben (hin & wieder auch peinlich), & ich wünschte, ich könnte dort sein, & sei es bloß als seelische Stütze.

Er erzählt allerdings, dass sie ihn für eine Fernsehdoku über Millie Cleat interviewen wollen, was ihm Spaß zu machen verspricht. Es ist für *Global Eyeball,* & Leo Wolstenholme persönlich wird ihn aufsuchen & das Gespräch mit ihm führen, das heißt, unser Gerry ist offensichtlich auf dem besten Wege, selbst ein kleiner Promi zu werden. Er hat auch einen interessanten Vorschlag gemacht. Ich weiß nicht, ob du noch hier warst, als vor zwei oder drei Jahren das Theater wegen dieser EAGIS-Vermessung in den Kanaren war. Entschuldige, falls ich dir Sachen erzähle, die du schon kennst, aber die EU finanzierte eine seismische Studie der Struktur der Cumbre Vieja, dieses vulkanischen Gipfels mit dem Riss mittendrin, von dem es heißt, falls er aufbricht, wird es einen Tsunami geben, der über New York hinweggehen könnte. Die Vermessung war in vollem Gange, als Millie auf einer ihrer Weltumsegelungsregatten vorbeikam. Um Zeit zu sparen & eine bestimmte Strömung zu erwischen, schnitt sie vier strahlend hell erleuchtete Vermessungsschiffe so scharf, dass diese ein abruptes Ausweichmanöver machen mussten. Damit war diese Etappe selbstredend komplett vermurkst & Millie hatte in ungefähr 5 Minuten einen entscheidenden Teil der Vermessung zunichte gemacht. Wie üblich war das Zeitbudget extrem eng, & es dauerte fast 24 Stunden, bis der Kabelsalat von Streamern & Airguns entwirrt war – ein Materialschaden von £ 80 000 –, woraufhin sie die Vermessung abbrechen & nach Hause fahren mussten. Die Lücke in der seismologischen Darstellung erwies sich als kritisch, so dass wir immer noch nicht wissen, wie instabil die Cumbre Vieja wirklich ist. Gerry behauptet, Millie habe bis an ihr seliges Ende (an das wir uns alle bestens erinnern) keine Ahnung gehabt, was sie da angerichtet hatte. Unterdessen traf man am BOIS & den übrigen beteiligten Institutionen in Europa die heimliche Verabredung, die Tatsache nicht durchsickern zu lassen, dass der ganze Vorfall von den Vermessungsschiffen auf Video aufgenommen wurde. Sie waren so stinksauer auf sie, dass sie den Film aufhoben, um ihn zu einem Zeitpunkt zu präsentieren, wo sie Millie damit als Vollidiot hinstellen konnten. Leider haben sie zu lange gewartet, & es ist nie etwas daraus geworden.

Gerry schlägt jetzt also vor, Leo Wolstenholme von dem Schlamassel vor den Kanaren zu erzählen – quasi die Kehrseite des Milliemythos. Deshalb hat er mich gebeten, verschiedene Leute anzusprechen, die bei der EAGIS dabei waren, & sie zu fragen, was sie davon halten. Das ganze Videomaterial ist hier in Southampton. Es ist nicht bearbeitet oder irgendwas, bloß Webcam-Dateien, aber die Fernsehleute könnten es ohne weiteres zusammenstücken, wenn sie wollten. Wenn *Global Eyeball* die Story bringt, fürchte ich, dass sie nicht die Wirkung haben wird, die viele Wissenschaftler (und Gerry auch) sich davon versprechen.

Ansonsten erzählt Gerry, dass er daran denkt, sich ein neues Haus in derselben Region Italiens zu kaufen, natürlich nicht an demselben Berg. Um unserer Beziehung willen, wie sie nun mal ist (ja, wie ist sie eigentlich?), tut es mir leid, dass er so weit weg ist. Von seinem Standpunkt aus ist es logisch. Er spricht die Sprache mehr als fließend – überfließend, könnte man sagen –, & er fühlt sich in der Gegend zu Hause, also warum nicht? Schade, dass die Hauspreise in dem Teil der Toskana derart absurd hoch sind, dass er wahrscheinlich einen großen Teil seiner Filmrechtseinnahmen dafür ausgeben muss, wenn nicht alles. Unsere großzügig entlohnten Herzen bluten für ihn.

Ciao,
Adrian

5

Auf der Suche nach Hintergrundinformationen für meine Oper habe ich soeben im Geiste dem Vatikan einen Besuch abgestattet, insbesondere dem Verwaltungsbereich um den Cortile del Triangolo. Hier steht der Palazzo aus dem sechzehnten Jahrhundert, scherzhaft Castel Birbone genannt, in dessen Erdgeschoss sich ein großes Büro mit der Aufschrift »De Reliquiis Sanctis« an der Tür befindet. Derzeit ist dort meistens die Hölle los, weil sich cholerische amerikanische Schriftsteller von bescheidenen literarischen Gnaden darin ein Stelldichein geben. Sie wollen den Heiligen Gral des amerikanischen Unterhaltungsromans dingfest machen, nämlich den Heiligen Gral. Da sie jedoch allesamt kaum ein Wort Lateinisch oder gar Italienisch sprechen, sind sie auf amtliche Dolmetscher angewiesen, mit denen sie bald die Geduld verlieren. Laut dröhnen die Stimmen, die Zugang zu beweiskräftigem Archivmaterial verlangen, auf den Gang hinaus und verfolgen den eilig Vorbeistrebenden noch auf der herrlichen Freitreppe (von Baldassare Bernucci) bis in die relative Stille des ersten Stocks. Dort kommt er am Ende eines Korridors an eine schwere Holztür, auf der »De S. S. Manifestis« steht.

Dies ist das Amt, das für Erscheinungen, hauptsächlich der Jungfrau Maria, zuständig ist. In früheren Zeiten wurde es regelrecht belagert von irischen, portugiesischen und französischen Bauern in abgetragener schwarzer Kleidung, die ihren Anspruch auf eine persönliche Heimsuchung anmeldeten. Doch mit dem wirtschaftlichen Aufschwung ihrer Länder und der um sich greifenden Volksbildung gingen die Zahlen der Antragsteller, die hier vorstellig wurden, drastisch zurück. Es war fast, als ob die Mutter Gottes, die in der Schule nur bis fünf zählen und Eselsbrücken für das Olivenpflanzen und Schafepaaren gelernt hatte, auf einmal nervös wurde bei dem Gedanken, sie könnte nach ihrer Meinung zu Gendertheorien oder Nationalökonomie gefragt werden. So erklärt es sich, dass sie in letzter Zeit fast ausschließlich Kindern aus den verbliebenen Hinterlanden katholischer Gutgläubigkeit erscheint: Polen, Bosnien-Herzegowinern, Woinowiern und dergleichen, die aus Dörfern stammen, wo die Ochsenkarren noch hölzerne Scheibenräder haben und der Homosexualität Verdächtige hin und wieder verbrannt werden. Hier kann die Jungfrau landen, ohne sich intellektuell in Gefahr zu begeben, und Kinder überraschen, die an Berghängen dem schlichten Geschäft nachgehen, Oliven beim Wachsen und Schafe beim Decken zu bewachen.

Am Tag meines Besuchs jedoch war in dem hohen Raum mit der Balkendecke niemand außer einem jungen Priester mit bemerkenswert schön geschwungenen Wimpern. Er saß hinter einem Schreibtisch und spielte gerade *Grand Theft Auto: Vice City,* als ich nach einem respektvollen Klopfen eintrat. Der Priester klickte mit einem schuldbewussten Blick das Spiel weg, und während das Miami der achtziger Jahre am Bildschirm verblasste, sprang er auf und bot mir einen Stuhl an. Sein Bildschirmschoner, fiel mir auf, war ein feierlicher Umzug goldener Osterlämmer, die mit ihren geschulterten St.-Georgs-Bannern vor einem samtigen blauen Hintergrund kreisten.

»Sie möchten eine Vision melden, signore?«, erkundigte er sich. Das Attraktive an Priestergewändern ist, dass man sich immer fragt, was darunter ist – was einem bei moderner weltlicher Kleidung praktisch nie passieren kann. Eines Tages werden den Couturiers die Augen dafür aufgehen.

»In gewisser Weise«, sagte ich. »Das heißt, es ist eher eine Meldung zweiter Hand.«

»Verstehe. Und der Betreffende, der die Vision hatte, ist noch zu überwältigt, um sie persönlich zu bezeugen? Das kommt häufig vor. Handelt es sich um unsere heilige Himmelskönigin?«

»Eher um eine Prinzessin. Genauer gesagt, um Diana, die Frau von –«

»– il Principe Carlo? Ja? Bemerkenswert. Erst vor wenigen Tagen hatte ich hier in diesem Zimmer Besuch von einem britischen Ehepaar, das ebenfalls eine Heimsuchung durch la Principessa meldete, auch wenn es wieder kein direkter Augenzeugenbericht war.«

»Signori Sciuabbel e Pummel?«, rief ich verwundert aus. »Beziehungsweise Signor e Signora Barrington?« Seltsam genug, sie beim Schmücken des Bildstocks in Le Roccie wiederzutreffen, aber dass sie bereits beim Vatikan vorgesprochen hatten, war ausgesprochen befremdlich. Welches Motiv mochten sie haben?

»Allerdings. Ja – Landsleute von Ihnen, darf ich annehmen? Aber sie verfügten leider nicht über Ihre exzellente Beherrschung unserer Sprache. Sie kamen in Begleitung eines italienischen Freundes, der sich offenbar mit der Absicht trägt, an der Stelle, wo die Erscheinung geschah, eine Kapelle zu errichten. Leider musste ich den Herrschaften sagen, was ich auch Ihnen sagen muss, signore. Sie müssen in Zimmer 21.«

»Wie das?«

»Zimmer 21 bearbeitet Anträge für Nichtkatholiken, deren Leben offiziell als heilig anerkannt werden soll, als vita sancta. Als Gattin eines Mannes, der eines Tages das Oberhaupt der Kirche von England werden könnte, gehörte die Prinzessin doch sicher dem protestantischen Bekenntnis an, nicht wahr? Niemand hier will in Abrede stellen, dass über die Jahrhunderte einige Protestanten ein durchaus heiliges Leben geführt haben mögen, doch das ist leider nicht dasselbe wie die Eignung zur Aufnahme in den katholischen Kalender.«

»Hat eine ausgewiesene Erscheinung nicht ein gewisses Gewicht?«

»Selbst wenn, wären Sie immer noch im falschen Zimmer.

Bedauerlicherweise«, setzte der Priester sanft hinzu, als beklagte er, dass uns ein nicht näher definiertes Vergnügen für alle Zeit verwehrt war. Vielleicht juckte es ihn auch, zu seinem Computerspiel zurückzukommen, aber wenn dem so war, ließ er sich das nicht anmerken. »Hier in ›De Sancto Spirito Manifestis‹ befassen wir uns, wie der Name schon sagt, ausschließlich mit Fällen, in denen der Heilige Geist in Erscheinung tritt. Nach einem Erlass von 1899 kommen dafür allein Heilige, die Apostel, Mitglieder der Heiligen Familie und die Personen der Dreifaltigkeit selbst in Frage. Sonst fällt niemand in diese Kategorie. Anwärter auf eine Art ökumenischer Kanonisierung, wie es la Principessa möglicherweise wäre, befänden sich immer noch gewissermaßen im Vorraum der Heiligkeit. Entsprechend würde ihren Erscheinungen ein geringfügig niedrigerer Rang in hierarchischer Hinsicht zukommen, nicht aber, möchte ich betonen, im Hinblick auf den Grad der Wundertätigkeit. Falls in ferner, unvorhersehbarer Zukunft ein Heiliger Vater die Prinzessin heiligsprechen würde, dann würden ihre vorangegangenen Erscheinungen rückwirkend dieselbe Bedeutung erlangen, wie wenn sie nach der Kanonisierung geschehen wären. Das gilt natürlich gleichermaßen für alles, was sie vielleicht sagt, für jede Botschaft, die sie in einer Vision verkündet. Hat sie denn eine Botschaft ausgesprochen?«

»Ich glaube schon. ›Nichts wie weg!‹«

»›Nichts wie weg‹?«

»Angeblich befahl sie einigen Leuten, ein Haus zu verlassen, das jeden Moment abzustürzen drohte.«

»Ah ja, ich erinnere mich, Ihre Landsleute erwähnten das. Kein sonderlich geistlicher Ausspruch auf den ersten Blick, doch insofern, als dadurch Menschenleben gerettet wurden, würde er sicherlich als wundertätige Äußerung gelten.«

Ich sah mich leider nicht in der Lage, meinem schönwimprigen Informanten zu verraten, dass eines der Menschenleben, die durch diesen rechtzeitigen, aber rein ausgedachten Befehl gerettet worden waren, meines war. »Und was würden Sie sagen – natürlich inoffiziell –, wie ihre Chancen stehen? Ich meine in ferner, unvorhersehbarer Zukunft.«

»Ich fürchte, das kann ich überhaupt nicht beurteilen. Der erste Schritt ist natürlich die Anerkennung als ›Diener Gottes‹, und nach einem päpstlichen Attest der heroischen Tugend oder des Märtyrertums wird die Person für ›verehrungswürdig‹ erklärt. Die Seligsprechung kann erst erfolgen, wenn Seine Heiligkeit verkündet, dass sie im Himmel gesegnet ist. Die einzelnen Verfahrensschritte wurden alle genau festgelegt von Benedikt XIV. in seiner Schrift *De Servorum Dei beatificatione et beatorum canonizatione.* Ich bin sicher, Sie sind mit ihnen vertraut. Zuerst wird die Lebensführung des Kandidaten geprüft. Erst wenn diese für würdig befunden wurde, werden die Wunder beurteilt. Wenigstens zwei Wunder sind Bedingung. Das von Ihnen genannte Ereignis würde theoretisch sicher als eines gelten können. In den meisten Fällen gehen die Wunder natürlich mit einer Heilung einher. Dass Gelähmte wieder gehen können und solche Sachen.«

Auf der Dinnerparty an dem fraglichen Abend waren wir dank Alkohol und Halluzinogenen so gelähmt, wie man im Vollrausch nur sein kann, doch ich beschloss, die Gefühle dieses reizenden jungen Priesters zu schonen.

»Dann kommt die systematische Untersuchung der Tugenden des Kandidaten. Das war früher ein regelrechtes Gerichtsverfahren mit einem Ankläger, dem Promotor justitiae, besser bekannt als Advocatus diaboli. Dieses Amt wurde jedoch 1983 von Papst Johannes Paul II. abgeschafft, als er das ganze Verfahren straffte, wodurch er es in seinem Pontifikat auf vierhundertzweiundachtzig Kanonisierungen brachte. Heutzutage werden Gegner des Kandidaten einfach aufgefordert, ihre Ablehnung zu begründen. Gegen diese Stimmen wird eine Verteidigung aufgeboten, in der die Schriften des Kandidaten und die Aussagen vereidigter Zeugen als Beweis seiner oder ihrer unwandelbaren Tugend ins Feld geführt werden.«

Die *Schriften* des Kandidaten? Das klang jetzt schon nach

ziemlich schwachen Erfolgsaussichten. Das zwangsläufig spärliche Beweismaterial konnte vielleicht noch um einen Schulaufsatz über »Mein schönstes Ferienerlebnis« vermehrt werden und um etliche Postkarten aus Orten wie Biarritz und Klosters. Doch dann sagte ich mir, dass es jede Menge Heilige geben musste, die überhaupt nichts Schriftliches hinterlassen hatten, die womöglich nicht einmal schreiben *konnten*. Es gab noch Hoffnung.

»Ich kann Ihnen sagen«, fügte der junge Priester hinzu, »dass der Vatikan durchaus gelegentlich ersucht wird, einen Protestanten als Heiligen anzuerkennen. Dietrich Bonhoeffers Name fällt recht häufig. Ich glaube, er war formell ein lutherischer Pastor. Er mag ja wirklich ein außergewöhnlich heilig lebender Mensch gewesen sein, aber nach meiner persönlichen Ansicht käme er unter keinen Umständen für die Kanonisierung in Frage. Ich fürchte, jeder Gegner würde sich ohne weiteres mit seiner Ansicht durchsetzen, dass er nicht als Märtyrer des Glaubens gelten kann. Die Nazis haben ihn 1945 nicht aus religiösen Gründen gehängt, sondern wegen Hochverrat, da er an Plänen zur Ermordung Hitlers beteiligt gewesen war. Für meine Kirche stellt die Absicht, jemanden umzubringen, aus welchen Gründen auch immer, ein unüberwindliches Hindernis für die Kanonisierung dar.«

»Na, dann kann ich meine Hoffnungen wohl begraben«, sagte ich leichthin. »Jedenfalls haben Sie mir sehr geholfen.«

»Überhaupt nicht. Ich bedaure nur, Sie enttäuschen zu müssen. Wobei mir einfällt, dass ich Ihren Landsleuten wohl einen etwas skurrilen Vorschlag gemacht habe, als sie vorige Woche hier waren. Ich habe ihnen erklärt, es könnte sein, dass die Prinzessin in der russisch-orthodoxen Kirche, die ebenfalls Heiligsprechungen vornimmt, größere Chancen hat, anerkannt zu werden. Dort wurde, glaube ich, vor nicht allzu langer Zeit die Familie des Zaren Nikolaus des Zweiten kanonisiert. Da zwischen dem britischen und dem früheren russischen Königshaus Blutsbande bestehen, wäre es da nicht denkbar, der Prinzessin eine Art russisch-orthodoxe Religionszugehörigkeit ehrenhalber zuzusprechen und damit das Gesuch zu begründen? Und wenn das nicht klappt, könnten Sie es mit derselben Argumentation noch bei den Griechen versuchen.«

»Hm. Das hieße dann wirklich, vom Fass der Heiligkeit den Boden auszukratzen, was?«

»Wie dem auch sei, sagen Sie den Anhängern der Prinzessin, sie sollen die Hoffnung nicht aufgeben. Die Einschränkungen, die ich genannt habe, sind schließlich rein weltlicher Natur. Was am höchsten steigt, ist der Weihrauch des Lebens selbst«, sagte der junge Priester mit einem aufmunternden Lächeln, aus dem eine unbestimmte sinnliche Bedeutung zu sprechen schien. »Man darf nie verzweifeln.«

»Ganz gewiss nicht. Irgendetwas ergibt sich immer. Zimmer 21?«

»Zimmer 21.«

Als ich die schwere Tür hinter mir schloss, meinte ich zu hören, wie die Straßen von Miami wieder zum Leben erwachten.

Mit dieser imaginären Szene spiele ich jetzt, um daraus eine wichtige Episode gegen Ende meiner Oper zu stricken. Ich stelle mir die weihevolle Version eines Gerichtsdramas vor, Schauplatz ein vatikanisches Amt, wo das Für und Wider der Kanonisierung einer potentiellen Heiligen ausgefochten wird. Es beginnt in der üblichen Weise, indem Aussagen von Dianas Angehörigen, Freunden, afrikanischen Aids-Patienten usw. verlesen werden. Da plötzlich – großer Überraschungseffekt! – erscheint Diana höchstselbst, um ihren Fall zu vertreten. Bestürzung! Ein in den Annalen des Vatikans noch nie dagewesener Vorgang: Eine Seele bekommt Ausgang vom Fegefeuer, um ihren Kritikern persönlich Rede und Antwort zu stehen! Die Meldung dieses dramatischen Vorgangs verbreitet sich rasch, und aus dem ganzen Gebäude strömen die Leute zusammen. Ihre visionäre Erscheinung ist so wunderschön, dass alle sofort von ihr hingerissen sind und Rufe laut werden: »Eine Heilige, eine Heilige!« Nur der Ankläger bleibt fest und versucht, sich mit einem Aufruf zu Besonnenheit und Skepsis über dem Radau Gehör zu verschaffen. (Ich habe genau den richtigen bombastischen Bass für diese Rolle im Ohr.) Und da, wie schon der unfehlbare Mozart in *Don Giovanni* zeigte, eine Tragödie durch eine komödiantische Prise auf unsagbare Art intensiviert werden kann, wird es sogar eine Statistenrolle für einen desorientierten amerikanischen Schriftsteller geben. (»Selige Majestät, Heil und hallo! / Wo ist der Heil'ge Gral, schnell, sagt mir, wo? / In einer Woche wird mein Buch gedruuckt / Und – wow! Ihre Frisur makt mik verruuckt!«) Sie sehen also, dass ich die Arbeit an dem Libretto inzwischen ernsthaft in Angriff genommen habe. Falls ich bisher den Eindruck erweckt haben sollte, es werde etwas zwischen *Parsifal* und *South Pacific* dabei herauskommen, muss ich Sie bitten, das Urteil aufzuschieben. Ich bin noch am Anfang. Glauben Sie mir: Das wird große Kunst.

Andernorts hat es unterdessen rasante Entwicklungen gegeben, und Sampers Leben gewinnt rasch etwas von seiner früheren Zielstrebigkeit zurück. Zunächst einmal hat mir Benedetti eine kleine Stadtwohnung besorgt, die ich kurzfristig miete. Sie gehört einem belgischen Soziologen, der anscheinend Unregelmäßigkeiten bei italienischen Kommunalwahlen erforscht und verschwunden ist. Aber Benedetti meint, der Mann habe ihn bevollmächtigt, die Wohnung zu vermieten, wenn er nicht da ist, und so sitze ich hier in einer Inneneinrichtung, die mir heftige Qualen bereitet, inbesondere der Farbton der Bettwäsche, eine Art Zsa-Zsa-Gabor-Pfirsichgelb. Es ist kein Vergnügen, ein Ästhet zu sein; ständig wird das feine Empfinden beleidigt. Aber ich werde mich damit abfinden müssen. Wenigstens liegt die Wohnung ruhig, nämlich nach hinten über dem Anbau eines Altersheims für Nonnen. Wenn ich sie auf der Treppe treffe – verhutzelte Geschöpfe, die an abgezehrte Fledermäuse erinnern –, suche ich vergeblich nach Anzeichen von Würde und Seelenruhe. Sie haben runzlige kleine graue Gesichter wie ungebügelte Schulwäsche, und meines Erachtens könnten die armen Würstchen eine Heimsuchung von der seligen Diana gut gebrauchen, die würde sie etwas aufpeppen. Nach einem Leben im Dienst der Mutter Kirche sehen sie grämlich und ausgelaugt aus. Aber vielleicht tut ihre Anwesenheit meiner Muse gut, denn ich komme mit der Oper voran, und wieder arbeiten zu können wirkt Wunder für meine Stimmung.

Ich brauchte die Wohnung auch deswegen, weil ich mich nach weiteren Besichtigungen und viel Gefeilsche entschieden habe, das Haus zu nehmen, das Benedetti mir gezeigt hat. Wie bitte? *Natürlich* ist der Verkäufer im Preis runtergegangen, was denken Sie denn? Wir haben uns auf dreihundertzehntausend Euro geeinigt. Das ist immer noch ein absurder Betrag, aber da das Haus in einer Gegend liegt, die von Maklern als »exklusiv« und nicht bloß »begehrt« bezeichnet wird, muss man realistisch sein. Für mich gibt der Standort den Ausschlag. Benedetti hat recht: Ich werde nie eine bessere Lage bekommen, nicht in dieser Gegend und anderswo sicher auch nicht. Das Panorama ist nicht so spektakulär wie in Le Roccie, wo der Blick mehr wie aus dem Cockpit war, aber mit seinen sich ein- und ausbuchtenden bewaldeten Gebirgsausläufern zu beiden Seiten, mit seinen Pinien und den halb verborgenen Villen dazwischen ist es in höherem Maße »echt toskanisch«. Vom Badfenster aus hat man sogar eine Aussicht auf den Monte Prana mit dem Kreuz auf dem Felsengipfel. Der Ausschnitt, den man vor dem Haus von den fernen Dächern und Türmen der Stadt hinter dem jähen Absturz des Olivenhains sieht, gibt einem ein Gefühl von Abgetrenntheit und Zugehörigkeit zugleich, was dem Leben, das ich hier oben zu führen gedenke, sehr zustatten kommen dürfte.

Die ersten Schritte des Kaufs sind jetzt in Gang gebracht. Vorausgesetzt, die Sache mit dem Verkaufsrecht des Verkäufers ist so unbedenklich, wie Benedetti tut, sollten der compromesso und der contratto beide reine Formsache sein. Keine Formsache allerdings ist das von ihm derzeit aufgesetzte Dokument, welches besagen wird, dass ich mich verpflichte, die Dianageschichte nicht zu widerrufen, sobald das Haus mir gehört und ich meine Schäfchen im Trockenen habe. Ich hatte natürlich auch schon an diese Möglichkeit gedacht und damit gerechnet, dass er unserer Vereinbarung in irgendeiner Weise eine rechtlich bindende Wirkung gibt. Es verwundert mich nicht, dass Benedetti auch ein zugelassener Anwalt ist. Dieses Dokument wird lediglich zur Bedingung machen, dass ich der offiziellen Darstellung nicht widerspreche. Ich habe durchaus das Recht zu schweigen. Die Comune hat außerdem einen Vertrag aufgesetzt, wonach sie den Rest meines Grundbesitzes in Le Roccie »aus Gründen der öffentlichen Sicherheit« aufkauft. Wenn die Hoffnungen der Ratsherren sich erfüllen und es tatsächlich zu einer Pilgerschwemme kommt, die das Tourismusgeschäft ankurbelt, werden sie dort oben bestimmt eine offizielle Wallfahrtsstätte errichten wollen. Ich stelle mir eine apuanische Version von Lourdes (»Du Loser!«) vor, samt Grotte und allem Drum und Dran. Aus irgendeinem Grund scheinen Grotten ein wesentlicher Bestandteil von Marienkulten zu sein. Ein Dianakult wird bestimmt eine ähnliche Inszenierung erfordern. Unter Umständen werden die Stadtväter, falls sie dort oben wirklich etwas vorhaben, sogar ein Gebot für Martas Haus abgeben, das auch so schon dunkel und feucht genug ist, um ohne große bauliche Veränderungen als Grotte durchzugehen. Mit etwas Glück hätte die Gute dadurch die Chance, es teuer zu verkaufen, obwohl es auf dem normalen Markt praktisch wertlos ist. Ich fühle, wie ich plötzlich vor Großzügigkeit gegen sie überfließe, denn was sie auch tun mag, sie wird nie wieder meine Nachbarin sein. Das nächste Haus ist vierhundert Meter von meinem entfernt, und zwar Luftlinie über Olivenhaine und zugewucherte Gebirgsspalten hinweg. Doch nach meiner Erfahrung der letzten paar Jahre, in denen ich mit ihr gewissermaßen auf Tuchfühlung lebte (und dabei mehr als nur Tuch von ihr zu fühlen bekam), ist Vorsicht angebracht, auch wenn Feindseligkeit gegen Nachbarn manchmal für typisch britisch erklärt und im Extremfall sogar von Unnahbarkeit gesprochen wird.

Tatsächlich hat mich – Sie werden es kaum glauben – ein Kritiker im Londoner *Independent on Sunday* vor einigen Monaten als »unerträglichen Snob« bezeichnet. Keine Ahnung, wie er darauf kommt. Eine Bemerkung in *Millie!* vielleicht, die er böswillig missverstanden hat? Auf jeden Fall ist es ziemlich verletzend, so etwas über sich lesen zu müssen, und im Grunde sollte ich einen solchen Anwurf ernst nehmen und meinen alten Freund Patrick Little von Little, Gidding LLP im Lincoln's Inn konsultieren. Der Vorwurf des Snobismus ist sicherlich ehrenrührig, zumal von einem Mitglied der britischen Presse erhoben, eines angesehenen und hochgesinnten Berufsstands, der berühmt dafür ist, Sensationsgeschichten um Royals, Reiche und Eintagsstars tunlichst zu meiden. Trotzdem muss man es bewundern, wie ihre demokratische Gesinnung diese Leute mitunter nötigt, ihren Widerwillen tapfer zu überwinden und sich doch mit dem Adel zu befassen. Nachdem sie die Fürstin von Wales jahrelang einmütig als dümmliches Oberschichtsflittchen verspottet hatten, das nur mit Ach und Krach den Hauptschulabschluss geschafft hatte, brauchten sie nach ihrem Tod nicht einmal vierundzwanzig Stunden, um zu entdecken, dass sie in Wirklichkeit die Prinzessin der Herzen gewesen war, ein Inbild der Selbstlosigkeit und Reinheit, das der britischen Öffentlichkeit mit einem Mal heilig war.

Ein paar von uns können sich glücklicherweise wehren. Es ist ein Trost zu wissen, dass mein spezieller Ankläger mit ziemlicher Sicherheit der Meinung ist, dass Caravaggio bei Arsenal spielt und *Les Fleurs du Mal* ein neues Parfüm von Stella McCartney ist. Was nun meine Position zu Nachbarn in der Toskana anbelangt, so ist diese ohnehin unangreifbar. Im Unterschied zu den meisten britischen Besuchern *lebe* ich tatsächlich hier. Mein Haus soll kein Zweitwohnsitz sein, und ich kaufe es auch nicht als clevere Geldanlage. Und damit gewinnt die Frage der Nachbarn überragende Bedeutung. Man stelle sich vor, neben Schwabbel und Pummel leben zu müssen. Nicht auszudenken.

Ich bin heilfroh, dass *das* gegessen ist.

Mittlerweile habe ich in einem nahen Hotel ein Zimmer für Joan Nugent reserviert, die übermorgen eintreffen wird. Immerhin *eine* Britin, die zu sehen ich mich richtig freue. Ich kann Ihnen gar nicht sagen, was sie mir in der traumatischen Endphase der Arbeit an *Millie!* für eine Hilfe war. Wir sahen uns so gut wie nie, aber in mehreren langen Telefongesprächen gelang es ihr, mich davon zu überzeugen, dass nicht die ganze Seglerzunft aus ungehobelten Egomanen besteht. Im rauhen Ton ihrer nikotingestählten Stimmbänder meinte ich damals, die einsame Stimme der Vernunft zu hören. Weil sie Millie Cleat schon viele Jahre kannte, konnte sie beides vermitteln: was sie an ihr mochte und was sie verabscheute. In einer Zeit, als der Abscheu meine beherrschende Emotion geworden war, tat es gut, daran erinnert zu werden, dass Millie früher einmal nicht nur weniger plemplem, sondern auch netter gewesen war. Joan hielt erfrischend wenig von den mystischen Allüren, die sich die Große Steuerfrau unter dem Einfluss diverser »tiefblauer« Ökogroupies zu geben begann. Angesichts von Millionen begeisterter Fans, die sie als weltumsegelnde Verbindung von Donald Campbell und Mutter Teresa betrachteten, und meinem Verlag, der mich drängte, eine Hagiographie zu liefern, wie sie einer solchen Gestalt würdig sei, fragte ich mich oft fassungslos, ob ich wirklich der Einzige war, dem der Zauber dieser gesalzenen alten Harpyie nichts anhaben konnte. Da lernte ich zum Glück Joan kennen, die noch gesalzener war und sich als astreine Bundesgenossin erwies.

Wenige Tage nach ihrer Ankunft wird der Bagger anfangen, mein altes Haus auszugraben. Ein alter, wiewohl junger Bekannter von mir, Silvano, der vor dem ungerechten Urteil des Jugendgerichts den Spielsalon Piter Pan und die Billardzimmer in den Außenbezirken frequentierte, hat mir eine höhlenartige unbenutzte Garage unter der Wohnung seiner Eltern zur Verfügung gestellt. Die sollte als vorübergehender Lagerraum für alle kärglichen Überreste meines früheren Lebens, die zu retten sich lohnt, mehr als groß genug sein. Es ist schon merkwürdig, dass jetzt, da ich im Begriff bin, ein neues Haus zu kaufen, mein Interesse an der Leiche seines Vorgängers erheblich nachgelassen hat. Kaum vorstellbar, dass ich noch vor zwei Monaten untröstlich war … Unser großer Vorteil ist, dass wir so wankelmütige Wesen sind, deren Aufmerksamkeit immer von der ewig vergehenden Gegenwart gefesselt wird. Tote Freunde, die Geliebten von gestern, ein verlorenes Rezept, der längst erschlaffte Muskeltonus – mit einem leichten Knirschen im Getriebe wird im Fortgang des Lebens aus der Verzweiflung ein artiges Bedauern, das zuletzt zu einer vagen Erinnerung verflacht. Bagger sind sehr selten gefordert. Apropos Bagger, Sie fragen sich wahrscheinlich, warum ich Joan nicht bei mir hier in der Wohnung des Belgiers unterbringe, da es doch ein freies Zimmer gibt. Aber obwohl wir uns von Anfang an mochten, hat ihre Gegenwart auch etwas Anstrengendes. Damit meine ich nicht allein den Geruch nach Hunden und Kippen, der an ihr haftet, sondern mehr ihre starke *akustische* Präsenz. Wir Sampers sind empfindsame Seelen, vor allem früh am Morgen, und warum die Selbsterhaltung unnötig gefährden, indem man sich mit einer, deren Persönlichkeit durch ein Megaphon zu kommen scheint, an einen gemeinsamen Frühstückstisch setzt? Außerdem wird sie ihrerseits darauf verzichten können, dass ein relativ Fremder ihr ungefragt eine häusliche Gemeinsamkeit aufdrängt. Die dürfte sie in der Navy zur Genüge gehabt haben.

Ich wünschte nur, Adrian wäre auch hier. Sein ruhiger, vernünftiger Beistand würde mir außerordentlich guttun, vom liebevollen Zusammensein in der Zsa-Zsa-Gabor-Bettwäsche ganz zu schweigen. Ein klein bisschen Hautkontakt hin und wieder fehlt mir schon. Wobei es primär gar nicht um Sex geht, versteht sich. Was könnte erniedrigender sein, als sich pflichtgemäße Orgasmen zu verschaffen, die sich gleichen wie ein

Hickser dem andern und genauso öde sind? Leider ist es so, jedenfalls was Samper angeht, dass Erotik und Häuslichkeit ungefähr so gut zusammengehen wie Löwen und frühe Christen, eine Koppelung, die nur dem unbeteiligten Betrachter Vergnügen bereitet. Meine sämtlichen Versuche, mit jemandem unter einem Dach zusammenzuleben, waren ausgesprochene Katastrophen. Wie dem auch sei, Adrian hat versprochen zu kommen, sobald es sich machen lässt, was dauern kann, weil er derzeit, schwört er, keinen Tag freinehmen könne. Ich glaube ihm, wie es wohl jeder tun würde, der eine Ahnung davon hat, wie im heutigen akademischen Betrieb der Amtsschimmel sein lähmendes Regiment führt. Die alten Filmszenen, in denen brillante Forscher mit unermüdlichem Einsatz an einem revolutionären Durchbruch arbeiten, gehören der Vergangenheit an.

Kaum dass ich Joan am Flughafen von Pisa erblicke, bin ich mir sicher, dass ich keinen sentimentalen Fehler begangen habe. Sie ist wirklich genau die Sorte Mensch, die man um sich haben muss, wenn grobe Arbeiten anstehen.

»Uff!«, schreit sie, als sie durch das Arrivi-Gate gestürzt kommt wie ein eben auf die Straßen von Pamplona losgelassener Stier. »Heil der Heimat entkommen! Kann von Glück sagen, dass sie mich nicht gelyncht haben. Gucken Sie mal!« Dabei drückt sie mir eine Ausgabe des *Chichester Observer* in die Hand und pocht mit einem nikotingelben Finger auf die Schlagzeile. »Heimleuchtung im Hinterhof«, steht da. »Da hat mich jemand verpfiffen.«

»Die Nachbarn?«

»Saubande, elende. Die haben so einen halbwüchsigen Bengel, der die meiste Zeit im Bett liegt und, na ja …«

»… auf Onans Spuren wandelt?«

»Ha! Genau. Aber am Abend, als ich dem armen alten Bo'sun das Licht ausgeblasen habe, muss der Mistkerl lange genug aufgeblieben sein, um rumzuschnüffeln, und jetzt behauptet er, er hätte alles durch ein Loch im Zaun beobachtet.«

»Sie sind nicht auf den Gedanken gekommen, dass es jemandem auffallen könnte, wenn Sie ein fünfundzwanzigtausend Candela starkes Signalgeschoss nachts bei sich im Garten abfeuern?«

»Na und? Was zum Teufel geht den das an? Und jetzt schauen Sie sich das an!« Sie zieht die *Portsmouth News* aus der Tasche. »Das ist die Ausgabe von heute. ›Großer Krach um toten Hund.‹ In wenigen Tagen ist aus der amüsanten Exzentrikerin, die ich mal war, eine Tierquälerin geworden. Morgen wird das ganze Land die Geschichte erfahren, da wette ich meinen Kopf drauf. Ich würde vermuten, dass in diesem Moment mein Haus von Reportern belagert wird, die gern einen Schnappschuss von mir hätten, wie ich gerade kleine Kätzchen mit der Lötlampe grille. Die werden gewiss nicht ins Tierheim fahren und sich meine andern Hunde anschauen, das freundlichste und gepflegteste Rudel, das sie je gesehen haben. Nee. Da denken die gar nicht dran; damit ist kein Staat zu machen. Ich sage Ihnen, ich bin gerade noch rechtzeitig ausgebüxt. Ich werde hierbleiben müssen, bis die Lynchtrupps einen andern unschuldigen Bürger ins Visier nehmen. Na, scheiß auf die ganze Bande. Wie geht's Ihnen, Gerry?«

»Jetzt, wo Sie hier sind, schon wesentlich besser, Joan«, sage ich wahrheitsgemäß. Sie hat uns mittlerweile eine Bresche durch die Masse wiedervereinigter Paare geschlagen, die mit ihren schamlosen Umarmungen anderen Reisenden den Weg versperren, vorbei auch an den sorgenvoll blickenden schwitzenden Männern, die Pappschilder hochhalten, auf denen in Filzschrift »Mr. Ali Muntasser« steht. »Unter Heimatvertriebenen gibt man sich gerne Asyl. Wir Leidensgenossen müssen zusammenhalten.«

»Irgendwas ist nicht mehr so wie früher, entweder ich oder England.«

»Sie sind es nicht«, versichere ich ihr. Joan ist möglicherweise der letzte Mensch in Europa, der sein Gepäck trägt. Sie hat nichts zu schaffen mit den mickrigen Rädchen und dem peinlichen Geklacker von Rollkoffern, die zu tragen den modernen Urbanesen die Kraft oder die Würde fehlt. Sie schlägt mein Hilfsangebot aus, und als wir meinen Mietwagen erreichen, ist ihre Atmung unverändert. Meine jedoch verändert sich sofort, sobald wir in dem von der Sonne aufgeheizten Wagen sitzen und ein unglaublicher Hundedunst sich ausbreitet. Aber ich stelle die Klimaanlage an, und bald schon düsen wir auf der Autobahn nach Norden und erzählen uns, was seit Millies Tod Neues passiert ist. Clips von ihrem im wahrsten Sinne des Wortes halsbrecherischen Versuch, die Segel zu reffen, sind nach wie vor im Satellitenfernsehen und im Internet zu sehen. Makaber Veranlagte aller Länder sind in den letzten Monaten voll auf ihre Kosten gekommen. Als Freundin betrauert Joan sie mit gebührender Dezenz. »Dieses verrückte Huhn!«, sagt sie liebevoll. »Aber wissen Sie, Gerry, irgendwie hatte das Ganze fast was Unvermeidliches, fand ich. Sie war wahrscheinlich so hoch gestiegen, wie es ihr bestimmt war.«

Zum Masttopp ihrer Karriere, denke ich, spreche es aber wohlweislich nicht aus. »Sie meinen, sie hatte ihren Zenit erreicht?«

»Würde ich sagen. Und wird's wohl auch gewusst haben, sonst hätte sie sich nicht so bereitwillig als Galionsfigur für diesen tiefblauen Blödsinn missbrauchen lassen. Diese ganze Wettsegelei um die Welt – was anderes als deinen eigenen Rekord brechen kannst du gar nicht, nicht wahr?«

»Oder dir eine besonders originelle Masche ausdenken. Die erste unverheiratete Mutter, die konsequent rückwärts segelt. Der erste einsame Tetraplegiker unterwegs mit einem dressierten Papagei, der mit dem Schnabel Keyboardtasten drückt und damit den Kurs bestimmt und die Segel setzt. Solche Sachen. Wie es im Grunde mit allen Extremsportarten geht.«

»Tja, die gute Millie hat das Einhandsegeln wahrgemacht. Aber damit hatte sie ihre Möglichkeiten ausgereizt, zumal sie nicht mehr die Jüngste war. Ende fünfzig. Ich bitte Sie.«

»Aber nachdem sie das Rampenlicht lieben gelernt hatte,

war ihr der Gedanke unerträglich, es könnte sich auf jemand anderen richten und sie bliebe im Dunkeln stehen.«

»Ganz genau. Ruhm und Millie haben zusammengepasst wie Essig und Chips. Aber wie ist das eigentlich mit Ihnen, Gerry? Diese ganzen Filmverträge und so. Wie bekommt Ihnen das Rampenlicht?«

»Pff! Dasselbe könnte ich Sie fragen. Leute wie Sie und ich treten höchstens dann einmal aus dem Dunkel heraus, wenn wir einen Moment lang von Signalgeschossen erhellt werden.« Und dann kann ich mich allen guten Vorsätzen zum Trotz nicht enthalten, ihr von der gespenstischen – meinethalben auch heiligen – Erscheinung der Fürstin von Wales zu berichten, die angeblich im vorigen Dezember mein Leben und das meiner Gäste gerettet hat. Auf Joans Reaktion ist Verlass.

»Ein Mist, der zum Himmel stinkt.«

»Gewiss. Aber Mist kann auch allerlei Frucht treiben, wie wir wissen. Es eröffnen sich hierbei ungeahnte Möglichkeiten. Willkommen im Land der Intrigen und Mauscheleien.«

»Hört sich an wie die Navy.«

Dann handele ich noch mehr gegen besseres Wissen, indem ich hinzufüge, dass ich an einer Oper über die Prinzessin arbeite. Zu meiner Verwunderung outet Joan sich als Dianafan. Vielleicht gab es zu Joans Zeiten nicht sehr viele Antimonarchisten in der Armee, oder es könnte auch, was wahrscheinlicher wäre, etwas Sexuelles im Spiel sein.

»Vielleicht tun Sie ihr den Gefallen und lassen den Quatsch mit den Visionen weg. Dann können Sie sich darauf konzentrieren, was sie so faszinierend gemacht hat, das arme Herzchen«, sagt sie. »Ich sage Ihnen, ich und die Mädels haben ihre Entwicklung mit regem Interesse verfolgt. Die bekannte Geschichte, wie sie als naive junge Kindergärtnerin anfing, die alles mit sich machen ließ, dann nach und nach in einer kaputten Ehe die Zügel in die Hand nahm und zuletzt der Welt erklärte, wie sie mit Aids-Opfern und Landminen umzugehen hat. Echt bewundernswert. Aber was ich sagen wollte:

Wenn Sie einen visuellen Gradmesser ihrer Entwicklung haben wollen, sollten Sie sich unbedingt Dianas Garderobe anschauen. Für eine Oper müsste das doch ideal sein. Je mehr sie an Selbstvertrauen gewinnt und sie selbst wird, umso mehr könnten sich ihre Kostüme auf der Bühne von den linkischen Anfängen mit Laura Ashley und Benetton zum affengeilen Versace-Fummel steigern, genau wie es im richtigen Leben war.«

»Alle Wetter, Joan, ich wusste gar nicht, dass Sie so modebewusst sind.«

»Bloß weil eine selber kein Modepüppchen ist, könnte sie doch trotzdem gern eins geworden sein«, sagt meine Begleiterin fast, will es scheinen, bedauernd. »Ich musste halt erkennen, dass ich in gummiertem Segeltuch, Neopren und Taucherhelm noch am besten aussehe. So ist es nun mal, da will ich mich gar nicht beschweren. Aber bei meinen Mädels mag ich's gern feminin, und was sie anhaben, hat mich schon immer interessiert. Na, egal, was verstehe *ich* schon von Opern? Sie sind der Künstler, Gerry. Tut mir leid, dass ich es überhaupt erwähnt habe.«

»Nein, erwähnen Sie nur noch mehr. Ich wäre in hundert Jahren nicht darauf gekommen, den Kleidungsstil für den Fortgang der Handlung zu benutzen. Kochgewohnheiten möglicherweise, aber niemals Kleider. Eine brillante Idee. Ein visueller Ausdruck ihrer persönlichen Entwicklung … Ja, kann ich mir gut vorstellen. O je, ich fürchte, ich werde Sie in den nächsten Tagen ausgiebig anzapfen müssen.«

»Immer gern zu Diensten. Stört es Sie, wenn ich rauche?«

Natürlich stört es mich, aber unter den Umständen stelle ich einfach die Umluft höher und finde mich damit ab. Schließlich gehört der Wagen Herrn und Frau Avis. Abgesehen davon missfällt mir das neuerdings angesagte zimperliche Getue noch mehr als das Rauchen, und sie ist deutlich die Bedürftigere von uns beiden. Bald haben wir die Stadt erreicht, und ich quartiere Joan in ihrem Hotel ein. Sie soll sich erst einmal von dem Flug erholen und sich an ihren neuen Status als Havants Unperson Nummer eins gewöhnen. In ein oder zwei Stunden werden wir dann in einem nahen Restaurant früh zu Abend essen. Wie gern würde ich selbst für sie kochen! Unter normalen Umständen wäre es für mich die natürlichste Sache der Welt, mir zur Feier unseres Wiedersehens ein ebenso köstliches wie erfinderisches Mahl auszudenken. Aber die Küche dieses Belgiers nimmt mir allen Antrieb, denn sie wäre selbst für eine teilzeitgenutzte Ferienhütte auf den Lofoten ärmlich bestückt. Es gibt einen Dreiflammenherd, geeignet für einen kleinen Wohnwagen, etwas bunt zusammengewürfeltes Besteck, mit dem zwei Studenten aus der Dose essen könnten, und einen Stapel von diesen eigelben Tellern, aus Gips und allesamt angeschlagen, die anscheinend zur Standardausstattung von Ferienwohnungen gehören. Das ist nicht die Wirkungsstätte eines kulinarischen Genies.

Sie rechnen vielleicht mit der ergänzenden Bemerkung, dass meine Antriebslosigkeit wohl zum Teil von der Erfahrung herrührt, die ich machen musste, als ich in Crendlesham Hall zum letzten Mal für andere Leute kochte. Davon kann aber nicht die Rede sein. Ein solches unvorhersehbares Missgeschick kann auch dem größten Meisterkoch jederzeit zustoßen. Je öfter ich an diesen Abend zurückdenke, umso mehr frage ich mich, ob das nicht eher ein Fall von Massenpsychose war als eine leichte Lebensmittelvergiftung. Es ist bekannt, dass der Anblick eines Menschen, der sich erbricht, bei völlig beschwerdefreien Leuten Übelkeit auslösen kann. Dazu musste dieser Mümmelgreis Sir Douglas Monteith nur einen Herzanfall haben – ein völlig normaler Vorgang, wenn einer hundertsiebenundzwanzig ist und seinen Blutdruck damit in die Höhe peitscht, dass er harmlose Spaziergänger anblafft. Ich bin sicher, irgendwo gelesen zu haben, dass Herzanfälle zu Erbrechen führen können, und die anderen Gäste haben lediglich aus einer Art hysterischer Höflichkeit nachgezogen. Als diese blinden Augen des Gesetzes später ihre Aha-Erlebnisse mit angeblichen Rattengiftflaschen hatten, war das bloß eine nachträgliche Rationalisierung.

Unser Essen verläuft angenehm. Wir sind uns sofort einig, dass die italienische Küche unvergleichlich genussreicher ist als unser letztes gemeinsames Essen an Bord der Privatyacht von Lew Buschfeuer, Millie Cleats australischem Lebensgefährten. Damals gab es ausschließlich pflanzliche Kost: koreanische Algen, papuanische Knollengewächse gefüllt mit Moos, gedünstete Sagoknödel. Die balinesischen Ziegenköttel schmecke ich heute noch. Obwohl wir beide Hunger hatten, hielten Joan und ich uns an jenem Abend sehr zurück.

Nachdem ich Joan ins Hotel zurückgebracht habe, begebe ich mich in die Wohnung des Belgiers, deren Einrichtungsstil, nicht nur in der Küche, mein normalerweise sonniges Gemüt ernsthaft zu verdüstern beginnt, und mache mir rasch ein paar Opernnotizen. Unser Tischgespräch hat mir Ideen für allerlei neue Szenen eingegeben. Es ist erstaunlich, wie sehr ein kleiner Anstoß von außen die Kreativität entfesseln kann. Ich habe jetzt definitiv den Punkt erreicht, wo ich einen Titel für dieses Opernprojekt brauche. Die meisten meiner grässlichen Sportlerbiographien bekamen während der Arbeit daran Spitznamen, die nicht der endgültige Titel werden sollten, sondern als praktische Kürzel für Materialmappen und Computerdateien fungierten. Sie waren meistens ironisch oder schlicht grob, ein Ausdruck des gründlichen Überdrusses, den mir die Person wie die Arbeit überhaupt einflößten. Zum Beispiel nannte ich den ausgebrannten Abfahrtsläufer Luc Bailly im Stillen »Cuba-Lilly«, ein Anagramm seines Namens, das gut zu seinen Après-Ski-Orgien mit reichlich Cuba Libre passte. Auch mit Millie Cleat blieb ich bei den Lilien, nachdem ihr Name sinnigerweise »Lili MacTele« ergab. Im Moment denke ich noch, dass meine Oper *Die Fürstin der Herzen* heißen könnte, und mit einem Gläschen Fernet-Branca mache ich mich an die Arbeit. Alsbald ergeben sich interessante Variationen. »Friedenszeit der Huren« trifft zumindest eine kurze Phase der

Geschichte, »Siedende Hinterfurzer« dagegen, bei aller atmosphärischen Dichte, so gut wie nichts, und auch »Reizender steifer Hund« ist etwas sehr allgemein, so sehr es vielleicht dem Geschmack der Boulevardpresse entspricht. Als Arbeitstitel ist mir *Hinterfurzer* erst einmal gut genug, aber spaßeshalber tüftele ich noch an einigen anderen Möglichkeiten herum wie *Diana von England* und *Diana voller Gnaden,* die alle nichts Brauchbares liefern. Erst bei *Dianas Erscheinung* werde ich fündig: »Unsinnige Scharade«. Jawoll! Das mag jetzt passen oder nicht, aber ich kann dem Bild nicht widerstehen. Und damit ab ins Bett, wo mein Hirn, wie soll es anders sein, sich nicht abstellen lässt und zwanghaft die halbe Nacht damit zubringt, weitere Anagramme auszuspucken. Kurz nachdem sich »Die Fürstin der Herzen« auch noch zu »Des Freudehintern Zier« rekonfiguriert hat, schlafe ich endlich ein.

Am Tag, bevor es mit den Baggerarbeiten losgehen soll, fahre ich mit Joan nach Le Roccie hinauf. Sie hat Interesse geäußert, nicht nur meinen früheren Wohnsitz, sondern auch die Stätte dieses neuen Dianakults zu sehen. Ich bin schon seit einiger Zeit nicht mehr dort gewesen, und vieles deutet darauf hin, dass mein einst so exklusives Reich gut besucht ist. Der Fußweg durchs Gestrüpp, der die amtliche Absperrung umgeht, ist mittlerweile plattgetrampelt, und Zigarettenstummel stecken im Schlamm. Aber das deutlichste Zeichen ist, dass der improvisierte Bildstock sich beträchtlich vergrößert hat. Etwas wie ein halber Schotteriglu beginnt Gestalt anzunehmen. Steine, Felsbrocken und der eine oder andere Ziegel sind aufgehäuft worden, und rostige Eisenstangen mit Zementflatschen an strategisch wichtigen Punkten tragen die instabile Rohversion einer Grottendecke. Das Ding erinnert sehr an den verfallenen Stall auf einem dieser Renaissancegemälde von Christi Geburt, wo das Dach so viele Löcher hat, dass der einzige wirkliche Schutz über den Köpfen der Dargestellten ihre Heiligenscheine sind. Das Foto der Prinzessin steht jetzt auf einem ordentlichen kleinen Altar, den ein sauberer, aber ältlicher leinener Kissenbezug bedeckt. Daneben steht eine neue Vase mit einem Bukett recht teurer Plastikblumen als Ergänzung der hier und da niedergelegten Sträuße welkender Frühlingsblumen. Auch eine Verlautbarung auf Italienisch ziert den Altar, sauber gedruckt und hinter Glas. Bei näherem Hinschauen entpuppt sie sich als Gebet, vermutlich von einem Bittsteller verfasst.

»Hören Sie sich das an!«, sage ich zu Joan und übersetze es ihr beim Lesen. »›O glorreiche Diana, gütige Mutter, missverstanden und beleidigt nahmst du dich dennoch der leidenden und kranken Kinder der Welt an, die in deinen Armen lachten. Du entstiegst den Niederungen der Sterblichkeit und wohnst jetzt wie eine Blume im strahlenden Glanz der Heiligen Jungfrau, Urbild aller Mütter. Dieser Ort hier bezeugt, dass du durch die Gnade Mariens nicht aufhörst, deine Hand über deine Kinder auszustrecken und sie vor dem sicheren Tode zu retten. Wir flehen dich an, bitte für uns, und zugleich beten wir für deine makellose Seele. Amen.‹«

Stille. Kein Vogel singt.

»Mannometer«, sagt Joan schließlich. »Überkandidelt ist gar kein Ausdruck. Die tun ja so, als ob sie schon eine von ihren Heiligen wäre. Aber das geht doch gar nicht, oder?«

»Offiziell nicht. Aber ich würde sagen, dass sie auf dem besten Wege ist, eine Lokalheilige zu werden, meinen Sie nicht? Wie eine von diesen Sufis im Islam. Massenverehrung ist eine eigene Form der Kanonisierung. Ob Sie's glauben oder nicht, de jure gehört dieses Stück Land immer noch mir, auch wenn das an nichts zu erkennen ist. De facto ist es längst der Lust und Laune jedes x-Beliebigen ausgeliefert, der meint, er kann hier anspaziert kommen und um himmlische Gnadenbezeigungen bitten. Sehen Sie sich den Baum da an.«

Gleich hinter dem Heiligtum steht ein schöner alter verkrüppelter Birnbaum, an dem noch im vorigen Jahr ein Ende von Sampers Wäscheleine festgemacht war und der ausgesprochen harte Früchte trug. Sie waren die Hauptzutat eines außerordentlich köstlichen und feinen Birnen-Ingwer-Chutneys, das ich vor einigen Jahren perfektionierte. Es passt großartig zu leicht dumpfen, krümeligen Käsen wie Caerphilly. Wenn ich irgendwann einmal weniger beschäftigt bin und wieder in einem eigenen Haus wohne, gebe ich das Rezept bekannt. Heute rührt es mich, dass mein alter Birnbaum in frischem Frühlingsgrün prangt, aber es gefällt mir weniger, dass seine niedrigen breiten Äste außerdem mit allen möglichen Bändern, Stoffstreifen, bekritzelten Karten, Plastikhalsbändern und Kinkerlitzchen behängt sind. Selbst ein paar kleine Teddybären baumeln hier und da wie außersaisonale haarige Früchte.

»Und das alles ist die Folge einer freundlich gemeinten Bemerkung, die ich anscheinend im letzten Dezember zu einem Hubschrauberpiloten gemacht habe«, sage ich. »Die Ernsthaftigkeit des menschlichen Schwachsinns muss einen wirklich beeindrucken, nicht wahr? Man kann sich leicht vorstellen, wie aus einem Gerücht ganze Religionen hervorgehen. Es braucht nicht mehr als den richtigen Dorfklatsch zur richtigen Zeit, und alles Übrige erledigt der abergläubische Wunsch der Leute, jedes Ammenmärchen zu glauben.«

»Was steht da überall drauf?«, fragt Joan und betrachtet die ihr am nächsten hängenden Zettel.

»Scheinen die üblichen Bitten zu sein. ›Gnädige Prinzessin, bitte heile meinen gelähmten Sohn, und ich werde nie wieder zweifeln.‹ ›Ich bitte dich, lass mich im Lotto gewinnen, sonst bin ich obdachlos. Ich weiß mir keinen Rat mehr.‹ ›Barmherzige Diana, mein Kind stirbt, du bist ihre einzige Hoffnung.‹ Oh, die hier ist gut: ›Mein elender Nachbar Raffaele ist ein Ehebrecher und Deflorierer von Kindern und verdient deine strengste Vergeltung.‹ Die schlichten Herzensergießungen verzweifelter Leute. Ich sage Ihnen, das ganze Leben ist hier versammelt. Außer meinem natürlich«, muss ich noch bitter hinzufügen. Ich drehe mich um, trete an das vor dem Abgrund gespannte Leuchtband und schaue auf ein Panorama, das mir so bekannt ist, dass ich weinen könnte. Tränen der strengsten Vergeltung, versteht sich.

Joan stellt sich zu mir. »Verdammt spektakulärer Fleck Erde. Muss ein phantastisches Haus gewesen sein.«

»Das war es. Ungefähr *dort*«, ich deute handwedelnd auf ein knapp zehn Meter entferntes Stück Luft, »war die Terrasse, auf der ich *Millie!* hauptsächlich geschrieben habe. Ich hätte fast Lust, selbst eine Bitte an Diana zu richten. ›Sei so gut und gib mir mein Haus wieder. Gezeichnet, ein obdachloser Verehrer.‹«

»Das ganze Ding ist einfach Knall auf Fall verschwunden?«

»So ziemlich. Erst die Garage mit einer abgeschlossenen Wohnung obendrüber. Dann das Haupthaus. Zuletzt die Terrasse. Scheibchenweise, aber gründlich.«

»Sie können über die Hand von Diana sagen, was Sie wollen, aber wenn Sie mich fragen, hattet ihr alle ein Mordsschwein, dass ihr noch mal davongekommen seid.«

»Das sagen alle, und ich will es gar nicht leugnen. Wenn ich allerdings irgendjemandem mein Leben zu verdanken habe, dann wahrscheinlich Marta. Das ist meine Nachbarin. Das da drüben hinter dem Zaun ist ihr Haus – die Antwort der Toskana auf das Bates-Motel. Am Abend unseres Festes tauchte sie nach mehrmonatigem Aufenthalt in Amerika unangekündigt wieder auf, konnte aber nicht in ihr Haus, weil ich es in der Zeit gehütet und ordentlich abgeschlossen hatte. Sie ließ also ihr Gepäck vor der Tür stehen und kam herüber. Später wollten Adrian und ich ihr Gepäck holen gehen, damit sie bei uns übernachten konnte. Das war eine gute Idee, denn bei der Gelegenheit merkten wir, dass die Garage weg war.«

»Ich wette, ihr habt alle schleunig die Beine in die Hand genommen.«

»So schleunig es ging mit Dachsfilet Wellington, Alkohol und magischen Pilzen im Magen und einem allgemein gestörten Realitätsgefühl.«

»Das heißt, unter Dianas Deckmantel handelt Ihre Oper in Wahrheit von Marta.«

»Ganz gewiss *nicht.«* Es kommt nicht oft vor, dass Samper schockiert ist. »Und genauso wenig handelt die Oper, an der ich arbeite, von Engeln, die vom Himmel herniederflattern, um Menschenleben zu retten. Sie handelt von diesem blödsinnigen Drang, religiöse Heldengestalten zu erfinden, um auch die letzten Lücken des Lebens zu stopfen, die noch nicht voll sind von Seifenopern. Sie handelt von Mythos und Glamour. Von Leichtgläubigkeit.«

»Erzählen Sie mir von ihr.«

»Was?« Ich bin abgelenkt vom inneren Bild einer großen Opernbühne mit einem Chor satirischer Engel, alle von Marks & Spencer eingekleidet, so dass sie wie eine aufgelockerte Version des Chors der Dämonen im *Traum des Gerontius* aussehen.

»Von dieser Nachbarin, Marta. Als wir uns kennenlernten, haben Sie viel über sie geredet. Es schien fast eine Manie von Ihnen zu sein.«

»Nur deshalb, weil sie ein ständiger Schmerz im Gesäß war. Einmal wusste man nie, wann ihre osteuropäischen Mafiaverwandten in schwarzen Helikoptern angeknattert kamen. Sie landeten immer dort drüben hinter den Bäumen neben ihrem Haus. Wenn Marta hier war, jagte eine Katastrophe die andere. Ich kam überhaupt nicht zum Arbeiten. Und laufend kam sie unter diesem oder jenem Vorwand herüber. Meistens um einen zu heben. Sie war süchtig nach Fernet-Branca.«

»Heißt das, sie war nicht sexuell an Ihnen interessiert?«, fragt Joan – ich hoffe, schalkhaft.

»Wenn Sie so weitermachen, werde ich vor Schreck ohnmächtig, und dann wird es Ihnen leid tun.«

»Pah. In der Navy würden wir Sie mit einem Eimer Meerwasser schon wieder auf die Beine bringen. Aber so unangenehm es mir ist, Sie noch weiter zu quälen, da drüben steht jemand am Tor und versucht, auf sich aufmerksam zu machen.«

Und natürlich gewinnen Sie keinen Preis dafür, wenn Sie

raten, wer es ist. Der Teufel, den man nennt, ist nach meiner Erfahrung häufig schon gerennt gekommen. Aber habe ich erwähnt, dass Adrian zufolge der große Max Christ persönlich erklärt hat, eine von Marta komponierte Oper würde er sich gern genauer anschauen? Sie verstehen also, warum ich sie zur Zusammenarbeit gewinnen muss, falls sie sich tatsächlich mit ihrer flagellantischen Librettistin Sue Donimus entzweit hat. Ich trete mannhaft auf sie zu, um Joan vorzustellen.

»Gerriie!«, begrüßt mich Marta aus der Ferne. »Ich weiß gar nicht, dass du hier bist.«

O Gott, diese Tempora! Halte ich wirklich monatelang woinowische Syntax aus nächster Nähe aus? Aber was tut man nicht alles für die Kunst. »Bingo!«, rufe ich.

»›Bingo‹, Gerriie?«

»Wollte sagen, mir war auch nicht klar, dass du hier bist. Darf ich dir meine Freundin Joan vorstellen, eine alte Segelkameradin von Millie Cleat? Joan, Marta. Marta, Joan. Na, so eine Überraschung aber auch.«

»Aber du warst es, der mir am Telefon sagt, muss ich nach Italien kommen und mein Haus sehen wegen dem Erdebeben und den Pilgern zu der Prinzessin. Also bin ich gekommen. Und alles stimmt, was du sagst. Gar nicht gut, überhaupt nicht. Aber ben tornato, Gerriie. Will ich dich küssen. *So!* Bitte, ihr kommt beide mit, und ich serviere euch eine kleine woidische Spezialität. Es ist die beste Zeit am Morgen.«

Das hatte ich befürchtet. Als ich sie dort am Zauntor stehen sah, die unverklebten Strähnen ihres Haupthaars in der Frühlingsbrise wehend, unzweifelhaft die Besitzerin des einzigen Hauses weit und breit, da hatte ich sofort einen Erinnerungsrückfluss (wie man vielleicht sagen könnte), und mit Schaudern dachte ich an einen früheren Fall zurück, in dem ich der östlichen Gastfreundschaft dieser Ex-Nachbarin ausgesetzt gewesen war. »Nicht etwa Mawlisi?«, versuche ich in einem Ton freudiger Erwartung zu fragen, der mir aber bestenfalls flehend gerät.

»Nein, ich habe etwas noch Besseres, etwas noch mehr –«, und sie macht diese abscheuliche Geste, bei der sie die zusammengelegten Fingerspitzen einer Hand küsst und in gespielter Verzückung die Augen nach oben verdreht. Sie bittet uns zur Hintertür herein. Ich fühle mich wie ein Kind, das ins ärztliche Sprechzimmer gebracht wird, um wieder eine von diesen kleinen Spritzen zu bekommen, die angeblich überhaupt nicht weh tun.

Martas Küche ist genauso wie immer: die Haufen ungebügelter Bettwäsche auf den Stühlen, das allgemeine Künstlerchaos. Die niedrige Balkendecke, die großen dunklen Bodenplatten. Dort steht ihr altes Ostblockklavier und dort das Keyboard und der verstaubte Computer, mit dem es verkabelt ist, ein Geschenk, das ihr der selige Piero Pacini machte, als sie die Musik für seinen letzten Film komponierte. Alles ist mir vollkommen vertraut, bis hin zu dem eingesponnenen Bündel Stachelschweinstacheln in einem henkellosen Krug auf dem Kaminsims. Der einzige Unterschied, den ich erkennen kann, ist der neue Kühlschrank, den sie sich angeschafft hat.

Marta wirft den Kaffeekocher an und holt eine große Kanne aus dem Kühlschrank. Sie gießt etwas in drei gläserne Dessertschalen, das aussieht wie – ich bitte um Entschuldigung, aber man muss genau sein – Dünnschiss. Eine labberige braune Pampe mit allerlei Knöllchen und Bröckchen. Sie streut bunte Flocken über jede Schale, dann legt sie den Kopf zur Seite und betrachtet ihr Werk. In die Mitte kommt noch ein Klecks irgendeiner weißen Substanz, und zuletzt klatscht sie tatsächlich in die Hände wie eine Kindergärtnerin, die ihre Kleinen zum Mamm-mamm ruft.

»Das ist echtest woidisch, sehr besonders«, verkündet sie. »Hat der Koch im Waskostjom gemacht, unser erstes Restaurant in London, von dem ich dir erzähle, Gerriie. Das ist unser berühmtes Womiti, das er am besten macht außerhalb von Woinograd. Kommt, ihr müsst versuchen.«

»Es sieht umwerfend aus.« Ich bemühe mich, meine guten

Manieren zu wahren, auch wenn ich damit rechnen muss, dass ich das Womiti, seinem Namen entsprechend, umgehend wieder vomieren werde. Ich greife zum Löffel wie ein Gast auf einer Tischgesellschaft der Borgias. Ich muss Joan bewundern. Ohne eine Sekunde zu zögern, löffelt sie genüsslich los.

»He, das ist klasse!«, ruft sie aus. »Ich krieg's nicht zu fassen, was es ist, aber meine Zunge sagt mir, dass es was Ordentliches ist.«

Marta strahlt sie an. »Es ist sehr altes Pflaumenpüree mit gesalzenen Kisi … äh, Kirschen. Es muss fünf Jahre mindestens alt im Dunkeln lagern, mit Kräutern und Gewürzen wie Kimunji – ich weiß nicht, was das auf Englisch heißt. Obendrauf kommt dann unsere Osterspezialität, trockener Widder.«

»Es ist köstlich«, erklärt Joan beherzt.

»Trockener Widder.« Ich spiele mit meinem Löffel. »Und in der Mitte?«

»Das ist einfach normaler Joghurt, auch vom Widder.«

»Widderjoghurt. Verstehe.« Ich tupfe mit der Löffelspitze in die weiße Substanz. Das wird doch nicht etwa … Nicht einmal *Woinowier* würden …

»Schafsjoghurt«, sagt Joan.

Marta strahlt noch mehr. »Tut mir leid, ja, natürlich, Schaf. Das ist auch getrocknetes Schaf obendrauf. Zu Ostern machen wir immer so. Wir in Woinowien lieben Farben.«

Im Gegensatz zum Rest der Welt, der es lieber schwarzweiß mag, nehme ich an. Warum sagen Ausländer bloß solche bescheuerten Sachen? Es mag Samper an Geduld mangeln, aber niemand soll sagen, es mangele ihm an Mut. Ich probiere einen Löffel. Wie üblich bei Martas »Spezialitäten« habe ich sofort ein inneres Bild von meinen Geschmacksknospen, die sich schützend zurückziehen wie Korallenpolypen, wenn man sie antippt. Es ist im Wesentlichen sehr süß und, ja, ich schmecke so etwas wie die hundertjährigen Pflaumen und die salzigen Knöllchen, bei denen es sich eventuell um verschrumpelte Kirschen handeln könnte. Ich schmecke auch die gefärbten

Fitzel gedörrtes Schaffleisch, durchzogen von einem obskuren Gewürz, das an Terpentin erinnert. Es könnten genauso gut Schnipsel von einem ausgedörrten Schakal sein. Der Schafsjoghurt schmeckt zu meiner Überraschung genau wie Schafsjoghurt.

»Ich kann dir verraten, Marta«, sage ich und wünschte, meine Augen würden zu tränen aufhören, »was du ›Kimunji‹ nennst, ist Cumin.«

»Ah ja, jetzt weiß ich wieder. Cumin. Und was sagst du zu unserem Womiti, Gerriie?«

»Ein Traum. Und du hast es den ganzen weiten Weg von London hierher mitgebracht?«

»Hat sich gelohnt, würde ich sagen.« Joan knallt ihren Löffel neben die leere Schale. »Was Vergleichbares habe ich nicht mehr gekostet, seit ich das letzte Mal in Port Said angelegt habe. Exotisch und interessant. Saugut, das Zeug.«

In diesem Moment ist der Kaffee durch, und während Marta damit beschäftigt ist, hilft Joan mir heimlich bei meinem Womiti. Was für eine treue Seele, denke ich, doch dann kommt mir der Gedanke, dass sie das vielleicht weniger meinetwegen tut, als um unsere Gastgeberin zu schonen. Als Marta uns schließlich die hochwillkommene Koffeindosis verpasst, stehen jedenfalls drei leere Schalen auf dem Tisch.

»Und, hast du das Dianaheiligtum bei mir drüben gesehen?«, frage ich.

»O ja. Es ist schrecklich, Gerriie. Grauenhaft. Und die Leute, sie kommen die ganze Zeit, und manchmal singen sie zusammen. Ist das zu fassen? Wie soll ich arbeiten, wenn –« Sie bricht ab – taktvollerweise, nehme ich an, da sie doch immer behauptet hat, mein Gesang hätte sie dermaßen bei der Arbeit gestört, dass sie nicht widerstehen konnte, ihn in ihrer Filmmusik brutal zu parodieren. Herzlichen Glückwunsch, kann ich nur sagen. Die gebührende Quittung für die letzte Statthalterin von Le Roccie.

Auf einmal bemerke ich, dass eine Krokodilsträne an der

Nase vorbeirinnt, die aus dem Haarwust ragt, der Martas Gesicht immer verhängt, wenn sie sich vorbeugt. Dazu läuft aus ihrer Tasse, die sie schief hält, ohne darauf zu achten, Kaffee auf den Tisch.

»Ach, Gerriie!«, ruft sie wehklagend aus. »Ich bin so unglücklich. Ich weiß nicht, was ich machen soll. Dein Haus ist fort, und diese singenden Idioten machen alles anders.« Sie schnieft feucht.

»Arme Marta. Wir haben hier oben die reinste Unglückssträhne, was?«

»Eine verdammte Tragödie ist das, wenn ihr mich fragt«, schnarrt Joan, lehnt sich zur Seite und legt Marta einen fleischigen Arm um die Schultern. Der auf ihren Unterarm tätowierte Anker glänzt im Sonnenschein, der durchs Fenster fällt.

ADRIAN 5

E-Mail von Dr. Adrian Jestico (ajestico@bois.ac.uk)
an Dr. Penny Barbisant (penbar@labs.whoi.ed)

Erst einmal hochverdiente Glückwünsche, dass du deinen Vorgesetzten dazu überreden konntest, einer neuen Themensetzung zuzustimmen. Eine kurze Suche sagt mir, dass praktisch noch nie jemand etwas über Meeresgrundfauna speziell im Umkreis von gesunkenen Munitionsschiffen gemacht hat & ganz sicher nicht auf der genetischen Ebene, die du anvisierst.

Neues von der Heimatfront, fragst du? Nichts Großartiges. Mein illustrer Dirigentenschwager Max trauert um seinen besten Klarinettisten, der in Ipswich in einem Einkaufszentrum festgenommen & in die Psychiatrie eingewiesen wurde, weil er als Winnie the Pooh verkleidet Kindern den Kopf tätschelte. Der arme Tropf hat mehrere solcher Fälle auf dem Kerbholz, & anfangs schien das bei seiner Brillanz als Musiker nicht weiter ins Gewicht zu fallen. Vor zwei Jahren nahm Max die Klarinettenkonzerte von Weber mit ihm im Waschbärkostüm auf. Es war eine tolle Einspielung, die mehrere Preise gewann, aber kurz davor war er morgens in dem Kostüm verhaftet worden, weil er einer Schar von Kindergartenkindern mit dem Schwanz zugewedelt hatte, & Max konnte ihn nur mit Mühe & Not rechtzeitig für die Aufnahmen freibekommen. Von da an wollte er nur noch in einem Tierkostüm spielen. Ziemlich vertrackt, da in den Verträgen des CSO nichts von einem Dresscode steht. Aber der Anblick eines Pandabären, der unter den Holzbläsern Platz nimmt, provoziert im Konzertsaal Kommentare, nicht durchweg positiver Art. Wobei man sagen muss, dass sein Beispiel Max dazu animierte, eine Fernsehaufführung von Saint-Saëns' *Karneval der Tiere* zu geben, bei der das ganze Orchester in Tierkostümen auftrat, & sie war voriges Jahr zu Weihnachten ein absoluter Verkaufsschlager. Ich weiß nicht, wie viele DVDs davon über den Ladentisch gingen. Aber der arme Kerl wurde zur Belastung & ist mittlerweile offensichtlich zu krank, um noch einsatzfähig zu sein. Habe ich dir erzählt, dass er an dem schrecklichen Abend, als wir Gerrys Hors d'œuvre aus vergifteten Mäusen verzehrten, einer der Essensgäste in Crendlesham war? Er kam als Gorilla verkleidet. Warum? Schwer zu sagen. Vielleicht hoffte er, es würde den kleinen Josh freuen oder unterhalten, aber der Junge hatte eher ein bisschen Angst, & wer will ihm das verdenken? Neueren Gerüchten zufolge ist der Mann durch den Tod seiner Tochter so »exzentrisch« geworden, plötzlicher Kindstod oder etwas in der Art. Also eher traurig als schaurig. Auf jeden Fall ist Max deswegen recht bedrückt & murmelt ständig etwas von der Unersetzlichkeit einer Personalunion von Jack Brymer & Karl Leister (offenbar zwei Spitzenklarinettisten von früher). Und er lässt jetzt in alle CSO-Verträge einen Kleidungsparagraphen einfügen.

Gerry rief mich gestern Abend an, um mir mitzuteilen, dass seine frühere Nachbarin Marta – die zu ihrem Pech, ohne es zu wissen, an einem Tag sein Albtraum ist & am nächsten die einzige Komponistin, die ihm die Musik für seine Oper schreiben kann – nach Italien heimgekehrt ist. Aber ihr Grundstück hat durch den Erdrutsch massiv an Wert verloren, auch durch die daraus resultierende geologische Unsicherheit des ganzen Plateaus, das wirklich der spektakulärste Standort für ein Haus ist, den ich je gesehen habe. Eine Art Spaceshuttle-Ausblick über die nordwestliche Toskana. Sehr schade. Und jetzt ist es natürlich noch zusätzlich mit Anhängern dieses abartigen Dianakults geschlagen. Anscheinend kommen sie zu jeder Tages- & Nachtzeit & halten Nachtwachen ab & singen an der Stelle fromme Lieder, wo Gerry vor sechs Monaten noch seine Strümpfe & Boxershorts zum Trocknen aufhängte. Mit dem Ergebnis, dass Marta in Schwermut versinkt, weil sie jetzt zwar das einzige verbliebene Grundstück dort oben besitzt, aber seine Zukunft in den Sternen steht & sie laufend in ihrer Arbeit unterbrochen wird. Gerry, der sich noch nie gut verstellen konnte, freut sich wie ein Schneekönig über ihr Unglück. Er sagt, das sei die verdiente Strafe dafür, dass sie ihn neulich zu sich zum Kaffee eingeladen & gezwungen hat, ein, wie er sagt, diabolisches woinowisches Abführmittel aus vergorenen Pflaumen mit Widdersperma garniert zu verzehren. Er ist wahrscheinlich nur neidisch, weil sie etwas erfunden hat, das genauso ungenießbar ist wie seine eigenen Kreationen.

Natürlich macht es mir nichts aus, wenn du nach der »Beziehung« zwischen Gerry & mir fragst, Penny. Ich glaube nur nicht, dass ich dir zufriedenstellende Antworten geben kann. In der Hinsicht bin ich vermutlich ein typischer »Kerl«, wie du es wenig nett ausgedrückt hast. Wir Kerle stellen uns im Allgemeinen keine Fragen zu unseren Beziehungen, sofern wir nicht durch die ganze grässliche schwule Propaganda über Ehe & dauerhafte Verantwortung blabla feminisiert worden sind. Ob er & ich eine gemeinsame Zukunft als »festes Verhältnis« haben, ist etwas, worüber wir, fürchte ich, nicht viel nachdenken. Ich wenigstens nicht, & Gerry lebt schon viel zu lange als Junggeselle, um zu irgendeiner häuslichen Gemeinschaft mit Mensch oder Tier fähig zu sein. Da wir außerdem in 2 verschiedenen Ländern leben & arbeiten & sich das in absehbarer Zeit wohl auch nicht ändern wird, ist es einigermaßen sinnlos, sich langfristige Gedanken zu machen. Was mich betrifft, kann ich sagen, dass ich im Wesentlichen von einem Tag zum nächsten lebe & die Dinge nehme, wie sie kommen. Und ich glaube, Gerry macht es genauso, nur dass es bei ihm eher ein Taumeln von einer Krise in die nächste ist, wie es seinem Temperament entspricht. Was spielt das auch schon für eine Rolle? Es kommt, wie es kommen muss, & in ein paar Jahrzehnten wird es uns beide keinen Deut mehr scheren.

Da du nachfragst: Ich denke, was ich an ihm am meisten bewundere, ist seine Überzeugung, dass man in dieser Welt eigentlich nur dann unbeschwert & heiter leben kann, wenn man ein totaler Pessimist & Misanthrop ist. Mich macht immer noch vieles traurig & wütend, z. B. die Politik & die kaltschnäuzige Art, mit der wir Millionen von Irakern Tod & Leid gebracht haben, angeblich um einen einzigen Mann als Staatsoberhaupt zu beseitigen – auch der inzwischen schon lange tot. Gerry sagt nur, ich solle mich für solche Reste von jugendlichem Idealismus schämen & einfach darüber lachen, denn »Lachen ist der Weisheit letzter Schluss« – seine Formulierung. Das ist eine Einstellung, mit der er eigentlich ein Ekel sein müsste, sollte man meinen, aber aus irgendeinem rätselhaften Grund ist er das nicht. Sicher, er kann Gehässigkeiten sagen (vor allem über Marta), aber er sagt sie meistens aus Übermut & Effekthascherei & weil er gern dick aufträgt. In Wirklichkeit ist er immer recht gut zu ihr gewesen. In der ganzen Zeit, die sie letztes Jahr in den USA war, hat er ihr Haus gehütet, neue Schlösser angebracht & allgemein nach dem Rechten gesehen, völlig unaufgefordert & ohne ihr Wissen. Hinter der durchaus echten Misanthropie ist er häufig ein guter Mensch von einer eigentümlichen Liebenswürdigkeit gepaart mit Fatalismus. Ich weiß noch, dass er letzten Sommer einen Artikel über eine Bande betrunkener britischer Jugendlicher las, die einen harmlosen Passanten mit Fußtritten getötet hatten, während die braven Bürger vorbeieilten. Sein Kommentar war: »Wenn du von deinen Mitmenschen haargenau nichts erwartest, kannst du keine Enttäuschungen erleben.« Eine Bemerkung, wie sie gerryscher nicht sein könnte.

Vielleicht sollte ich mich jetzt nach dir & Luke erkundigen, nur leider wissen wir Kerle nicht so recht, wonach man da fragt. Wir müssen darauf vertrauen, dass ihr es uns erzählt. Armselig, nicht wahr?

Ciao,
Adrian

6

Wieder einmal habe ich mich im Geiste in die heißen, labyrinthischen Gänge der römischen Kurie versetzt, diesmal auf der Suche nach Zimmer 21. Es hätte mich nicht überrascht, den Schatten Franz Kafkas vorbeihuschen zu sehen. Auf jeder Etage war ganz schwach ein Hintergrundraunen wie von großen Menschenmengen zu hören, die sich irgendwo in der Ferne unterhielten. Wohin ich auch ging, es kam weder näher, noch verklang es. Ich sah keine Menschenseele. Alle Türen, die ich probierte, waren verschlossen.

Schließlich traf ich auf einen Hausmeister, der auf einem aus der dunklen Holztäfelung geklappten Sitz saß. Er las ein zerfleddertes Micky-Maus-Taschenbuch. Er beschrieb mir höflich den Weg eine Treppe hinauf in einen weiteren Gang, wo ich irgendwann vor einer schweren Eichentür landete, auf der in verblasster goldener Farbe die Zahl 21 geschrieben stand. Ich klopfte. Stille. Ich versuchte, die Klinke zu drücken. Sie ließ sich nicht bewegen. Ich trat zurück und betrachtete die Tür mit der demonstrativen Verblüffung, die man bei solchen Gelegenheiten für einen unsichtbaren Beobachter zu spielen scheint. Erst da fielen mir die Köpfe großer Messingschrauben auf, die in regelmäßigen Abständen am Rand der Tür herumliefen. Sie war ohne Frage fest zugeschraubt.

»Stimmt«, sagte der Hausmeister, als ich zurückging, um ihm das zu melden. Er schob einen braunen Finger in sein Taschenbuch. »Sie ist schon immer zu. Ich kenne sie gar nicht anders.«

»Das hätten Sie mir auch sagen können.«

»Sie haben nicht gefragt, signore. Und selbst wenn ich es

Ihnen gesagt hätte, wären Sie zur Sicherheit trotzdem nachschauen gegangen. Vielleicht sollten Sie es jetzt bei Monsignore Ricci im Erdgeschoss versuchen.« Er lächelte und las weiter, wobei er Plutos Erwiderung stumm mit den Lippen nachformte.

Monsignore Ricci war ein eisengrauer älterer Herr in einer schwarzen Soutane. Er trug eine Miene leicht bitterer Belustigung zur Schau, wie sie italienische Amtspersonen gern aufsetzen, deren Aufgabe es ist, unzähligen Bittstellern dieselbe Erklärung zu geben, eine Erklärung, die geflissentlich nichts erklärt, die aber dennoch gegeben werden muss. Er spielte allerdings in diesem Moment weder *Grand Theft Auto*, noch las er »Topolino«, und die Tatsache, dass sich auf seinem großen Schreibtisch Akten und Dossiers nur so stapelten, erfüllte mich mit der zaghaften Hoffnung, hier zu guter Letzt an jemanden geraten zu sein, der etwas wissen könnte. Ich stellte mich vor und erzählte ihm von meinem Besuch in dem Zimmer mit der Aufschrift »De S. S. Manifestis« und von dem jungen Priester, der mich zu Zimmer 21 geschickt hatte, ein Schabernack, der mir jetzt etwas weniger freundliche Gefühle gegen ihn eingab.

»Er hat seine Pflicht getan«, sagte Ricci. »Anfragen, die Nichtkatholiken betreffen, werden stets an Zimmer 21 verwiesen.«

»Das zugeschraubt ist.«

»Das im Augenblick bedauerlicherweise nicht geöffnet ist.« Er nahm seine Lesebrille ab und legte sie auf den Text, den er studiert hatte. »Sie müssen verstehen, dass sein Amt, wie auch das meine, nur eines von mehreren Dutzenden ist, die alle der Kongregation für die Selig- und Heiligsprechungsprozesse zuarbeiten, der Congregatio de Causis Sanctorum.« Wie die meisten Italiener konnte er das lateinische Wort »sanctorum« nicht aussprechen, ohne zwischen c und t ein stimmloses e zu schieben. »Wie Sie bestimmt wissen, ist die Kongregation der Teil der Kurie, der das komplizierte Kanonisierungsverfahren durchführt, auch wenn dieses heute zugegebenermaßen einfacher ist als vor seiner Neufassung durch Papst Johannes Paul II. Darf ich fragen, wessen Sache Sie zu betreiben suchen?«

»Ich betreibe niemandes Sache«, sagte ich mit der Selbstgewissheit eines vernünftigen und skeptischen Außenseiters. »Mir ist es lediglich darum zu tun, rein theoretisch die Aussichten der Prinzessin Diana herauszufinden.«

»Natürlich. Sie treten damit in die Fußstapfen von«, er unterbrach sich und deckte einen Tischkalender auf, »Signor e Signora Barrington. Ein britisches Ehepaar, das vor kurzem hier war.«

Ich stöhnte auf. Natürlich waren Schwabbel und Pummel mir auch hier zuvorgekommen. »Ich kann es mir denken. Und Sie haben den beiden selbstverständlich erklärt, dass die Vorstellung, Prinzessin Diana könnte heiliggesprochen werden, völlig absurd ist, weil sie, von allem anderen einmal abgesehen, Protestantin war. Womit die Sache erledigt wäre, wenn sie Ihnen nicht etwas von einer Erscheinung erzählt hätten, nicht wahr?«

»Stimmt das etwa nicht?«

»Jedenfalls nicht so, wie es Ihnen erzählt wurde, würde ich vermuten«, antwortete ich vorsichtig.

»Ich sehe, dass Sie diese Leute gut kennen«, sagte der Priester. »Sie taten sich etwas schwer, weil sie einen Dolmetscher brauchten, aber ich hoffe, ich habe mein Bestes getan, sie aufzuklären. Wir sind hier der Wahrheit verpflichtet, der Wahrheit Christi. Es gibt im Vatikan ein altes Sprichwort: ›Eine Vision macht noch keinen Heiligen‹, und das habe ich ihnen gesagt. Wie zu erwarten waren sie enttäuscht. Ohne mir ein Urteil über Ihren Glauben anzumaßen, signore, muss ich sagen, dass es mich immer wieder bekümmert, welche Bürde der Unwissenheit viele Nichtkatholiken, die in dieses Zimmer kommen, auf ihren Schultern tragen. Ich glaube, sie müssen sich nach der schlichten Klarheit sehnen, die das Wesen der Mutter Kirche ist. Beten wir, dass dies für viele von ihnen der erste Anstoß zur Bekehrung sein möge. Und dabei fällt mir ein …« Ricci stand auf und ging durch den Raum zu einem Tisch, wo er einige Akten durchstöberte. »Hier. Ich hätte die Akte nach dem Besuch der beiden eigentlich ins Archiv zurückschicken müssen, aber jetzt passt es ja, dass sie noch da ist.«

»Vielleicht wusste der Heilige Geist, dass ich komme.«

Ricci warf mir einen strengen Blick zu. »Es kommt uns nicht zu, Mutmaßungen über die Unerforschlichkeiten des Heiligen Geistes anzustellen. Diese Akte also enthält einen winzigen Bruchteil der Unterlagen, die für die Seligsprechung – und irgendwann sicherlich auch die Heiligsprechung – der seligen Teresa von Kalkutta hinzugezogen wurden, Mutter Teresa, wie sie immer noch von Millionen genannt wird. Ich bin nicht befugt, sie Ihnen zur Einsicht vorzulegen, schon gar nicht, Ihnen die Kopie eines Dokumentes darin auszuhändigen. Ich kann Ihnen jedoch verraten, dass sie Aufzeichnungen und Tagebucheinträge enthält, die die selige Teresa nach Begegnungen mit la Principessa Diana in den neunziger Jahren vornahm.

Im Wesentlichen geht daraus hervor, dass Diana in drei Privataudienzen ein lebhaftes Interesse am Übertritt zum römisch-katholischen Glauben anmeldete. Sie war offensichtlich der Meinung, dass die Kirche von England gar keine geistliche Gemeinschaft, sondern letztlich nichts weiter als ein Club für die englische Mittelschicht war und dass sie im Vereinigten Königreich bald eingehen würde, weil die Mehrheit ihrer Mitglieder inzwischen über fünfzig war. Die selige Teresa brachte ihr Verständnis für diese Auffassung zum Ausdruck, natürlich ohne selbst eine Meinung zu äußern. In ihrem geistlichen Tagebuch jedoch schrieb sie, dass sie sich freue, so wie sie es immer tue, wenn jemand die Neigung erkennen lasse, aus der Finsternis in das helle Licht des wahren Kreuzes zu treten.

Allerdings, äh …«, Monsignore Ricci überschlug rasch ein paar Seiten, »ja, hier. Die selige Teresa ermahnte Diana, ihre Motive sehr genau zu prüfen. Sie solle sich ja nicht von dem

Glanz der karitativen Arbeit mit Slumbewohnern, Leprakranken und Aids-Patienten blenden lassen und nicht vergessen, dass das Auge der Fernsehkamera nicht sehen kann, was Gott in ihrem Herzen sieht. Vor allen Dingen müsse sie sich innerlich absolut sicher sein, dass sie den katholischen Glauben nicht deshalb annehmen wolle, um ihrem Ehemann Charles eins auszuwischen. Es würde seine konstitutionelle Position als Thronfolger zweifellos sehr erschweren und könnte sogar den Ausschlag dafür geben, dass seine Mutter, die Queen, niemals zu seinen Gunsten abdankt. Wie Sie sehen«, sagte Ricci und klappte die Akte zu, »betrachtete die selige Teresa sowohl die Prinzessin als auch die konstitutionellen Zusammenhänge mit bemerkenswerter Klarsicht. Aber sie war überhaupt, das werde ich Ihnen kaum sagen müssen, außer einer Magd des Herrn auch an und für sich eine sehr bemerkenswerte Person.«

Zu behaupten, dass mich diese Mitteilung erstaunte, wäre untertrieben. Ich bin Künstler, kein Journalist, und begeistert überlegte ich mir die erregenden Konsequenzen für meine Oper. Vielleicht gab es ja doch berechtigte Hoffnungen auf eine Kanonisierung Dianas – wenn nicht durch einen künftigen Papst, dann durch die Hand von Gerry Samper, Librettist von Gnaden. Ich sah schon die Auffahrt zum Himmel im dritten Akt vor mir: ein aufwühlendes Finale, das ein tränenüberströmtes Publikum zu Beifallsstürmen hinriss. Wie ein Mann sprang es auf und klatschte, bis allen fast die Hände abfielen. Doch noch war es nicht ganz so weit. Ein oder zwei Punkte bedurften noch der Klärung.

»Faszinierend«, sagte ich zu dem Monsignore. »Wenn also, wie ich annehme, nichts schriftlich vorliegt, was bewiese, dass die Prinzessin tatsächlich konvertiert ist, wäre es denn theoretisch möglich gewesen? Ich meine, könnte eine Frau wie Mutter Teresa, eine Nonne, Diana insgeheim in die Kirche aufgenommen haben? Oder hätte das nur ein männlicher Priester tun können?«

»Ich verstehe, worauf Sie hinauswollen, aber im Lichte von

Teresas Seligsprechung erübrigen sich alle Bedenken. Wenn eine zukünftige Heilige jemanden nicht in die Kirche aufnehmen kann, wer dann? Diana wollte ja nicht ordiniert werden. Das Interesse, das sie äußerte, bezog sich lediglich auf die Konversion, und dieses Interesse wurde von der seligen Teresa letztlich als echt und inbrünstig beurteilt.« Er schnürte die Akte wieder mit ihrem violetten Band zu und legte sie auf den Tisch zurück.

Ich konnte der Versuchung nicht widerstehen, dem Weihwasserbecken dieses weltläufigen Priesters ein Tröpfchen heiliges Nass abzuzapfen. »Ich habe sagen hören, dass Mutter Teresa in ihrem Tagebuch auch von Zweifeln spricht, die sie geplagt hätten. Ich weiß nicht, ob der normale Laie Heiligkeit mit Zweifeln in Verbindung bringen würde.«

»Mein Sohn«, erwiderte er ungerührt, »Zweifel sind für Christen, was Erektionen für Jugendliche sind. Sie kommen ungerufen zu ungünstigen Zeiten und müssen einfach genommen und durchgestanden werden, so gut es geht. Genau das nennen wir Glauben. Der Kampf darum, diesen Glauben zu bewahren, macht gerade den Heiligen aus. Und jetzt muss ich Sie bitten, mich zu entschuldigen. Ihr Glück wollte es, dass Sie mich zwischen zwei Terminen antrafen, und in wenigen Minuten habe ich eine Besprechung.«

Ich verabschiedete mich von dem Monsignore und bedankte mich, dass er sich für mich Zeit genommen hatte. Er konnte ja nicht ahnen, was für künstlerische Konsequenzen seine trockene Wiedergabe von Archivmaterial haben würde. Während ich die breiten Treppenstufen des Gebäudes in den sonnigen Hof hinunterstieg, in dem das Zwitschern der Spatzen plötzlich ganz laut tönte, fühlte ich, wie das Leben in mich zurückströmte. Selbst hier im Herzen des bürokratischen Vatikans konnte ich Espresso und Knoblauch riechen. Italiener haben die Gabe, die richtigen Prioritäten im Leben zu setzen. Das ist etwas, das uns Briten völlig abgeht.

Auf dem Weg nach draußen durchschritt ich einen weiteren

Hof mit einem Springbrunnen in der Mitte – dem ganz und gar abscheulichen *Delfino e Fanciullo* von Federico Corvo, der den Auftrag nur deshalb bekommen hatte, weil er einst der Lustknabe von Papst Hadrian VII. gewesen war. Das Ding sollte wahrhaftig eingeschmolzen und durch etwas Modernes ersetzt werden. Ein Knäuel missmutig debattierender Ausländer, sichtlich blind für seine ästhetische Unzulänglichkeit, war darum versammelt.

Wie sich herausstellt, bestehen das Forestale und sogar die Stadtwerke darauf, der Ausgrabung meines abgestürzten Hauses mit eigenen Vertretern beizuwohnen, so dass diese Aktion noch einmal um mehrere Tage verschoben worden ist. Joan ist das völlig schnuppe, nicht zuletzt deswegen, weil sie mit ihrem Bruder telefoniert und erfahren hat, dass sie in der Tat einen Tag lang in den Schlagzeilen der überregionalen Presse war. Anscheinend wird sie verdächtigt, in ihrem Garten in Havant satanische Rituale durchgeführt zu haben, die zum Tod mindestens eines Hundes führten. Ein Nachbar gibt an, sie mit einer Schusswaffe knien gesehen zu haben, und als die Waffe losging, sei der ganze Garten in ein unheimliches rotes Licht getaucht gewesen, das man noch in Warblington gesehen habe. Außerdem habe er nackte Gestalten um die Leiche des Hundes tanzen sehen. Der Tierschutzverein ermittelt.

Ein noch triftigerer Grund, warum Joan es nicht eilig hat, Italien zu verlassen, ist – um es mit aller Offenheit zu sagen – Marta. Dass sich die beiden gut verstehen, wäre stark untertrieben. Aufschlussreicher wäre die Information, dass Joan bereits aus ihrem Hotel zu Marta nach Le Roccie gezogen ist. Dies ist eine gänzlich unerwartete Wendung der Dinge, und ich bin immer noch dabei, mir über die möglichen Konsequenzen für G. Samper klarzuwerden. Es wäre mir nie in den Sinn gekommen, dass sie außer der Vorliebe für Womiti etwas gemeinsam haben könnten. Kann es sein, dass meine Phantasien von nächtlichen Besuchen eines schlichten Holzhackerbubs mit einem Mordsgerät völlig abwegig waren? Ich bin verblüfft; in solchen Dingen liege ich sonst eigentlich nie falsch. Jetzt muss ich mir ganz andere Szenen vorstellen, die sich in ihrem Mansardenschlafzimmer mit dem bäuerlichen eisernen letto matrimoniale abspielen, in dem ich einmal, nach einer furchtbaren Fehlhandlung, mit einem grauenhaften Kater neben der Besitzerin des Bettes aufwachte. Aber lassen wir das. Ich muss unbedingt Marta aufsuchen, um mit ihr über die Oper zu sprechen, aber bis jetzt habe ich nicht stören wollen. Ich hätte mir nie im Ernst vorgestellt, dass sie ... Wo ich doch schwören könnte, dass sie mich immer auf eine Weise anzüglich angegrinst hat, die ... Selbstverständlich geht mich das nichts an. Es betrifft mich nicht im Geringsten, was zwei erwachsene Frauen in ihrer Freizeit miteinander treiben. Warum sollte mich das interessieren? Das geht mir doch am Arsch vorbei. Was jedoch der Holzhackerbub, falls ihm jetzt langweilig sein sollte, nicht unbedingt tun müsste.

Heute ist Ausgrabungstag, und ich bin früh auf den Beinen. Als ich im Fernseher des Belgiers eine Wettervorhersage suche, die mir sagt, womit ich zu rechnen habe, lande ich bei dem unsäglichen BBCNN, wo eine Krampfhenne sondergleichen vor einer Karte der Karibik Aerobic-Übungen macht. Ihre fuchtelnden Arme und zustoßenden Hände sollen den Verlauf des Hurrikans Rupert zeigen, der hier unten vor der Spitze Haitis heranfegt, während drüben in Südeuropa die heißen Winde aus Afrika durch Italien brausen, wo es über den Apenninen wahrscheinlich später zu Gewitterbildung kommt, ganz im Gegensatz zu dem Bild hier über der Mongolei, denn da drücken die kalten Winde von Russland runter und senken die hohen Temperaturen ein bisschen, achtunddreißig, sieh an, *vierundvierzig* dort in Riad, also packen Sie reichlich Sonnencreme ein, wenn Sie in, äh, der Gegend unterwegs sind. In Australien ist jetzt schon Donnerstag, daher ...

Irgendwann beim Rasieren erreicht mich etwas entfernt

Nachrichtenähnliches, und eine Meldung ist besonders ekelerregend. Ein grinsender Affe mit gegelten Haaren teilt mir mit, dass bei einer Studie die Hälfte der befragten Personen zwischen siebenundfünfzig und fünfundsiebzig angaben, regelmäßigen Oralverkehr zu haben, während 26 Prozent der Befragten im Alter von fünfundsiebzig bis fünfundachtzig erklärten, sie hätten im letzten Jahr mit einem Partner Sex gehabt. Ich muss meinen Rasierer ein Weilchen ablegen, bis mein Herzschlag sich wieder normalisiert hat. Was einen sprachlos macht, sind nicht die Zahlen, so abstoßend sie sind, sondern die Bereitwilligkeit, mit der diese alten Leute solche empörend zudringlichen Fragen beantworten. Haben die denn gar keine Selbstachtung? Eine von vielen Auszeichnungen, die ich stolz mit ins Grab nehmen werde, ist, dass ich niemals die Wahrheit gesagt habe, wenn ich auf der Straße oder an der Haustür über etwas Auskunft geben sollte. Das ist einer der seltenen Fälle, in denen Samper einen Hauch von sozialer Verantwortung bewiesen hat.

Zwei Stunden später stehen Joan und ich am Rand eines Urwalds mehrere Meilen vor der Stadt. Vor uns schnaubt und wühlt ein Bagger in der steilen Geröllhalde am Berghang wie ein gelber Keiler. Er ist eine von diesen gewaltigen Maschinen mit einer Schaufel an einem Ende und einem Planierschild am andern, und zuvor fuhr er uns hierher voraus und bahnte dabei einen Weg bergauf durch das dichte Unterholz. Ihm folgte ein feierlicher Konvoi, angeführt vom Fiat Campagnola des Forestale. Dahinter kamen der Land Rover der Stadtwerke und ein ramponierter Ford Focus mit einem Reporter und einem Fotografen von *Il Tirreno.* Joan und ich bildeten die Nachhut in einem gemieteten Van, der bereits unter der Last meiner Bedenken gegen das ganze Unternehmen zu keuchen schien. Mit so einem Zirkus hatte ich nicht gerechnet. Ich hätte gedacht, dass die Suche nach persönlichen Habseligkeiten am Schauplatz eines Unglücks am besten in diskreter Unauffälligkeit durchgeführt wird, aber das ist nicht die italienische

Art. Vermutlich sollte ich dankbar sein, dass es bis jetzt noch keine Prozession von weißgewandeten Chorknaben und ein großes Feuerwerk gegeben hat. Andererseits kommt es äußerst ungelegen, dass Leo Wolstenholme und ihr Trupp von *Global Eyeball* gestern ihr Kommen angekündigt haben. Falls sie heute eintreffen, soll das Hotel sie hierher schicken, wo sie Joan und mich dann über Millie Cleat interviewen können. Ich setze darauf, dass sie diesen Ort niemals finden werden. Dennoch habe ich mich bei meiner Garderobe wohlweislich um einen Stil bemüht, den man wohl als »salopp rustikal« bezeichnen könnte: kariertes Hemd und alte, aber sehr schön geschnittene Man2Man-Jeans, die ich mir einst zur Hebung der Laune in Aspen gekauft habe, wo ich Luc Bailly in den abschlaffenden, aber noch erektilen Tagen seiner Skiläuferkarriere hinterherstapfte. Ich habe auch ein Paar neuer schwarzer Schuhe an, die das einzig Annehmbare waren, was ich vor Ort auftreiben konnte. Eigentlich wollte ich etwas in Richtung Doc Martens, allerdings eher proletarisch als prollig. Was ich gefunden habe, sieht jetzt, wo ich die stellenweise doch recht knollig geformten Dinger anhabe, weniger nach Baustelle als nach einer orthopädischen Abteilung des National Health Service in den Siebzigern aus. Alles in allem jedoch gebe ich, darf ich wohl sagen, eine Figur von nicht zu knapper männlicher Eleganz und Kompetenz ab, die vor der Kamera sehr vorteilhaft zur Geltung kommen wird. Es ist nicht zu übersehen, dass die beiden Männer vom Forestale mir Blicke zuwerfen, die nur bewundernd gemeint sein können.

Ich möchte von der Mise en scène hier kein falsches Bild vermitteln. Sie dürfen sich nicht vorstellen, dass wir am Fuß einer senkrechten Steilwand stehen. In dieser Gegend sind die unteren Hänge der Apuanischen Alpen bewaldet, und Le Roccie liegt ungefähr in Drittelhöhe an einem Berg. Der Teil des Plateaus, auf dem mein Haus einmal stand, ist abgebrochen und lawinenartig einen steilen Waldhang hinuntergerutscht, wobei er in Stücke gebrochen ist und auf seiner Bahn Bäume und alles andere mitgerissen hat. Ungefähr hundert Meter tiefer kam er zum Stillstand als gewaltige Moräne von Felsen und zermalmten Bäumen, zwischen denen ein paar Überreste meines Hauses hervorschauen und einen erbärmlichen Anblick bieten. Wie schon gesagt musste der Bagger erhebliche Räumarbeit leisten, um diesen entlegenen Fleck erreichbar zu machen, und jetzt, wo wir hier sind, wünschte ich, wir wären es nicht. Während ich die riesigen Felsen und die Massen von Schutt in Augenschein nehme, bin ich plötzlich überzeugt, dass die Sache den Aufwand nicht wert ist. Das ganze Zeug liegt schon seit über fünf Monaten hier begraben, dem Winterregen und der Schneeschmelze ausgesetzt. Zu diesem späten Zeitpunkt noch Bergungsarbeiten durchzuführen erscheint mir absurd, vor allem im Beisein dieser vielen neugierigen Zeugen.

Doch da unser aller kostspieliges Hiersein nun einmal eine vollendete Tatsache ist, muss ich das Beste daraus machen. Im Dach des Hauses, das vom Hubschrauber aus noch einigermaßen intakt aussah, klaffen inzwischen große Löcher. Ich borge mir von den Leuten im Land Rover eine Taschenlampe und luge darunter, doch anscheinend ist allein das Dach wie eine Blase auf der Brandung des Erdrutschs zu Tal geschossen, denn außer Steinen kann ich nichts erblicken. Fünfzig Meter entfernt fängt der Bagger damit an, Geröll vom rostigen Hinterteil meines Toyota Via Ness wegzuräumen, das dieser obszön in die Frühlingsluft streckt, als hoffte er, in einem Ritus maschineller Verjüngung von seinem gelben Retter besamt zu werden. Die Zähne an der Kante der mächtigen Schaufel bohren sich zärtlich durch das kaputte Heckfenster, und mit einem tiefempfundenen Stöhnen ersteht das ganze Auto unter großer Stein- und Erdverdrängung aus seinem Grabe.

»Da geht dein Schadenfreiheitsrabatt zum Teufel, würde ich sagen«, bemerkt Joan, mit der ich seit gestern per Du bin, und zündet sich die nächste Zigarette an. »Ist noch irgendwas von Wert drin?«

»Bloß der übliche Kram, glaube ich.« Wir gehen hin, um nachzuschauen. Im Handschuhfach werden die Versicherungsunterlagen und der Kraftfahrzeugbrief liegen, da es in Italien Vorschrift ist, sie immer mitzuführen, aber der ganze Papierkram ist mittlerweile erledigt, offiziell gibt es das Auto gar nicht mehr, daher sind sie wertlos. Dennoch bin ich mir immer noch nicht darüber im klaren, welche rechtlichen Konsequenzen das hat, was wir heute hier machen. Die Versicherungsgesellschaft San Bernardino da Siena kam nämlich am Ende doch noch für Wagen und Haus auf, auch wenn sich la dottoressa Strangolagalli vorher mit meinem Anwalt um den letzten Euro stritt. (Ich bin sicher, St. Bernardin wird sich eines Tages über die goldene Himmelsbrüstung lehnen und die knallrotkrallige Schnepfe zur Strafe dafür, dass ihre skrupellose Gesellschaft immer noch missbräuchlich seinen Namen führt, mit bösen Geschwüren, Kropf und Bandscheibenvorfall schlagen.) Aber falls ich einige der Gegenstände wiederbekommen sollte, für die ich entschädigt worden bin – soweit sich bei einer Versicherung von Entschädigung sprechen lässt –, was passiert dann? Würde ich damit Diebstahl begehen? Ist die Versicherung jetzt die faktische Eigentümerin meiner verschütteten Habe?

Das Auto, dessen Inneres nach modernder Polsterung und frischer Erde riecht, kann sie jedenfalls gern haben. Es gelingt mir, das Handschuhfach zu öffnen, und dort liegen die Fahrzeugpapiere, feucht und angeschimmelt, sowie allerlei Plunder, wie er sich in solchen Stauräumen ansammelt und der jetzt aussieht, als gehörte er jemand anders. Wobei die ganze Geschichte, recht bedacht, ein Lehrstück dafür ist, wie gut man monatelang auch ohne seine Besitztümer auskommen kann.

»Es lässt sich nicht genau sagen, wie das Haus abgestürzt ist, nehme ich an«, sinniert Joan und blickt zu der schroffen Abbruchkante des Plateaus hoch oben hinauf.

»Damit wir uns ungefähr ausrechnen können, wo was ist?

Keine Chance. Deshalb befürchte ich ja, dass ich euch alle unter Vorspiegelung falscher Tatsachen hierher geschleppt habe. Es ist aussichtslos. Wenn wir etwas finden, dann durch puren Zufall.«

»Vorspiegelung hin oder her, ich bin verdammt froh, dass ich gekommen bin. Nicht nur, weil ich in Gefahr wäre, von rechtschaffenen Tierhaltern lebendig verbrannt zu werden, wenn ich jetzt in Havant wäre. Nein, wenn ich nicht gekommen wäre, hätte ich Marta wahrscheinlich niemals kennengelernt. Mit Marta an Bord lässt sich's aushalten, das kann ich dir sagen.«

»Ich bin noch nie mit ihr gesegelt, aber ich will's dir glauben. Als Komponistin ist sie jedenfalls dabei, sich einen Namen zu machen.«

»Sie ist genial«, sagt Joan überzeugt. »Sie braucht nur eine, die sich um sie kümmert und den häuslichen Alltag für sie schmeißt. Sie ist kein sehr praktischer Mensch.«

Praktisch unbrauchbar, genauer gesagt. Man muss sich nur die Lotterwirtschaft ansehen, in der Marta sonst lebt, vermutlich weil sie sich daran gewöhnt hat, von den alten Dienstboten der Familie umsorgt zu werden, die ihr Vater in der postsowjetischen Ära Woinowiens wieder einstellen konnte. Als älteste Tochter eines internationalen Gangsterbosses musste sie sich nie mit lästigen häuslichen Pflichten abgeben. Irgendwann ging sie nach Moskau aufs Konservatorium, wo es zweifellos Heerscharen von Babuschkas gab, die hinter den Studenten herräumten und -putzten. Ich werfe Joan einen verstohlenen Blick zu. Sie mustert das Wrack meines Autos mit einem sachkundigen Auge, das andere zugekniffen wegen des Rauchs, der aus dem Glimmstengel zwischen ihren Lippen aufsteigt. Sie hat einen ausgebleichten Overall an, wahrscheinlich ein Erbstück von der Navy, und schon längst die Ärmel aufgekrempelt. Der tätowierte Anker leuchtet auf einem Unterarm, der Popeye gehören könnte. Kann es sein, dass dieses alte Wasserhuhn anfängt zu glucken? Oder wenigstens von trauter Zweisamkeit zu träumen? Und könnte sich Marta wirklich für solche Träume empfänglich zeigen? In diesem Moment gelingt es Joan, die Hecktür des Wagens aufzustemmen, und sie stöbert darin herum. Wie gesagt, es geht mich nichts an. Aber es könnte Konsequenzen für den Plan haben, den ich Marta noch unterbreiten muss, nämlich dass sie für *Unsinnige Scharade* die Musik komponiert. Ich muss mich in den nächsten ein oder zwei Tagen dringend mit ihr unterhalten.

»Den Ersatzreifen und den Werkzeugkoffer aufzuheben lohnt sich wahrscheinlich«, sagt Joan und zerrt sie heraus.

»Für mich nicht.« Ich habe bereits das Interesse verloren. Außerdem ist mir aufgefallen, dass sich hoch über uns am Rand des Erdrutsches unbefugte Beobachter eingefunden haben. »Was meinst du, was das da oben für Leute sind?«

Joan nimmt die Kippe aus dem Mund und folgt meinem Blick. »Weiß der Geier. Pilger, nehme ich an. Genau die Sorte, die Marta das Leben zur Hölle macht. Wenn wir Glück haben, fallen sie runter.«

Und plötzlich wird mir klar, wie viel ich ungefragt voraussetze. Ich habe noch immer nicht mit Marta über die Geschichte von Dianas Geist geredet. Ich habe sie lediglich am Telefon gebeten, die Darstellung nicht zu bestreiten. Das ist doppelt nachlässig von mir, weil man nicht allein nie weiß, wie viel Marta versteht, sondern seitdem auch Zeit ins Land gegangen ist und sie die Sache längst vergessen haben oder denken könnte, es sei nicht mehr wichtig. Ich erinnere mich, Joan die Geschichte erzählt zu haben, als ich sie in Pisa vom Flughafen abholte, aber weder die eine noch die andere habe ich je über den wahren Charakter meiner Abmachung mit Benedetti aufgeklärt. Beim Anblick der fernen Gestalten dort oben begreife ich, dass Marta fortziehen muss, weil kein Mensch es ertragen kann, neben einer heiligen Grotte zu leben. Ich bin es ihr schuldig, sie über die politischen Machenschaften im Hintergrund zu informieren. Sie könnte als Lohn für ihr Stillschweigen wenigstens einen anständigen Preis für ihr Haus verlangen, das, wie Benedetti knallhart klarstellte, für jedermann wertlos ist außer für einen Stadtrat, der das Gelände zu einer Touristenattraktion ausbauen will.

Stante pede beschließe ich, Joan zu fragen, ob sie Marta die ganze Sache beibringen könnte. Es ist noch gar nicht so lange her, dass sie mir ihren Wert als Mitverschwörerin zum Wohle ihrer Freundin Millie Cleat unter Beweis stellte, und ich habe auf einmal den Eindruck, dass sie eine überzeugende Fürsprecherin wäre. Wir setzen uns in der angenehm warmen Frühlingssonne auf einen Felsen, und während unsere Augen das emsige Wühlen des Baggers verfolgen, erzähle ich ihr von meinem Pakt mit der Comune.

»Du gerissener Hund«, sagt Joan, als ich fertig bin.

»Kann man nicht sagen. Ich hatte gar keine andere Wahl, oder? Wie dem auch sei, ich finde es eine nette Geste, Illusionen Vorschub zu leisten. Denk doch nur, wie glücklich es diese ganzen leichtgläubigen Leutchen wie Schwabbel und Pummel macht, sich einbilden zu können, dass in irgendeiner geheimnisvollen, aber realen Dimension Prinzessin Diana über sie wacht und sie vor den kleinen Landminen des Lebens behütet. Ich betrachte mich als bescheidenes Werkzeug des guten Mutes.«

»Genau das meine ich mit gerissen. Du mischst sogar bei diesem ungeheuerlichen Schwindel mit. Na ja. Klar, ich werde es Marta heute Abend erzählen. Das arme Hascherl muss sich über seine eigenen Wohnungsprobleme Gedanken machen.«

»Gar nicht mal so arm für ein Hascherl.« Ich hoffe, ich höre mich nicht allzu bitter an. »Im Grunde ein ziemlich wohlhabendes Hascherl.«

»Ach, sie hat mir von ihrem schrecklichen Vater erzählt. Was ihr Sorgen macht, ist nicht das Geld, das ein neues Haus sie kosten wird, es sind die ganzen Scherereien mit dem Suchen und Umziehen. Ich sehe ein, dass wir bei diesem Hokuspokus mitspielen müssen. Wir müssen alle irgendwo wohnen, und natürlich glaube ich, dass wir das Recht haben, die Lokalpolitik zu unseren Gunsten auszunutzen. Wäre ja verrückt, sich quasi aus Prinzip selbst in den Fuß zu schießen.«

»Fast so verrückt, wie einem Hund mit einer Leuchtpistole in den Kopf zu schießen.«

Joan seufzt. »Was sein muss, muss sein. Die Leuchtpistole war das Einzige, was ich zur Hand hatte. Aber ich gebe zu, es war nicht sehr diskret.«

Während unserer Unterhaltung hat der Baggerführer etwas ausgegraben, was wie Bettlaken aussieht. Alles strömt herbei, und sofort wird der Fund, der intimem schlafzimmerlichen Gebrauch entstammen könnte, einer öffentlichen Begutachtung unterzogen. Sowohl die Laken als auch die geplatzte Matratze haben unvermeidliche Pilzflecken und bräunliche Schmierstreifen bekommen, die alle Anwesenden mit der furchtbaren Gewissheit einer Jane Cotter anstarren, des Zimmermädchens aus dem Savoy Hotel, das beim zweiten Prozess gegen Oscar Wilde aussagte. Einer der Forestale-Beamten mustert mich frech von Kopf bis Fuß und macht eine Bemerkung zu seinem Kollegen, die ich nicht verstehe, die aber eine Schmähung gewesen sein dürfte, denn beide lachen. Sie fühlen sich wahrscheinlich von meinen Schuhen in den Schatten gestellt. Doch da werde ich abgelenkt, denn die Baggerschaufel holt gerade etwas aus der Erde, das wie eine zerquetschte Apfelsinenkiste aussieht. Ich erkenne darin mein Nachtschränkchen, einst ein entzückendes kleines Möbel aus dem achtzehnten Jahrhundert, das es mit knapper Not ins einundzwanzigste geschafft hat. Ich hebe die Hand, um es zu inspizieren. Während die riesige Maschine wartet, strömt sie den entschlossenen Geruch von heißem Diesel und Hydrauliköl aus. Gemeinsam heben Joan und ich das plattgedrückte Stück hoch und schaffen es beiseite. Ich spüre förmlich die Blicke der Forestale-Männer und der Journalisten, die danach lechzen, sich über prickelnde Zeugnisse des Junggesellenlebens zu mokieren. Mir völlig gleichgültig. Ich weiß, dass nichts Belastendes darin sein kann, aber ich hoffe wider alle Wahrscheinlichkeit, dass – *Ja!* Meine zwei kostbarsten und inspirierendsten Kochbücher, meine liebste Bettlektüre, haben überlebt! Ein wenig feucht, gewiss, aber im Großen und Ganzen unversehrt.

Dieser Fund versöhnt mich doch noch mit dem Tag. Diese beiden Bände sind vollkommen unersetzlich. Der ältere ist ebenso sehr ein Abenteuerbuch wie ein Kochbuch: Major-General Sir Aubrey Lutterworths *Elements of Raj Cookery* (1887), erschienen in Hyderabad. Wie ungleich viel lesbarer die Rezeptbücher der fröhlichen Fernsehköche von heute doch wären, wenn sie detaillierte Anweisungen zum Fang der Zutaten enthielten oder Exkurse über die Sprache und die krasseren Sitten und Gebräuche der Einheimischen in der Herkunftsgegend dieser Zutaten. Ungehemmt küsse ich den grauschimmeligen Deckel des Buches. »Es ist herrlich, ihn wiederzuhaben.« Ich bemerke, dass die Zuschauer mich jetzt verwundert und enttäuscht betrachten. Kein normaler Mann gerät über ein verschimmeltes altes Buch in Ekstase, per carità, nicht einmal über die Bibel (was einer Frau vielleicht noch passieren könnte). Allermindestens haben sie auf einhändig zu lesende Zeitschriften mit Darstellungen strafbarer Handlungen oder gar auf eine Truhe voll goldener Uhren und sonstiger Erbstücke gehofft. Alte Bücher bringen es einfach nicht. Sie verlieren das Interesse und verziehen sich.

»Und dieses andere hier«, ich halte ihr Dame Emmeline Tyrwhitt-Glamis' *Emergency Cuisine* hin, »ist auf seine Art genauso grandios. Außerdem furchtbar selten.«

»›HMSO 1942‹«, liest Joan. »So selten kann es nicht sein, Gerry. Her Majesty's Stationery Office hatte selbst bei dem Papiermangel während des Krieges riesige Auflagen.«

»Stimmt. Aber die erste Auflage war noch nicht ausgeliefert, als sie bei einem Luftangriff praktisch vollständig vernichtet wurde. Ich habe keine Ahnung, wie dieses Exemplar davongekommen ist. Mir gefällt natürlich der Gedanke, es könnte Dame Emmelines Handexemplar gewesen sein. Es ist auf seine Art genauso ein Juwel wie das Buch des Generalmajors. Auf sie geht die Erfindung der sogenannten ›Siegespaste‹ aus pürierten Kakerlaken zurück. Die Stärkung der Kampfmoral war ihr eine Herzensangelegenheit. Ehrlich, Joan, dass ich diese Bücher wiederhabe, freut mich über die Maßen.«

»Wie schön. Aber vielleicht doch nicht ganz das Richtige für die Hausfrau von heute, sofern diese Spezies überhaupt noch existiert.«

»Sie hat eben nicht bloß über Essen geschrieben. Das ist es, was ich an ihr und dem Generalmajor mag. Und mir gefällt auch ihre Entschlossenheit, praktisch alles als essbar anzusehen und aus dem Verzehr ein Abenteuer zu machen. Viel sympathischer als diese pickeligen Jungköche, die uns von dem einzigen Laden in London vorschwärmen, wo es den einzig wahren Büffelmozzarella gibt, glaubst du nicht auch?«

»Ich glaube«, bemerkt Joan, »deine Filmcrew ist eingetroffen.«

»O *nein!*« Aber zu den parkenden Autos ist ein neues hinzugekommen, aus dem Leute in diesen beigen Westen mit ungefähr fünfundzwanzig Reißverschlusstaschen steigen, mit denen sich Fernsehkorrespondenten bei Einsätzen in ausländischen Gefahrenzonen gern ausstaffieren. Ein Freund von mir nennt sie maskenballistische Westen.

»Bin heilfroh, dass ich meinen besten Overall angezogen habe«, sagt Joan, während wir zu ihnen hinschlendern. »Nicht dass sich noch jemand für mich schämen muss. Und mit diesem Hemd siehst du aus, als wolltest du jeden Moment Monty Pythons Holzfällerlied anstimmen.«

»Ich hatte die Hoffnung, die Schuhe könnten einer solchen Sichtweise entgegenwirken.«

»Tun sie in gewisser Weise. Kennst du noch diese alten dreirädrigen Invalidenfahrzeuge mit Zweitaktmotor? Ach, natürlich nicht, dafür bist du viel zu jung. Aber irgendwie erinnern mich deine Schuhe an die Dinger.«

»Vielen Dank, Joan«, sage ich ein wenig steif. »Etwas Besseres war auf die Schnelle nicht zu bekommen. Ehrlich gesagt kann ich kaum darin gehen. Ich habe jetzt schon fürchterliche Blasen an den Füßen.«

»Macht nichts. Du latschst darin wie ein richtiger Arbeiter, auch wenn dieser Arbeiter wie einer aussieht, der Bierpops bevorzugt.«

»Ich hoffe sehr, unsere Beziehung verkommt nicht zu einem vulgären Wettstreit darum, wer von uns beiden kerliger ist.«

»Keine Chance, Kumpel«, sagt Joan und haut mir fröhlich zwischen die Schulterblätter.

Aber jetzt sind wir bei den Fernsehleuten angekommen, die schon dabei sind, ihre Ausrüstung aus dem Wagen zu laden. Die Obertusse hat in der Tat ein Gesicht, das mir vage bekannt vorkommt, obwohl ich praktisch nie britisches Fernsehen gucke. Die berühmte Leo Wolstenholme ist ein relativ pummeliger Stops und sieht mit ihrer Knollennase und ihrer Miene trotziger Dickfelligkeit aus wie ein Gartenzwerg, der es gewohnt ist, belogen zu werden. Ihr Mangel an Glamour lässt hoffen. Mit einem solchen Äußeren kann man es heutzutage im Fernsehen unmöglich zu etwas bringen, wenn man nicht echt talentiert ist.

»Leo Wolstenholme? Ich bin Gerry Samper, und das ist Joan Nugent, die gute Freundin von Millie Cleat, die ich erwähnt habe. Beachtlich, dass Sie uns hier oben in der Wildnis gefunden haben.«

Man reicht sich allseits die Hand. Ein Mädchen Mitte zwanzig mit modisch verstümmelten Haaren und einem von Nadeln und Steckern starrenden Gesicht wird uns als Leos persönliche Assistentin Cathy vorgestellt.

»Nicht Chrissie?«

»Nein – Chrissie ist in London. Mit ihr haben Sie neulich telefoniert.« Der gleiche Höhere-Töchter-Ton allerdings.

»Guter Name, Cathy.« Ich will versuchen, dieses mucksche und reizlose Geschöpf ein wenig aufzuheitern. »Ich meine, passend zum Thema.« Ein leerer Blick. »Ihr Name ist ein Anagramm von ›Yacht‹. Wenn das kein Zufall ist.« Aber ihr Blick bleibt leer, auch wenn ihre Lippen ein verwundertes Lächeln nachbilden.

»Und das ist Jonti.« Leo deutet auf einen schlanken jungen Mann mit, wie Adlerauge Samper entdeckt, einem halbgerauchten Joint hinterm Ohr. Na, diese Anagrammbemerkung verkneife ich mir lieber. Jonti taxiert offensichtlich das Gelände sofort nach geeigneten Drehorten und der Richtung, aus der die Sonne kommt. Er sieht aus, als hätte er mit zwölf schon alles ausprobiert gehabt und sich mit allem gelangweilt, was nichts mit Elektronik zu tun hatte. »Und Olly.« Olly ist ein zartes Elfchen, das nach dem Eindruck, den er macht, im Leben nichts anderes ausprobiert hat, als Tontechniker beim Fernsehen zu sein. Er hat bereits die Kopfhörer um den Hals.

»Und mehr ist von Ihrem Haus nicht übriggeblieben?«, fragt Leo ungläubig. »Im Hotel haben sie uns schon gesagt, dass es nicht mehr viel zu sehen gäbe. Da haben sie recht gehabt.«

»Es ist von dort oben heruntergefallen.« Ich deute auf die Stelle am Rand des Plateaus, wo noch ein paar Zuschauer zu sehen sind. »Eine ziemliche Strecke.«

»Scheiße. Ihr *komplettes Haus?*«

»Completamente. Alles, was ich auf der Welt mein Eigen nannte, liegt irgendwo dort begraben.« Mit einer gebührend beiläufigen Geste zeige ich auf die Moräne. Die vier von *Global Eyeball* verstummen, offensichtlich sprachlos bei dem Gedanken, dass materieller Besitz so rasch vergehen kann. »Außer meinem Auto.« Sie betrachten den völlig lädierten Via Ness und den weiter hinten immer noch emsig vor sich hin schnaubenden Bagger.

»Echt tragisch«, sagt Leo nachdenklich. »Nur gut, dass Sie nicht im Haus waren.«

»Fand ich auch.«

»Im Hotel war die Rede davon, Sie wären durch ein Wunder gerettet worden. Ich glaube, der Mann am Empfang erwähnte den Geist von Prinzessin Diana, aber sein Englisch ließ zu wünschen übrig.«

»Ach, bloß der hierzulande übliche abergläubische Klatsch«, wehre ich ab. »Typische Republikaner: Sie sind ganz versessen auf Königshäuser und tragische Sensationen. Schöne Mütter, die jung sterben, Erscheinungen, katholischer Kitsch mit erotischen Untertönen, dieser ganze Kram. Wir sind schließlich in Italien.« Gewiss, ich fühle mich ein bisschen illoyal, um nicht zu sagen scheinheilig, aber diese Leute sind hier, um mit mir über Millie Cleat zu reden. Alles andere muss sie nicht kümmern.

»Mm. Also fangen wir an – wenn Ihnen das recht ist? Wir hätten bis heute Abend gern alles unter Dach und Fach. Unser Flug geht morgen in aller Frühe. Jonti?«

»Wie wär's da drüben auf diesen Felsen? Die Sonne stimmt, und dahinter hättest du das kaputte Dach auf dem Boden liegen und in der Ferne den ins Bild rein- und rausfahrenden Bagger. Wir können die Einstellung verändern, einen Schwenk machen, während ihr redet.«

»Ja, das gefällt mir, wenn hinter mir etwas los ist. Ansonsten besteht der ganze Film ja nur aus Aufnahmen von Yachten und ein paar Nachrichtenbildern. Da dürfen die Gesprächspartner nicht zu statisch wirken. Okay, Gerry, Sie sind der Autor – erstklassiges Buch übrigens. Das Beste, was ich in der Art je gelesen habe. Wollen Sie anfangen, oder was ist mit Ihnen, Joan? Ich hoffe sehr, Sie können noch ein paar Details über Millie liefern, die nicht in Gerrys Buch stehen. Vor allem gegen Ende, wo es scheint, als wäre sie mit diesen tiefblauen Umweltfanatikern etwas ins Schlingern geraten. Eins möchte ich allerdings klarstellen: Dies soll keine Demontage werden. Millie ist eine Heldin, und das wird sie auch bleiben. Aber ich habe genug gelesen, um zu begreifen, dass sie eine komplexe und faszinierende Persönlichkeit war. Wir wollen der Frage nachgehen, warum sie die Phantasie der Öffentlichkeit in einem so hohen Maße beschäftigt hat. Ich möchte, dass auf dem üblichen Bild auch ein paar Warzen sichtbar werden. Sie war schließlich keine Heilige.«

Leicht verwirrt muss ich mich daran erinnern, dass Leo von

Millie spricht und nicht von Prinzessin Di. Während wir uns an den von Jonti ausgewählten Ort begeben, wird unsere Aufmerksamkeit durch Schreie in der Ferne abgelenkt. Offenbar ist noch etwas ans Licht gekommen. Joan und ich entschuldigen uns und eilen hinüber. Auf einer Seite türmt sich inzwischen ein recht deprimierender Haufen alter Lumpen auf, in denen ich ehemalige Kleidungsstücke erkenne, schmerzlich gealtert. Aber nicht sie sind es, die im Zentrum der Aufmerksamkeit stehen. Was einer der Forestale-Beamten den Jungs von *Il Tirreno* hinhält, damit diese es eifrig fotografieren können, ist etwas anderes. Ich brauche einen Moment, bis ich darin etwas wiedererkenne, von dem ich glatt vergessen hatte, dass es in meinem Besitz war. Sie wissen ja, wie das geht: Man gewöhnt sich dermaßen an gewisse Dinge im Haus, dass man sie gar nicht mehr sieht. Frauen, Kinder, Haustiere natürlich und Bilder. Vor allem Bilder. Nach einigen Jahren an der Wand werden sie nur dann wieder sichtbar, wenn man sie neu rahmt und anderswo hinhängt. Dieser Gegenstand, der da gerade hochgehalten wird, ist ein Stück Tinnef, das Derek mir vor Jahren, als es zu kurzer Berühmtheit gelangte, aus Jux geschenkt hat: die dreißig Zentimeter hohe Porzellanfigur von Diana im kunstperlenbesetzten »Elviskleid« mit hohem Kragen. Sie wurde von Franklin Mint vertrieben, dem amerikanischen Unternehmen, das der Diana Memorial Fund später erfolglos verklagte, womit er sich unsterblich blamierte und nebenbei noch dreizehneinhalb Millionen Pfund in den Sand setzte. Und sobald ich das Ding erblicke, wird mir klar, dass dies einer dieser peinlichkeitsträchtigen Augenblicke ist, wo man leichtfüßig reagieren muss, selbst wenn man Blasen an den Füßen hat. Die zwei von *Il Tirreno* kommen angelaufen, das begierige Journalistenleuchten in den Augen.

»Entschuldigen Sie, Signor Samper«, spricht mich der Ältere auf Italienisch an, »aber können Sie bestätigen, dass diese exquisite Statue von la principessa Diana sich in Ihrem Haus befand, als es abstürzte?«

Ich nehme das Ding behutsam entgegen, als ob es eine frisch ausgegrabene Tretmine wäre. »Äh, hm, ja, muss wohl so sein. Sie stand nur zur Dekoration da, wissen Sie.«

»Ah, wie eine Hausgöttin? Wie i Lari e i Penati?«

Da meine Schulzeit schon lange zurückliegt, habe ich kaum noch eine Erinnerung an die Götter der Römer, die Laren und Penaten und die Göttin des Herdfeuers Vesta, die ihre eleganten Villen mit Innenhöfen und Schwimmbecken und diesen Schlafzimmern voll unanständiger Friese beschützten. Aber ich muss diesen Hasen niederknüppeln, den er da aufgescheucht hat, bevor der noch einen Schritt laufen kann. »Nein, ganz und gar nicht. Das Ding gehört nur zu diesem ganzen Nippes, der sich mit der Zeit in jedem Haus anhäuft. Nichts weiter als ein ninnolo: Es hat keinerlei Bedeutung, höchstens dass es mittlerweile ein Sammlerstück sein könnte.«

»Aber Sie können nicht leugnen, dass es ein ausgesprochenes Wunder ist, wie unversehrt sie erhalten geblieben ist«, lässt der Zeitungsheini nicht locker. »Sehen Sie nur. È porcellana, è fragilissima, und doch ist kein Stückchen abgesplittert. Sie ist völlig unbeschädigt, und das nachdem sie in einer Fels- und Schuttlawine wenigstens hundert Meter gestürzt ist, fast ein halbes Jahr verschüttet war und dann von einem Bagger ans Tageslicht gebracht wurde. Erzählen Sie mir nicht, dass das kein Wunder ist.«

»Es ist bemerkenswert, gewiss«, räume ich ein. »Von mir aus auch verwunderlich.« Vorsicht jetzt, Samper, Vorsicht. Dein neues Haus hängt davon ab. »Aber ich würde mich nicht trauen, es ein Wunder zu nennen. Wir sind keine Priester, und es kommt uns wohl kaum zu, derartige Urteile abzugeben. Und sie ist gar nicht völlig unbeschädigt. Sie hatte in der rechten Hand so eine kitschige seidene Rose – hier ging der Stengel durch, sehen Sie. Freut mich, dass die fort ist.«

»Eh bé, signore, ein Detail. Wobei … eine fehlende Rose, sagen Sie? Manch einer würde das für bedeutsam halten. Meine Intuition sagt mir, dass Prinzessin Diana irgendwie mit

Ihrem Leben verknüpft ist, und ob Wunder oder nicht, beide sind unversehrt geblieben, Sie selbst, signore, und die Statue der Prinzessin desgleichen. Ich kann Ihnen versichern, dass nur wenige meiner Leser da noch irgendwelche Zweifel haben werden.«

»Das kann ich mir blühend vorstellen. Schließlich glauben auch viele von ihnen Woche für Woche, dass sie im Lotto gewinnen werden.« Auf einmal bemerke ich, dass der brummige Jonti seine Kamera auf der Schulter hat und dabei ist, diese kleine Szene zu filmen. »He, lassen Sie das!«, rufe ich. »Also bitte sehr, Herrschaften, Sie sind doch nicht hier, um dieses Zeug zu filmen, Sie wollen ein Interview über Millie Cleat machen.« Beistand heischend wende ich mich an Leo. »Können wir nicht damit anfangen?«

»Ach, Jonti hat nur die Licht- und Tonwerte geprüft. Allgemeine Aufnahmen vom Drehort. Außerdem ist es interessant, Gerry. Diese Statue stammt wirklich aus Ihrem Haus?«

»Ja, ja, ja. Sie ist nur eins von diesen albernen Geschenken, die man sich zum Spaß unter Freunden macht. Ich wette, Sie haben jede Menge ähnliche Sachen zu Hause. Schauen Sie.« Ich drehe mich um und schwenke den Arm über die mit Felsen besäte Szenerie. »Irgendwo darunter liegt ein furzender Teddybär, den ich auch geschenkt bekommen habe. Wenn der erhalten geblieben wäre, würden diese Säftel das dann als ein Wunder bezeichnen? Natürlich nicht.«

»Trotzdem«, sagt Leo nachdenklich, »es fügt sich ganz gut in das ein, was die Leute im Hotel heute Morgen erzählt haben. Vielleicht stehen Sie ja wirklich unter Lady Dis Schutz, auch wenn Sie nichts davon wissen.«

Sie lacht, aber nicht, als ob die ganze Angelegenheit so lachhaft wäre, wie ich sie finde. Drückende Hoffnungslosigkeit hüllt mich ein wie ein bleierner Mantel. Urplötzlich bricht der Bagger ab und verstummt mit einem Pfeifen. Menschen bewegen sich auf ihre Fahrzeuge zu. Schon Mittag. Leo erklärt sich bereit, ihre Crew in die nächste Bar zu schicken, ein paar belegte Brote und etwas zu trinken holen, während sie mit Joan und mir dableibt, um die Interviews vorzubereiten. Ich trolle mich und trete missmutig gegen den Haufen meiner einst so eleganten Garderobe. Dazwischen liegt auch, wie ich bemerke, meine berühmte Homo-Erectus-Jeans, die noch vor zwei oder drei Jahren das denimcouturelle Äquivalent einer Vacheron-Constantin-Uhr war und jetzt aussieht, als hätte man mit ihr einen Gulli verstopft. Seltsamerweise macht es mir nichts aus. Da ich den Baggerführer tageweise beschäftige, kann seine Maschine am Nachmittag weitermachen, aber wenn sonst nichts dabei herauskommt, werde ich die Suche abbrechen. Wozu das Ganze? Am meisten tut es mir leid um meine Bücher und CDs, die zu ersetzen in vielen Fällen (sofern ich mich an die Titel erinnern könnte) viel Geld und Mühe erfordern würde. Alles Übrige ist bloß Zeug, das man überall kaufen kann. Natürlich musste ausgerechnet Dereks vermaledeite Di-Puppe zum Vorschein kommen. Sicher, vor zehn Jahren hat es mich gefreut, so ein zeitgemäßes Stück Nippes zu besitzen. In ihrem stillosen Bolerojäckchen stand sie hinter den Badewannenhähnen und sah mit ihrem amerikanischen Pepsodentlächeln auf die im Wasser treibenden Geschlechtsteile der Badenden hinab. Ständig fiel ihr die Rose ins Badewasser, und nachdem diese etliche Male nass geworden war, sah sie blass und murkelig aus. Trotzdem kann auch ich mir das Ganze physikalisch nicht erklären, weder das unerklärliche Überleben der Figur noch ihre völlige Vereinzelung. Ich konnte in der Nähe keine Scherbe eines zerbrochenen Handwaschbeckens entdecken, ja nicht einmal eines der diversen Floris-Fläschchen, die mit ihr zusammen auf der Ablage gestanden hatten. Wirklich sehr merkwürdig.

Die Filmcrew kehrt zurück, wir verzehren unsere Brote, der Tag schleppt sich dahin. Während der Bagger wieder zum Leben erwacht, sitze ich für das Interview mit Leo in einer unbequemen Haltung auf dem Felsen, als ob sich Kopenhagens Meerjungfrau für die Ausschabung bereitmachte. Meine Schuhe werden hoffentlich dazu beitragen, dieses Bild zu zerstreuen. Derweil bringen mich meine schmerzenden Füße auf den Gedanken, ob sich mein Beschluss, die Grabungsarbeiten heute Abend für beendet zu erklären, nicht zum großen Teil daraus erklärt, dass ich diese Dinger nie wieder tragen will. Genauso wenig will ich mich jemals wieder interviewen lassen. Leos Fragen sind zu meiner Enttäuschung der ausgelutschte alte Kram von einer, die vermeiden will, dass sie Antworten bekommt, die die bereits beschlossene Linie gefährden könnten. Wie war die Zusammenarbeit mit der großen Millie Cleat? (Mühsam.) Wie wichtig war ihr die Familie? (Gar nicht.) Glaube ich, dass sie auf ihren einsamen Fahrten mystische Erlebnisse hatte? (Wenn Sie *wüssten,* wie ich darum gebetet habe, dass sie mal probiert, auf dem Wasser zu wandeln.) Als das Gespräch abflaut, rücke ich schließlich mit der Geschichte heraus, wie Millies Yacht *Beldame* in den Kanaren den EAGIS-Vermessungsschiffen vor den Bug fuhr, und versichere, dass die Wissenschaftler den ganzen Vorfall auf Video haben. Diese Aussicht auf belebende Dramatik ist genau das, was Leo hören möchte. Auf die Art könnte sie Aufnahmen zeigen, die die Zuschauer noch nie gesehen haben – im Unterschied zu den Nachrichtenbildern von Millies Tod im Hafen von Sydney, der durch die permante Wiederholung gar nicht mehr wahrzunehmen ist, genau wie der Einsturz der Twin Towers oder die Frauen, Kinder, Haustiere und Bilder bei uns zu Hause. Leo wird vor Erregung ganz rot. Sie sieht aus wie ein Zwerg, der erzählt bekommt, dass es ein Rekordjahr für Fliegenpilze geben wird.

»Offensichtlich der klassische Fall einer geborenen Sportlerin, der der Wettstreit im Blut liegt. Sie hatte diesen Killerinstinkt, der keine Hemmungen kennt.«

»Es war sicherlich der klassische Fall einer egozentrischen und ignoranten Sportlerin, die eine bedeutende wissenschaftliche Vermessung von allergrößtem Interesse für die Hälfte der am Atlantik liegenden Länder in der nördlichen Hemisphäre zunichte machte.«

»Sie übertreiben, Gerry. Ich bitte Sie, das ist es doch, was die Leute sehen wollen: dass ihre Helden diese tollkühnen, blitzschnellen Entscheidungen fällen, die Rekorde brechen.«

»Das habe ich befürchtet.«

Ich glaube, Leos Interview mit Joan läuft besser. Vermutlich wartet Joan mit reichlich menschelnden Details über die Beziehungen auf, die Millie zu ihren Kameradinnen in der Seglergemeinschaft an der britischen Südküste unterhielt, mit Geschichten von rauschenden Fischgrillfesten unter Frauen im Hafen von Langstone und Hayling Bay. Ich glaube, an einem Punkt höre ich Leo fragen, ob Millie vielleicht auf lesbische Frauen anziehend gewirkt habe. Eine Faustregel für Anwälte gilt allem Anschein nach genauso für Rundfunk- und Fernsehleute: Stelle nie eine Frage, auf die du nicht schon die Antwort weißt. Dies würde jedenfalls den Eindruck der völligen Vorhersehbarkeit erklären, den die Nachrichtenmedien kultivieren und worauf sie, scheint es fast, auch noch stolz sind.

Irgendwann jedoch ist es vorbei, und Leo bemerkt zum Abschluss, sie habe »sensationelle Sachen« von uns beiden bekommen. Sie fangen gerade an einzupacken, als ein weiterer Schrei eine neue Entdeckung verkündet. Und die könnte sogar ganz nützlich sein, denke ich mir, als ich in der schlammigen Baggerschaufel meinen ramponierten beigen Aktenschrank liegen sehe. Aber bei aller Ramponiertheit ist er doch, stellt sich heraus, ordentlich abgeschlossen und nicht aufzukriegen. Ich besitze den Schlüssel nicht mehr und werde ihn daher mit in die Stadt nehmen, um ihn von einem Schlosser knacken zu lassen. Joan fährt mit dem Van vor, und der Bagger hebt den Schrank hoch und neigt die Schaufel, so dass wir ihn hineinschieben können. Er ist bemerkenswert schwer.

Beim Schließen der Wagentür stutzt Joan wie ein Beagle, der eine Witterung aufnimmt, und fragt: »Rieche ich Poppers?«

»O je.« Adrians Geschenk fällt mir ein. »Na ja, wenn es durch das Herumwuchten ausgelaufen ist, verfliegt der Geruch bald.«

»Ich stelle mir nur vor, wie wir beide mit hämmerndem Kopf und abstürzendem Blutdruck und nach Käsefüßen stinkend in die Stadt zurückfahren.«

»Es ist Butyl, kein Amyl. Das riecht nicht so käsig.« Ich rufe zum Baggerführer hinauf, dass er Feierabend machen kann. Unterdessen hat die Filmcrew ihr Auto beladen und steht bereit zum Händeschütteln und, wie ich hoffe, einer Einladung zum Essen heute Abend auf Kosten von *Global Eyeball.* Da stößt Jonti, der gewohnheitsmäßig den Horizont zu sondieren scheint, plötzlich einen Schrei aus. »O Gott! Seht doch!«

Ein dunkles Bündel fällt, dotzt, rutscht, kullert den Hang hinunter. Von oben wehen dünne Geschreifetzen herüber, und am Rande des Abgrunds sind gestikulierende Gestalten zu sehen. Matt mit den Armen fuchtelnd kommt das Bündel in einer Staubwolke zum Stillstand und bleibt der Länge nach liegen. Ein Gefühl der Lähmung erfasst mich, und eine leichte Übelkeit will sich regen, wird aber von der vortrefflichen Joan vertrieben, die sofort lossprintet.

»Will jemand wetten?«, ruft sie vergnügt. »Erste Hilfe oder letzte Ölung?«

ADRIAN 6

E-Mail von Dr. Adrian Jestico (ajestico@bois.ac.uk)
an Dr. Penny Barbisant (penbar@labs.whoi.ed)

Erstaunlich, dass die *Hattie MacAllister* auch ein Liberty-Schiff war. Es ist also genau der gleiche Fall wie bei der *Richard Montgomery,* die vor der Themsemündung auf Grund liegt. Unser Ancient Mariner in der Archäologischen Abteilung hat mir erzählt, dass die Amerikaner sie im 2. Weltkrieg im Eiltempo für uns produzierten, als Ersatz für unsere von deutschen U-Booten im Nordatlantik versenkten Handelsschiffe, & das war unser Glück. Aber die Schiffe waren keine Konstruktionswunder & wurden auch nicht gerade wie Schweizer Uhren gebaut. Halte mich auf dem Laufenden, Penny. Es würde mich interessieren, ob die HM in einem Sturm unterging oder wegen baulicher Mängel oder ob sie torpediert wurde.

In Gerryland schlägt unterdessen die Dramatik hohe Wellen. Was er auch tut, er scheint immer eine Ader des nackten Wahnsinns zu treffen – hat Jung das mit Synchronizität gemeint? Dass alles so abläuft, als ob irgendeine Instanz hinter den Kulissen die Strippen zieht? Gerry & eine marinegediente Freundin von ihm namens Joan wühlten sich einen Tag lang mit einem Bagger durch die Trümmer seines Hauses (fanden allerdings nicht viel), & außerdem wurden sie von Leo Wolstenholme von *Global Eyeball* interviewt, die eigens dafür eingeflogen war. Du weißt schon, diese Giftzwergin, die nach ihrer Titten-OP gegen diesen armen Journalisten prozessierte, weil der ihren in den Medien allgegenwärtigen Ausschnitt in seiner Kolumne als »Silicone Valley« bezeichnet hatte. Als sie gerade alle am Einpacken & Abfahren sind, fällt genau an der Stelle, wo früher Gerrys Haus stand, ein Mädchen den Abhang hinunter. Es geht dort nicht wirklich senkrecht nach unten, aber es ist ein sehr steiler Hang mit Geröll & Felsen & vom Erdrutsch entwurzelten Bäumen, & das arme Kind (sie ist erst 10) stürzte in einer kleinen Lawine ungefähr 100 Meter in die Tiefe. Aber, ob du's glaubst oder nicht, ihr ist nichts passiert! Überall Prellungen & Schürfwunden, aber nichts gebrochen. Alle Augenzeugen sagen, es sei ein Wunder, & meinen das auch im Ernst. Aber es kommt noch besser. Nach anfänglichen Tränen starrt sie plötzlich ganz merkwürdig in die Gegend, & alle denken natürlich, klar, sie wird eine Gehirnerschütterung haben, ist ja kein Wunder, & ein Krankenwagen ist auch schon alarmiert, als sich auf einmal herausstellt, dass sie nicht nur Englisch spricht, sondern dass sie von Geburt an blind war & jetzt sehen kann!!!

Das haut natürlich rein. Der Baggerführer & ein paar Beamte aus der Stadt fallen praktisch auf die Knie. Hast du jemals diese primitiven Votivbilder in italienischen Kirchen gesehen? Sie sind oft ganz anrührend & stellen dramatische Ereignisse dar, die Leute überlebt haben. Sie werden als Zeichen der Dankbarkeit für die Hilfe der Jungfrau Maria gemalt, die meistens in einer Ecke auf einer kleinen Wolke erscheint. Dass dieses Mädchen abgestürzt ist, überlebt hat & von lebenslanger Blindheit geheilt wurde, ist Votivmaterial par excellence. Dann kommen sie langsam darauf, dass die Madonna diesmal eine Hilfe gehabt haben könnte. Wo ist die Kleine heruntergefallen? Ja, genau an dem Dianaheiligtum, wo ihre Eltern gerade ein Gebet hinterlegt haben, ihr möge das Augenlicht geschenkt werden. Menschenskind, Penny, ich bin heilfroh, dass ich zur Zeit nicht dort bin & eine ruhige, skeptische Haltung zu bewahren suche, wie sie sich angeblich für einen Wissenschaftler gehört. Am selben Tag gab es vorher schon ein ganz kleines »Wunder«, als der Bagger eine unversehrte, aber grauenhaft kitschige Figur von – na, rate mal – Prinzessin Diana fand, die Gerry aus Blödsinn in sein Bad verbannt hatte. Du verstehst, was ich mit Synchronizität meine. Eine Sache nach der andern zeigt plötzlich wie mit Fingern auf Gerry & Diana, als ob sie geistig an der Hüfte zusammengewachsen wären. Der arme Gerry spuckt Gift & Galle, wenn er nicht gerade eifrig darüber nachdenkt, wie er davon profitieren kann. Und ich vergaß zu erwähnen, dass dieses kleine geheilte englische

Mädchen nicht einfach ein namenloser Spielball des Schicksals ist. Sie heißt Darcie, & Gerry kennt ihre Eltern schon eine ganze Weile, ein Ehepaar, das er »Schwabbel & Pummel« nennt. Sie sind vor ungefähr einem Jahr nach Italien gezogen, haben dort ein Haus gekauft & leben jetzt ein gutes Stück tiefer, aber an derselben Straße wie Gerrys altes Haus.

Soso (höre ich dich sagen), & wie kommt es, dass zwei liebende Eltern ihrer blinden Tochter erlauben, am Rand eines Abgrunds zu spielen? Die Antwort ist offenbar, dass sie nicht gerade die Hellsten sind & unter dem am Rand gespannten Absperrband hindurch sind, weil sie schauen wollten, was die vielen Leute & der Bagger dort unten machten. Dem Vernehmen nach hatten sie beide den Gürtel am Mantel ihrer Tochter fest im Griff, & als plötzlich der Boden unter ihr wegsackte, riss das Ding durch den Ruck ab & sie behielten nur noch einen Streifen marineblaue Wolle von ihrem Kind zurück, das begleitet von elterlichen Schreien den Abhang hinunterschoss. So was kommt vor. Rückblickend erkennen sie natürlich mit der Klarheit des Irrsinns, dass es nur zum Besten & so *bestimmt* war, denn so sind eben die geheimnisvollen Wege, die zu Wunderheilungen führen & an denen zu zweifeln ihnen nicht zukommt, wobei die Methode, sollte ich vielleicht dazusagen, von Hausärzten & Optikern allerorts rundweg abgelehnt wird, auch wenn sie gelegentlich funktioniert. Es ist ein wenig so, wie wenn man auf einen gestörten Fernseher haut: Alle Jubeljahre bekommt man ein anständiges Bild.

Na, ist das nicht Aufregung genug? Gerry meint, als er das zappelnde Bündel den Berg hinunterrollen sah, sei seine erste Reaktion ungeheure Erleichterung darüber gewesen, dass er sein restliches Grundstück wenige Tage zuvor erst dem Stadtrat überschrieben hatte & daher nicht mehr gesetzlich haftbar gemacht werden konnte. In dem Moment dachte er natürlich, es würde eine Leiche geben, & er hätte dann eine Anzeige bekommen, weil er keinen ordentlichen Zaun oder sonst etwas aufgestellt hatte. Doch statt ihm Vorwürfe zu machen, behandeln die Leute ihn jetzt wie einen heiligen Narren eigener Art: ungefähr so fromm wie ein Stück Cheddar, zugegeben, aber dennoch einer von diesen Menschen, um die herum zutiefst geheimnisvolle Dinge einfach *passieren.* Und natürlich steht er nach allgemeinem Dafürhalten auch in seelischer Verbindung mit der verblichenen Holden des Harrods-Erben. Er hat mir erzählt, dass Leo W. in Windeseile ihre Kamera wieder auspackte & im Bild festhielt, wie das kleine Mädchen entdeckte, dass sie zum ersten Mal im Leben sehen konnte, möglicherweise der einzige derartige Fall, der je gefilmt wurde. Anscheinend hat Leo jetzt beschlossen, dass dieser Dianakult & Gerrys Verbindung dazu langsam reportagereif sind. Trotz seines Protestgeheuls würde ich vermuten, dass er die Aufmerksamkeit genießt. Auf jeden Fall fühlt er sich nicht bemüßigt, seine anstößigen Bemerkungen zu mäßigen. Er hat Leo vor laufender Kamera erzählt, die kleine Darcie tue ihm leid, denn es müsse doch furchtbar für sie sein, auf einmal sehen zu können & zu entdecken, dass ihre Eltern wie Schwabbel & Pummel aussehen. Wenigstens diese freundliche Beobachtung wurde herausgeschnitten.

Danke für den Kurzbericht über deinen Freund Luke. Vorsichtig ausgedrückt würde ich sagen, er hört sich, nun, normal an. Das ist natürlich nicht sexuell gemeint, ich vergleiche ihn nur mit Gerry, nicht ganz ohne Neid. Ich könnte mir vorstellen, dass ein Ornithologe einen hervorragenden Kompagnon für eine wie dich abgibt, die stundenlang durch ein Mikroskop starrt. Wenn zwei Menschen Geduld als verbindende Eigenschaft haben, ist das gar nicht so schlecht. Ein Altersunterschied ist vorhanden, gewiss, aber das ist doch kein Beinbruch. Was Gerry betrifft, so fragst du in deiner letzten E-Mail zu Recht, ob er wirklich das Genie ist, für das er sich hält. Eine gute Frage, auch wenn sie auf die meisten von uns anwendbar wäre. Es ist leider wahr, dass er genau das, was er wirklich herausragend kann – nämlich Sportlerbiographien ghosten –, auch am meisten verabscheut & geringschätzt. Warum? Weil er überzeugt ist, dass er viel größere Talente besitzt, bisher des lieben

Geldes wegen leider unentwickelt geblieben & daher auch nicht gebührend gewürdigt. Talente wofür?, mögen wir fragen & dabei festhalten, dass gerade seine Qualitäten als Ghostwriter ihm selbst eine gewisse Prominenz eingetragen haben, so dass er jetzt sogar vom Fernsehen interviewt wird, & ihm einen Lebensstandard ermöglichen, von dem wir geknechteten Gehaltsempfänger nur träumen können.

Es besteht kein Zweifel, dass er auch andere Talente hat, darunter die Fähigkeit, das gleichzeitige Erbrechen einer ganzen Tischgesellschaft zu inszenieren. Das ist eine Gabe, die wohl keiner von uns, die dabei waren, jemals vergessen wird, auch wenn Gerry die Sache längst verdrängt hat & uns alle der Schauspielerei & Übertreibung bezichtigt. Er ist auf seine verrückte Art unzweifelhaft musikalisch & auf dem Gebiet wohlbeschlagen, obwohl er selbst kein Instrument spielt, & das scheint hinter seiner kuriosen Beziehung zu Marta zu stehen, die ich schon einmal erwähnt habe. Sie nimmt sich seinerseits fast konkurrenzhaft aus, dabei ist das absurd, weil Marta eine richtige studierte Komponistin ist, die neben vielem anderen die Musik für zwei Filme geschrieben hat. Mein Dirigentenschwager hält sie für wahrhaft herausragend & für eine von 2 oder 3 jüngeren Zeitgenossen, die er intensiv beobachtet & fördert. Jeder Gedanke, Gerry könnte mit ihr konkurrieren, ist daher so aberwitzig wie die Vorstellung, Marta könnte eine gute Ghostwriterin abgeben. Und doch hat er sich bis vor kurzem hinter ihrem Rücken laufend über ihr musikalisches Können lustig gemacht & sich im direkten Umgang ihr gegenüber schlicht gönnerhaft verhalten. Das klingt unverzeihlich – es *ist* unverzeihlich –, aber wie so oft bei Gerry verzeiht man ihm, weil er gewöhnlich sehr witzig dabei ist & weil man den Verdacht hat, dass es einer komplizierten unterdrückten Bewunderung entspringt. In Wirklichkeit ist er Marta viel mehr zugetan, als er sich selbst zu glauben getraut, aber Gott stehe dir bei, wenn du ihm das sagst. Er wird sofort über »diese woinowische Schlunze« oder »die osteuropäische Nervensäge« vom Leder ziehen.

Im Augenblick hält er sich mit alledem zurück, weil sie endlich zugestimmt hat, die Musik für diese Oper zu komponieren, die bei ihm zur Manie geworden ist. Wie ich höre, ist er mit dem Libretto so gut wie fertig, & sie handelt von seinem neuen Alter ego, Prinzessin Di. Im Ernst – eine Oper über *sie,* ausgerechnet! Ich fürchte, für mich ist sie nur ein minderbemitteltes Mitglied des Königshauses von vielen, aber wenn ich Gerry zuhöre, mache ich hoffentlich einen gebührend begeisterten Eindruck. Er bezahlt Marta fürs Komponieren, aber ich weiß nicht wie viel & traue mich nicht recht zu fragen. Ich weiß allerdings, dass sie dank ihrer kriminellen Familie über reichlich eigene Mittel verfügt. Aber entscheidend ist, dass Max für sie schwärmt & die Uraufführung in Crendlesham machen möchte, sofern ihm das Endprodukt zusagt. Wenn es ein Erfolg wird, wird Gerry sich endlich bestätigt fühlen. Er wird bewiesen haben, dass er das Recht hat, in der Crème de la crème des internationalen Kulturbetriebs mitzumischen. Was durchaus zur Folge haben könnte, dass er unerträglich wird.

Ich nehme an, dass es nett von dir ist, dich nach dem Stand der Dinge hier am BOIS zu erkundigen, obwohl ich, wie schon gesagt, nicht zuletzt deshalb gern mit dir über Munitionsschiffe & Gerry korrespondiere, weil ich dann mal an etwas anderes denke als an die Arbeit. Im Augenblick kann ich mein Berufsleben in der klagenden Frage zusammenfassen: »Warum ich?« Du kennst mich, Penny: Ich bin schlicht ein typischer Eierkopf, der es mit Copepoden hat & in der Gesellschaft der winzigen Tierchen am glücklichsten ist. Okay, ich leite eine kleine Abteilung, aber warum bestimmt der Direktor ausgerechnet mich dazu, mit diesen Interessengruppen zu verhandeln, die mit ihren Sonderwünschen zu uns nach Southampton kommen? Ich bin so PR-begabt wie Kim Il Sung. Diese Leute kommen hier jeden Tag an, & alle verlangen lautstark, zum Thema des Severn-Staudamms gehört zu werden, & alle sind überzeugt, dass ihr »Input« das Zünglein an der Waage ist, das endgültig darüber entscheidet, ob das verdammte Ding je gebaut wird, obwohl sie wissen, dass die Entscheidungen von Politikern getroffen werden, die 80 Meilen entfernt in Whitehall sitzen & eine Garnele nicht von einem Walross unterscheiden können.

Mit dieser sonnigen Schlussbemerkung – Zeichen für einen grauen Tag hier in Southampton – verabschiede ich mich für heute.

Ciao,
Adrian

7

Die Szene spielt im Salon von Balmore Castle an einem verregneten Nachmittag kurz vor der Teestunde um das Jahr 1990. Anwesend sind sie Queen, die auf dem Kaminvorleger kniet und einen Corgi mit Sachen zu verlocken sucht, die ein Corgi verlockend findet; der Herzog von Edinburgh, der lustlos eine Jagdzeitschrift durchblättert; Prinz Charles im Schottenrock, der in der Schlossbibliothek gerade Sir Stamford Raffles' *History of Java* gefunden hat und Stellen daraus einer Topfbanane vorliest, damit sie sich mehr geliebt fühlt; und Prinzessin Diana, eine gedrückte Erscheinung, die sich zu den einleitenden Takten des Orchesters auf einem dick gepolsterten Sofa zurücksinken lässt, die wohlgeformten Arme über die Lehne gebreitet. Es ist eine Haltung, die von Verzweiflung wie von Entrückung spricht. Mit einem Kostüm von Versace ist sie die mit Abstand am besten gekleidete Person im Raum, ausgenommen vielleicht den Corgi, dessen Look au naturel nicht zu übertreffen ist. Vor allem der Herzog scheint seine Garderobe auf dem Flohmarkt aus einem Range-Rover-Kofferraum gekauft zu haben. Diana singt:

DIANA: Lebendig bin ich hier begraben,
Wo ich, ach, innerlich erfriere
So fern von Londons hippem Hype.

Überall Köpfe toter Tiere,
Gemordet für den Zeitvertreib
Von plumpen Männern, plump gekleidet.

HERZOG *(spricht):* Herrje, geht das schon wieder los!

DIANA: Der Regen hier ist mir verleidet.
In Giannis Kleidern muss ich zittern,
Manolos Slingpumps lösen sich vor Nässe auf.

QUEEN *(spricht):* In Ballater bekommt man einwandfreie Barbours. Wellingtons sowieso.

CHARLES: Ach, warum bist du bloß so heikel?
Du hast mich doch aus freier Wahl
Genommen, zwanglos und beflissen.

Du hättest nur nein sagen, nur einmal
Deutlich Protest erheben müssen.
Doch Rang und Titel lockten dich.

DIANA: Ach, warum bist du bloß so dröge?
Du hast mich nie geliebt, geachtet,
Das wissen alle, ob ich zwar

Zweimal die Augen schloss, an England dachte
Und meines Landes Hure ward,
Wie sehr auch stolze Mutter.

HERZOG *(spricht):* Ein schönes Gestänkere, was sich deine armen Schwiegereltern da anhören müssen! Miserable Manieren, muss ich sagen. Mein Gott, wie gemütlich: dünner Tee und jammernde Weiber. Ich gehe auf einen Scotch in die Waffenkammer.
[Geht ab]

Ich dachte mir, ich gebe Ihnen einen kurzen Einblick in die erste Szene der Oper, damit Sie einen Vorgeschmack auf mein Libretto und seinen dramatischen, leicht gehobenen Ton bekommen. Dianas Befreiung steht unmittelbar bevor, denn wenn ihre Söhne erst im Internat sind und ihr Gatte damit beschäftigt ist, seine ehebrecherischen Eskapaden mit großem organisatorischen Aufwand in den dichten Terminkalender seiner repräsentativen Pflichten zu quetschen, kann sie sich ganz der Wohltätigkeit und dem Vergnügen widmen. Sie ist nicht mehr die »Shy Di« wie bei ihrer Verlobung vor zehn Jahren: die brave, folgsame Kindergärtnerin, die es naiv zuließ, dass Pressefotografen sie wie eine Biegepuppe gegen das Licht in Pose stellten, damit ihre 24-Karat-Beine sich durch den hauchdünnen weißen Stoff ihres Kleides abzeichneten. Dank ihrer phantastischen Garderobe (um die sich zwei Vollzeitkräfte kümmern) und dem Selbstvertrauen, das der Kultstatus verleiht, steht sie heute auf eigenen Füßen, wenn sie zum Tanzen in die Disco geht und freundschaftlichen Verkehr mit Aussätzigen und andern Verfemten pflegt wie etwa entlegenen Truppenteilen der britischen Armee. Ich fürchte, ich darf die zwei Arien nicht preisgeben, die sie und Charles singen, wenn ihrer beider außereheliche Affären durch telefonische Abhörmaßnahmen ans Licht kommen. Ich setze große Hoffnungen auf diese »Squidgy«-Suaden und Tamponphantasien, und es wäre unverzeihlich, vorzeitig alles auszuplaudern und damit die Wirkung zunichte zu machen. Nur so viel sei verraten, dass sie sich eines Instruments bedienen, das meines Wissens in der Oper ganz neu ist, wenn auch nicht in der Gynäkologie. Mehr sage ich nicht. Marta hat mir versprochen, dass sie sich nach Kräften bemühen wird, dem brillanten Text eine genauso brillante Musik an die Seite zu stellen.

Andererseits, ach Gott – es sind so viele gute Sachen darin. So wird zum Beispiel zu Beginn meines letzten Akts, im Anschluss an Dianas Tod und unmittelbar vor den Szenen ihrer dramatischen Apotheose im Vatikan *und höheren Orts,* die Bühne bis auf einen einzigen Lichtfleck vollkommen dunkel sein. Eine Stimme mit Klavierbegleitung wird eine alte Ballade singen, die der Toten lieb war und die der folkloristische Prototyp von »The House of the Rising Sun« ist. Sie heißt »Dilated Wench Inn«, zu übersetzen vielleicht mit »Zur ausgeleierten Wirtin«. Dies ist ein sehr anrührender Moment, und ich mache mir etwas Sorgen über gewisse Klugscheißer, die es womöglich witzig finden, aus dem Titel dieses Liedes alberne Anagramme zu bilden wie etwa »Ausgeleerter-Urin-Witz«, »Genialere Urzeitwurst« oder »Warziger Untreuestiel«. Um die Versuchung gar nicht erst aufkommen zu lassen, habe ich den Titel abgeändert in »El condom pasa«:

O Englands Blume, leb wohl,
Der Heimaterde entsprossen.
Da du blühtest in prächtigen Kleidern,
Ist der Klatsch ins Kraut geschossen.
Im Fernsehen warbst du ums Verständnis,
Hast in Interviews ausgepackt,
Jetzt ruhst du in Althorp Park,
Und alles ist abgehakt.

Und es scheint mir, dein Leben war
Wie ein Kondom im Sturm,
Steif gebläht vom Wind der Öffentlichkeit,
In der Flaute ein schlaffer Wurm.
Doch bevor noch das Schicksal kassierte
Viel zu früh deines Lebens Zoll,
War sein Stausee der Liebe von den Tränen
Deines ganzen Volkes voll.

Höre ich »schlechter Geschmack«? Schnalzlaute kleinbürgerlicher Missbilligung? Auf die Gefahr hin, dass der Vergleich unbescheiden wirkt, möchte ich daran erinnern, dass Beethoven von Mozart schockiert war, weil dieser das Libretto von *Così fan tutte* vertonte. Der taube Tugendbold aus Bonn sah darin eine abscheuliche Geschmacksverirrung. So reiche ich nun dem kleinen, furzenden, perücketragenden Mozart über die Jahrhunderte hinweg die Freundeshand mit der Versicherung, dass es Schlimmeres gibt, als des schlechten Geschmacks bezichtigt zu werden. Zum Beispiel für guten Geschmack gelobt zu werden. Ach, und als vorläufige Schlussbemerkung möchte ich noch erwähnen, dass ich für den Herzog von Edinburgh, der in mehreren Szenen auftritt, eine sparsame Sprechrolle geschrieben habe. Er spielt die jähzornige, markige Einmannversion eines griechischen Chors und sitzt oft stumm auf der Bühne in einer Ecke und putzt eine Schrotflinte Kaliber 12. Ich gestehe, dass ich diese Rolle schamlos auf mich selbst zugeschnitten habe. Wie viele wissen, ist meine Singstimme recht außergewöhnlich, nur leider nicht professionell geschult, und ich glaube nicht, dass Rouladen à la Donizetti gut zu Martas Musik passen würden, die sich in meinen Ohren wie die idyllische Vermählung von Prokofjew und Jonathan Dove anhört. Also habe ich mir in meiner Oper eine weitgehend stumme, aber stets ausdrucksvolle Rolle auf den Leib geschrieben. Manchmal kommt es mir so vor, als wäre mein ganzes Leben nur eine Ouvertüre dazu gewesen, endlich auf der Bühne zu stehen.

Dabei stehe ich dieser Tage bereits ein wenig verfrüht auf der Bühne, auch wenn mir das nichts als Verdruss bereitet. Die Affäre Darcie Barrington hat eine Weltklassehysterie ausgelöst. Angeführt von den Italienern sind in den letzten Wochen die Medien von ganz Europa über Le Roccie hereingebrochen. Leo Wolstenholmes Bilder von dem Mädchen, das auf einmal merkt, dass es sehen kann, sind bis zum Erbrechen gesendet worden, so dass es einem jetzt geht wie bei den immer wieder neu dastehenden und einstürzenden und dastehenden und einstürzenden Twin Towers: Der Vorher-nachher-Effekt ist einem Dauerzustand der Unentschiedenheit gewichen. Wie pornographische Standbilder sind sie zum leeren Signifikanten ihrer selbst geworden, obwohl sie gewiss die Taschen von Leo und Co. signifikant mit Geld füllen. Mittlerweile hat sich die Lage ein wenig beruhigt, aber zur schlimmsten Zeit, als die

Stadt praktisch belagert war von Reportern mit einigen der widerwärtigsten Deos, die man je gerochen hat, traute ich mich kaum mehr aus der Wohnung des Belgiers hinaus, um nur ja nicht von völlig unbekannten Leuten abgefangen zu werden, die von mir begehrten, von Leiden geheilt zu werden, deren Symptome so ekelhaft waren, dass ich mich staunend fragte, wieso sie noch am Leben waren. Zum allerersten Mal beschlich mich ein gewisses Maß an Sympathie mit dem gekreuzigten Jesus Christus, der mit ähnlichen Problemen gekämpft haben muss – und dabei wirkte er in einer Zeit, wo es noch keinen judäischen National Health Service gab. Ich war für alle leicht zu erkennen, weil die Fotos in *Il Tirreno,* die mich dabei zeigen, wie ich diese Dianafigur betrachte, allerorten über absurden und verlogenen Artikeln abgedruckt wurden, die behaupteten, die tote Prinzessin »channele« durch mich, was für sie genauso zum Scheitern verurteilt sein dürfte wie durch Paris zu tunneln. Dennoch fallen die Nonnen in meinem Haus knirschend auf die Knie, wenn ich ihnen auf der Treppe begegne, und allein Verlegenheit wie auch Noblesse veranlassen mich, vage segenspendend die Hand zu heben.

Oben in Le Roccie brach ein solches Pandämonium aus, dass ich, mit einer Sonnenbrille getarnt, Marta und Joan abholen fuhr und für eine Nacht in dem freien Zimmer des Belgiers einquartierte, bevor ich ihnen das letzte freie Hotelzimmer der Stadt besorgte. Dort blieben sie eine Woche, bis das Schlimmste vorbei war. Trotz der ganzen Hektik und Heimlichtuerei wirkt Marta eigentümlich gelassen. Ich weiß nicht, was in sie gefahren ist: So sonnig kenne ich sie sonst gar nicht. Fatalismus? Liebe? Die Tage vergehen, und Joan wohnt nach wie vor überaus nah mit ihr zusammen. Wenigstens sehen sie ein, dass ihr Liebesnest jetzt unwiderruflich von dem riesigen stinkenden Geier des Kultunwesens besetzt ist und ihnen nichts anderes übrigbleibt, als endgültig auszuziehen. Dies freut mich im Stillen, wie Sie sich vorstellen können: Martas Herrschaft als Königin von Le Roccie war vergnüglich kurz.

Wildfremde mit abartigen Krankheiten klopfen an ihre Tür und wollen die Toilette benutzen oder geheilt werden. Beantwortet werden ihre Wünsche von Joans muskulösem tätowierten Unterarm, der ihnen den Weg versperrt, und einigen wüsten englischen Marineschimpfwörtern.

Doch trotz dieser ganzen Störungen bleibt Martas Laune unbeirrt heiter. Sie hat während der Zeit hier unten im Exil mein fast vollendetes Libretto gelesen und lässt mich jetzt wissen, es sei »brillant«. Um ganz genau zu sein, sagte sie: »Gerriie, noch nie habe ich gelacht so viel. Es ist brillant satirski, ja?« Das ist natürlich nicht weniger erfreulich, da sie mir vor langem einmal erzählt hat, dass man in ihrem Land wegen der sowjetischen Besatzung nach dem Krieg die Satire als Kunstform außerordentlich ernst nimmt. Für die Woinowier schwimmt sie immer als oblatendünne Schicht über großen tragischen Abgründen wie ein schillernder Sonnenölfilm auf einem unermesslich tiefen Ozean. Ich bin absolut sicher, dass sie die fundamentale Ernsthaftigkeit meiner Oper erkennt. Schließlich ist sie selbst eine ernsthafte Künstlerin und würde schwerlich ihr Talent darauf verschwenden, etwas anderes als die besten Texte zu vertonen. Und falls ich weitere Bestätigung bräuchte, dann hätte ich noch den großen Max Christ, der gesagt hat, dass er die Oper nächstes Jahr auf seinem prestigeträchtigen Haysel Festival uraufführen will, falls Marta rechtzeitig fertig wird. Und wenn sie dort gut ankommt, werden sich Covent Garden, Glyndebourne und die Met garantiert darum raufen. Bei Garsington ziehe ich dann die Grenze.

Ich sollte vielleicht den Ursprung dieses Festivals erklären. Irgendwann früher einmal erwähnte ich kurz die Anfänge von Max und Jennifer in Crendlesham Hall, als sie noch mitten im Renovierungsstress waren. Einer der Gründe, warum sie sich für das Haus entschieden, war die riesengroße, uralte Scheune etwa hundert Meter entfernt, die »the Haysel« genannt wird, einer dieser bescheuerten Dialektausdrücke in Suffolk aus einer Zeit, als die Bauern *haymaking,* »Heumachen« (was es angeblich bedeutet), noch nicht aussprechen konnten. Wenn das Heu gemacht war, hielten die sonnenverbrannten Bauernburschen offenbar im heufreien Restraum dieser Scheune wilde Zechgelage ab, die der lokalen Geburtenrate konstanten Auftrieb gaben. Im Jahre 1521, also für suffolkische Maßstäbe praktisch gestern, geriet das Treiben dermaßen außer Rand und Band, dass sogar der Pfarrer von Crendlesham in den stachelnden Tiefen der Mahd irrtümlich besamt wurde. Noch viele Jahre danach bemühte man sich darum, das Fest der Heuernte mit etwas mehr Mäßigung zu begehen, obwohl allgemein auffiel, dass der Pfarrer selbst nie ein Haysel versäumte, vermutlich um jede unmoralische Regung, deren er ansichtig wurde, im Keim zu ersticken. Doch irgendwann starb er, und die jährlichen Feierlichkeiten in der großen Scheune kehrten zu ihren ausschweifenden Ursprüngen zurück und führten die Tradition laut den Kirchenannalen ziemlich unverändert fort, bis die Prüderie des zwanzigsten Jahrhunderts, die Maschinisierung der Landwirtschaft und der abnehmende Heubedarf diesem ehrwürdigen Brauch den Garaus machten. Fortan war die Scheune wenig mehr als ein Hort für Ratten und ausrangierte Traktoren und trat in ein Stadium fortgeschrittenen Verfalls ein. Max' Bestreben war es von Anfang an, das große, ehrwürdige Gebäude mit seinen zum Teil jahrhundertealten Eichenbalken aus ausgeschlachteten Klippern zu restaurieren. Er wollte daraus einen Konzertsaal machen, wo er ein Sommerfestival als Vorzeigemöglichkeit für sein mittlerweile berühmtes Colchester Symphony Orchestra veranstalten und junge Komponisten und Instrumentalisten vorstellen konnte. So entstand das Haysel Festival, das nach gerade zwei Spielzeiten in dem wunderschön hergerichteten Saal schon ein fester Termin im Kalender eines jeden geworden ist, der musikalisch etwas auf sich hält. Max' Versprechen, *Unsinnige Scharade* (Memo: einen richtigen Titel finden!) in der Haysel uraufzuführen, wird der Oper das bestmögliche Sprungbrett für einen internationalen Erfolg verschaffen.

Heute Abend sitze ich wieder hinter dem Lenkrad eines Toyota Via Ness: einer »neugebrauchten« Kopie meines Originals, die ein Mitarbeiter meiner Versicherung für mich besorgt hat, wahrscheinlich mit einem Kuhhandel, über den ich gar nichts wissen will. Was ich allerdings weiß, ist, dass ich dabei besser wegkomme, als wenn sie mir einfach den Zeitwert meines Schrottfahrzeugs erstattet hätten. Somit werde ich wohl den heiligen Bernardin bitten können, die Dottoressa Strangolagalli mit etwas milderen Plagen zu schlagen. Vielleicht waren böse Geschwüre, Kropf und Bandscheibenvorfall doch ein wenig zu viel des Guten. Unheilbares Afterjucken müsste es tun; und ich genieße die Vorstellung, wie sie Sitzungen, Geschäftsessen und sonntägliche Messen durchleidet und sich auf ihrem Stuhl windet, ohne dass die blutroten Krallen ihr kratzend Erleichterung verschaffen können. Die Leute werden denken, dass sie ein Poem oder so was hat.

Wenn ich Sie dreimal raten ließe, wohin ich an diesem Abend unterwegs bin, würden Sie, glaube ich, nicht darauf kommen, so wie ich selbst bis vor kurzem den Gedanken noch weit von mir gewiesen hätte. Ich bin tatsächlich im Hause des Wiesels Benedetti zum Essen eingeladen, und hinzu kommt, dass sein zweiter Gast il sindaco persönlich sein wird, der Bürgermeister, woran Sie erkennen können, in was für Kreisen Gerald Samper dieser Tage verkehren muss. Wohlgemerkt, nicht aus freien Stücken. Hier geht es um Politik, und zweifellos wären Benedetti und der Bürgermeister unter sich übereinstimmend der Meinung, dass sie kaum Veranlassung hätten, sich außerhalb der Geschäftszeit mit Ausländern zu verbrüdern, wenn die Politik nicht wäre.

Über die Jahre habe ich mich in müßigen Momenten manchmal gefragt, wie wohl das Haus beschaffen sein mag, in dem ein Makler wie Benedetti wohnt, so wie man sich fragt, wie die Frau eines Pornoschreibers aussehen mag. Wahrscheinlich in beiden Fällen stinknormal, habe ich mir gedacht. Was nun Benedettis Haus betrifft, so ist es zwar recht ansprechend, aber durchaus nicht extravagant. Mit einem weitläufigen Garten und einem herrlichen Blick auf die Berge am Stadtrand gelegen, ist es ein quadratisches Haus im Stil der Region, die grauen Natursteinwände von zwei oder drei Backsteinlagen durchzogen, darüber ein Ziegeldach. Es ist ein hübscher, solider Familienwohnsitz, wahrscheinlich hundert Jahre alt, an dem nur eines stört (in meinen Augen, aber nicht für den hiesigen Geschmack), nämlich dass es umgeben ist von Natursteinmauern mit einem Gitterzaun obendrauf und einem mächtigen, elektrisch betriebenen schmiedeeisernen Eingangstor. Beides ist in diesen Breiten de rigueur. Der alte Spruch, wonach das home eines Engländers sein castle ist, erweist sich angesichts der beeindruckenden Eisenmassen und elektronischen Sicherheitsvorkehrungen, mit denen die Italiener ganz gewöhnliche Häuser versehen, als ziemlich großmäulig, weil rein metaphorisch.

Es überrascht nicht, dass Benedetti in seiner Freizeit genauso geschniegelt daherkommt, wie wenn er im Büro sitzt oder sich als englischer Privatschullehrer von Anno Tobak verkleidet. Heute Abend trägt er eine beige Moleskinhose von Carisma, die ihn um wenigstens 300 Euro ärmer gemacht haben muss. Seine geborgte asiatische Haarpracht sieht aus, als hätte er sie mit heißem Asphalt gegelt, so satt schwarz, wie sie glänzt.

»Maestro!«, begrüßt er mich mit leidlich gemimter Herzlichkeit. »Es ehrt mich, dass Sie ein wenig von Ihrer kostbaren Zeit für einen Besuch dieses bescheidenen Hauses erübrigen konnten.«

»Wer könnte der Gelegenheit widerstehen, eine Freundschaft zu vertiefen, die bis heute bedauerlicherweise auf die Geschäftszeit begrenzt war?«, gebe ich zurück und befreie meine Hand, die jetzt angenehm aromatisch duftet: Lorenzo Villoresis »Piper Nigrum«, wenn ich mich nicht irre, was mich lehrt, dass das Wiesel einen besseren Geschmack bei Eau de toilette hat, als ich ihm zugetraut hätte. Ich folge ihm in den salotto, wo ein großer schwarzer Retriever auf dem Boden liegt, der vom Aussehen her passend zum Range Rover angeschafft worden sein könnte. Auch eine Dame mittleren Alters mit einem freundlichen, klugen Gesicht steht dort, Bettina, wie mir mein Gastgeber seine Frau in einem gottergebenen Tonfall vorstellt, der einen auf den Gedanken bringt, er könnte sie sich passend zum Haus angeschafft haben. Diese Frau möchte ich schon seit einigen Jahren gern kennenlernen: die unsichtbare Person, die ihren Gatten jeden Morgen in der blitzblanken Schale eines Käfers in die Welt hinausschickt, die Hemden und Taschentücher blendend weiß und makellos gebügelt, die Hosen so fest geplättet, als sollte die Farbe herausgepresst werden, die Schuhe auf Hochglanz geputzt. Dieser gelackte Affe muss eine ebenso gelackte Äffin haben, dachte ich mir. Aber Bettina entspricht keineswegs dem Bild, das ich mir von ihr gemacht habe.

»Ich habe so viel von Ihnen gehört«, sagt sie und reicht mir die Hand. »Bei Ihrer Berühmtheit hatte ich keine Ahnung, was ich erwarten sollte. Ich habe noch nie zuvor jemanden kennengelernt, der die Heiligkeit anzieht wie ein Blitzableiter.«

»Und ich bin noch nie zuvor einer gewesen. Die ganze Sache ist absurd. Das Gute an Blitzableitern ist allerdings, dass der Strom, der sie durchfährt, sie in keiner Weise verändert.«

»Freut mich zu hören«, sagt Bettina. »Ich muss also nicht so tun, als würde ich alles glauben, was in der Zeitung steht?«

Mit Vergnügen bemerke ich, dass die zwanglose Direktheit dieser guten Frau ihrem Gatten nicht besonders behagt. Benedetti runzelt in einer Weise die Stirn, der man die Unabhängigkeit seiner Perücke von der Kopfhaut anmerkt.

»Dennoch, cara, sind hier zweifellos Mysterien am Werk –«, beginnt er vollmundig, doch in diesem Moment sind draußen Ankunftsgeräusche zu hören, und er eilt fast im Laufschritt hinaus.

»Haben Sie schon die Bekanntschaft unseres Bürgermeisters gemacht?«, fragt Bettina mit verschwörerisch gedämpfter Stimme.

»Nein. Ich bin bloß ein ausländischer Schriftsteller, der bis vor kurzem weit außerhalb der Stadt gewohnt und unbemerkt vor sich hin gekritzelt hat. Wie heißt er noch mal? Orazio irgendwas?«

»Giardini. Ehrlich gesagt gehöre ich nicht zu seinen Anhängern und bete fast täglich dafür, dass er wegen des Skandals mit dem Beton in unserem Freibad ins Gefängnis kommt. Erinnern Sie mich bei Gelegenheit, dass ich Ihnen davon erzähle«, fügt diese sympathisch indiskrete Person noch hastig hinzu, indes Männerstimmen nahen. Bettina scheint eine Frau ganz nach meinem Herzen zu sein.

Früher sagte man, dass jemand »gut bei Leibe« ist, aber die heute gängige Bezeichnung »übergewichtig« ist zumindest auf dem richtigen Wege dahin, den Mann zu beschreiben, den Benedetti jetzt hereinführt. Wenn er noch ein klein bisschen besser bei Leibe wäre, würde er sicherlich platzen, und ein Regen von Innereien und Hosenknöpfen ginge auf uns nieder. Man könnte den Bürgermeister Giardini zutreffend als geradezu unanständig fett bezeichnen oder assonierend als unschicklich dicklich. Er hat schwerlidrige Augen, bei denen man an einen korrupten Kardinal aus der Renaissance denken muss. Mir kommen auf der Stelle Zweifel, wie klug es ist, mit einem solchen Mann Geschäfte zu machen, einerlei wie indirekt. Mit einem vertrauten Wiesel wie Benedetti sah das Ganze nach einem Spiel aus, aber an diesen Fleischmassen genau zu erkennen, wer sich an den Geldern dieser Stadt mästet, ist ernüchternd.

In Romanen ist häufig davon die Rede, sehr dicke Männer hätten zierliche Füße und kleine Hände, was vermutlich nur bedeutet, dass diese Anhängsel gegenüber der Leibesfülle, an der sie hängen, klein erscheinen. Bürgermeister Giardinis Füße sind durchaus normal, seine Hände dagegen ausgesprochen groß. In denselben Romanen heißt es auch, solche Männer bewegten sich »mit überraschender Leichtfüßigkeit und Gewandtheit« – abermals wohl im Vergleich zu dem schlappenden Gang, den man erwarten würde. Bürgermeister Giardini schlappt ohne Frage. Ich erinnere mich dunkel, dass sein letzter Wahlslogan war: »Mehr Gewicht für unsere Stadt.« Nachdem er Bettina begrüßt hat, wendet er sich mir zu und umschließt meine Hände mit dem Griff eines Würgers. Er hat die Politikermasche drauf, es so aussehen zu lassen, als wären wir alte Freunde und nicht zwei Fremde, die unter normalen Umständen niemals den Wunsch verspürt hätten, sich kennenzulernen.

»Es war ein Glückstag für uns, als Sie beschlossen, in dieser Comune wohnhaft zu werden«, erklärt er und sorgt gleichzeitig dafür, dass in meinen Fingern kein Blut mehr zirkuliert.

Niemand soll sagen dürfen, dass Signor Samper sich nicht auf Förmlichkeiten versteht. »Es ist mir eine Ehre, Sie kennenzulernen, Herr Bürgermeister«, lüge ich.

»Orazio, Orazio«, korrigiert er mich. »Wir sind doch hier alle Freunde.«

Bettina, die kurz verschwunden war, kommt zurück und verkündet: »A tavola!« Während wir uns ins Esszimmer begeben, übersetze ich automatisch den Namen des Bürgermeisters mit Horace Gardens, und fast ein wenig erschrocken erinnere ich mich an eine ruhige Wohnstraße bei Kingston in Surrey, wo ich vor, mein Gott!, über dreißig Jahren einen Jugendfreund hatte. Dreißig! Das kann doch nicht wahr sein! Heiße Erinnerungen strömen auf mich ein und lassen die Gegenwart versinken, so dass ich einen Moment lang nicht mehr weiß, was ich hier in dieser Filmkulisse mit dem mensagroßen Tisch mache, dessen Speisenlast ausreichen würde, um einen kleinen Supermarkt zu bestücken. Wie bin ich von Horace Gardens zu Orazio Giardini gelangt? Auf welcher unerforschlichen, unvorhersehbaren Bahn? Und sieht sich der junge Terry – na ja, der nicht mehr ganz so junge Terry – genau in diesem Augenblick durch eine ähnliche gesellschaftliche Pflichtübung zu der Überlegung veranlasst, was wohl aus mir geworden ist? Nein, ich glaube kaum. Vielleicht sollte ich ihn ausfindig machen und ihm eine Einladung zur Uraufführung von *Unsinnige Scha* – aber Benedetti weist uns huldvoll unsere Prunkstühle an, eine kluge Wahl, falls die Alternative die Garnitur antiker Rosenholzstühle wäre, die ringsherum an den Wänden steht. Das voluminöse Hinterteil des Bürgermeisters Giardini würde Kleinholz aus ihnen machen. Mein lieber Mann, diese Italiener mögen es wirklich, wenn ihre Esstische massiv sind! Dieser hier ist typisch: eine gigantische polierte Eichenplatte von gut zehn Zentimeter Stärke mit Beinen wie kleinen Baumstämmen. Das Ding muss eine halbe Tonne wiegen und bietet zwanzig Leuten Platz. Es könnte gut und gern in einem mittelalterlichen Bankettsaal stehen, wo laut Hollywood aufmüpfige Ritter ihre Pferde gern über die Tische und das Zinngeschirr trampeln ließen und damit die kopftuchtragenden Damen erschreckten. (In Südkalifornien könnten diese Tischmanieren immer noch üblich sein.) Doch als nun der massige Stuhl unter dem noch massigeren Bürgermeister sein vornehmes Protestächzen mühsam unterdrückt, stelle ich zu meiner Überraschung und Enttäuschung fest, dass wir nur zu dritt speisen werden. Bettina hat den Tisch gedeckt und die Speisen aufgetragen; damit hat sie ihr Teil getan und überlässt jetzt die Männer ihren wichtigen Gesprächen. Ich habe das in Italien schon öfter erlebt. Es kommt mir mehr als nur antiquiert vor und geht auf eine Zeit zurück, als die Araber noch Sizilien hatten und die Moslemdamen wussten, wo sie hingehörten.

Auf jeden Fall hat sie uns königlich bewirtet. Es gibt Teller mit Salumi jeder erdenklichen Art, auch Blutwurst, einen selbstgeräucherten Prosciutto, von dem Benedetti hauchdünne Scheiben absäbelt und über saftige Melonenstücke drapiert, Schalen mit allerlei köstlichen Antipasti, Käse auf Holztellern und am Tischende eine Sammlung von Flaschen, ordentlich aufgereiht wie Kegel, die auf den siegreichen Wurf warten. Außerdem gibt es eine gewaltige Schüssel mit goldenen Panzarotti, die so frisch gebraten sind, dass ich förmlich hören kann, wie der Teigmantel beim Abkühlen leise Kreisch- und Keuchtöne ausstößt. Alles natürlich ganz konventionell. Nirgends ein Mausburger zu sehen.

»Meine Herren, ich bitte um Verzeihung für diese kleine Behelfsmahlzeit«, sagt unser Gastgeber, während er knittrige seidene Prosciuttofetzchen auf unsere Teller häuft. »Aber ich dachte mir, wir könnten einmal eine Abwechslung von den formellen Essen vertragen und uns einen rustikalen Abend mit echter Bauernkost gönnen. Alle Fleischwaren hier stammen von Bettinas Vater«, erklärt er mir, »der seine Erzeugnisse selbst züchtet, schlachtet und räuchert. Sie kennen ihn wahrscheinlich bereits. Metzger Nicolà, unten am Brunnen?«

»Der beste in der Stadt«, sage ich. »Ich kaufe schon seit Jahren bei ihm ein, aber ich hatte keine Ahnung, dass er Bettinas Vater ist. Dieser Prosciutto ist phantastisch.«

»'na favola.« Das undeutliche Kompliment des Bürgermeisters entweicht feucht seinem vollgestopften und sabbernden Mund. »Unübertrefflich.«

Es folgt allerlei aktueller Lokalklatsch, offenkundig das Hors d'œuvre zum Hauptgespräch des Abends, das sicherlich der Grund der Einladung ist. Ich lausche mehr oder weniger neugierig dem Geplauder dieser Kleinstadtgrößen. Der Bürgermeister erwähnt die Scherereien, die ein befreundeter Professor an der Universität Pisa mit einem islamischen Studenten hat. Dies löst einen eigentümlichen, regelrecht leidenschaftlichen Ausbruch von Benedetti aus, der mich an seine Behauptung von neulich erinnert, er habe früher einmal priesterliche Ambitionen gehabt. Er legt plötzlich die Gabel hin und sagt: »Das ist ein Unding, Orazio, und alle spüren es. Wir Italiener, wir *Europäer* wollen nicht zurück in die Vergangenheit. Wir *wollen* keine orientalischen Bräuche mehr, vielen Dank. Es hat uns zweitausend Jahre gekostet, unsere heilige Schrift zu europäisieren: Christus ordentlich spargelweiß einzubleichen und ihn in Renaissancelandschaften zu setzen und es zu seiner Geburt schneien zu lassen. Wir haben die Nase voll von Wüsten und Kamelen und den Grausamkeiten arabischer Stammesfehden. Wir behalten unseren bürgerlichen kleinen Heiland, und sie können ihre Krummsäbel und Steinigungen und ihren nach Blut und Rache lechzenden unversöhnlichen Gott behalten. Aber hier wollen wir sie nicht haben. Ich meine nicht die Menschen. Ich meine ihre uns vollkommen fremde Kultur.«

»Gewiss, gewiss«, sagt der dicke Bürgermeister besänftigend. »Ich habe Geistliche in meiner Familie, die dir von ganzem Herzen zustimmen würden. Aber wie du weißt, haben wir in dieser Stadt Moslems, und wenn die sich weiter wie die Karnickel vermehren, werden sie bald die Comune auffordern, ihnen eine Moschee zu bauen. Und was dann? Dann wird sie natürlich gebaut. Wenn die Testimoni di Gèova ihren ›Königreichssaal‹ haben können oder wie das verdammte Ding heißt dort oben am Kino auf dem alten Bartoli-Anwesen, warum sollten dann die Moslems nicht auch ihre Moschee haben? Wenigstens werden sie sie benutzen, was mehr ist, als man von unseren Kirchen und den Katholiken in dieser Stadt sagen kann. Die liegen noch fröhlich im Bett und vögeln, während die Messe gelesen wird.«

Interessant. Ich hatte keine Ahnung, dass in der Welt toskanischer Stadträte hinter den Kulissen solche Auseinandersetzungen toben. Giardini fixiert mich mit seinen schildkrötenlidrigen Augen und fragt mich: »Und Sie, Signor Samper? Sind Sie religiös?«

»Nein.«

»Das dachte ich mir. Eros war sich nicht so sicher. Er hat aber auch einen feineren Sinn für Mysterien als ich. Vielleicht ist das der gefallene Priester in dir, was, Rosi?«

Eros Benedetti? Unglaublich. Bis zu diesem Augenblick wusste ich nicht einmal, dass er überhaupt einen Vornamen hat. Und dann auch noch Eros! Falls ich gerührt sein sollte, liegt das am Alkohol. Dieses Haus ist todsicher kinderlos, oder ich will Aphrodite heißen. Nirgends Spuren von Spielsachen; kein verrostender Basketballring draußen an einem Baum oder über dem Garagentor; keine undefinierbare Ahnung, dass in fernen Zimmern im Obergeschoss kleine Kinder schlafen oder mürrische Teenager Computerspiele und die Hausaufgaben machen. Eros. Die griechische Version von Amor. Ein altes Wiesel, mit glänzendem schwarzen Toupet als Liebesgott getarnt, der mir ein neues Glas eines wunderbar komplexen Chianti Classico einschenkt (Bellavista 1999 von Castello di Ama, falls es Sie interessiert, was es sollte).

»Harte Worte, Razi«, beschwert sich Benedetti, aber mit einem Funkeln in den Augen. »Da du weißt, dass ich niemals Priester geworden bin, kannst du mich schlecht gefallen nennen. Wenn ich gefallen bin, dann in gänzlich anderer Hinsicht. Und auch das weißt du.«

Ich kann die Miene des Bürgermeisters nicht deuten, denn seine Augen, hinter den hodensackartig gerunzelten schweren Lidern verborgen, sind auf das Essen gerichtet, das er in einen weichen, weiten Mund schaufelt. Aber irgendetwas ist zweifellos zwischen diesen beiden Halunken Razi und Rosi im Schwange, und ich kann mich des Eindrucks nicht erwehren, dass es Benedetti ist, der über mehr Macht verfügt. Er wendet sich mir entschuldigend zu.

»Sie müssen zwei alten Freunden ihre Zankereien nachsehen, maestro. Das ewige Problem aller Kleinstädte: Wir wissen zu viel voneinander.«

»Aber wir wissen nicht genug von Ihnen.« Giardini hebt das fettglänzende Kinn und blickt mich mit kalten Augen an. »Ich sage das natürlich nicht aus persönlicher Neugier, sondern Ihr Hiersein hat einfach gewisse Veränderungen zur Folge, und da ist es nur recht und billig, dass wir verstehen, wie sehr wir unserem Wohltäter verpflichtet sind. Unser Gastgeber sieht hinter diesen Ereignissen in letzter Zeit – diesen sogenannten Wundern – sicherlich mehr als ich vielleicht. Die Hand Gottes möglicherweise. Aber ein bodenständiger Mensch wie ich interessiert sich mehr für die Maschinerie als für den kosmischen Maschinisten. Ganz unter uns also, wie viele von diesen Begebenheiten haben Sie selbst erfunden oder angezettelt?«

»Keine einzige«, erkläre ich entschieden.

»Keine Sorge, was Sie mir sagen, wird keinerlei Auswirkungen auf Ihre Abmachungen mit Eros haben. Geschäft ist Geschäft. Aber, Sie verstehen, falls zu einem späteren Zeitpunkt irgendetwas ans Licht käme, das bewiese, dass Sie den Dianamythos von Anfang bis Ende aus eigennützigen Motiven in die Welt gesetzt haben, wäre unsere arme Stadt das Gespött ganz Italiens, Europas, wahrscheinlich der ganzen Welt. Als ihr Bürgermeister darf ich dem nicht Vorschub leisten.«

Du lieber Gott, wie schwülstig und langatmig diese Funktionäre werden, wenn sie »Tacheles reden« oder »die Karten auf den Tisch legen« wollen oder was es an solchen Klischees mehr gibt. Ich habe nicht eingewilligt, mit zwei Anzugträgern zu Abend zu essen, nur damit sie mich in aller Ruhe ausquetschen können. Ich begegne dem ausdruckslosen Blick meines Gastgebers.

»Wie soll ich es noch deutlicher sagen? Ich war dabei, mit einigen international renommierten Gästen oben in Le Roccie meinen fünf-, meinen *Geburtstag* zu feiern, als etwas geschah, das zu beschreiben uns allen immer noch schwerfällt. Ich schenkte meinen Gästen gerade Wein ein – einen Chianti, glaube ich: ja, einen Cellole Riserva 2000 –, als ich bemerkte, dass hinter dem Gast am andern Ende des Tisches jemand stand. Es war eine Frau in einem sensationellen blaugrauen Abendkleid. Ich weiß noch, wie mir auffiel, dass ihre blonden Haare zu funkeln schienen, als wären sie mit Rauhreif oder Diamantensplittern bestäubt. Ich sollte dazusagen, dass wir zu diesem Zeitpunkt alle nicht mehr stocknüchtern waren, deswegen beunruhigte mich das nicht sonderlich. Ich glaube sogar, ich vergaß im ersten Moment, wo ich war. Es war ungefähr so, wie wenn dir auf einem Fest plötzlich auffällt, dass jemand sich am Rand deiner Gruppe herumdrückt, und du dich verpflichtet fühlst, ihn in den Kreis einzubeziehen. In meiner

Rolle als Gastgeber sagte ich, glaube ich, so etwas wie: ›Kann ich etwas für Sie tun? Ein Glas Wein vielleicht?‹ Aber kaum hatte ich das gesagt, erkannte ich sie. Es war unverkennbar Prinzessin Diana. Ganz ohne Frage. Zudem müssen meine Gäste bemerkt haben, dass ich nicht mit ihnen sprach, denn einer nach dem andern brachen sie ihre Gespräche ab und folgten meinem Blick. Ich sehe die Szene mit größter Deutlichkeit vor mir. Es herrschte vollkommene Stille, und dann ergriff Diana das Wort. Sie sagte sehr nachdrücklich und klar: ›Ihr müsst dieses Haus sofort verlassen. Alle. Geht auf der Stelle! Zögert nicht!‹ Wir hörten sie alle, und dann war sie fort. Es war kein langsames Verblassen oder etwas in der Art. Es war, als hätten wir alle kurz weggeschaut und beim Wiederhinschauen erschrocken festgestellt, dass sie nicht mehr da war. Aber wir wussten, dass sie da gewesen war, und wir hatten sie alle sprechen hören. Noch eindrücklicher war, dass auf einmal ein sehr starker Duft nach ›Mitsouko‹ im Raum hing. Alle haben es gerochen, und niemand anders hat an dem Abend etwas Derartiges benutzt.«

Der Bürgermeister hat mir so gespannt gelauscht, dass er sogar zu kauen aufgehört hat, wofür ein unbewegter Kressestengel, der ihm im Mundwinkel hängt, Zeugnis ablegt.

»Bemerkenswert«, sagt er, die eisigen Augen in meine gebohrt. »Und auf diesen Geisterbefehl hin haben Sie alle unverzüglich den Tisch, das Essen, das Kaminfeuer, das warme Haus verlassen und sind in einer, wenn ich mich recht erinnere, kalten und nebeligen Winternacht hinausgeeilt, die dort oben in Le Roccie noch kälter gewesen sein muss. Ich verstehe.«

»Genauso ist es gewesen«, sage ich. »Das Merkwürdige daran ist, wie einig wir uns waren. Niemand ist dageblieben, weil er meinte, es sei bloß eine Halluzination gewesen. Wegen des Tons der Prinzessin hatten wir alle das Gefühl einer Notsituation. Und nur dadurch haben wir diese Geschichte überlebt.« Ich genehmige mir einen Schluck Wein wie ein Dozent nach einem besonders schwierigen Absatz in einem Vortrag vor einem besonders schwierigen Publikum.

»Und was für eine Geschichte«, bemerkt der Bürgermeister und denkt wieder daran, weiterzuessen. Der vergessene Kressestengel verschwindet ruckweise in seinem Mund, was mich an ein Meerschweinchen erinnert, das ich als Kind hatte und das auf ähnliche Weise Löwenzahn fraß. Da beginnt er unversehens am ganzen Leib zu beben, das Gesicht feuerrot vom Wein und hohen Blutdruck, als ob glühendes Magma in ihm aufstiege. Plötzlich können wir uns alle drei vor Lachen nicht mehr halten. Es kommt so überraschend wie unvermeidlich. Mit der gewöhnlichen Feuchtfröhlichkeit einer Tischgesellschaft hat das nichts zu tun. Es hat diese gewisse Hysterie, die immer auftritt, wenn die Maske des Anstands fällt und Tabus gebrochen werden. Wer sich an seine Schulzeit erinnert, wird den Zustand kennen. Niemals, es sei denn, Alzheimer schlägt zu, werde ich eine Englischstunde in der Oberstufe vergessen, in der wir mit einem sehr ernsthaften, ja etwas prüden Lehrer *Macbeth* durchnahmen. Jemand in unserer Klasse hatte irgendwo eine alte Bühnenausgabe des Stücks mit Regieanweisungen in einer Handschrift aus dem neunzehnten Jahrhundert ausgegraben. Für die Schlafwandelszene lauteten diese: »Enter Lady Macbeth with candle right upper entrance« und »Exit Lady Macbeth with candle left upper entrance«. Der daraus resultierende Kollaps von zwanzig halbwüchsigen Jungen, die sich ausmalten, wo genau sie nun mit ihrer Kerze in Lady Macbeth rein und raus sollten, war so total, dass der Unterricht abgebrochen werden musste. Die Erinnerung daran kann mich in düsteren Momenten immer noch aufheitern. Vierunddreißig Jahre danach in Italien ist unser Gelächter nicht ganz so hemmungslos, aber wir haben doch einiges getrunken, und es dauert eine ganze Weile, bis wir auf unseren Prunkstühlen zurücksinken und uns mit den Servietten die Augen wischen, wobei der Bürgermeister bedenkliche Keuch- und Schnaublaute von sich gibt. Ich habe besonders den Anblick von Benedettis Toupet genossen, das über solche niederen Gefühlsbekundungen erhaben blieb, wie sie sein sich schüttelnder und krümmender Träger an den Tag legte. Mich erfasst auf einmal eine absonderliche Zuneigung zu dem Mann.

»Eine höchst interessante Darstellung, maestro«, sagt Benedetti schließlich. »Orazio musste sie aus Ihrem eigenen Munde hören. Und ich kannte die Geschichte zwar in Umrissen, aber mit einer solchen Fülle überzeugender Einzelheiten habe auch ich sie noch nicht von Ihnen gehört. Wir sind Ihnen außerordentlich verbunden. Die ganze Comune ist das. Es steht außer Frage, dass die verstorbene Prinzessin uns einen sehr großen Dienst erwiesen hat.«

»Und damit hat sie es nicht bewenden lassen«, gebe ich zu bedenken. »Vergessen Sie nicht, sie hat auch die kleine Tochter der Barringtons in die Tiefe gestürzt – Marcie oder Darcie oder wie sie heißt. Ein Wunder, dass das Kind nicht ums Leben kam, und ein Wunder, dass sie danach sehen konnte: zwei Wunder zum Preis von einem. Ich wüsste nicht, was Diana für diese Stadt noch Wunderbareres tun könnte, außer dass sie leibhaftig wiederkehrt und den Parkplatznotstand behebt.«

»Nein, nein, wir dürfen nicht maßlos sein«, sagt Bürgermeister Giardini, wobei sein Backenfleisch wieder wackelt. »Wir müssen uns nur merken, dass diese Version des Geschehens jetzt die unumstößliche Wahrheit ist. Das, äh, Evangelium nach Gerry.« Er wischt sich die Augen. »Haben Sie zufällig je für ein öffentliches Amt kandidiert?«

»Ganz gewiss nicht.«

»Ich glaube, Sie könnten es darin weit bringen. Sie scheinen einen Begriff davon zu haben, wie wichtig die freie Phantasie ist. Man erwartet ja die brutalen Kalkulationen und die schmutzigen Tricks, aber auf den strahlenden Erfolg der eklatanten Unwahrheit ist man einfach nicht gefasst. Zweifellos ist es das, was Hitler mit der großen Lüge gemeint hat. Ihr Evangelium ist ein surreales Meisterwerk. Meine Sorge ist jetzt nicht mehr, dass es nicht geglaubt wird, sondern dass irgendjemand ihm aktiv entgegentreten könnte. Vergessen Sie niemals die schmutzigen Tricks! Ich gebe zu, es sieht sehr so aus, als wäre Le Roccie auf dem besten Wege, ein bedeutender Wallfahrtsort zu werden. Wie ich höre, treiben sich dort oben bereits ein paar übelriechende Klosterbrüder herum, und die sind oft ein zuverlässiges Indiz dafür, dass mit irgendwas Geld zu machen ist. Sie sind die Kanarienvögel im Bergwerk der Gaunereien. Auf jeden Fall dürfen Sie sicher sein, dass nichts von alledem der Aufmerksamkeit unserer Nachbarstädte an der Küste entgangen ist. Sie werden neiderfüllt versuchen, sich irgendetwas auszudenken, womit sie die zunehmende Berühmtheit unserer Stadt einholen oder übertreffen können. Sie werden auch Leute damit beauftragen, Gerrys Evangelium als Lüge zu entlarven. Wir müssen als eine Comune dastehen, die einer bemerkenswerten Erscheinung Raum gibt, aber das in aller Unschuld tut. Unsere Geschichte muss bombenfest sein. Ich nehme an«, fügt der Bürgermeister mit einem kurzen Aufzucken seiner alten eisigen Art hinzu, »dass die Gäste Ihrer Geburtstagsfeier nicht in Gefahr sind, plötzlich an Gedächtnisschwäche zu leiden?«

»O nein.«

»Ein Augenzeugenbericht in einer Londoner Zeitung, der stark von dem Ihren abwiche, würde unseren Feinden alle Munition geben, die sie bräuchten.«

»Den wird es nicht geben«, erkläre ich zuversichtlich. »An Ihrer Stelle würde ich mir mehr Gedanken über die Kirche machen.«

»Die Kirche?«, sagt der Bürgermeister verächtlich. »Wen kümmert es, was die Kirche denkt? Der Kult in Le Roccie hat sich inzwischen sicherlich verselbständigt.«

»Mag sein, Razi, aber der Einwand des maestro ist dennoch begründet«, sagt Benedetti, wobei er aufsteht, um uns von seinem fabelhaften Wein nachzuschenken. Es ist eine angenehme Vorstellung, dass dieses Essen ihn einiges kosten muss.

»Die Kirche hat in manchen Kreisen nach wie vor eine beachtliche Macht, wie du sehr wohl weißt. Unsere Gegner würden eine offizielle Verurteilung mit Freuden ausschlachten, wenn es eine gäbe. Unser Bischof ist ein notorischer Skeptiker und Befürworter der aktuellen Entmystifizierungspolitik des Vatikans. Nach dieser Linie sollten solche populären, aber unbewiesenen Manifestationen religiöser Hysterie – so die dort gängige Formulierung – nicht gefördert werden. Du wirst dich erinnern, dass die Kirchenoberen kürzlich gegen das Ansinnen gewettert haben, die Papstgewänder von Johannes Paul II. zu zerschneiden und als Reliquien zu verkaufen, und dabei ist er noch nicht einmal heiliggesprochen. Unser Bischof hat am letzten Sonntag in der Predigt erklärt, die Kirche müsse dringend zu ihren dogmatischen und biblischen Wurzeln zurückkehren, und ›charismatische Randerscheinungen‹ könnten sie nur schwächen.«

»Aber Sie können doch den Bischof gewiss um die Ecke bringen lassen?«, frage ich mit einer Arglosigkeit, die mir gut zu Gesicht steht.

Im ersten Moment wirkt Benedetti ehrlich schockiert. Der Bürgermeister verdreht bedauernd die Augen. »Nur zu gern. Leider haben sich die Zeiten geändert. Außerdem ist er mein Cousin.«

»Ich glaube nicht, Razi, dass unser Freund das ganz im Ernst gesagt hat. Das ist sein berühmter englischer Humor. An den muss man sich erst gewöhnen.«

Aber Benedettis zimperliches Getue ist unnötig, denn wir fangen schon wieder alle spontan zu kichern an. Plötzlich erscheint mein Hinweis auf die Kirche als mögliche Bedrohung absurd. Als er wieder bei Atem ist, bemerkt unser Gastgeber nachdenklich: »Ich muss sagen, was mir an der Sache am besten gefällt, ist, dass niemandem ein Leid geschieht und niemand etwas verliert. Das ist in der Politik sonst fast nie der Fall.«

»Das stimmt nicht ganz«, wende ich ein. »Einen Verlierer

gibt es: meine arme Nachbarin Marta, die jetzt dringend ein neues Haus benötigt. Sie war bei Dianas Erscheinen anwesend«, setze ich vielsagend hinzu.

»Gewiss«, korrigiert sich Benedetti. »La signora Marta. Ich stimme zu, da liegt eine Ungerechtigkeit vor. Ich glaube, es ist keine Frage, dass die Comune gern bereit ist, ihr zu helfen. Meinst du nicht auch, Razi?«

Der Bürgermeister mampft geräuschvoll Pecorino und frische Feigen und nickt bloß.

»Da bin ich ganz sicher«, erkläre ich nachdrücklich. »Früher oder später werden Sie dort oben ein Besucherzentrum brauchen, einen Souvenirladen, weiß Gott was noch. Das alte Haus von ihr wäre ideal, von ihrem Grundstück gar nicht zu reden.«

»In der Tat gibt es bereits eine Bauvoranfrage für ein Hotel auf der Wiese hinter ihrem Haus, sollte sie sich zum Verkauf entschließen«, gibt der Bürgermeister zu. Bei diesen Worten wirft Benedetti ihm einen seiner warnenden Blicke zu, und ich frage mich sofort, wer von diesen beiden Gaunern die Anfrage eingereicht hat.

»Das freut mich zu hören«, sage ich nicht ganz wahrheitsgemäß. Ich kann nicht leugnen, dass ich ein wenig pikiert bin, denn mit den Unmengen von unrechtmäßig erworbenem Geld, die Martas Familie besitzt, hat sie kaum Bedarf an dem stattlichen Gewinn, den ihre verwahrloste Bude ihr sicher einbringen wird. Typisch. Wer hat, dem wird im Überfluss dazugegeben. »Um zu einem nur entfernt zur Sache gehörenden Thema zu springen, dottore, dürfte ich fragen, wie es mit meinem Haus vorangeht?«

»Bitte, verzeihen Sie mir, maestro. Ich habe ganz vergessen, Ihnen zu sagen, dass alle Leitungen inzwischen angeschlossen sind und funktionieren, nur das Telefon kommt erst diese Woche. Im Prinzip ist Ihr spektakuläres neues Haus damit bezugsfertig, sofern Sie sich mit einem telefonino behelfen können, bis Ihr Festnetzanschluss benutzbar ist.«

»Ich bin beeindruckt. Und sehr dankbar. Ich kann es gar nicht erwarten, endlich wieder ein eigenes Dach über dem Kopf zu haben.«

»Das werden Sie brauchen«, würgt der Bürgermeister mit einem triefenden Feigen- und Kaseinkloß im Mund hervor. »Bevor ich heute Abend von zu Hause aufgebrochen bin, hatte ich einen Anruf von der Polizei in Puglia, die mir mitteilte, sie hätten die Leiche ihres gegenwärtigen Vermieters gefunden. Ich nehme daher an, dass die Wohnung, in der Sie momentan leben, geräumt werden wird. Er war Belgier, glaube ich.«

Benedetti schaut abermals schockiert. »Wie furchtbar. Was ist ihm zugestoßen?«

»Wer weiß? Anscheinend haben sie ihn in Taranto aus dem Wasser gefischt. Ich glaube, der Körper wies schwere Verletzungen von Schiffsschrauben auf, aber er hatte Dokumente bei sich, darunter seinen Presseausweis. Vor einigen Monaten hat er mich darüber interviewt, wie ich die letzten Wahlen gewonnen habe. Er schien ein recht angenehmer Zeitgenosse zu sein, vielleicht noch ein bisschen grün hinter den Ohren. Da ich nichts zu verbergen habe, habe ich ihm selbstverständlich gern alles erzählt, was er wissen wollte. Obwohl ich ihn abschließend warnte, dass nicht jeder so reagieren würde, hat er den Fingerzeig offensichtlich ignoriert und unbekümmert weitergeforscht. Das ist das Problem mit der Journalistenzunft, vor allem mit Ausländern, wie Sie mir sicher bestätigen werden, Gerry.« Wie eine Überwachungskamera schwenken seine Augen auf mich. »Wie kann man sich jemals der vollen Bedeutung selbst der unschuldigsten Frage sicher sein, wenn man eine Kultur nicht von innen kennt? In welchem Falle man sich hüten würde, sie zu stellen. Die Politik ist überall eine heikle Angelegenheit. Ich fürchte, unser Belgier wird etwas naiv und obendrein kein besonders guter Schwimmer gewesen sein. Zu weit hinauszuschwimmen kann oft tödlich enden.«

»Du hörst dich langsam an wie ein schlechter Film noir, Razi«, sagt Benedetti. »Nicht nur ist der maestro hier mehr als erfahren in seinem Beruf, er ist überdies in unserer Sprache wie unserer Kultur so sehr zu Hause, dass ich mich immer wieder daran erinnern muss, dass er gar nicht von Geburt einer von uns ist. Außerdem bin ich sicher, dass der Tod des armen Signor Swanepoel nichts weiter als ein Unfall war.«

Der Bürgermeister leckt sich Feigensamen von den Fingern. »Trotzdem. Man kann nicht vorsichtig genug sein.«

Ich werde aus diesem Abend nicht richtig schlau. Irgendetwas an der Beziehung zwischen Benedetti und Giardini bleibt rätselhaft. Ich habe immer stärker den Eindruck, dass von diesen beiden Gaunern der wieselige Immobilienmakler das Sagen hat und nicht der Bürgermeister, aber ich könnte nicht sagen, warum. Bei diesem ganzen Gerede über Wasserleichen kann man es mir wohl kaum verdenken, wenn mir Gedanken an organisiertes Verbrechen kommen. Ich kann mich erinnern, gehört zu haben, Mafiagruppen kontrollierten Orte wie Lourdes und Fátima und Santiago de Compostela, wo ein unablässiger Strom verzweifelter Pilger sein Geld für alles ausgibt, was auch nur irgendwie nach Wunderheilung riecht. Vielleicht lecken sich die Gangster auch hier in der Toskana die Lippen und sind schon dabei, ihre Machtbezirke abzustecken. Könnte es tatsächlich sein, dass sich unter Eros' dichter, glänzender Perücke eine graue Eminenz verbirgt, die ihren dicken alten Schulfreund Orazio ins Amt gehievt hat? Es würde erklären, wieso ein kleiner Grundstücksmakler im Namen der Comune mit mir Abmachungen auskungeln kann. Vor allen Dingen aber, wie es ihm gelungen ist, dafür zu sorgen, dass mein neues Haus in Rekordzeit Wasser, Strom und Gas bekommen hat.

Als ich mich nach einer weiteren Stunde mit gut geheuchelter Artigkeit empfehle, ist mir auf der Heimfahrt von Benedettis Haus der genaue Zweck dieses Abends immer noch ein Rätsel. Aber wenn ich mich nun irren sollte und es doch noch möglich ist, den Kult an meinem alten Wohnsitz abzuwürgen? Angenommen, der Vatikan würde diesmal mit wirksameren Schritten dem Vorwurf entgegentreten, den volkstümlichen

Aberglauben zu hätscheln, und eigene Nachforschungen anstellen bis hin zur Aufspürung und Befragung sämtlicher Gäste, die an jenem schicksalsschweren Abend im letzten Jahr auf meiner Geburtstagsfeier waren? Ich habe mich zwar recht selbstsicher gegeben, als ich dem Widerling von Bürgermeister versicherte, meine Gäste würden mein Evangelium getreulich nachbeten, aber ich frage mich, ob es für einige nicht eine Grenze gibt. Zum Beispiel hat mir Adrian erzählt, dass Max Christ Katholik ist und aus einer frommen bayerischen Familie stammt. Es könnte durchaus sein, dass er kirchlichem Druck nachgibt. Und falls ein Mann von Max' internationalem Renommee einen Rückzieher machen und zugeben würde, dass die Geschichte mit der Erscheinung nicht stimmt, könnte ein sensationslüsterner Enthüllungsbericht in den Nachrichtenmedien Europas voll und ganz ausreichen, um den Kult in Le Roccie zunichte zu machen und mit ihm die Pläne der Comune (oder der Mafia), sich daran zu bereichern. Und ich möchte mir gar nicht erst vorstellen, wie die Presse meinen Ruf schädigen könnte, wenn sich herausstellen sollte, dass ich ein Haus bewohne, dessen Erwerb nicht ganz ohne Rechtsbeugung vonstatten gegangen ist.

Aber das ist sicherlich bloß Paranoia. Das kommt davon, wenn man mit hochgradig korrupten Intriganten zu Abend isst, denke ich mir, als ich wieder die Wohnung meines frühverstorbenen Vermieters betrete. Nach einem Abend in Benedettis Luxusvilla bin ich aufs Neue entsetzt von ihrem ästhetischen Schmuddelmuddel. Irgendwie ließ Herrn Swanepoels Geschmack bei Bettwäsche und Innenausstattung ein böses Ende ahnen. Aber die beiläufige Erwähnung seines plötzlichen Ablebens hat ihren Zweck erfüllt. Ich gelobe mir, dass ich nichts von alledem jemals ausplaudern werde, sobald ich mein neues Haus bezogen habe.

Die nächsten Tage bin ich eifrig damit beschäftigt, die Grundausstattung für mein neues Heim zusammenzukaufen: Küchenherde und Waschmaschinen und Betten und dergleichen. Zum ersten Mal im Leben habe ich genug Geld, um mich nicht wegen der Kosten zu grämen. Bring es einfach hinter dich, Samper, sage ich mir, dann kannst du einziehen. Das Einzige, worauf ich wirklich Sorgfalt verwende, ist die Auswahl der batteria da cucina: der hochwichtigen Töpfe und Pfannen und grundlegenden Küchengeräte. Wir Künstler konzentrieren uns auf die Sachen, auf die es wirklich ankommt. Ich bin sicher, Picasso war viel heikler, wenn er sich neue Pinsel und Staffeleien besorgte, als in der Wahl einer neuen Freundin. Endlich kommt der wunderbare Moment, in dem ich Herrn Swanepoels Tür hinter mir abschließe, die letzte tatterige Nonne auf der Treppe grüße, den Schlüssel in Benedettis Büro abgebe und zu meinem mir, mir, nur mir allein gehörenden Haus hinauffahre.

Wie schon angedeutet, hat der Ort nicht ganz den Panoramablick von Le Roccie, der mir inzwischen eine Spur zu luftig vorkommt, ein klein wenig zu abgehoben und gottähnlich. Der neue Blick auf die umliegenden bewaldeten Hügel, die fernen Dächer der Stadt und einen küstenlosen Streifen Meer dahinter fühlt sich plötzlich passend für einen an, der sich wohl oder übel in die Lokalpolitik hat hineinziehen lassen. Und doch kann ich hier oben singen, ohne mit den Beschwerden einer überempfindlichen Nachbarin rechnen zu müssen. Andererseits sind es von mir auch nur fünf Minuten Fahrt zu einem außerhalb gelegenen alimentari, wo ich Grundbedarf wie Mehl, Zucker und Klopapier kaufen kann. Soweit ich entdecken konnte, hat mein Haus keinen Namen, aber die Stelle heißt bei den Einheimischen inoffiziell Sciupapiedi, »Fußverderber«: zweifellos eine Anspielung auf die Zeiten, als schlechtbeschuhte Bauern noch die Landschaften nach den diversen dort zu erleidenden Qualen benannten.

Wie kann man einen Abend beschreiben, an dem man zum ersten Mal mit einem großen Gin Tonic in der Hand vor dem eigenen Haus sitzt und den Blick über sein neues Reich schweifen lässt, über Olivenwipfel hinweg? So viele Würfel sind gefallen, dass man sich nicht weiter den Kopf mit ihnen belasten mag. Man kann sogar die Tatsache ignorieren, dass dieses ansonsten entzückende Domizil immer noch ein Blechdach hat. Hauptsache, Samper ist endlich *hier*, endlich wieder zu Hause, wo er in der Abenddämmerung Wacholderdüfte riechen und hoffen kann, nie wieder umziehen zu müssen, bis es Zeit ist, dass man ihn hier zum Friedhof trägt mit seinem diskret versteckten Abfallhaufen aus vertrockneten Blumen und den leeren roten Plastikhülsen der Grabkerzen. Bis dahin jedoch ist noch viel zu tun. Die einzige markante Veränderung, die an dem Haus vorgenommen werden muss, ist die Entfernung seines widerrechtlich gebauten Obergeschosses und die Wiederherstellung des ursprünglichen Daches. Damit muss sofort begonnen werden, und ich habe veranlasst, dass der gesamte erste Stock nach unten abgedichtet wurde und die Arbeiter – samt ihren Schuttrutschen und Aufzügen – auf der Rückseite von außen Zugang dazu haben. Sie dürften eigentlich nicht lange brauchen, um die unfertigen Wände abzubrechen, und das Dach wieder aufzusetzen sollte genauso unproblematisch sein, da sich herausgestellt hat, dass der spekulierende Bauunternehmer, der es einst abnahm, den größten Teil des ursprünglichen Gebälks nach Lucca auf seinen Hof geschafft hat, wo es noch lagert. Sinn der Maßnahme ist, dass mir keine Arbeiter mit Zementsäcken durchs Haus stapfen. Eigentlich schade, da ich den Geruch von Arbeitern seit frühester Kindheit liebe: diesen männlichen, tüchtigen Geruch nach Staub, frischem Schweiß und Leinöl. Was ich nicht mag, sind ihre Zigaretten und Transistorradios. Die ihnen verziehen wären, wenn sie nur statt Virginiatabak ägyptischen rauchen und Streichquartette von Haydn hören würden. Aber leider …

Ich freue mich schon richtig darauf, meine Küche so herzurichten, wie ich sie haben will. Meine natürliche Kreativität hat in diesen nicht enden wollenden Monaten der Heimatlosigkeit entsetzlich brachgelegen, auch wenn ich mir das eine oder andere Rezept ausgedacht habe. Aber »Gedankenrezepte« machen einen auf die Dauer nicht satt. Ich bin ein eminent praktischer Koch, der mit den Fingern in die Zutaten fassen muss; erst dann fangen Speichel und Ideen richtig zu fließen an. Man sollte meinen, das sei ein ganz elementares menschliches Vergnügen, aber kürzlich ist mir etwas Schockierendes zu Ohren gekommen, nämlich dass in London mittlerweile Privatwohnungen gebaut werden, die *keine Küche* haben. Können Sie das glauben? Anscheinend haben diese Wohnungen deshalb keine Küche, weil ihre überbezahlten, philiströsen Besitzer nur auswärts essen. Man möchte keinen Moment darüber nachdenken, was das für Kreaturen sein mögen. Allein die Vorstellung, eine der größten Freuden des Lebens an jemand Fremdes zu delegieren! Wenn man sich nicht einmal mehr mit seinem eigenen Essen abgeben mag, worum möchte man sich dann überhaupt noch kümmern?

Zwei Tage später wiederholt sich mein Leben auf eine leicht gespenstische Weise. Als Marta mich vor Jahren in Le Roccie das erste Mal zu Hause besuchte, stand ich gerade in der Küche auf einer Leiter. So auch heute. Ich bin dabei, die Abzugshaube über dem Herd zu reparieren, als die Tür aufgeht und das wohlbekannte Quieken »Gerriie!« mein Blut gefrieren lässt. Diesmal jedoch hat das Leben die Sache verkompliziert. Marta ist keine Nachbarin mehr, sondern eine Mitstreiterin, die mit mir am größten künstlerischen Projekt meiner Laufbahn zusammenarbeitet. Mit einem inneren Seufzen lege ich Schraubenzieher und Filzstift vorsichtig an den Rand der Haube neben das Glas Prosecco, das bei diesen kniffligen Heimwerkertätigkeiten nach meiner Erfahrung ungemein konzentrationsfördernd wirkt. Während ich von der Leiter steige, setze ich ein freundliches Willkommenslächeln auf.

»Marta!«, rufe ich aus. »Willkommen in der Casa Samper. Auch du, Joan«, denn besagte Dame tritt soeben hinter ihr ein und steckt dabei die Autoschlüssel in eine ihrer vielen Latzhosentaschen. »Wie begnadet, dass ihr gerade vorbeikommt und wir den Vormittag gemeinsam mit einem Gläschen beschließen können.« Gott sei Dank ist der Prosecco, den ich eben erst entkorkt habe, nichts Besonderes. Es gibt nichts Ärgerlicheres, als einen richtig guten Wein an Leute verschwenden zu müssen, die ihn kaum von Coke unterscheiden können. Ich hole flink mein Glas von der Haube.

»Gerriie, dein Haus ist wunderschön!«, ruft Marta unterdessen. Sie sieht viel unschlunziger aus, fällt mir auf. Insbesondere die Haare sind ihrer Struwwelpeterphase entwachsen. Sie sind geschnitten und frisiert und vor allen Dingen *gewaschen,* so dass sie dieses Flair von Urwalddickicht verloren haben, das einst den Puls jedes Entomologen vor Entdeckerfreude beschleunigt hätte. Zudem trägt sie sogar ein Kleid anstelle eines ihrer beuteligen alten Kittel, die ihr sonst das charakteristische Aussehen einer beduinischen Politesse verliehen. Jetzt endlich, scheint es, kleidet sie sich so, wie sie es vor zwanzig Jahren als Mädchen gern getan hätte und sich nicht traute. Zum ersten Mal, seit ich sie kenne, sieht Marta, hm, geradezu *feminin* aus. Selbst Joan hat heute offenbar auf ihr typisches Hundeodeur verzichtet, wofür ich sehr dankbar bin.

»Ich hatte ganz vergessen, dass ihr das Haus noch gar nicht gesehen habt«, sage ich und reiche jeder ein Glas Prosecco.

»Gar nicht, Gerriie. Aber es ist so groß! Ich glaube, du hast viele Zimmer hier, mehr sogar als in Le Roccie mit deiner Garage zusammen.«

»Ja, hier ist in der Tat reichlich Platz für meine Wenigkeit. Und leider auch ein bisschen zu viel Grund vor der Tür. Drei Hektar Oliven. Aber nun ist es einmal so.«

»Klasse Lage«, sagt Joan. »Aber ich muss sagen, das Wellblech sieht nicht sehr toskanisch aus.«

»In ein, zwei Tagen kommt es runter und das ursprüngliche Dach wieder drauf. Unter anderem dadurch ist es mir gelungen, das Ding zu einem erschwinglichen Preis zu bekommen.« Es ist klar, dass die Mädels das Haus sehen wollen, und so schenken wir uns nach und nehmen unsere Gläser auf die obligatorische Führung mit, die ich ihnen gebe.

»Wenn das neue Dach erst mal drauf ist, wird es umwerfend sein«, sagt Joan beifällig zum Schluss.

Ich habe den Eindruck, dass sie weniger raucht, und das Fehlen des Hundebuketts ist echt überraschend. »Bist du noch mal in England gewesen, seit ich dich in Pisa abgeholt habe?«, frage ich sie. »Und wenn nicht, wie geht es deinen Hunden?«

»Bin ich nicht, nein. Zu viel zu tun hier. Den Hunden geht's gut. Ich hab neulich im Heim angerufen, und statt dass sie sich vor Sehnsucht nach mir verzehren, nehmen die elenden Mistviecher zu. Der Presserummel zu Hause hat sich anscheinend gelegt, und es heißt, ich könnte zurückkehren, ohne gelyncht zu werden. Kann sein, dass ich das mache und die Hunde mit herbringe.«

»Sie mit herbringen? Demnach willst du länger hierbleiben? Das ist gut.«

»Na ja«, meint Joan ein wenig verlegen, »ich wollte dir das schon eine Weile sagen, aber bei diesem ganzen Drunter und Drüber in letzter Zeit hat sich gar keine richtige Gelegenheit ergeben.« Sie sieht Marta an, und deren erwidernder Blick ist … *schmachtend.* Es gibt kein anderes Wort dafür. »Den ganzen Turteltaubenklimbim mal beiseite, wir haben entdeckt, dass wir die geborenen Schiffsschwestern sind. Wir passen zusammen wie Eier und Speck, nicht wahr, Matti?«

Matti? Ich meine mich zu entsinnen, dass Martas jüngere Schwester Marja sie bei diesem kindlichen Spitznamen nannte. Inzwischen sitzen wir auf der Terrasse unter einer brandneuen Markise, der die Junisonne einen Textilgeruch nach frischer Appretur oder Ähnlichem entlockt. Gewöhnlich haben diese Geständnisse romantischer Zweisamkeit bei mir nur zur Folge, dass ich zwei zynische innere Augenbrauen hochziehe und dabei eine ausdruckslose Miene wohlwollender Nachsicht wahre. Paare, du lieber Himmel! Putzige kleine Dyaden. Man kann sie nicht ernst nehmen. Sobald ich irgendwo lese, dass irgendwelche Geschöpfe wie die kalifornische Streifenmeise oder die Pripjetwühlmaus »eine lebenslange Paarbindung eingehen«, erfasst mich sofort das Verlangen, sie auszurotten. Ich bin immer davon ausgegangen, dass das für Singles einerlei welchen Geschlechts völlig normal ist. Jetzt aber bereitet mir die Vorstellung, dass Joan und Marta ein häusliches Gespann werden wollen, regelrecht Freude, obwohl ich annehme, dass der Prosecco das Seine dazu beiträgt. Ich mag die gute Joan mittlerweile richtig gern, und was Marta angeht, ist mir sehr daran gelegen, dass sie als meine Komponistin so behütet und zufrieden wie möglich ist. Zur Feier des Tages gehe ich sogar eine Flasche des zweitbesten Champagners holen.

»Mensch, Gerry, wir sind doch nicht hergekommen, um uns zu besaufen«, sagt Joan, nachdem wir ausgiebig auf unsere neuen Häuser, neuen Liebschaften und alternden Lebern angestoßen haben.

»Ach was, wo ihr schon mal hier seid … Aber es stimmt, es wäre besser, ich würde uns schnell was zu Mittag machen, sonst hängen wir bald völlig in den Seilen. Was gibt's Neues von deinem Haus, Marta?«

»Ach, der Musteldsche Benedetti kommt neulich zu mir und sagt, er hat ein sehr gutes Angebot, wenn ich daran denke zu umziehen.«

»Daran denken ist gar kein Ausdruck«, fügt Joan hinzu. »Keine Chance, dass eine Komponistin wie du dort oben weiterarbeiten kann. Da geht's zu wie im Tollhaus. Ehrlich, Gerry, wenn du vor zwei Wochen dachtest, es ist übel, dann solltest du jetzt mal gucken kommen. Ein ständiger Strom von Leuten, parkende Autos überall, so dass Matti nicht mal aus ihrer Einfahrt rauskommt, und Singen und Jauchzen und was nicht noch alles am laufenden Meter. Kannst du dir vorstellen, dass ein richtiger Mönch im Bademantel bei uns an die Tür geklopft und um was zu essen und ein Bett für die Nacht gebeten hat? Arschloch, verdammtes. Hat in einem fort über carità geredet und seinen Rosenkranz hochgehalten. Na, den hatte ich fix vergrault. Der konnte von Glück sagen, dass er nicht noch 'nen saftigen Tritt in die Klöten gekriegt hat. So was Unverfrornes! Ich bin nur froh, dass Matti gerade mit ihrer Musik zugange war, denn ihr Italienisch ist klasse und sie ist so gutmütig, dass sie den Kerl wahrscheinlich eingeladen und ihm am Ende noch unser Bett gegeben hätte. Da hätten wir dann irgendwo auf dem Fußboden schlafen dürfen. Zu gut, um wahr zu sein, das Herzchen, was? Ich bin ein viel zäherer Knochen, und es hilft unbedingt, wenn man sich gar nicht erst auf ihr Kauderwelsch einlässt. Nach meiner Erfahrung ist ›Verpiss dich!‹ für jeden verständlich, egal welche Sprache er spricht.«

Bevor der Champagner mich von den Beinen haut, entschuldige ich mich und gehe hinein, um uns etwas zu essen zu machen. Zum Glück habe ich eine hausgemachte Suppe in Reserve – Tomaten, Estragon und Kapuzinerkresse, eine sehr aparte Kombination –, die ich in eine Kasserolle kippe und ein wenig unsanft auf die Platte stelle. Augenblicklich fallen der Schraubenzieher und der offene Filzmarker, die ich vergessen habe, vom Rand der Haube und platschen in die Suppe. Mit dem unterdrückten Kichern des Meisterkochs, dem nichts Menschliches fremd ist, fische ich sie heraus und entsorge den Filzer, der ein paar schwarze Streifen in der Suppe hinterlassen hat. Als ich hinter mir jemanden von der Terrasse hereinkommen höre, rühre ich hastig die Suppe um, und das Schwarz verschwindet. Jeder gute Koch hat vor seinen Gästen Geheimnisse, die nichts mit Rezepten und Techniken, aber viel mit Schadensbegrenzung zu tun haben. Bald essen wir alle draußen unter der Markise, und mit reichlich warmen Brötchen und Butter und einer weiteren Flasche Champagner merkt niemand etwas.

»Erzähl mal weiter: Wie hoch war denn Benedettis Angebot?«, frage ich Marta geradeheraus.

»Duecentomila. Zweihunderttausend Euro.«

»Lächerlich!«

»Genau das hab ich auch gesagt«, pflichtet Joan mir bei.

»Ich traue dem Burschen nicht – du, Gerry? Er sieht aus wie ein Frettchen frisch aus der Autowaschanlage. Geschniegelt und gebügelt, aber trotzdem ein dämliches Frettchen. Ein Haus, neben dem es kürzlich erst einen Erdrutsch gegeben hat, ist nicht die Hälfte wert. Eigentlich müsste es unverkäuflich sein. Das heißt, wenn dein Signor Ferretti zweihundert Mille bietet, hat er offensichtlich einen Käufer mit einem speziellen Interesse an der Hand, und das wiederum heißt, dass er viel höher gehen wird.«

»Benedetti hat mir erzählt, dass es bereits ein Gebot für das Land hinter dem Haus gibt. Irgendjemand will dort ein Hotel bauen, vermutlich für Pilger und Leute wie diesen klerikalen Penner, den du davongejagt hast.«

»Du bist ein Schatz, Gerry. Das ist wirklich gut zu wissen … Wie hast du übrigens diesen herrlichen Mandelgeschmack in die Suppe bekommen?«

»Geschäftsgeheimnis.« Ich habe den Geschmack, den sie meint, schon bemerkt: in der Tat sehr gefällig, aber nicht den offiziellen Zutaten zu verdanken. Könnte es Blausäure sein? Sie werden doch in Filzertinte kein Zyanid zulassen, oder? »Und welchen Preis werdet ihr verlangen? Eine halbe Million?«

»Pustekuchen. Eine satte Million, aber bis achthundertfünfzig würden wir runtergehen. Die werden mir nicht mit Matti Schlitten fahren. Wenn es für dort oben Baupläne gibt, dann will jemand damit ein Vermögen machen, und dafür soll er ordentlich blechen.«

Marta blickt bekümmert. »Ist traurig. Ich liebe mein Haus, aber jetzt ist unmöglich, dort zu arbeiten, und die Musik geht so gut, Gerry, glaube ich. Ich habe gerade dein Lied vertont ›Don't cry for me, Kensington‹, das sehr schön ist. Das Publikum wird es singen, wenn nach Hause geht. Auch dieses kleine Bettlermädchen in Pakistan, das Diana vorsingt: ›Es gibt nicht viel Versace / Hier in Karachi.‹ Ich verspreche, Gerry, am Schluss die Zuschauer werden Ovulationen bringen.«

»Das klingt ja wunderbar, Marta. Ich kann's gar nicht erwarten, es zu hören.«

»Das kannst du, wenn ich nicht mehr in Le Roccie bin.«

»Was Matti meint«, sagt Joan, wobei sie die Hand ihrer Freundin mit ihrer breiten Pranke bedeckt, »ist, dass wir unbedingt so rasch wie möglich aus diesem Haus rausmüssen, Gerry. Sie kommt da nicht richtig zum Komponieren. Auf die Schnelle eine passende Alternative zu finden könnte schwierig werden, aber ich werd's trotzdem mal versuchen. Wahrscheinlich sind wir gezwungen, es über Signor Ferretti zu machen, verdammt, denn er scheint ja der größte Makler in der Stadt zu sein.«

»Ist er. Allerdings darf Marta keine Moslemin sein«, ergänze ich scherzhaft.

Dies löst bei Marta einen Ausbruch aus, der mich sehr an unsere erste Begegnung erinnert, wo sie mir einen glühenden Vortrag über Woinowiens lange Geschichte christlichen Widerstands gegen die gottlosen Slawen hielt. Was ihre Religionszugehörigkeit betrifft, hatte ich recht. Marta ist gar nichts, aber noch weniger ist sie Moslemin.

»Wie auch immer«, sagt Joan, »sie braucht in allernächster Zeit dringend ein Arbeitszimmer, wo sie ihr Klavier aufstellen kann. Deshalb haben wir uns gefragt, ob wir vielleicht hier bei dir ein Zimmer haben könnten, Gerry – nur als Übergangsmaßnahme? Du scheinst ja reichlich freien Platz zu haben, den du nicht nutzt. Und da es auch deine Oper ist, könnte es für euch beide von Vorteil sein, wenn ihr eine Zeitlang unter einem Dach zusammenarbeiten würdet. Von wegen gegenseitige geistige Befruchtung und so. Na ja, für eine alte Seekuh wie mich ist das sowieso alles ein bisschen zu hoch.«

»Tja, warum nicht?«, höre ich mich sagen, obwohl eine Zellengruppe in einer Ecke meines Gehirns, wo der Alkohol noch nicht hingedrungen ist, mir gleichzeitig sagt, dass ich komplett verrückt geworden bin. Ich will Marta einladen, mit ihrem Ostblockklavier bei mir einzuziehen? War dies nicht genau das

Folterinstrument, das mir seinerzeit in Le Roccie das Leben zur Hölle machte? Andererseits ist diese Oper ein Versuch, zu internationalem Ansehen zu gelangen, und wir Künstler müssen oft Hand in Hand arbeiten. Aus der Zusammenarbeit von Da Ponte und Mozart entstanden *Die Hochzeit des Figaro, Don Giovanni* und *Così fan tutte.* Sollten Samper und Marta nicht für einen strikt begrenzten Zeitraum in diese großen Fußstapfen treten können? Vor allem jetzt, wo Martas neue hygienische Lebensweise meine Chancen, mir von ihr Kopfläuse einzufangen, erheblich verringert? Außerdem bezahle ich sie natürlich dafür, diese Musik zu komponieren, weshalb es unklug wäre zu riskieren, dass ich keinen anständigen Gegenwert für mein Geld bekomme. Alles in allem ist Martas vorübergehende Stellung als Composer-in-residence in Sciupapiedi eine dieser Kröten, die geschluckt werden müssen.

ADRIAN 7

E-Mail von Dr. Adrian Jestico (ajestico@bois.ac.uk)
an Dr. Penny Barbisant (penbar@labs.whoi.ed)

Tut mir leid, dass ich mir mit der Antwort so lange Zeit gelassen habe, Penny. Es gibt wahrscheinlich eine politisch korrekte Ausrede, die man vorbringt, wenn man mit seinen E-Mails in Verzug ist, oder eine diplomatische Lüge, die niemand überprüfen möchte – etwa dass man gerade eine Hämorrhoidenoperation hatte & deswegen nicht sitzen kann. Damit kann ich leider nicht dienen.

Glücklicherweise ist es hier im BOIS mit einem Schlag stiller geworden. Alle warten jetzt auf die Ergebnisse der diversen Untersuchungen & Machbarkeitsstudien & Umweltverträglichkeitsprüfungen, die an dem scheiß Severn-Staudamm angestellt werden. Die hohen Herren (& Damen) sind alle abgezogen, mit ihnen das Darwin Advisory Committee, das Millenium Ecosystem Assessment Panel & das Advisory Committee on Business & the Environment. Friends of the Earth sind strikt gegen den Staudamm & schlagen stattdessen ein System von Gezeitenlagunen vor. Die Sustainable Development Commission will demnächst Stellung nehmen. Greenpeace bemerkt scharfsinnig, es sei »noch nichts entschieden« (und ihrer Meinung nach soll das auch so bleiben). Die Labour Party hat ihre eigene Machbarkeitsstudie in Auftrag gegeben. Und alle, die einem sonst noch einfallen, etwa die North Somerset Wreckers' Association (»Wird der Staudamm die Schiffbrüche verringern & damit unsere Mitglieder in ihrer Existenz bedrohen?«), sind eifrig dabei, »sämtliche Optionen zu überprüfen«. Außer mir, heißt das. Da der Druck jetzt weg ist, ständig irgendwen treffen & briefen zu müssen, kehre ich langsam wieder zu einem normalen Leben zurück.

Diese Normalität – um den Begriff gleich ein wenig zu dehnen – hat einen Kurzbesuch in Italien eingeschlossen, wo ich Gerrys neues

Haus besichtigt habe. Er war bereits ein bisschen sauer auf mich, weil ich nicht bei ihm war, als er mich brauchte, & ich kann es ihm nicht verdenken. Aber bei der Begrüßung am Flughafen war alles schon wieder im Reinen. Auf dem Rückweg warnte er mich, ich dürfe bei ihm zu Hause keine völlige Einsamkeit erwarten. Du wirst die Ironie nicht ganz verstehen, aber er hat Marta & ihre neue offizielle Lebensgefährtin, diese Ex-Marinefrau Joan, vorübergehend bei sich aufnehmen müssen. Marta hat sich von ihrem Haus getrennt. Sie sah sich gezwungen zu verkaufen, weil Le Roccie – so ein herrlich abgelegener & stiller Ort, Penny, wie schade, dass du ihn nie gesehen hast – weil Le Roccie ein Tollhaus geworden ist, wo es nur so wimmelt von Pilgern & Quacksalbern & zweifelhaften Typen mit ihren Ekstasen & ihren falschen Mönchsgewändern, die alle auf Wunder hoffen & mit drohendem Gebaren Almosen verlangen. Gerry erzählte mir, dass Marta einen unglaublichen Preis herausschlagen konnte – 615000 –, weil sie von Plänen für ein Hotel dort oben Wind bekommen hatte. Sie brauchte also einen Ort, wo sie in aller Ruhe an ihrer Musik arbeiten kann, & da bot Gerry ihr ein Zimmer im ersten Stock ganz hinten in der andern Hälfte des Hauses an, die er nicht bewohnt. Dieses eine Zimmer ist mittlerweile um ein Doppelschlafzimmer & ein Bad erweitert worden. Kein Wunder, dass Gerry leicht panisch ist.

Das Haus ist wunderschön & die Lage kaum weniger abgeschieden als Le Roccie, dabei ist es knapp zehn Minuten von der Stadt entfernt & gewiss besser für Gerry geeignet, weil leichter erreichbar. Für eine Person ist es riesig, für drei weniger, zumal wenn eine davon Marta ist. Der arme Kerl hat schon einen leicht gehetzten Blick. Marta ist ein Nachtmensch & kann durchaus um 3 Uhr morgens anfangen, Klavier zu spielen, obwohl Gerry es weitgehend (aber nicht ganz) durchgesetzt hat, dass sie ein elektronisches Keyboard mit Kopfhörern benutzt, das ihr ein italienischer Filmregisseur vor ein paar Jahren geschenkt hat. In meiner ersten Nacht wurden wir weit nach Mitternacht von fernen schwermütigen Tönen geweckt. Wir dachten schon, sie & Joan würden gleich woinowische

Shantys anstimmen. Unterdessen bemüht sich Joan nach Kräften, etwas Passendes zum Mieten oder Kaufen zu finden, damit sie wieder ausziehen können, aber es ist hinderlich, dass sie nicht viel Italienisch spricht, während Marta – die es fließend spricht – mit der Partitur für Gerrys Oper voll beschäftigt ist & keine Zeit dafür hat. Es sieht also erst mal nicht nach großen Veränderungen aus, & die beiden sind jetzt schon einen Monat dort.

Mit ihrer unglaublichen Besessenheit von dieser Oper erinnern mich die zwei an gewisse junge Paare, deren ganzes Leben sich um ihr Kind dreht. Auf eine merkwürdige Art haben Marta & Gerry mehr von einem Ehepaar als Marta & Joan, & rückblickend hat man den Eindruck, dass ihre Verbindung von dem Moment an besiegelt war, in dem sie beide missmutig die Tatsache ihrer Nachbarschaft konstatierten, damals in Le Roccie, als ich ihn noch gar nicht kannte. An meinem letzten Abend spielten sie die Oper in geraffter Form für mich durch, soweit sie bis jetzt komponiert ist. Weil Marta die einzelnen Nummern zu verschiedenen Zeiten & nicht in der eigentlichen Reihenfolge bearbeitet hat, wirkt das Ganze noch ein wenig zusammengestoppelt. Aber ihre Klavierstücke mit Gerrys Stimmakrobatik – mal Falsett als Diana, mal Tenor als Prinz Charles, mal Bass als Mohamed Al-Fayed – & die Orchestersachen, die sie auf dem Synthesizer gemacht hat, gaben mir doch einen ungefähren Eindruck, den ich wirklich ganz imposant fand. Merkwürdig genug ist die Handlung weiß Gott, aber wie sollte es anders sein, wenn Gerry sie geschrieben hat? Die Squidgy- & die Tamponarie sind sensationell haarsträubend. Und doch war es recht bewegend, was ich nicht erwartet hatte, weil ich selten beim ersten Hören eines unbekannten Musikstücks ergriffen bin, schon gar nicht, wenn es sich um neue Musik handelt.

Und wovon handelt die Oper, wirst du vielleicht fragen? Ganz genau weiß ich es nicht. Gerry meint, es sei eigentlich weniger eine Oper als ein Singspiel wie *Die Zauberflöte,* mit Sprechrollen wie Gesangsrollen. Es scheint keine chronologische Darstellung der Dianastory zu sein, sondern eher eine Folge von Episoden – einige auf Tatsachen basierend, andere reine Phantasie – mit dem Zweck … ja, mit welchem Zweck eigentlich? »Eine denkwürdige Abendunterhaltung zu bieten natürlich«, sagte Gerry in verwundertem Ton. Mal ist Diana traurig, mal ist sie frivol, mal ist sie ernst, mal ist sie nicht besser, als sie sein sollte, mal ist sie fast eine religiöse Ikone, mal ist sie praktisch ein Sexsymbol. Marta sagte streng: »Sie war nicht sehr interessant. Sie war nur interessant, weil andere Leute sich für sie interessierten, & das waren auch keine interessanten Leute. Also müssen wir sie interessant machen.« Das Ergebnis ist eine Folge von Szenen, manche komisch & manche tragisch (auf theatralische Art), die einem das Gefühl geben, dass Diana eine Phantasiegestalt war, die es in Wirklichkeit nie gegeben hat oder höchstens in Form von Versatzstücken, die sich am Ende zu einem Mythos für die breite Masse vereinigen. Jedenfalls war das mein Eindruck, & wie gesagt, ich bekam nur die Kurzversion eines noch unvollendeten Werks zu hören. Joan meinte, es habe reichlich lesbische Sympathien für Diana gegeben (war mir neu), & war dagegen, dass man sich über sie lustig macht. Dies könnte noch für Reibereien sorgen, weil mir einige der Nummern saukomisch klangen. Ich erinnere mich an ein Duett, in dem 2 Zofen über Dianas Kleiderausgaben klagen, das Comedy pur war. Aber das sind nur Stufen auf dem Weg zum großen Finale mit ihrer Apotheose als einer Volksheiligen oder einer weltlichen Ikone oder so ähnlich. Selbst das könnte am Schluss ins Ironische gedreht werden. Wahrscheinlich hat Gerry noch irgendeine Gemeinheit auf Lager.

Andererseits, was weiß ich schon? Ich bin bloß jemand, den sehr kleine Crustaceen außerordentlich faszinieren. Aber es ist gut, dass Gerry endlich in einem richtig kreativen Projekt aufgeht, statt dass er ständig darüber meckert, wie abscheulich es ist, über Leute wie Millie Cleat schreiben zu müssen. Nett war auch, meinem Schwager Max erzählen zu können, nicht nur dass ein großer Teil der Oper schon fertig ist, sondern dass es sich in der Tat so anhört, als ob das fertige Produkt eine richtig heiße Sache sein wird. Max vernahm es mit Wohlgefallen & geriet richtig ins Schwärmen über Martas Genie als Komponistin. Ich habe versucht, auch für Gerry gut Wetter zu machen, denn seine Aktien in Crendlesham sind noch nicht ganz wieder auf dem Stand wie vor dem Großen Kotzen. Max wurde weich & sagte, es freue ihn sehr, dass Gerry endlich eine Möglichkeit gefunden habe, ernst zu sein. Auf jeden Fall erleichtert es mich, dass er wieder ein eigenes Haus hat & etwas tut, das er wirklich tun will. Er & ich sind extrem gut zurechtgekommen, & meine schändlich lange Abwesenheit wurde mir verziehen.

Viel Vergnügen macht mir zur Zeit mein Neffe Josh, den ich ungefähr jedes zweite Wochenende sehe. Falls du kleine Kinder überhaupt interessant findest, Penny, meinst du, es ist zumindest zum Teil deswegen, weil du Zoologin bist? Ich bin fraglos von ihm gerührt, aber es fasziniert mich auch zu beobachten, wie dieses kleine Hirn Verbindungen herstellt, Hand & Auge besser koordinieren lernt, Bälle fängt & schießt, lügt usw. Seine manuelle Geschicklichkeit ist erstaunlich, dafür hat er einen schwachen Schuss. Da passt es, dass Fußball ihn nicht zu interessieren scheint. Er mag kleine, knifflige Sachen, an denen er herumtüfteln kann, Geduldsspiele wie den Zauberwürfel. Vielleicht ist das ungewöhnlich für einen 6½-Jährigen. Im Moment sind die Dinos bei ihm abgeschrieben & er ist völlig auf diese Transformer-Dinger abgefahren, die erst mal halbwegs wie normale Modellautos & Helikopter aussehen, sich aber dann zu hollywoodesken Kreaturen ausklappen lassen & Namen haben wie Scorponok & Bonecrusher. Er quasselt in einem fort von Autobots & Deceptions, die mir aussehen & sich anhören wie aufgemotztes US-amerikanisches Kriegsmaterial (ein brillanter Dreh, wenn man bedenkt, dass das amerikanische Militär eigentlich keinen einzigen richtigen Krieg mehr gewonnen hat, seit es am Sieg im 2. Weltkrieg partizipierte). In Joshs Augen sind es Hi-tech-Dinos. Wie ein kleiner Junge, dem man gesagt hat, er soll sich vor dem Essen die Hände waschen, zu einem Velociraptor werden kann, der Erwachsene zu Mittag isst, so kann er sich von einem ganz normal aussehenden Auto in ein Kampfraumschiff verwandeln, das mit seinem gepanzerten Stachelschwanz Planeten zertrümmert. Im machtlosen kleinen Josh sitzt ein allmächtiger großer Josh mit unbegrenzter Zerstörungskraft. So sind sie, die Jungen. Andererseits kriege ich ihn dazu, seine Roboter vollkommen zu vergessen, wenn ich das Mikroskop aus dem Schrank hole. Ich bringe ihm neuerdings interessante Proben aus den Laboren mit & habe ihn gerade (das musste sein!) mit den Copepoden bekannt gemacht.

Ich fürchte, einen Großteil der Zeit beobachte ich Josh, als ob er ein Labortier wäre & nicht mein Neffe. Er macht laufend Sachen, die ihn umgehend in die Nervenheilanstalt brächten, wenn er ein Erwachsener wäre. Sonderbare Gesten, spastische Zuckungen, übertriebenes Mienenspiel ohne ersichtlichen Bezug zu den äußeren Umständen, merkwürdige Arten zu gehen, plötzliche Hopser, originelle Arten, Treppen zu steigen oder die Welt zwischen den Beinen hindurch verkehrt herum zu betrachten. All diese Sachen sind uns bei kleinen Kindern so selbstverständlich, dass wir sie kaum wahrnehmen. Geschehen sie unwillkürlich? Sind sie Zeichen dafür, dass ein junges Hirn & ein junger Körper entdecken, was sie alles machen können? Sind sie die reine überschwengliche Lebenslust? Wenn ich ihn frage, warum er das & das gemacht hat, kann es sein, dass er gar nicht antwortet, oder er sagt »weiß nich« oder »weil's sich so komisch anfühlt – probier mal«. Oder er guckt mich einfach an, als ob ich keine Ahnung von irgendwas hätte.

Na gut, ich nehme an, ich habe die Beantwortung deiner durchaus passenden Frage lange genug hinausgeschoben, & du hattest ganz gewiss das Recht, sie zu stellen. Ja: Im Idealfall, glaube ich, hätte ich nichts gegen ein häusliches Zusammenleben, selbst wenn der Betreffende ein Kind oder zwei hätte – obwohl ich die Tatsache, dass es bei mir mit der Vaterschaft nichts werden dürfte, auch dadurch kompensieren kann, dass ich mich für Josh & eventuell noch dazukommende Geschwister als Onkel engagiere. Ich will kein Kind *besitzen.* In tristeren Augenblicken kann ich mir nicht richtig vorstellen, auf lange Sicht mit Gerry zusammenzubleiben. Wir kommen sehr gut miteinander aus, & ich finde ihn witzig & schräg & schwierig wie eh & je, aber ich habe meine Zweifel, ob eine »Beziehung« (im Gegensatz zur Freundschaft) eine räumliche Trennung lange unbeschadet übersteht. Solange hier nicht etwas Schreckliches passiert, werde ich das BOIS schwerlich verlassen, höchstens um mich für ein bis drei Jahre in ein ähnliches Institut irgendwo anders zu hocken. Woods Hole? Scripps? Oban? Andererseits kann ich nicht sehen, dass Gerry jemals aus Italien weggeht, schon gar nicht jetzt, wo er es sich gerade in seinem neuen Haus gemütlich macht. Selbst wenn sich nach *Unsinnige Scharade* sein Leben ändert, wüsste ich nicht, warum sich sein Wohnsitz ändern sollte. Er ist schon so lange ein heimatloser Ausländer, wahrscheinlich seit damals mit 9 Jahren, als diese Welle seine Mutter & seinen Bruder mitriss. Ja, so sieht es aus, Liebe hin oder her. Da es für keinen von uns je den geringsten Druck gegeben hat, dem andern treu zu sein, besteht immer die Möglichkeit, dass irgendjemand auftaucht & einen von uns erobert. Schließlich ist Gerry ein gutes Stück älter. Unter uns, ich bin neulich Abend zu einer Party gegangen, & obwohl nichts *passiert* ist, fiel mir doch wieder auf, dass die Flamme in den Dreißigern heißer brennt als in den Fünfzigern. Wahr, aber traurig, wie so vieles, was wahr ist.

Ach ja, & die BBC hat vorige Woche Leo Wolstenholmes Milliefilm gesendet. Er war so lala, gar nicht zu vergleichen mit Gerrys Buch. Nicht halb so viel Hintergrund & interessante Details. Ich nehme an, sie machen diese Fernsehsendungen, damit die Leute keine Bücher lesen müssen. Es waren größtenteils Sachen, die man schon hunderttausendmal gesehen hat: vom Hubschrauber aus gemachte Aufnahmen, die zeigen, wie sie die *Beldame* durch schäumende Brecher zum Sieg lenkt, verschiedene Interviews, in denen sie – das ist mir vorher nie aufgefallen – sehr wie Margaret Thatcher in ihrer streitbarsten Zeit aussah & klang, nur mit einem Arm weniger. Und, wie sollte es anders sein, die x-te Wiederholung von Sydney. Zum ersten Mal brachten sie auch Aufnahmen von Millie in den

Kanaren, auf denen sie zu sehen ist, wie sie die EAGIS-Ramforms schneidet, aber wie von mir vorhergesagt, hat das in den Besprechungen, die ich gesehen habe, nicht die geringste Kritik an ihr ausgelöst. Sport über alles. Sie ist immer noch zu sehr die tragische Heldin. Warte noch ein paar Jahre, & irgendjemand wird vielleicht eine Doku über die unerwarteten ökologischen Folgen des Sports drehen. Hat eigentlich schon mal jemand vorgeschlagen, Formel-1-Wagen mit Katalysatoren auszurüsten? Oder nachzurechnen, wie viel Wasser auf Golfplätzen verschwendet wird? Joan Nugent kam recht erfrischend rüber, & auch Gerry war in seinen Interviewteilen nicht schlecht, wie er da auf einem Felsbrocken thronte, während im Hintergrund ein knallgelber Bagger herumknatterte. Er hatte richtig etwas von einem herbmännlichen Model trotz seiner orthopädisch aussehenden Schuhe, die so gar nicht zum Rest passten. Er gab sich überlegen & frech auf Leos & Millies Kosten & zitierte Millies australischen Liebhaber/Sponsor Lew Buschfeuer, der nach ihrem Tod die unbedachte Bemerkung gemacht hatte, ihm sei zumute, als habe er seinen rechten Arm verloren. Wundert mich, dass sie das nicht rausgeschnitten haben. Aber Fernsehleute sind taub für Worte, sie sehen nur Bilder. Nicht mal das Gelächter hat sie misstrauisch gemacht, das Gerry ausstieß, als er das zitierte. Er wäre fast von seinem Felsen gefallen.

Ich werde dir keine Gegenfragen zu Luke stellen. Du kannst Genaueres erzählen oder nicht, wie du magst.

Ciao & schöne Grüße aus einem BOIS, das zu guter Letzt langsam wieder zur wissenschaftlichen Arbeit zurückkehren könnte,

Adrian

8

Die letzten paar Monate sind nur so vorbeigeschwirrt, und das auf eine sehr angenehme Weise, die mich daran erinnert, wie hart mein Leben über weite Strecken des letzten Jahres war. Sobald Joan und Marta ausgezogen waren und ich das Haus wieder für mich hatte, nahm ich allmählich die halbvergessenen Alltagstätigkeiten wieder auf, die so wesentlich für die geistige Gesundheit sind. Kochen und Singen, um nur zwei zu nennen.

Unser Wiesel (und mutmaßlicher capo) Benedetti hat das perfekte Haus für Marta gefunden. Wenigstens aus meiner Sicht ist es perfekt, denn es liegt mehrere Berghänge von Sciupapiedi entfernt. Im Lichte neuerer Erfahrungen kann ich jetzt sagen, dass ich es für nicht zuträglich halte, wenn sich Arbeitskollegen auf der Pelle sitzen. Ich kann mir nicht vorstellen, dass Arthur Sullivan periodisch für mehrere Monate am Stück das freie Zimmer bei den Gilberts bezog oder dass der quecksilbrige Mr. Procter des Öfteren mitten in der Nacht in das eheliche Schlafgemach der Gambles platzte, weil er eine hervorragende neue Rezeptur für Seifenpulver gefunden hatte. Es stimmt, dass ich im Juni sagte, räumliche Nähe sei wichtig, wenn ein Librettist und eine Komponistin an einer Oper arbeiten. Aber ich dachte dabei an kurze Kommunikationswege und nicht an ein leibhaftiges Schulter-an-Schulter, zumal wenn die andere Schulter Marta gehört. Um noch deutlicher zu werden: Wenn wir lange genug auf diesem Planeten gelebt haben, neigen wir alle dazu, Listen von Dingen aufzustellen, die unter allen Umständen zu vermeiden sind. Bücher mit dem Wort »Freude« im Titel zum Beispiel; Mitglieder von Amnesty International; jedes Produkt, auf dem das Wort »Team« vorkommt. Dem kann ich jetzt hinzufügen: mit einer woinowischen Komponistin und ihrer kettenrauchenden Freundin in einem Haus wohnen.

Und doch muss ungeachtet all dessen zugegeben werden, dass Marta hervorragende Arbeit geleistet hat. Anfang August schickte sie Max eine Datei mit ihrer Musik, und bald darauf begann er, davon zu schwärmen. Binnen vierzehn Tagen hatte er den Entschluss gefasst, die Oper *noch in diesem Jahr* vor Weihnachten in der Haysel aufzuführen. Förderlich war wohl das Gefühl seines Agenten, dass er damit einen Treffer landen wird, aber ich glaube, er war noch von anderen Erwägungen beeinflusst wie etwa der Verfügbarkeit seines Colchester Symphony Orchestra. Hinzu kam die unerwartete Lücke in dem ansonsten dichten Terminkalender von Tizia Sgrizzi-Pulmoni. Jawohl! TS-P persönlich, eine der großen Sopranistinnen unserer Zeit, wird den Part der Diana in der Uraufführung *meiner Oper* singen! Allein damit ist ihr die Aufmerksamkeit schon gesichert. Wirklich ein unglaublicher Glücksfall. Max' erster Vorschlag für die Rolle war Dame Evelinne Cummeragunja, aber ich nehme an, das sollte ein Witz sein, obwohl ich weiß, dass die beiden gut befreundet sind. Dass sie eigentlich eine Altstimme hat, wäre ja noch hingegangen. Aber dass Dame Evelinne eine stolze Aborigine ist, untersetzt und dunkelhäutig, hätte ihr Unterfangen, die Fürstin von Wales überzeugend darzustellen, außerordentlich erschwert. TS-P hingegen, hochgewachsen und einigermaßen schlank, ist ideal. Groß ist die Diana der Engländer, wie es heißt.

Der Part von Prinz Charles ist für Tenor geschrieben, und Max wollte die Rolle ursprünglich mit Markus Strephon besetzen, auch dieser ein guter Freund von ihm. Er wäre dafür vortrefflich gewesen, aber wenige Wochen später ereignete sich ein Unglück, das kurzzeitig Schlagzeilen machte, denn er und ein Begleiter verschwanden beim Wandern in den schottischen Highlands. Wie Sie sich gewiss erinnern werden, wurde

Strephon schließlich nach vier Tagen an den eisigen, nebelverschleierten Hängen des Glen Gould entdeckt, dreier abgefrorener Finger sowie seines Verstandes und seines Freundes beraubt, in allen drei Fällen bleibend. Es ist eine echte Tragödie: Markus hatte eine schöne und ausdrucksstarke Stimme und war obendrein schauspielerisch begabt. Außerdem sah er im Kilt großartig aus, wie jeder bestätigen wird, der ihn seinerzeit in Covent Garden in der Wiederentdeckung von *Bruce and the Spider* von den vorderen Reihen oder gar dem Orchestergraben aus gesehen hat. Aber egal: Max ist es gelungen, an seiner Stelle Brian Tydfil zu bekommen. Schade nur, dass dieser gefeierte Waliser (»The Sweet Singer of Wysiwyg«) eigentlich ein heller Bariton ist und es daher sein könnte, dass Marta einige der schrilleren Ausbrüche des Prinzen umschreiben muss, aber damit bekäme die Rolle nur etwas zusätzliche Würde, die sie gut vertragen kann.

Auf jeden Fall sollte die Verpflichtung von derart hochkarätigen Sängern deutlich machen, was für eine hohe Meinung Max von dieser Oper hat, selbst wenn einem noch nicht aufgegangen wäre, dass eine eigene Winterspielzeit in der Haysel – einerlei wie kurz – an sich schon etwas außergewöhnlich Neues und Besonderes ist.

Das Einzige, was er geändert haben möchte, ist mein bissiger Chor arm- und beinamputierter Kinder in »Gejauchzet sei und jubiliert / Für jede Mine, die nicht explodiert«. Er hat den Verdacht, dass es, von Geschmacksfragen einmal abgesehen, schwierig wäre, genug verstümmelte Kinder aufzutreiben, die zuverlässig eine Melodie halten können.

Ein ganzer Herbst lässt ihnen reichlich Zeit, eine Kollektion geeigneter Kleider für TS-P zusammenzustellen, sei es durch Stöbern in Oxfam-Läden, sei es durch Schneidern von Imitaten. Das kultige »Elviskleid«, zu bewundern an meiner einstigen Badezimmerfigur, gehört unbedingt zu denen, die nachgeschneidert werden müssen. Zeit wird es auch kosten, eine gewisse Anzahl Schaufensterpuppen von Jungen zu organisieren, die Dianas zwei Söhne in unterschiedlichem Alter darstellen sollen. Die beiden Puppen werden im Hintergrund stehen und entsprechend ihrem zunehmenden Alter schicke Schuluniformen, Rugbyshorts usw. tragen. Ihnen kommt die Rolle zu, schweigende, vorwurfsfreie Zuschauer der Via crucis ihrer Mutter zu sein und gelegentlich auch ihrer Via cruris.

Es ist schrecklich, wie sehr mich inzwischen Regiedetails verfolgen, die strenggenommen gar nicht in mein Ressort fallen. Ich wache nachts auf, weil mich plötzlich die Sorge quält, wo sie die ganzen Kameras hernehmen wollen, die die Paparazzi in ihrem großen Schmähchor im letzten Akt um den Hals hängen haben. Es wird eine überaus eindrucksvolle Szene werden, weil Marta daraus einen Sprechgesang nach dem Vorbild von Schönberg und Berg gemacht hat, so dass die Paparazzi in drohendem Ton rhythmisch deklamieren:

Wir holen uns die Bilder, wenn
Der Weg auch hart und steil ist,
Weil wir daran verdienen und
Vor allem weil es geil ist.
Sobald du prominent bist, da
Wirst du für uns zum Freiwild,
Und gibt es dann Skandale,
Zeigen wir sie im Detailbild.

Es ist bedauerlich, dass nur die musikalisch Beschlagensten mitkriegen werden, dass in Martas Partitur der Kontrabass hier das Fugenthema »Lass ihn kreuzigen« aus der Matthäuspassion zitiert. Das massive Gefühl der Bedrohung und der unmittelbar bevorstehenden Tragödie jedoch dürfte niemandem entgehen. Gewiss, wo sie die Kameras der Paparazzi herbekommen, ist völlig unerheblich, das ist nur ein Beispiel für die vielen Kleinigkeiten, die mich im Schlafen wie im Wachen beschäftigen. Und hierbei muss ich gestehen, dass Max, Marta und Adrian mir alle ausdrücklich befohlen haben, mich vor dem 12. Dezember nicht in Crendlesham blicken zu lassen – am besten in ganz Großbritannien nicht. Sie denken offenbar, ich könnte mich einmischen und herumkritteln und mich ganz allgemein übernervös aufführen und alle zum Wahnsinn treiben, womit sie völlig recht haben.

In der Zwischenzeit habe ich Derek unmissverständlich Bescheid gesagt. Sollte er zu meinem Triumph am ersten Abend nicht da sein, kann ich nicht dafür garantieren, über gewisse Dinge in alle Ewigkeit Stillschweigen zu bewahren. An »alte Freundschaft« zu appellieren würde einen Verrat seinerseits nicht unbedingt verhindern. Er weiß genau, was ich meine, auch wenn der Hinweis sonst niemandem etwas sagt. Somit erwarte ich, dass er sich am 20. Dezember in der Haysel Hall einfinden wird, wie es sich gehört. »Wie es sich gehört« meint in diesem Fall, dass er, wenn schon, dann die richtige Begleitperson mitbringt. Sein derzeitiger Abgott, der russische Pianist Pawel Tanejew, würde hundertprozentig passen. Es macht mir nichts aus zuzugeben, dass sein Erfolg bei Tanejew mich wurmt. Was in aller Welt kann ein blendender Pianist von internationalem Format schon an Derek finden, auch wenn seine quirlige Unterhaltsamkeit hin und wieder ganz nett sein mag?

Irgendwie vergeht die Zeit. Da ich jetzt außerhalb der Stadt wohne, ist es mit den Paparazzi, was mich anbelangt, nicht mehr so wild wie noch in den höllischen Tagen Ende Frühling und Anfang Sommer. Nicht dass das kultische Treiben in Le Roccie abgenommen hätte. Ganz im Gegenteil, wie ich im November entdecke, als meine Neugier zu groß wird und Joan und ich einmal schauen fahren. Marta ist schon nach England abgereist, um vor dem Probenbeginn ein Problem mit den Orchesterpartien zu klären. Zur Tarnung leihe ich mir von Joan eine Uniformmütze aus, die nach Terriern riecht, ergänzt durch eine Sonnenbrille und einen anklebbaren kleinen braunen Schnurrbart. Den hat mir Adrian aus Jux mitgebracht, als er mich im Sommer besucht hat. Ursprünglich stammt er, glaube ich, aus dem Kostümvorrat von Josh. Er erfüllt seinen

Zweck ohne Frage, und die Anonymität, die er mir verschafft, wiegt seine Hässlichkeit bei weitem auf. In voller Montur sehe ich aus wie jemand auf dem Foto eines Pariser Nachtclubs Ende der fünfziger Jahre: wahrscheinlich der Kerl, der William Burroughs, Gregory Corso und Allen Ginsberg (mit am selben Tisch) mit Haschisch beliefert. Auf jeden Fall ähnele ich nicht im entferntesten der weltmännischen und nur zu gut bekannten Gestalt von Gerald Samper, dem Atheisten, der unabsichtlich eine lokale Religion gestiftet hat.

In den vergangenen Monaten hat sich Le Roccie verändert. Am Rand des Abgrunds ist eine stählerne Absperrung errichtet worden, und aus dem improvisierten Bildstock ist, genau wie ich vorhergesagt hatte, eine richtiggehende Grotte geworden. Sie ist mittlerweile ein ganz ansehnlicher Bau aus großen Felsblöcken, vom Eindruck her ein Mittelding zwischen stilisierter Höhle und Hollywood Bowl. Im Innern hat sie ungefähr die Größe eines geräumigen Wohnzimmers. Auf einem von hinten beleuchteten Altar ist eine wohlüberlegte Hierarchie von Bildern aufgebaut. Ein konventionelles Messingkreuz steht auf einem kleinen Holzsockel. Dahinter und darüber ist eines dieser auf Renaissance gequälten Allzweckbilder der Jungfrau Maria mit Sternen um den Kopf. Und vor dem Kreuz, tiefer, aber noch augenfälliger, steht eine dreißig Zentimeter hohe Statue von Prinzessin Diana. Sie hat ihr Elviskleid an und scheint von dieser berüchtigten Franklin-Mint-Figur inspiriert zu sein, nur dass die Arme ausgebreitet sind und ein leicht manisches Lächeln »Kommet her zu mir!« zu sagen scheint. Die Armhaltung ist nicht leicht zu deuten. Sie gleicht weniger einem Segen nach päpstlicher Manier als einer im Disco-Strobolicht erhaschten Tanzpose. Das Altartuch jedoch ist reichlich mit Rosen bestreut – einige verwelkt, einige frisch, andere teure Kunstblumen –, was darauf hinweist, dass die Leute das Arrangement, einerlei wie sie es verstehen, mit Ehrfurcht behandeln. Ein paar recht mitgenommen aussehende Bittsteller drücken sich dort herum, als warteten sie darauf, dass etwas passiert: eine Materialisation vielleicht oder bloß eine Stimme aus einer Wolke.

An prominenter Stelle an der Rückwand, angeleuchtet von einem kleinen Scheinwerfer, hängt ein rechteckiger Goldrahmen mit ein paar Zeilen darin, handgeschrieben in schwarzen Zierbuchstaben wie auf Pergament und umwunden von verschlungenen Ranken mit bunten Blumen und Akanthusblättern. Sie sind auf Englisch, und darunter steht eine italienische Übersetzung. Sollten sie nicht das Werk von Schwabbel und Pummel sein, fände ich den Gedanken deprimierend, jemand anders könnte zu so etwas in der Lage sein:

Dass wir wie Sie die Himmelstreppe sehen mit klarer Sicht,
Darum beschenkte Sie uns gnädig mit dem Augenlicht.

»Bescheuerte Arschlöcher«, knurrt Joan fassungslos in ihrer unverblümten militärischen Art, als wir wieder hinausgehen. Ich sehe mich außerstande, dem noch etwas hinzuzufügen, nicht zuletzt deshalb, weil mir der Anblick meines alten Birnbaums einen Kloß im Hals verursacht, da er mittlerweile fast das Einzige ist, woran ich mein altes Grundstück noch erkennen kann. Seine herbstlich entblätterten Äste sind noch reichlicher als zuvor von menschlicher Hand behängt mit flatternden Zetteln an Bändern, Stofffetzen, kabbalistischen Zeichen, kleinen baumelnden Gegenständen und schimmelnden Stofftierchen. Fort ist der robuste Holzzaun dahinter, den ich vor ein paar Jahren eigenhändig aufstellte, um mein Grundstück von Martas abzugrenzen. Ihr fünfzig Meter entferntes Haus hat durch diese frische Entblößung das leicht heroische, hektische Aussehen eines Patienten bekommen, der nach einer extrem strapaziösen Chemotherapie dem weiteren Schicksal tapfer ins Auge blickt. Irgendjemand hat die Türen und Fenster dunkelgrün gestrichen, vom Dach das Moos abgekratzt und ringsherum blanke Kupferrinnen und -fallrohre montiert, und dennoch sieht es nach wie vor unverkennbar wie Martas

Bruchbude aus. Durch die blattlosen Zweige und Büsche sieht man dahinter auf ihrer einstigen Wiese etliche neue Betonpfeiler, denen Büschel rostiger Armierungsstahlstangen entsprießen.

Da zieht mich Joan fest am Arm, damit ich mich wegdrehe. Soeben ist ein hagerer, bärtiger Bursche in einem fleckigen Bademantel in der offenen Tür erschienen.

»Das ist er!«, sagt sie mit grimmigem Ton. »Ich will nicht, dass er mich erkennt. Das ist der Saftsack, den ich fortgejagt habe. Du weißt schon, von dem ich dir erzählt habe, dass er bei uns übernachten wollte.«

»Ich würde ihm nicht über den Weg trauen. Sieht zwielichtig aus. Unhygienisch.«

»Er führt sich auf, als ob er hier das Sagen hätte. Ein Scheißdreck. Lass uns verschwinden. Ich könnte grad kübeln, wenn ich das hier sehe. Wenn man sich vorstellt, wie es mal gewesen ist.«

»Das tue ich«, sage ich. »Die ganze Zeit.«

Nachdem ich Joan abgesetzt, mein neues Domizil erreicht und die Reste des Schnurrbartklebers abgewaschen habe, gelobe ich mir, nie wieder nach Le Roccie zurückzukehren. Es ist sinnlos. Was jahrelang mein Zuhause war, ist unwiderruflich ausgelöscht worden, und damit Schluss. Samper hat es zu was gebracht seit damals, als er noch Interviews mit langweiligen Leuten vom Band abhörte und daraus Bücher zusammenbastelte. Heutzutage schreibt er Sachen, die ihn in den Dunstkreis weltbekannter Künstler und Sänger befördern, in das Milieu, auf das er, wie er schon immer wusste, ein Geburtsrecht hat.

Die Zeit rast weiter, und jetzt ist endlich Dezember und ich bin wieder in Crendlesham, wo ich die alten Fäden eines völlig anderen Lebens aufnehme. Heiß durchzuckt mich die Erregung, wenn ich draußen an der Haysel Hall und im ganzen Dorf die Plakate sehe und mir klarmache, dass die Ankündigung auch in den großen Tageszeitungen erscheint. Der Name Gerald Samper steht dort gleichberechtigt neben denen von Max Christ, Tizia Sgrizzi-Pulmoni, Brian Tydfil und natürlich Marta Priskil. Dies ist das erste Mal, dass ich Martas Familiennamen in seiner neuen internationalen Schreibung sehe, die sie annehmen musste, wie Joan mir erzählt hat, weil das original woinowische Pŗškjł nicht sehr vielen glatt über die Zunge gegangen wäre. Die Aufregung, die ich verspüre, signalisiert unverkennbar: Samper hat es definitiv geschafft!

Es ehrt sie sehr und erleichtert mich außerordentlich, dass Max und Jennifer mich nicht minder herzlich willkommen heißen als voriges Jahr nach dem Erdbeben und dem tragischen Verlust meines Hauses ungefähr um diese Zeit. Die kleine Episode des Großen Kotzens scheint vergeben und vergessen zu sein. Das darf sie auch, ehrlich gesagt. Schließlich ist seitdem fast ein Jahr vergangen, und jeder hat ein Leben, das weitergeführt werden will. Das gilt auch für Josh, der in der Zeit um fast ein Sechstel seines bisherigen Lebens gealtert ist. Auch er wirkt erfreut, mich zu sehen, wenn auch wahrscheinlich nur als jemanden, den er in aller Herrgottsfrühe ungestraft mit Stofftieren attackieren kann. Doch als ich zu einem kleinen Spaziergang aufbreche, um mich wieder zu orientieren und den klaren, sonnigen Dezembertag zu genießen, will er unbedingt mitkommen. Er ist schwer bewaffnet mit einer futuristischen Pistole aus Legoteilen, die er eigens zu unserer Verteidigung gebaut hat, da, wie er mir versichert, überall Schurken lauern. Meine fromme Stiefmutter Laura wäre zweifellos seiner Meinung. Wir schlendern an der Kirche von Crendlesham vorbei, und ich bemerke mit Genugtuung, dass die Frau Pfarrer Daphne Pit-Bull nach wie vor ihr Geld damit verdient, Mitteilungen an ihre Gemeindemitglieder aufzuhängen. Merkwürdigerweise gibt es einen Aushang für Pontius Pilates, obwohl sie drei Weise aus dem Morgenland und eine Jungfrau zu besetzen hat. Das dürfte ein Krippenspiel recht eigener Art geben. Und ein sehr neu aussehendes Plakat an ihrem Korkbrett zeigt Kurse zur »Geburtsvorbereizung für Paare« an.

»Warum lachst du, Gerry?«, fragt Josh.

»Bloß wegen einem Schreibfehler auf diesem Zettel«, sage ich. »Aber wer weiß, vielleicht hat sie es absichtlich so geschrieben, damit mehr Leute kommen.«

»Gerry«, sagt er in einem Ton, der verrät, dass er nur auf seine eigenen Gedanken gelauscht hat.

»Ja, Josh?«

»Gerry, wenn ich dir ein Geheimnis verrate, bist du mir dann böse?«

»Das bezweifle ich sehr. Wie wär's, wenn du mich auf die Probe stellst?«

»Aber du musst mir versprechen, dass du es niemand weitersagst. Vor allem nicht Papi oder Mami oder Adrian. Hoch und heilig.«

»Na gut, Josh, ich verspreche es.« Was kann ein noch nicht einmal sieben Jahre alter Junge schon zu verraten haben, das es nötig machen würde, ein Versprechen zu brechen?

»Also, damals als … du weißt doch noch, wo diese ganzen Leute am Abend zum Essen gekommen sind, der Gorillamann und die andern, und wo dann alle ins Krankenhaus gekommen sind, und Mami hat gesagt, sie hätten was gegessen, was du gemacht hast, und das war schuld?«

»Ja-a?«

»Sie hat gesagt, die Mäuse waren schuld.«

»Hat sie das? Nun, damals haben das allerdings ein paar Leute gesagt.« Drecksäcke.

»Und was meinst du, könnte es meine Maus gewesen sein?«

»*Deine* Maus? Aber du hast doch gar keine Maus gehabt, Josh.« Es stellt sich aber heraus, dass er doch eine hatte. Er hatte mich dabei beobachtet, wie ich die Kadaver der von mir gefangenen Mäuse aufhob. Der neugierige kleine Schnüffler hatte gesehen, wie ich sie in der Box in den Speisekammerkühlschrank tat, den Jennifer selten benutzt und der so vorübergehend ihr »Mausoleum« wurde. Weil er meinte, er würde mir damit helfen, gab er heimlich eine tote Maus dazu, die er im Geräteschuppen gefunden hatte. Ruckartig bleibe ich mitten auf der Straße stehen. Der Geräteschuppen ist genau der Ort, wo dieser geniale Gärtner sein Rattengift aufbewahrte.

»Du bist mir nicht böse, Gerry, nicht wahr?« Er blickt besorgt zu mir auf. »Weil, ich hab das gar nicht mit Absicht gemacht. Ich hab das wegen so einem riesigen Schurken machen *müssen.* Ich hab gemorpht, aber mein Zord hat nicht funktioniert.«

Was dieses Kauderwelsch auch bedeuten mag, ich kann darüber nur schallend lachend. Ich lege ihm den Arm um die Schultern. »Ich bin überhaupt nicht böse, Josh. Im Gegenteil, ich bin sehr froh, dass du mir das erzählt hast. Das löst ein kleines Rätsel, an dem ich die ganze Zeit geknackt habe. Ich war mir ziemlich sicher, dass ich nur zehn Mäuse gefangen hatte, aber eingelegt und gebraten habe ich definitiv elf, deshalb dachte ich natürlich, ich hätte mich verzählt. Aber jetzt, wo du mir das mit deiner Maus gesagt hast, ist alles klar. Aber wie dem auch sei, ich bin sicher, es war nicht deine Maus, die alle krank gemacht hat, auch wenn wir das jetzt nicht mehr herausfinden werden. Weißt du was, das bleibt ein Geheimnis zwischen uns beiden, ja?« Einer, der gerade sieben Jahre alt wird, muss nicht die Schuld des Totschlags mit sich herumschleppen.

»Wir verraten es niemand, nie im Leben?«

»Genau. Wir sind die einzigen beiden auf der ganzen Welt, die das wissen.«

»Cool.« Er macht einen kleinen Hopser. *»Pju! Pju!«* Er knallt zwei unvorsichtige Schurken ab, die in einem Apfelbaum sitzen. »Ich wette, ich hab schon mehr Copepoden gesehen als du.«

»Viel mehr, wenn Adrian sie dir gezeigt hat.«

Und damit hat Josh das schwerste Geständnis seines jungen Lebens vergessen, genau wie wertlos gewordene Dinos, die ein

Bein verloren, und teure Spielsachen, die nie funktioniert haben. Ich hingegen kehre nachdenklich und reingewaschen von unserem Spaziergang zurück. Ich werde mein Wort halten und es nicht weitersagen, weil es mir eine viel tiefere Befriedigung verschafft, zu *wissen* – wie ja im Grunde schon die ganze Zeit –, dass Samper unschuldig ist und zu Unrecht beschuldigt wurde. Ich werde deswegen keinen Groll hegen, sondern ein weiteres süßes kleines Überlegenheitsgefühl genießen.

Heute ist der 14. Dezember, und die Premiere ist am 20. Nur noch sechs Tage! Max hat mich eingeladen, den Orchesterproben beizuwohnen, zu denen zuletzt am 18. auch der Chor und die Solisten stoßen werden. Bei meinem letzten Aufenthalt in Crendlesham hatte ich der Haysel Hall keine besondere Aufmerksamkeit geschenkt. Sie war nichts weiter als eine riesengroße Dachfläche irgendwo an der Sichtbarkeitsgrenze im krähendurchflatterten Winternebel. Ich ziehe insgeheim den Hut vor Max und seinem Gönner Sir Barney Iveson, dem Erfinder des Shangri-Loo, der so eindrucksvoll seine Liebe zum Tuten und Blasen bewiesen hat, vom Geigen und Pauken gar nicht zu reden. Lässt man im Innern den Blick über den halben Hektar helle neue Eiche und Buche schweifen, über das ansteigende Auditorium und die futuristischen Formen der Schallwände beiderseits der großzügigen Bühne, dann mutet es einen ganz seltsam an, dass dies alles ermöglicht wurde, weil genug Leute sich hinterrücks von den »Gazefingern« von Sir Barneys »Arabian Nights« verwöhnen lassen. Dieser kesse alte Historiker hatte völlig recht damit, dass die schönsten Freuden die Annalen sind. Und zum Beweis haben wir hier einen wunderschönen privaten Konzertsaal mitten auf einem Suffolker Acker. Ich denke mir, dass Mozart in hysterisches Gelächter ausgebrochen wäre, wenn ihm jemand etwas von Kunstförderung per Defäkation erzählt hätte.

Die Ärmel hochgekrempelt, weil die Saalheizung voll aufgedreht ist, führt Max das Orchester in zerknitterter Kordhose durch die Ouvertüre. Marta sitzt vorn in seiner Nähe. Mein bekanntes Feingefühl hält mich davon ab, mich zu ihr zu setzen. Während ich von hinten zuschaue, stelle ich fest, dass der Anblick dieser bekannten Gestalt, die dort zusammengesunken im Parkett hockt, mich gegen meine Gewohnheit regelrecht rührt. Die Musik, die ich bis jetzt nur auf ihrem Petrofklavier oder ihrem Synthesizer gehört habe, ist mit vollem Orchester gespielt dramatisch und eindrucksvoll, und mich erfasst eine gewisse Ungläubigkeit bei dem Gedanken, dass diese komplizierten, überaus individuellen Tonfolgen alle dem einsamen Wuschelkopf dort vorn entsprungen sein sollen. Mir ist klar, dass das ein Klischee ist, aber man muss das Gefühl erlebt haben. Es bereitet mir zudem ein etwas weniger bescheidenes Vergnügen, mir vorzustellen, dass meine Worte der Auslöser all dessen waren. Das hat etwas, sage ich Ihnen, wenn Sie die Solotrompete leise das Diana-Motiv ankündigen hören. Man erkennt es sofort, auch wenn es später in anderem instrumentalen Gewand daherkommt. Je nach Instrumentation und Tempo kann es sich einsam, verliebt, flehend oder triumphierend anhören, und die Art, wie Marta dieses einfache Mittel handhabt, ist wirklich inspiriert. Kein Wunder, dass Max so von ihr schwärmt.

Währenddessen ertönt auf der verhängten Bühne hin und wieder gedämpftes Rumsen und Scharren, und der Vorhang beult sich aus und schwingt. Als Konzertsaal hat die Haysel selbstverständlich keine aufwendige Theatermaschinerie, und jede Produktion muss sich mit ein paar einfachen Hintergründen und einer Handvoll Requisiten bescheiden. Für minimalistische Produktionen allerdings ist die Bühne der Haysel gut geeignet, und so freut es mich umso mehr, dass die Inszenierung von *Prinzessin Diana* so aufwendig werden wird, wie es die beschränkten Mittel überhaupt gestatten. Die bereits eingetroffenen Kostüme sind phantastisch, vor allem Dianas Kleider. Ich bin daher ziemlich sicher, dass das Flair und der Schwung der Inszenierung die äußere Einfachheit mehr als wettmachen werden.

Ich werde langsam nervös wegen meines Auftritts. Wie schon

erwähnt, hat der Herzog von Edinburgh eine weitgehend stumme Rolle, die von ihm nur ein paar mehr oder weniger bissige Bemerkungen und ausgiebiges Flintenputzen verlangt. Beim Schreiben des Librettos dachte ich, es könnte Spaß machen, die Rolle auf mich zuzuschneiden, und Marta, Max und Adrian haben alle unerwartet darauf gedrängt, dass ich sie wenigstens bei der Premiere selbst spiele. Aber es ist eine Sache, sich nassforsch in ein Stück hineinzuschreiben, und eine ganz andere, neben Stars wie TS-P und Brian Tydfil auf der Bühne zu stehen. Urplötzlich packt mich das Lampenfieber. Ich weiß, es klingt unglaublich: ausgerechnet Gerald Samper, der fünfzig Jahre lang in der Geschichte seines eigenen Lebens mit solcher Bravour die Hauptrolle gespielt hat. Wie sollte es ihn nervös machen, in jagdgrünen Knickerbockern an der Seite zu sitzen und gelegentlich einen Einzeiler abzulassen wie »Von so einem Burschen würde ich kein gebrauchtes Kamel kaufen« oder »Rücken zur Wand, Jungs, da kommt dieser Diener schon wieder«. Kurzum, keine übermäßig anspruchsvolle Rolle, und doch mache ich mir auf einmal Sorgen, ich könnte steckenbleiben oder nicht überzeugend wirken.

Am 17. trifft die große Tizia Sgrizzi-Pulmoni in einem Rolls-Royce ein, dessen Chauffeur mit seinem imposanten Schnurrbart selbst absolut bühnenreif aussieht. Als alte Freundin hat sie Max' Einladung angenommen, in Crendlesham abzusteigen statt in einem Londoner Hotel. Viele weiße Lederkoffer mit goldenen Beschlägen werden nach oben in das weitläufige Gästezimmer mit dem Himmelbett getragen. Josh hat strengste Order, sich von seiner besten Seite zu zeigen, doch die berühmte Diva kann gut mit Kindern umgehen. Als Josh und die Katze Luna durch die Hintertür in die Küche platzen, beide tüchtig eingedreckt, begrüßt sie ihn lächelnd in hervorragendem Englisch und schenkt ihm einen ganz kleinen Schiefen Turm von Pisa aus Schokolade, den, wie sie erklärt, alle Erste-Klasse-Passagiere in ihrem Flug heute Morgen bekommen haben. Damit hat sie Josh sofort gewonnen. Mich auch, denn es stellt sich recht bald heraus, dass Tizia (wie wir sie unbedingt nennen sollen) durchaus nicht die Grande Dame spielen mag und viel Humor hat – den sie auch brauchen wird. Aber ich fühle, wie ich aufblühe. Endlich – der gesellschaftliche Umgang, nach dem ich mich schon mein ganzes Leben sehne!

Mit der Ankunft des Stars bekommt die Sache langsam Gestalt, und zum ersten Mal muss ich meinen Platz auf der Bühne einnehmen. Wir spielen den ersten Akt durch, der mit der Szene im Buckingham Palace endet, in der das Zerwürfnis von Charles und Diana endlich auf den Tisch kommt. Im Hintergrund gibt die Queen vor, den *Tatler* zu lesen, und der Herzog sitzt einfach da, den Kopf in die Hände gestützt, während die beiden ihr Abschlussduett singen:

CHARLES: Ach, Di, warum nicht
  Jemand anders begehren?
DIANA: Ach, Chas, warum nicht
  Als Freunde verkehren?

Als sie geendet haben, kommt das letzte Wort vom Herzog, der bitter bemerkt: »Ehe, wem Ehe gebührt.« Vorhang. Sofort unterbricht Tizia die Probe.

»Entschuldige, Max, es gibt da etwas, das mir nicht ganz klar ist. Gerry, caro, dein Libretto ist ganz wunderbar, aber so vieles bleibt der eigenen Interpretation überlassen. Deine Diana, wir können sie auf zweierlei Art verstehen, non è vero? Aber ist sie nun simpatica, oder lachen wir sie heimlich aus?«

»Ganz meine Meinung«, schaltet sich Brian Tydfil ein. »Wie sollen wir diese Oper spielen – als Lachnummer? Eigentlich ist an einem Ehepaar, das sich auseinanderlebt, doch nichts *komisch.*«

Aufgeblasener walisischer Gimpel (aber eine wunderbare Stimme). Vielleicht ist er ein bisschen schwer von Kapee, dieser Herr aus Wysiwyg, er könnte aber auch ein treuer Squidgy-Parteigänger sein, und das wäre wirklich ein Haken. So oder so muss die Sache auf den Tisch und während der Probe geklärt werden. Ich habe bereits eine Unterredung mit Ken, dem Regisseur, über genau dieses Problem gehabt, wie man für mein komplexes Werk den richtigen Ton trifft.

»Wüsstest du irgendetwas im Zusammenhang mit den Royals, das *nicht* komisch wäre?«, frage ich. Doch als ich Tydfils Gesichtsausdruck sehe, denke ich mir: O je, sie war schließlich die Fürstin der Waliser, vielleicht berührt das auch noch einen empfindlichen nationalistischen Nerv. Lieber diplomatisch vorgehen. »Der Mann, den du singst, Brian – und sehr schön, wenn ich das sagen darf –, vergiss nicht, dass er mit Pflanzen redet und sich wahrscheinlich das Hemd in die Unterhose stopft. Tatsache ist auch, dass er sich mit einem Tampon verglichen hat. ›Was für ein Glück, ins WC geschmissen zu werden‹, hat er gesagt, ›und für alle Zeit dort herumzustrudeln, ohne je unterzugehen.‹ Du kannst mir nicht erzählen, dass das nicht genial ist. Für Windsorverhältnisse ist das eine surreale Phantasie reinsten Wassers. Und obendrein hat er WC gesagt, nicht einfach Klo oder Toilette. Ich bete ihn an. Seine *Tragödie* ist, dass er sich nur über eine unsichere Handyverbindung intim ausdrücken kann.«

»Ja-a«, stimmt Tydfil nachdenklich zu. »Ich verstehe, was du sagen willst. Im Grunde eine tragische Figur.«

»Aber mit sublimen komischen Untertönen. Die darfst du nicht vergessen.«

»Und Diana, soll die auch tragisch dargestellt werden?«, fragt Tizia.

»Gewiss. Tragisch, verraten, am Ende zu Recht von einer eigentlich unverdienten Aura des Heroismus umgeben und von Gerüchten um eine Seligsprechung und eine wahrscheinliche Himmelfahrt. Kurz und gut, das komplette Opernregister. Denn während du das so darstellst, arbeiten sowohl das Libretto als auch Martas wunderbare Partitur unterschwellig dagegen an. Wir haben es hier mit einer Frau zu tun, die dreitausend Pfund die Woche für Kleider ausgab und dann um die Welt reiste und Kinder knuddelte, die sich nicht einmal Unterwäsche leisten konnten. Das ist doch zum Piepen. Erinnerst du dich an die Szene im zweiten Akt, wo sie im Slum von Karachi dieser einen Mutter vorschwärmt, was sie alles gern mit ihren hübschen Töchtern unternehmen würde? ›Am tollsten wär's, gar nicht zu toppen, / Wir gingen alle todschick shoppen.‹«

»Aber sie ist auch spirituell.«

»Genau. Sie und Charles alle beide. Es ist zum Mäusemelken.«

Eine kurze Stille tritt ein, in der Tizia und Brian das verdauen und ich dankbar bin, dass Joan den Vormittag über nach Woodbridge gefahren ist, weil ich das Gefühl habe, sie könnte heftige Einwände gegen meine Lesart ihrer blonden Flamme erheben, die übrigens von Natur gar nicht blond war und für die Aufhellung ihrer Haare viertausend Pfund im Jahr hinblättern musste. Dann sagt die göttliche Tizia:

»Ich werde sie also als simpaticissima singen, aber tragisch im Innern. Das ist meine Diana. So empfinde ich sie. Danke, Gerry.«

»Brian?«

»Ich glaube, ich verstehe, worauf du hinauswillst. Ich weiß nicht, ob ich das gutheiße, aber ich bin engagiert worden, Charles zu singen, und ich nehme ihn, wie er ist.«

»Ausgezeichnet. Die Solisten sollten ihre Partien geradeheraus singen, als ob es Puccini wäre, wogegen es die Sache des Orchesters, des Chors und des Textes ist, sie hin und wieder mit Satire und Spott zu unterminieren. Tut mir sehr leid, Max«, sage ich und wende mich dem Dirigenten zu. »Ich hoffe, ich greife deiner Interpretation damit nicht vor. Wenn ja, vergiss alles, was ich gesagt habe.« Aber auf eigene Gefahr, Freundchen.

»Überhaupt nicht, Gerry. Eine sehr nützliche Aufklärung. Wir haben keinerlei Differenzen. Martas Partitur spricht für sich selbst.« Er schlägt mit dem Taktstock auf den Notenständer und wendet sich seinen Musikern zu. »Gut, weiter bitte.

Können wir jetzt zum zweiten Akt kommen, Ziffer 46? Wir müssen ganz dicht an Brian dranbleiben, wenn er ihr die verschiedenen Blumen zeigt, sonst hört es sich holperig an.«

Als am Samstag der Abend und mit ihm die Uraufführung unaufhaltsam näher rückt, bin ich völlig aus dem Häuschen. Adrian ist gestern Nacht eingetroffen und hat sich am Vormittag die Probe zu Gemüte geführt. Am Ton seiner Lobeshymnen merke ich, dass er Bedenken hatte. Seiner plötzlichen Begeisterung ist, ehrlich gesagt, die Erleichterung deutlich anzuhören, was verrät, wie wenig Vertrauen er zu mir oder zum musikalischen Urteilsvermögen seines Schwagers hatte. Er ist eben doch ein Wissenschaftler, da muss man gewisse Abstriche machen. Jedenfalls strahlt er wie ein Honigkuchenpferd, nachdem er nur kurze, fragmentarische Auszüge gehört hat, und wettet darauf, das Publikum werde »auf interessante Art gespalten« sein, was immer das heißen mag. Aber er muss zugeben, dass ich endlich in meinem Element bin. Genau dafür ist Samper geboren. Gestern Abend habe ich in der Küche von Crendlesham Hall gesessen und zugehört, wie eine der größten Sopranistinnen der Welt mit einem ihrer größten Dirigenten Erinnerungen ausgetauscht hat. Sich vorzustellen, dass ich vor nicht einmal achtzehn Monaten hinter Millie Cleat herdackeln und so tun musste, als lauschte ich ehrfürchtig ihren hemmungslosen Prahlereien!

Der einzige Mensch, der mir leid tut – und dem gegenüber ich mich sogar ein klein wenig schuldig fühle –, ist Frankie. Ich hätte mir keinen besseren Agenten wünschen können, und diese neue Phase in meinem Leben ist eigentlich kein gerechter Lohn für seine Emsigkeit über die Jahre hinweg. Besonders nach dem, was *Millie!* abgeworfen hat, wird ein Opernlibretto gerade mal eine Woche lang seinen Zigarettenbedarf decken. Immerhin hat er an meinen Büchern für Champions Press sehr gut verdient, und wenn er mittellos an einem Lungenemphysem stirbt, ist das nicht meine Schuld.

Und *jetzt* ist es soweit: Der Parkplatz ist voll, und die Haysel Hall wird es auch bald sein. Dass es die richtigen Leute sind, die da kommen, erkennt man an dem kollektiven Geruch, der von ihnen zum alten Dachgebälk aufsteigt. Er ist eine komplexe Mischung mit Guerlain und Mottenkugel als Kopfnote, Wacholder in Ginform als würzige Herznote und diskret verströmtem und durch die Sitzpolster gefiltertem Foie gras als Basisnote. Unruhig tigere ich in Knickerbockern und Herzogperücke hinter den Kulissen auf und ab, wünsche allen viel Glück und überprüfe ständig meine Textsicherheit. Ich fühle mich in die Zeiten des Schülertheaters zurückversetzt. Ich habe, glaube ich, seit meinem fünfzehnten Lebensjahr nicht mehr so viel Schminke im Gesicht gehabt. Ich riskiere einen kurzen Blick ins Publikum und sehe zu meiner Erleichterung, dass Derek da ist. Zudem scheint er niemanden dabeizuhaben, es sei denn, sein Gast ist entweder der oxidiert aussehende Pfarrer zu seiner Linken oder die kolossale Dame in pfirsichfarbenem Taft auf der andern Seite. Wie bereits durch die Blume gesagt, bei Derek weiß man nie. Gerade erst habe ich erfahren, dass Panel Tanejew unter keinen Umständen gekommen wäre. Max hat mir erzählt, dass er heute Abend in Boston Rachmaninow spielt.

Draußen vor dem Vorhang versammelt sich jetzt das Orchester. Das wirre Blasen und Stimmen überlagert das leise Raunen des plaudernden Publikums und erzeugt die bekannte pulsbeschleunigende Atmosphäre freudiger Erwartung. In dem gelegentlichen bellenden Lachen meine ich Anzeichen vorweihnachtlicher Fröhlichkeit zu erkennen. Zweifellos sind einige Zuschauer direkt von der Weihnachtsfeier im Büro hierher gekommen. Plötzlich bricht Applaus aus, als der Konzertmeister Platz nimmt, gefolgt von noch lauterem Klatschen, als Max das Pult besteigt. Erwartungsvolle Stille tritt ein. Als dann Martas Ouvertüre einsetzt, erscheint Ken im Green Room und sagt: »Bitte alle auf die Plätze.« Ich begebe mich zu meinem Sessel. Die Musik auf der anderen Seite des schweren Vorhangs hört sich sehr laut und nahe an. Wummig auch. Direkt unter mir habe ich die drei Kesselpauken, zwei dicht beieinander sitzende Fagotte und dahinter die Kontrabässe, so dass ich an meinem Platz hauptsächlich die tiefen Töne höre. Hinter mir auf der Bühne sehe ich Diana, Charles, die Queen und einen sedierten Corgi im Salon von Balmoral ihre Plätze einnehmen. Der Hund steht deswegen unter Drogen, weil er aus irgendeinem Grund hysterisch wurde, als er die Schaufensterpuppen der beiden Prinzen erblickte, und offensichtlich etwas Drastisches unternommen werden musste. Kaum wurde er hinter der Bühne abgeliefert, da fing er bei ihrem Anblick auch schon wütend zu bellen an, und ich erinnere mich, dass Adrian sagte, irgendeine tapfere Seele werde dem Tier eine halbe Valiumtablette hinten reinschieben müssen, da auf diesem Wege die Wirkung am schnellsten eintrete. So wird es wohl geschehen sein, denn ich habe Joshs Kuschelwuschelhund schon lebendiger gesehen als dieses Tier jetzt. Wie es aussieht, könnte die Queen einen echten Grund für ihr Gewese haben, wenn sie nachher knielings auf dem Kaminvorleger herumrutscht. Es könnte so weit kommen, dass sie dem Tier Mund-zu-Maul-Beatmung verpassen muss, bevor die Szene zu Ende ist, eine Aufgabe, vor der die wirkliche Mrs. Windsor sicherlich keine Sekunde zurückschrecken würde. Und da, o Schreck, just als das Orchester die letzten fünf Takte der Ouvertüre spielt, geht langsam der Vorhang hoch, und vom Rampenlicht geblendet sitze ich verloren am Rand eines dunklen Abgrunds.

Aber ich habe keine Zeit für Angstzustände. Schon ertönt von den Geigen drüben rechts ein rattenartiges Trippeln und das traurige Leitmotiv auf einer gestopften Solotrompete. Ohne Begleitung singt Tizia ihre eröffnenden Worte als großen dramatischen Stoßseufzer: »Lebendig bin ich hier begraben.« Ostentativ, aber möglichst lautlos schlage ich die Seiten von *The Field* um, im Gesicht, hoffe ich, einen Ausdruck griesgrämiger Schicksalsergebenheit. Auf eine der Seiten hat irgendein Scherzkeks ein weißes Blatt Papier geklebt und in großen Filzbuchstaben DEINE PERÜCKE JUCKT darauf geschrieben, und kaum habe ich das gelesen, da juckt sie auch schon. Doch nein! Ich darf mich nicht davon ablenken lassen, was Tizia singt, denn da ist sie schon bei den plumpen Männern, plump gekleidet – nicht leicht zu singen für eine Italienerin, nebenbei bemerkt. *Los,* Samper! »Herrje«, höre ich mich angewidert in die Dunkelheit jenseits des Rampenlichts deklamieren, »geht das schon wieder los!« Und aus dem Dunkel kommt erfreulicherweise ein amüsiertes Gickeln. Hallo, da draußen sind richtig lebendige Menschen! Zu dem Zeitpunkt, wo die Szene damit endet, dass ich die Zeitschrift auf den Sessel klatsche und mit dem Ausruf »Ich gehe auf einen Scotch in die Waffenkammer« hinter den Vorhang schlüpfe, bin ich mir sicher, dass alles gut werden wird. Dieses Publikum scheint aufgeschlossen und amüsierfreudig zu sein.

Zur Pause nach dem ersten Akt habe ich die innere Gewissheit, dass wir einen Treffer landen werden. Der Beifall war spontan und enthusiastisch. Weil ich geschminkt bin, kann ich mich nicht im Auditorium und an der Theke herumdrücken wie ein verkleideter König aus Tausendundeiner Nacht und belauschen, was das gemeine Volk so sagt, aber Max und Marta kommen beide hinter die Bühne und strahlen Ansporn und Zufriedenheit aus. Zu meiner Genugtuung schnappe ich Bemerkungen auf, wonach es tatsächlich ein oder zwei Buhrufe gegeben hat, die mir entgangen sein müssen. Die Subtilität meiner Konzeption wird Leute mit bescheidenen Geistesgaben zwangsläufig überfordern. Außerdem genießt Diana über zehn Jahre nach ihrem Tod immer noch die unangebrachte Verehrung vieler geistig Minderbemittelter – wovon meine Oper ja letztlich handelt. Daher stimmt mich die eine oder andere schrille Äußerung des Missvergnügens eher zufrieden als sorgenvoll. Ich wünschte nur, meine elende Perücke würde zu jucken aufhören.

Der zweite Akt läuft noch besser. Die Solisten und der Chor haben sich inzwischen eingesungen, und alle Steifheit ist von ihnen gewichen. Der Einzige, der immer steifer wird, dürfte der Corgi aus dem ersten Akt sein, der aus noch ungeklärten pharmazeutischen Gründen verstorben ist – von mir bei meinen Anagrammspielereien vor einigen Monaten als »reizender steifer Hund« schon vorausgeahnt. Er liegt feierlich aufgebahrt unter der Bühne in einer kleinen Aluminiumtruhe mit der Aufschrift »Wigzamillion Ltd, Covent Garden«. Von Zeit zu Zeit frage ich mich, wie wir das seiner Besitzerin beibringen sollen, der Frau Pfarrer Daphne Pit-Bull. Vielleicht mit dem Satz: »Der Herr hat ihn zu sich gerufen.«? Ich hoffe sehr, sie wird nicht gewalttätig. Bei einer Frau, deren Unterbewusstes verrät, dass sie vorbereizt statt vorbereitet ist, muss man auf alles gefasst sein. Ken hat die noch kommende Szene mit der Queen und dem Kaminvorleger bereits dahingehend geändert, dass Mrs. Windsor jetzt mit der Fernbedienung in einem Sessel sitzen und versuchen wird, *Neighbours* zu finden, wobei der Fernseher schräg mit der Rückseite zum Publikum stehen wird, damit niemand sieht, dass der Bildschirm in Wirklichkeit schwarz ist.

Als der letzte Akt beginnt, haben die Darsteller offensichtlich das Gefühl, dass wir über den Berg sind. Ihr Optimismus gibt meinem eigenen Vertrauen zusätzlichen Auftrieb. Diese Profis werden mit so etwas kaum falschliegen, nicht wahr? Quasi zur sofortigen Bestätigung wird der Chor der Paparazzi mit Zugaberufen bedacht, genau wie im vorigen Akt »Es steht wirklich schlecht um die Welt«, was ich auch so prophezeit hatte. Trotzdem ist mir noch ein wenig mulmig. Dieser letzte Akt ist von den dreien definitiv am schwersten umzusetzen. Bis jetzt ist reichlich über Diana gelacht worden, zum Teil durchaus grausam, könnte man sagen, aber die gute Tizia bringt eine solche Sympathie auf, dass sie in charmantem Wissen um ihre Schwächen dazu gelächelt hat. Sie ist als Diana wirklich genau die Richtige: ungefähr im selben Alter, mit einer blonden Perücke bemerkenswert ähnlich im Aussehen und mit dem richtigen Maß an gutgelaunter Volkstümlichkeit. Jetzt aber wird es ernster. »Wen die Götter erniedrigen wollen, so eine / Lässt Bürgershände ran an Adelsbeine.« (Librettinage ist schlicht eine Gabe, die manche haben und andere nicht.) Die abschließende Vatikanszene steht noch aus, in der mit dem Gedanken gespielt wird, Diana könnte ernsthaft erwogen haben, sich unter der geistlichen Leitung von Mutter Teresa zum Katholizismus zu bekehren. Und dies wird weiter ausgesponnen zu der Behauptung, dass viele von Dianas Anhängern bereit sind, sie als eine Art Heilige ehrenhalber anzusehen. Wie offen wird das Publikum für diese Sichtweise sein, frage ich mich. Aber obwohl ich immer gefunden habe, dass Suffolk an seinen Grenzen Straßenschilder aufstellen sollte mit der Aufschrift: »Sie betreten jetzt Suffolk – bitte stellen Sie Ihre Uhren zwanzig Jahre zurück«, dringen die Zeitungen von heute doch hierher vor, und so habe ich feststellen können, dass über den inoffiziellen Dianakult in Le Roccie in den britischen Medien ausführlich berichtet wird. Schwabbel und Pummel und ihre sehend gewordene Tochter sind bis zum Erbrechen interviewt worden. In diesem Zusammenhang ist gar nicht daran zu denken, Fleet Street hätte Wortspielen mit *vision* oder allerlei Anspielungen auf Wunder widerstehen können. Ganz gewiss nicht. Dem ist es zu danken, dass die meisten Zuschauer, hoffe ich, einen vagen mystischen Oberton wahrnehmen, der über dem weltlichen Vergnügen dieser Abendunterhaltung schwingt. Und sie werden auch wissen, sagt mir mein sicheres Empfinden, dass der unfreiwillige Urzeuger des Dianakults in seiner toskanischen Abart niemand anderes ist als der Librettist der nämlichen Oper, die sie sich in diesem Moment zu Gemüte führen, weshalb Samper in aller Bescheidenheit darauf gefasst ist, am Ende mehrmals vor den Vorhang treten zu müssen.

Infolge all dessen ist mir in aller Schärfe bewusst, dass es in den letzten zwanzig Minuten absolut kein Gelächter mehr geben darf, wenn das Werk, wie es sich gehört, in Glanz und Gloria enden soll. Die Leute müssen die Haysel hochgestimmt verlassen, so dass sie zwar den Schwindel der Mythenbildung durchschauen, aber dennoch gepackt sind von Dianas Apotheose als Kultfigur und von der dazu ertönenden herrlichen Musik. Sie können sich also vorstellen, dass ich ein bisschen wie auf glühenden Kohlen sitze, und zwar, von meiner gnadenlos juckenden Perücke gepeinigt, weiterhin an meinem unauffällig exponierten Platz vorne links auf der Bühne. Mittlerweile repräsentiere ich den Windsorclan in seiner kollektiven Ratlosigkeit. Ich habe eine Schrotflinte (ebenfalls eine Leihgabe der Frau Pfarrer Daphne Pit-Bull), die ich mechanisch mit einem Stock und einem Lappen putze, der mit Youngs Waffenöl »303« getränkt wurde, einer braunen Flüssigkeit, die milchig wird, wenn man sie verdünnt, und einen stechenden antiseptischen Geruch hat. Die kulturelle und emotionale Kluft zwischen dem, was ich tue, und Dianas Verklärung in der Bühnenmitte könnte kaum tiefer sein. Just in diesem Moment steht Diana mit erhobenem rechten Arm frontal zum Publikum und blickt nach oben in einen einzelnen Spot, während die übrige Bühne in ein mildes Licht getaucht ist. Neben ihr steht die kleine Gestalt von Mutter Teresa in ihrer bekannten Ordenstracht, ein Viertel gedreht, und hält Dianas andere Hand. Martas Musik ist hier wirklich sensationell. Bei Ziffer 81 spielen die zweiten Geigen und die Bratschen mit Dämpfer, allein die ersten Geigen sind »senza sordini« bezeichnet. Früher hätte ich eventuell über einen möglichen Bezug zu *Parsifal* in diesem letzten Akt gewitzelt, und obwohl darin keine Spur von Wagner ist, hat er mit diesem doch eine Atmosphäre strahlender Andacht gemeinsam. Ein Hauch von Rossinis *Petite messe solennelle* vielleicht? Ganz zart, auch wenn kein Harmonium vorkommt. Oder gar der allerleiseste Anklang an Elgars Gerontius auf seiner Bahn durch das Jenseits hin zu jenem kurzen, brennenden Blick auf seinen Schöpfer? Martas Musik enthält keine Elgarschen Töne, und doch hat sie es irgendwie fertiggebracht, eine zeitgenössische weltliche Demut zu suggerieren, die mehr sein könnte als bloß Depression oder Selbstverachtung. »Nur Zweifel in meinem verpfuschten Leben«, klagt Diana. »Als Gattin versagt, als Mutter daneben.«

Ich starre blind in den Verschluss der Flinte – und es könnte sogar sein, dass meine Augen vor Rührung ein wenig schwimmen –, als ich zu meinem Entsetzen irgendwo aus dem stillen Publikum ein plötzliches Raunen und zweimal deutliches Kichern höre. Ich kann es nicht glauben. Ich blicke scharf auf und versuche, ins Auditorium zu spähen, wage aber nicht, mir die Augen zu wischen. Ich bin immer noch in meiner Rolle als Herzog, und die strengen Augen des Herzogs tränen nicht. Das Kichern wird vielstimmiger und lauter. Wie furchtbar! Stirnrunzelnd drehe ich mich auf meinem Sessel zur Bühne und falle vor Schreck fast in Ohnmacht. Ein großer Pinguin hat sich hinter Diana geschlichen und liebkost gerade mit seinen Flossen ihren Hintern. Entgeistert schaue ich zu Max hinüber, doch der ist so auf die Partitur und den Mund seiner Primadonna konzentriert, dass er es anscheinend noch gar nicht bemerkt hat. Die Musik und die Arie gehen noch ein paar Takte weiter. Der Schnabelkopf des Pinguins lugt schelmisch unter Tizias erhobenem Arm hindurch. Mittlerweile gibt es im Publikum offene Heiterkeitsausbrüche wie auch hier und da ein »Pst!«, mit dem andere die Frevler zum Schweigen zu bringen versuchen. Die Pst-Macher werden sich über die unpassende Erscheinung wundern, gehen aber wohl davon aus, dass es sich um einen geplanten, wenn auch unbegreiflichen Einschub handelt. Vielleicht hatten Pinguine ja eine spirituelle Bedeutung für die Prinzessin? Doch dann kommt der schreckliche Augenblick, als der Bann endgültig bricht. Der Pinguin schiebt kess eine Flosse unter Tizias Arm, und die Arie endet abrupt in einem kreischenden Auflachen der großen Sopranistin, die sich ohnmächtig windet und dabei die kitzelnde Flosse einklemmt. Oh, was für ein Grauen! Ich ertrage es nicht – meine arme, arme Oper, die Atmosphäre dahin, die Spannung weg, der ganze Abend ruiniert! Max steht jetzt mit hilflos ausgebreiteten Armen da wie flehend. Die Musik stockt und endet mit einem letzten lachhaften Tuten der zwei Fagottisten, die nicht auf die Bühne blicken können. Das Publikum ist in zwei Fraktionen gespalten. Die eine Hälfte lacht sich schlapp wie über eine zum Brüllen komische Farce. Die andere Hälfte fordert vergeblich Ruhe ein, um irgendwie zu bewahren, was von der konzentrierten Stimmung vorher noch übrig ist. In wilder Entrüstung springe ich auf und marschiere mit meiner Flinte auf den grotesken Störenfried zu, fest entschlossen, ob nun in meiner Rolle als Herzog oder als Librettist, die Jagdsaison auf Pinguine zu eröffnen. Wenigstens ist das meine Absicht. Aber ich habe nicht gemerkt, dass einer meiner Füße sich in einer Falte des überlangen Seitenvorhangs verfangen hat, der seinerseits unter einem Bein des Sessels festklemmt, auf dem ich sitze. Mit einem Ruck bleibe ich hängen und verliere das Gleichgewicht. Ich grapsche nach der Rückenlehne des Sessels, fasse aber daneben, und mit einem schrillen Schrei stolpere ich rückwärts über die Rampenlichter und stürze in die versammelten Kesselpauken unter mir, die Flinte weiterhin fest umklammert.

Ja, ja, ja: Ich nehme an, den Anblick und den Radau eines bewaffneten Herzogs von Edinburgh, der rückwärts in einen sündteuren Schlagwerksatz purzelt, könnte man in jeder anderen Situation milde belustigend finden. Aber es gibt nichts und wieder nichts, was Operngänger und angebliche Musikliebhaber entschuldigen könnte, wenn sie in einer solchen Weise außer Rand und Band geraten wie jetzt dieses Rüpelpack. Es ist, wie ich befürchtet habe: Dieses Land hat kein Recht mehr, ein ernsthaftes Interesse an den schönen Künsten für sich zu reklamieren. Mein ohrenbetäubender Fall wird vom Publikum geradezu hysterisch bejubelt, und während der verdammte Mob grölt, winde ich mich vor Qualen bei dem Versuch, meine rechte Hinterbacke aus der Pauke zu hieven, durch deren Fell ich geplatzt bin, wobei ich mir am stählernen Spannreifen den Schenkel geprellt und an dem ihres Nachbarn mit ziemlicher Sicherheit mehrere Rippen gebrochen habe. Ich weiß nicht, ob die Tränen, die ich vergieße, der Wut oder dem Schmerz entspringen, vielleicht auch der Demütigung. Der Paukist rappelt sich aus den Trümmern seines Stuhls auf. Einige der am nächsten sitzenden Musiker eilen mir ritterlich zu Hilfe, doch dabei entgeht mir nicht, dass selbst in dieser Situation eine von ihnen, eine Cellistin, sich mit bebenden Schultern jäh abwendet. *Sie* werde ich nicht vergessen. Genauso wenig wie die Zuschauer, die in ihren Sitzen hängen und ihre dummen Gesichter in den Armen oder den zusammengelegten Jacken und Mänteln vergraben. Sie sehe ich am deutlichsten, während mir auf die Beine und aus der Verwicklung in mehrere verbogene Notenständer geholfen wird. Zum Teufel mit meinem Ideal *leidenschaftlicher Distanz.*

»Schafft mir diesen Scheißpinguin her!«, verlange ich, sobald ich befreit bin, eine Hand auf die Seite gepresst, die Perücke schief auf dem Kopf. Aber der dreckige Vogel ist verschwunden. Max steht inzwischen auf der Bühne und redet mit Tizia, die ihre Fassung wiedergewonnen hat, Pfundsmädel, das sie ist. Nach Waffenöl stinkend kraxele ich unter Schmerzen mit Hilfe eines Stuhls über die Rampenlichter zurück auf die Bühne. Marta ist ebenfalls da, weiß im Gesicht und in Tränen, die Ärmste. Sie schlingt einen mitleidigen Arm, in mitternachtsblauen Stoff gehüllt, um mich, und ich fürchte, die berühmte Sampersche Fassung verlässt mich kurz, denn ich stoße unwillkürlich einen Schmerzensschrei aus. Meine Seite tut so weh, dass ich nur ganz flach Atem holen kann. »Armer Gerriie«, sagt sie. »Das tut mir so leid. Du hast solche Schmerzen.« Und erst da zuckt mir der tückische Gedanke durch den Kopf, auch sie könnte ihre Tränen vor Lachen vergossen haben. Doch nein – ganz gewiss nicht. Keine Komponistin könnte über die vorsätzliche Verhunzung ihres neuen Meisterwerks lachen. Denn niemand kann mir weismachen, dass der Auftritt dieses beschissenen Pinguins etwas anderes war als wohlberechnete Bosheit. Ich bin schon im Begriff, von Ken und einigen Mitgliedern des Ensembles verdammt noch mal wissen zu wollen, wie sie so etwas zulassen konnten. Es ist einfach nicht vorstellbar, dass alle diese Profis von TS-Ps Arie derart bezaubert waren, dass sie jemanden in einem beknackten Pinguinkostüm überhaupt nicht bemerkten, bis er gemütlich auf die Bühne schlenderte. Ich will gerade verlangen, dass irgendjemand sich ans Handy hängt und eine Großfahndung anleiert, damit die Polizei diesen Spaßvogel fasst und von mir aus erschießt, als Max sich dem Publikum zudreht und die Arme hebt. Ein schuldbewusstes Schweigen tritt ein.

»Meine Damen und Herren«, sagt er in seinem nahezu akzentfreien Englisch. »Ich weiß auch nicht, was vorgefallen ist, aber ich versichere Ihnen, dass es eine Untersuchung geben wird. Nicht nur möchte ich mich bei Ihnen allen entschuldigen, ich bedauere auch zutiefst die schändliche Unterbrechung dieses großartigen neuen Werks.« (Mehrere Rufe »Hört, hört!« aus dem Auditorium.) »Aber zu viele Menschen, in erster Linie die Komponistin, haben zu hart gearbeitet, als dass man diesen Abend einfach beiseite kehren und die Aufführung abbrechen sollte. Nach kurzer Unterredung sind Marta und ich übereingekommen, dass die Atmosphäre dieser abschließenden Szenen derart massiv gestört wurde, dass wir nicht einfach von diesem Punkt an fortfahren können. Wir haben beschlossen, dass es das einzig Richtige ist, noch einmal mit dem Anfang des letzten Akts zu beginnen.« (Vereinzelte Klatscher werden laut, die sich rasch zu allgemeiner Zustimmung steigern.) »Vielen Dank für Ihre Unterstützung und Geduld, meine Damen und Herren. Können wir jetzt so tun, als ob die letzte Pause gerade erst begonnen hätte? Das würde uns die Möglichkeit verschaffen, einen Teil des Orchesters umzugruppieren, und diejenigen unter Ihnen, die leider keine Zeit mehr haben, könnten inzwischen gehen. Aber alle, die bleiben können, beschwöre ich inständig, sich dieses bedeutende Werk bis zum Ende anzuhören. Ich verspreche Ihnen, Sie werden es nicht bereuen. Noch einmal vielen Dank.«

Diese Ansprache beschert Max anhaltenden Applaus und einige Bravorufe. Der Vorhang fällt, und plötzlich eilt Adrian über die Bühne auf mich zu.

»Gerry, alles in Ordnung mit dir?«, fragt er besorgt. »Von meinem Platz aus sah es so aus, als hättest du einen Mordssturz hingelegt.«

Ich probiere ein tapferes Samper-redivivus-Lächeln. »Das Atmen ist eine Qual, und ich habe überall blaue Flecken. Saumäßige Schmerzen, aber ansonsten ungebeugt, glaube ich.«

»Was man von den Pauken nicht behaupten kann. Die solltest du mal sehen. Ich fürchte, den Paukisten hast du arbeitslos gemacht.« Er setzt an, einen Arm um mich zu legen, doch ich zucke gerade noch rechtzeitig zurück.

»Nicht, Adrian, das tut furchtbar weh.« Auf einmal wird mir ganz schwummerig, und ein unerklärlicher summender Nebel legt sich in warmen, lindernden Wellen um mich. Als nächstes nehme ich wahr, dass ich auf einem Stuhl nach draußen getragen werde. Die kalte Nachtluft bringt die Lebensgeister zurück, aber bevor ich energisch genug protestieren kann, werde ich – Schmerz, lass nach! – in Adrians Wagen geladen. Das Atmen ist jetzt so qualvoll, dass ich nur noch flach hecheln kann, aber es gelingt mir, ein paar Einwände hervorzustoßen. Meine Oper! Meine Verbeugung! Es nützt nichts. Die Türen knallen, und Adrian lässt den Motor an.

»Jetzt sind *wir* dran, *dich* in die Notaufnahme zu schaffen«, sagt er und grinst schadenfroh, der elende Drecksack.

ADRIAN 8

E-Mail von Dr. Adrian Jestico (ajestico@bois.ac.uk)
an Dr. Penny Barbisant (penbar05@btinternet.com)

Vielen Dank für deine Zeilen, Penny. Wie ich sehe, bist du über Weihnachten zu Hause, ich werde die Antwort daher einfach an diese englische Adresse schicken. Lass es mich wissen, wann ich wieder nach Woods Hole schreiben soll. Du wirst doch nicht widerstehen können, uns in Southampton einen Besuch abzustatten, oder? Das BOIS – & sicher auch die Boys – werden dich mit offenen Armen willkommen heißen. Falls nicht, gibt es eine Chance, dich in London zu treffen? Wir könnten ja dieses woinowische Restaurant ausprobieren, sofern dir der Sinn nach Abenteuer oder Selbstmord steht.

Deine Idee einer E-Mailkampagne, um Druck zu machen, damit die Leute diese idiotische ICOC in Thailand boykottieren, ist gut, allerdings ist so was schon öfter versucht worden & meistens auf taube Ohren gestoßen. Wie alle andern sind auch Wissenschaftler auf ihre kleinen Vergünstigungen scharf, wie du schon bemerkt haben dürftest. Aber ich stimme dir unbedingt zu, dass wir heutzutage mit gutem Beispiel vorangehen sollten, etwa wie Ärzte, die das Rauchen aufgeben. Außerdem hat mich bis jetzt nichts davon überzeugen können, dass diese Großveranstaltungen nennenswerte greifbare Ergebnisse bringen. Und irgendwo im Hinterkopf habe ich es schon immer widersinnig gefunden, dass Leute, die millimetergroße Organismen erforschen, in riesigen Boeingladungen 6000 Meilen weit fliegen, um 5 Tage am Stück über sie zu reden. Jedenfalls viel Glück mit der Kampagne. Ich werde sofort Flagge zeigen & verkünden, dass ich nicht teilnehmen werde.

Ich muss dir unbedingt von den jüngsten Ereignissen hier in Crendlesham erzählen, wo Gerrys & Martas Oper *Prinzessin Diana* vor drei Tagen ihre spektakuläre Uraufführung erlebte. Unterm Strich ist sie bei den Kritikern hervorragend angekommen, allerdings mit deutlichem Dissens einer kleinen, aber stimmgewaltigen Minderheit. Mehr davon später; vielleicht schicke ich dir im Anhang ein paar repräsentative Besprechungen mit.

Der erste Abend hatte eine von den Urhebern nicht beabsichtigte Dramatik & war eine Erfahrung, die ich nicht für viel Geld missen möchte. Eines Tages würde ich meinen höchst unwahrscheinlichen Enkeln gern erzählen, dass ich bei der berühmten Uraufführung von *Prinzessin Diana* dabei war, durchaus zu vergleichen mit der von Strawinskis *Sacre du printemps* 1913, die in Paris zu tumultartigen Szenen führte. Wie ich beim Nachschauen sehe, habe ich dir in meiner letzten E-Mail erzählt, dass ich vorher nur eine Kurzversion des Stücks in Gerrys Haus in Italien mit Marta am Klavier gehört hatte. Ich war in keiner Weise darauf gefasst, wie gut es mit Orchester & allem Pipapo ist. Ich weiß nicht, wie es dir geht, aber ich muss zugeben, dass ich normalerweise auf zeitgenössische Musik nicht versessen bin, schon gar nicht auf moderne Opern, soweit ich überhaupt welche kenne. Aber *Prinzessin Diana* ist erstaunlich hörbar – dank einer sehr ansprechenden Musik & einer unterhaltsamen, wenn auch gelegentlich bizarren Handlung, die oft ausgesprochen komisch ist. Im Laufe der ersten 2 Akte musste ich meine Ansicht von Gerry revidieren, den ich immer ein wenig für einen Phantasten gehalten habe. Ich weiß natürlich, dass er hervorragende Sportlerbiographien schreibt, aber ich weiß auch, dass er sich dafür verachtet & danach strebt, als »seriöser« Künstler gehandelt zu werden. Ich kann nicht leugnen, dass ich insgeheim gedacht habe, im Ernstfall würde es ihm wahrscheinlich an kreativem Talent oder der nötigen Energie oder so was fehlen. Mir ist klar, dass der Anschein des Dilettantismus, den er sich gibt, & sein häufiges trottelhaftes Auftreten seinen Charme wesentlich mit ausmachen, aber ich bin, glaube ich, immer davon ausgegangen, dass er deswegen nie wirklich den Anspruch erheben kann, ernst genommen zu werden.

Tja, da habe ich mich getäuscht. Was er & Marta in PD versucht haben – & wir dürfen nicht vergessen, dass das ursprünglich allein Gerrys Idee war –, ist in Wahrheit ziemlich kompliziert. Soweit ich es beurteilen kann, geht es ihm darum, dieses (in meinen Augen) völlig nichtige Geschöpf einerseits als dümmliches Mittelmaß darzustellen (indem er sich über ihre albernen Haute-couture-Allüren & ihre peinlichen öffentlichen Techtelmechtel lustig macht) & andererseits als echte Kultfigur. Irgendwie schaffen es er & Marta, diese beiden Fäden gleichzeitig & überzeugend zu spinnen – ein ziemliches Glanzstück, finde ich. Wie gesagt, die ersten 2 Akte waren unterhaltsam, & obwohl einige im Publikum den Spott deutlich nicht guthießen, waren weitaus mehr von dem Charme bezaubert, den Diana durch die Musik ausströmt. Kurzum – & darauf hätte ich nie gewettet –, Gerry & Marta haben sich als hervorragendes Team bewährt. Eine echt gute Idee von Gerry war es, für die Prinzen William & Harry das ganze Stück über 2 Schaufensterpuppen auf die Bühne zu stellen. Sie wurden periodisch durch größere Puppen ersetzt, so dass die kleinen Jungen nach & nach zu Jugendlichen heranwuchsen & als stumme Zeugen des Geschehens fungierten. Es war ein ebenso einfaches wie wirksames Mittel für den Szenenanschluss.

Im 3. Akt jedoch kam es zur Katastrophe & unglücklicherweise gerade im Augenblick höchster emotionaler Spannung. Diana & Mutter Teresa unterhielten sich über die mögliche Bekehrung der Prinzessin zum römisch-katholischen Glauben. (Kann das wirklich passiert sein? Ich muss Gerry fragen, wo er das herhat.) Gerry in seiner Rolle als Herzog von Edinburgh – er hat für sich selbst eine kleine Sprechrolle geschrieben – saß in Knickerbockern & Perücke vorne rechts auf der Bühne & tat so, als würde er eine Flinte putzen, während Tizia Sgrizzi-Pulmoni als Diana (eine namhaftere Sopranistin kann einer für den Start seiner neuen Oper kaum gewinnen) ihre spirituelle Unzulänglichkeit beklagte oder etwas in der Art. Auf einmal kam jemand in einem Pinguinkostüm einfach von hinten auf die Bühne spaziert & fing an, Tizia mit seinen Flossen zu begrapschen.

Es gibt ja so verrückte Szenen in großen Opern – wir wussten alle nicht, was wir davon halten sollten. Konnte das wirklich zur Handlung gehören? Einer von Gerrys geschmacklosen Witzen? Oder ist der Pinguin vielleicht die gängige moderne Version der heiligen Tauben, die auf Renaissancegemälden die Köpfe der Seligen umflattern? Im ersten Moment der Verblüffung wusste niemand so recht, ob wir jetzt offen lachen sollten. Dann aber brach die gekitzelte Primadonna in Gekicher aus & das Publikum mit ihr. Als der arme Gerry das Unglück sah, sprang er mit seiner Flinte auf, verlor das Gleichgewicht & fiel rückwärts in den Orchestergraben, wo er auf drei Pauken & vielem mehr landete.

Zu meiner ewigen Schande (wobei die Ewigkeit in diesem Fall ungefähr 3 Sekunden dauerte) muss ich gestehen, dass ich mit der Mehrheit des Publikums schlicht zusammenbrach. So schlimm die Folgen sein mochten, sah es doch furchtbar komisch aus, wie der Herzog von Edinburgh da mit dem Hintern zuerst in das Schlagwerk plumpste. Es hörte sich an, als ob Pavarotti persönlich 20 Meter tief in eine Auslage von Küchentöpfen & Geschirr gefallen wäre, & die meisten von uns mussten einfach brüllen vor Lachen. Aber ich sah, dass Gerry sich wahrscheinlich wehgetan hatte, & eilte nach vorn, wo die Aufführung schon abgebrochen worden war. Max hielt eine Rede, & sie fingen mit dem letzten Akt noch einmal von vorn an. Leider konnte ich nicht dabei sein. Der arme Gerry hatte sich nämlich ziemlich schlimm verletzt, wie sich herausstellte, & fiel plötzlich in Ohnmacht, so dass ich ihn auf der Stelle nach Ipswich in die Notaufnahme fuhr. Der Anblick, wie der immer noch kostümierte Herzog von Edinburgh sich humpelnd am Klinikschalter anmeldete (»Hatte 'ne kleine Bruchlandung«), erregte einiges Aufsehen, & obwohl Gerry heftige Schmerzen litt, muss ich leider sagen, dass ich wieder nicht an mich halten konnte & mich einigermaßen danebenbenahm. Als die Umstände erklärt waren, wurde er geröntgt, & er hatte sich eine Rippe so unglücklich gebrochen, dass sie die Lunge zu durchbohren drohte. Sie brachten ihn fort & machten eine kleine OP – anscheinend gibt es eine neue amerikanische Technik, bei der die gesplitterten Enden herausgezogen & mit einer Metallplatte zusammengefügt werden.

Am nächsten Morgen fuhr ich ihn nach Crendlesham zurück, immer noch leidend, aber durch die ersten Besprechungen, die ich ihm mitbrachte, schlagartig aufgeheitert. Er sagte, er habe Derek im Publikum gesehen, was ihm offensichtlich gemischte Gefühle bereitete. Einerseits verdross es ihn, dass Derek Zeuge des Fiaskos geworden war, andererseits war er mächtig stolz darauf, dass er den letztlichen Triumph miterlebt hatte. Diese beiden haben wirklich eine wunderliche Beziehung, & so piesackte ich Gerry ein wenig, bis er mir schließlich das große Geheimnis verriet, das sie seit langem verbindet. Du hast es wahrscheinlich vergessen, aber vor einiger Zeit erwähnte ich einmal, dass Gerry & Derek für mein Gefühl von früher her irgendetwas voneinander wissen & dass es sich dabei sogar um etwas Kriminelles handeln könnte. Ich finde nichts dabei, dir das zu verraten, weil ich 1. deine Verschwiegenheit kenne & die Geschichte 2. schon so lange her & der Schurke darin tot ist. Folgendes hat mir Gerry erzählt: 1979 volontierte er bei Curzon TV als Drehbuchschreiber. Aufgrund einer Erkrankung des verantwortlichen Autors wurde Gerry im letzten Moment mit einem Team nach Marokko geschickt, wo eine Episode von *Tulliver's Travels* gedreht werden sollte. Du wirst dich nicht mehr daran erinnern, aber das war eine Serie um die Figur des rasenden Reporters Frank Tulliver, einer Mischung aus Alan Whicker & John Pilger, der zur Zeit in einer scheußlichen Anzeigenserie für Instantkaffee zu sehen ist. In Marokko wurde Gerry von einem Kameramann namens Dave Barraclough dafür angeworben, ihm bei einer Masche zu helfen, mit der dieser schon mehrfach Haschisch in Filmdosen nach England geschmuggelt hatte. Die Dosen wurden über & über mit wichtig aussehenden Etiketten beklebt, auf denen so etwas stand wie CURZON TV/BELICHTETER FILM/DRINGEND/SCHLEUNIGST ENTWICKELN, & niemand kam je auf den Gedanken, sie zu kontrollieren. Sie wurden schnurstracks nach Chorleywood ins Labor befördert, wo Barracloughs 17-jähriger Protegé Derek wusste, wie die Dosen mit dem Hasch von den übrigen zu trennen waren (sie waren gekennzeichnet, so dass er sie unter einer UV-Lampe erkennen konnte). Diesmal jedoch kamen die Dosen niemals in Chorleywood an. Der Zoll fing sie ab, & Barraclough flog auf. Gerry & Derek wurden als Helfer angeklagt, aber weil sie so jung waren & angaben, von Barraclough unter Druck gesetzt worden zu sein, kamen sie mit einer strengen Verwarnung davon & verloren ihre Jobs. Seitdem hegt Gerry den nicht zu beweisenden Verdacht (gestützt auf die Aussage eines anderen aus dem Filmteam), dass Derek selbst dem Zoll anonym einen Tipp gab & Barraclough aus Rache verpfiff, weil dieser sich an ihm vergangen hatte, als er erst 16 war. Noch lange danach vermutete Derek, dass Gerry das wusste, & hatte Angst davor, dieser könnte es eines Tages Barraclough verraten, der nach seiner Entlassung aus Wormwood Scrubs ohne Gewerkschaftsausweis dastand, also ohne Aussicht auf Arbeit & stinksauer. Jahrelang belauerten sich die beiden & einer befürchtete, der andere könnte etwas ausplaudern, & so ist schließlich aus einer argwöhnischen Verschworenheit eine Art fossilisierter Freundschaft entstanden. Gerry sagt, Barraclough sei vor einigen Jahren gestorben & die ganze Sache dadurch belanglos geworden, & trotzdem führen Derek & er diese mitunter bissige Fehde weiter fort. Soweit *diese* kleine Geschichte.

Was den letzten Akt der Oper betrifft, den Max wiederholte, während wir in Ipswich im Krankenhaus waren, so scheint er doch noch hervorragend angekommen zu sein, obwohl Max meinte, der anhaltende Applaus & die vielen Vorhänge könnten dem Sympathieeffekt geschuldet gewesen sein, der diejenigen belohnt, die eisern durchhalten. Dennoch, die überwiegend begeisterten Kritiken haben die Stimmung des Librettisten völlig verwandelt, & jetzt sonnt er sich auf unerträgliche Weise darin. Er hat die beiden folgenden Abende besucht, an denen jemand anders den Herzog spielte, & ist am Ende mit Marta vor den Vorhang getreten, gestützt auf einen geliehenen Stock mit silbernem Griff. Da er sich wegen der Schmerzen immer noch nicht verbeugen kann, hat er einfach im Mantel dagestanden

& würdevoll seinen Stock gehoben, als wäre er einer von diesen Impresarios alten Schlages, Djagilew oder so jemand. Es hat nur noch der Astrachankragen & der Zylinder gefehlt. Ich fürchte, Gerrys Zukunft in der Welt des Musikschauspiels ist damit gesichert.

Das Geheimnis des Pinguins war bald aufgeklärt. Merkwürdigerweise dachten weder Gerry noch ich in der Schrecksituation gleich an den verrückten Klarinettisten, der vor einem Jahr als Gorilla verkleidet zu dem fatalen Essen kam & später in die Psychiatrie eingewiesen wurde, während Max, sagt er, sofort wusste, wer es war. Es kam heraus, dass der arme Kerl, ein echt talentierter Musiker, Gründungsmitglied des CSO, jetzt aber arbeitslos, irgendwann »zur weiteren Pflege nach Hause entlassen« wurde (sentimental beschönigend für »Verzieh dich & nimm deine Pillen weiter!«). Wie es aussieht, wurde die ganze Aktion von jemandem aufgezogen, den wir unter dem Namen Spud kennen. Spud war der Diener oder Chauffeur oder Lebensgefährte von Dougie Monteith, dem alten Nachbarn, der an dem besagten Abend des Großen Kotzens an einem Herzanfall starb, nachdem ihn die Sanitäter zusammen mit den anderen Gästen in Crendlesham nach Ipswich in die Notaufnahme gebracht hatten. Spud hat die Sache anscheinend niemals verwunden & macht Gerry weiterhin für den Tod seines Freundes verantwortlich, & so gab er diesem übergeschnappten arbeitslosen Klarinettisten Geld dafür, dass er sich auf die Bühne stahl & für Chaos sorgte. Was ihm hervorragend gelang. Spud wartete derweil draußen im Wagen auf ihn & sauste mit ihm davon. Aber der Bursche erlitt an dem Abend einen schweren Rückfall & wurde wieder eingeliefert, & dadurch ist das Ganze herausgekommen. Da ja kein richtiges Verbrechen begangen wurde, wird die Sache kein Nachspiel haben, auch wenn Gerry dunkle Andeutungen macht, er werde wegen der erlittenen Verletzungen klagen oder sonst eine furchtbare Rache an Spud als Drahtzieher nehmen. Er wirft mit den Namen einiger Kronanwälte vom Lincoln's Inn um sich, die er kennt, & sagt, er wolle doch mal sehen, wie weit Spud mit seinen Schuldzuweisungen kommt, wenn er an Männer vom forensischen Kaliber eines Berndt Naughten oder eines Sir Julian Easte-Coaker gerät. Ich werde alles tun, was ich kann, um ihm diesen Schwachsinn auszureden, damit das nicht zu einer wahrhaft opernreifen Vendetta ausartet. Diese Aufgabe wird mir dadurch erleichtert, dass die beiden andern Aufführungen so gut gelaufen sind & er so viel Lob bekommt. So milde, wie er langsam wird, bestehen gute Aussichten, dass ich ihn überzeugen kann, Großmut walten zu lassen. Es ist schon ein gutes Zeichen für seine Genesung – wenn auch nicht unbedingt eine gute Nachricht für seine Freunde –, dass er verlauten lässt, er habe Lust, sich mal wieder kochkreativ zu betätigen. Alles, nur das nicht!

Und damit schließt dieses Kapitel in der Geschichte von Gerrys Aufstieg zum Starruhm, wie man sagen könnte. In meiner letzten E-Mail habe ich dich, glaube ich, mit meinen Sorgen gelangweilt, dass schlichte geographische Tatsachen früher oder später einen Keil zwischen ihn & mich treiben könnten. Aber bei den momentanen Entwicklungen ist es wahrscheinlicher, dass er bald genug haben wird von einem einfachen Eierkopf, der sich gern mit Copepoden beschäftigt. Urplötzlich hat es ihn in eine Welt der großen musikalischen Namen katapultiert, & es geht nur noch Tizia hier & Brian dort & Jeremy da drüben. Ich will gar nicht gemein sein – er hat es verdient. Ich hoffe sehr, dass er sich halbwegs beruhigt hat, bis ihm die Fäden gezogen werden. Ich fürchte leider, dass nicht.

Sag mir unbedingt Bescheid wegen London. Nachdem ich Martas Musik gehört & genossen habe, habe ich dieses merkwürdige & wahrscheinlich ganz abwegige Gefühl, dass ich es ihr schuldig bin, die Küche ihres Landes auszuprobieren. Ich bin sicher, sie ist völlig i. O. Gerry übertreibt immer so. Wie dem auch sei, ich wünsche dir eine fröhliche Festzeit, wie wir heute 2008 AD (Anno Dawkins) sagen.

Ciao,
Adrian